LUZIFER
VERLAG

ANDREAS

GRUBER

apocalypse

marseille

Für Roman Schleifer,
das größte lebende Perry-Rhodan-Lexikon,
das auf diesem Planeten wandelt,
danke für alles.

»Ich weiß nicht, wer die Welt erschaffen hat,
aber ich weiß, wer sie vernichten wird.«

Stanislaw Jerzy Lec

Dieses Werk wurde vermittelt durch die
AVA international GmbH Autoren- und Verlagsagentur, München

LUZIFER
VERLAG

Überarbeitete Ausgabe

www.luzifer-verlag.de

Umschlag: Michael Schubert | Luzifer-Verlag
Printed in Germany

Dieses Buch wurde nach Dudenempfehlung (Stand 2023) lektoriert.

ISBN: 978-3-95835-135-6

Bibliografische Information der Deutschen Nationalbibliothek:
Die Deutsche Nationalbibliothek verzeichnet diese Publikation in der
Deutschen Nationalbibliografie; detaillierte bibliografische Daten sind im
Internet über http://dnb.d-nb.de abrufbar.

Inhalt

MEIN ZUGANG ZUR SCIENCE-FICTION

Hin und wieder werde ich gefragt, welche Tipps ich angehenden Autoren geben kann – dann antworte ich meist, dass sie sich nicht gleich zu Beginn an einem 500 Seiten dicken Roman versuchen sollen, der von einem Großverlag eingekauft und als Bestseller beworben wird. Stattdessen sollten sie mit Kurzgeschichten beginnen, kleinen Fingerübungen und mit verschiedenen Genres und Stilen experimentieren.

Ich spreche aus Erfahrung. Meine ersten Gehversuche als Autor begannen 1996 mit Horror- und Science-Fiction-Kurzgeschichten. Warum gerade diese Genres?

Ich bin in den 70er Jahren aufgewachsen, in der sogenannten *Wickie, Slime & Paiper-Zeit*, wie man diese Generation in Österreich nennt. Slime war eine grüne Glibbermasse, mit der man prima im Klassenzimmer werfen konnte, Paiper ein Eis, das man an einem Stiel aus einem runden Plastikbecher drücken konnte, und Wickie … tja, Wickie war der Held meiner Kindheit – eine clevere Zeichentrickfigur. Wir hatten nur zwei TV-Sender: ORF1 und ORF2. Es gab kleine Kinosäle mit siebzig Plätzen und an jeder Ecke einen Kiosk, der Comics und Heftromane verkaufte. Und dann gab es natürlich die Heftroman-Tauschzentralen. Enorm wichtig, wenn man in einer Großstadt wie Wien kulturell überleben wollte, besonders im Winter, wenn es um 16 Uhr dunkel wurde und man zu Hause sein musste.

Insgesamt war es eine sehr abenteuerliche und spannende Zeit, denn man konnte nichts googeln, nichts downloaden oder in Wikipedia nachlesen. Man war auf Gerüchte angewiesen, die man hörte. Und angeblich gab es abends eine TV-Serie, die extrem gut sein sollte, nämlich *Raumschiff Enterprise*.

Damit bin ich aufgewachsen.

Als Siebenjähriger durfte ich das natürlich noch nicht sehen. Außerdem liefen die Episoden zu einer Zeit, da ich schon längst im Bett liegen musste. Aber meine Eltern hatten nicht mit meiner Schläue gerechnet! Immerhin war Wickie mein Vorbild.

Während meine Eltern also abends im Wohnzimmer auf der Couch lagen und fernsahen, saß ich im Vorzimmer hinter den Mänteln der Kleiderablage verborgen und linste schräg durch die offene Tür ins Wohnzimmer. Direkt auf das Fernsehgerät. Auf diese Weise sah ich fast alle Episoden von *Raumschiff Enterprise*. Captain James T. Kirk ist für mich nach wie vor der beste Raumschiffkommandant, den es je gab. Ein Mann mit Rückgrat und Zivilcourage, der verbissen für seine Mannschaft kämpfte und niemals jemanden zurückließ – außer es musste sein.

Mit dem logischen Mr. Spock, der fast alles faszinierend fand, und dem sehr menschlichen Dr. McCoy alias Pille, hatte Kirk zwei Koryphäen an seiner Seite, die sein Team unbesiegbar machten. Dann gehörte noch der asiatische Sulu zu seiner Crew, der russische Chekov, die afrikanische Uhura und Chefingenieur Scotty, die allesamt geniale Figuren waren.

Alles, was ich danach im Fernsehen sah, *Raumpatrouille Orion, UFO* oder *Mondbasis Alpha 1*, faszinierte mich nie mehr so sehr wie die originalen Enterprise-Folgen. Ja, ich gebe zu, mein Zugang zur Science-Fiction war ziemlich old school.

Später, als Zehnjähriger, sah ich dann in den Sommerferien die japanischen Godzilla-Filme im Kino und war am meisten von *King Kong gegen Godzilla* beeindruckt, in dem die Riesenechse gegen den Riesenroboter Mechagodzilla kämpfen musste. Am besten gefielen mir dabei die reihenweise spektakulär einstürzenden Hochhäuser.

Als nächstes Highlight kam dann *Krieg der Sterne,* den ich mit meiner Mutter im Kino sah. Die Rede ist von *Star Wars* Episode

IV, wie sie heute leider genannt wird, aber für mich wird sie immer und ewig die erste Episode bleiben. Prinzessin Leia, Luke Skywalker, der Rasende Falke, die gruseligen Sandleute, die kleinen Jawas, ein dreckiger und frecher Han Solo, ein grunzender Chewbacca, schmutzige Raumgleiter, öl-verschmierte Roboter, die blendend weißen Sturmtruppen und natürlich die besten Jedi-Ritter aller Zeiten ... Obi-Wan Kenobi und sein Gegenspieler der dunkle Darth Vader. Das alles gepaart mit dieser dramatischen orchestralen Filmmusik. Es war herrlich. Alle in der Klasse sammelten das *Krieg-der-Sterne*-Panini-Stickeralbum, und in den Pausen wurde getauscht, wenn nicht gerade mit grünem Slime geworfen wurde.

Dieser Film wird meines Erachtens nur noch von *Das Imperium schlägt zurück* getoppt. Die späteren Episoden I bis III waren leider nur noch mit CGI-Tricks überfrachtete Computerspektakel, bei denen ich den Eindruck hatte, einem seelenlosen Computerspiel zuzusehen.

Zu diesem Zeitpunkt, 1982, als Vierzehnjähriger, wusste ich schon, dass die Science-Fiction für mich dreckig sein musste. Meine Vision einer zukünftigen Welt war nicht blank poliert, freundlich und strahlend, sondern bestand aus dreckigen Schläuchen, aus denen Kühlflüssigkeit tropfte, dampfenden Apparaturen, öl-verschmierten Maschinen und rostigen Robotern, die quietschend auseinander fielen.

Als ich *Alien* zum ersten Mal sah, war es für mich eine Offenbarung, und Jahre später *Blade Runner* – beide von Ridley Scott. Und für mich war klar: So würde eine zukünftige Welt aussehen. Und so musste ein außerirdisches Wesen aussehen – blutrünstig und gefährlich. Und wenn es ein Raumschiff gab, das einsam durchs All zog, dann musste es so aussehen wie die *Nostromo*.

Zu jener Zeit entdeckte ich auch die Science-Fiction-Literatur. Ich muss gestehen, dass ich trotz mehrmaliger Anläufe nie ein Perry-

Rhodan-Fan wurde. Dieses Universum war mir zu gewaltig und zu komplex. Trotzdem startete ich einen letzten Versuch und begann mit den ersten Silberbänden – 400-seitige chronologische Zusammenfassungen der Perry-Rhodan-Heftromane mit buntem Hologramm-Cover. Doch ich schaffte nie mehr als die ersten drei Bücher. Allerdings fand ich eine Alternative.

Ich war immer noch vierzehn, als im Sommer eine ehemalige Schulfreundin meiner Mutter zu Besuch in unsere Wiener Wohnung kam. Tante Traude, so durfte ich sie nennen, brachte mir als Geschenk ein Buch mit. Einen Sammelband mit zwei Romanen. Ich weiß noch, Vanilleeis klebte am Cover, denn während der Fahrt mit der Straßenbahn, war ihr leider die Eisbox aufgesprungen, die sie ebenfalls als Geschenk mitgebracht hatte. Aber das störte mich nicht. Sofort begann ich zu lesen, und ich fand es – um Spock zu zitieren – äußerst *faszinierend*.

Es waren die ersten zwei Bände von *Mark Brandis*, einer Science-Fiction-Serie für Jugendliche, die der deutsche Autor Nikolai von Michalewsky unter dem Pseudonym *Mark Brandis* in der Ich-Form geschrieben hatte. Auch wenn es sich um eine Jugendserie des Herder-Verlags handelte – es war literarisch anspruchsvoll geschrieben, manchmal sogar poetisch, immer spannend und hatte sogar eine Botschaft: Zivilcourage. Denn *Mark Brandis* war ein Raumkommandant, der sich für demokratische Werte einsetzte, für Menschenrechte und Fairness, aber nicht auf eine plakative Art und Weise, sondern so, dass es mir manchmal Tränen in die Augen trieb. Außerdem war seine Ehefrau Ruth eine – heute würde man sagen – emanzipierte, toughe Frau, die ihrem Mann in nichts nachstand.

Als junger Teenager lieh ich mir die 190 Seiten dicken Hardcoverbände von *Mark Brandis* aus der Bibliothek aus, und das waren die Bücher, die mich wohl – neben den Romanen von Stephen King – am meisten geprägt haben.

Jeder Band behandelte ein anderes Thema: Mal ging es um

einen Diktator, der die Erde und ihre Kolonien unterjochen wollte, mal um einen falsch programmierten Mega-Computer, der die Gerichtsbarkeit ablösen sollte, um Feindfahrten gegen Terroristen, um das Aufspüren einer außerirdischen Sonde, um gekaperte Raumfrachter, kaputte Raumstationen oder um jahrelang dauernde Expeditionen zu Uranus oder Neptun. Dabei wurde das Leben an Bord wie die klaustrophobische Enge auf einem U-Boot beschrieben. Kein Wunder, da Michalewsky unter anderem auch als Kriegsberichterstatter gearbeitet hatte.

Als ich mit sechzehn Jahren mein erstes Geld als Ferialpraktikant verdiente, kaufte ich mir die Bücher der Reihe nach. Ich besitze sie noch heute, alle 31 Bände und den Sonderband. Und gelegentlich lese ich darin – und finde sie immer noch gut.

Leider war es mir nicht vergönnt, Nikolai von Michalewsky persönlich kennen lernen zu dürfen, da ich ihn 1999 in Dortmund auf dem SF-Con knapp verpasst hatte, weil er früher als geplant abgereist war. Im Jahr darauf ist er leider verstorben. Aber ich besitze ein Autogramm von ihm, denn natürlich habe ich ihn als jugendlicher Fan mehrmals angeschrieben.

Übrigens gibt es eine sehr empfehlenswerte Hörbuch-Reihe mit den vertonten *Mark-Brandis*-Romanen in neuem Gewand, die ich sehr gelungen finde, und die mich in Jugenderinnerungen schwelgen lässt.

Das Jahr 1987 kam, und ich kann mich noch genau erinnern, als ein Science-Fiction-Roman der neuen Generation groß angekündigt wurde: *Neuromancer* von William Gibson. Der Titel klang düster und viel versprechend. Ich habe das Buch vorbestellt und bin wochenlang täglich zur Buchhandlung gelaufen, um nachzufragen, ob es denn endlich geliefert worden sei. Genauso groß wie meine Vorfreude war dann aber auch meine Enttäuschung, als ich das Buch schließlich in Händen hielt. Auf dem Cover war der Titel nämlich mit »Neu-Romancer« abgeteilt worden, und irgendwie drängte sich bei mir ständig die Assoziation von »Romantik« auf. Als ich dann die ersten fünfzig Seiten gelesen hatte, war meine Enttäuschung perfekt. Zu dem Zeitpunkt hatte ich zwar schon den Film *Tron* im ORF gesehen und fand ihn sogar spannend, aber trotzdem konnte ich damals mit William Gibsons Version eines Cyberspace nichts anfangen. *Neuromancer* ist zweifelsohne ein revolutionäres, bahnbrechendes und stilistisch herausragendes Werk – ich habe es zwanzig Jahre später noch einmal gelesen –, aber mir persönlich war es seinerzeit als Neunzehnjähriger zu abstrakt und zu wenig greifbar. Schließlich hatte es damals noch nicht einmal PCs gegeben.

Jedenfalls sind mir bis heute die klassischen SF-Themen, mit denen ich aufgewachsen bin, am sympathischsten geblieben. Nachdem ich also die gesamten *Mark-Brandis*-Romane gelesen hatte, folgte eine Zeit, in der ich die Planetenromane von Ben Bova auf Englisch las, die skurrilen und satirischen SF-Kurzgeschichten von Robert Sheckley, die technische Hard-SF von James P. Hogan und die amüsanten Bücher von Douglas Adams. Als Stephen-King-Fan stieß ich dann auch auf den großartigen Roman *Menschenjagd*, den er als Richard Bachman in angeblich nur 72 Stunden verfasst hatte, der aber als *Running Man* leider grottenschlecht und überhaupt nicht romangetreu verfilmt worden war.

Durch Douglas Adams' *Hitchhikers Guide* lernte ich die Zeitreise-Geschichten lieben, die für mich bis heute eine der faszinierendsten Facetten der SF geblieben sind. Ich schwärme für Filme wie *Terminator, Frequency, Zurück in die Zukunft* oder den eher unbekannten spanischen Film *Timecrimes* aus dem Jahr 2007. Aber ebenso den melancholischen *Eine Frau aus vergangenen Tagen* mit Christopher Reeve und einer atemberaubenden Jane Seymour, den Jack-the-Ripper-Zeitreisefilm *Flucht in die Zukunft* mit der ebenso entzückenden Mary Steenburgen oder den verstörenden *Twelve Monkeys* mit der hinreißenden Madeleine Stowe. Was lässt sich daran erkennen? Gute Zeitreisefilme kommen offensichtlich nicht ohne attraktive und interessante Frauen aus.

Zufällig bin ich dann auf die wunderbare Zeitreise-Kurzgeschichten-Sammlung des Herausgebers Wolfgang Jeschke aus dem Heyne-Verlag gestoßen – eine wahre Fundgrube für Leute, die dieses Thema lieben. Zudem liest sich das Inhaltsverzeichnis wie ein Who-is-Who der Klassiker. In *Die Gehäuse der Zeit* gibt es auf 780 Seiten u.a. Storys von Anthony Burgess, Robert Sheckley, Robert A. Heinlein, F. Scott Fitzgerald, J. G. Ballard, Brian W. Aldiss, Philip K. Dick, John Brunner, Robert Silverberg, Robert Bloch, Ursula K. Le Guin, Philip José Farmer und Herbert Rosendorfer. Rosendorfers *Briefe in die chinesische Vergangenheit* sollten Sie übrigens unbedingt gelesen haben, egal ob Zeitreise-Fan oder nicht. Eine Pflichtlektüre! Amüsant, intelligent und erfrischend witzig.

In jener Zeit entdeckte ich auch die SF-Comics. Vor allem haben es mir die psychedelisch skurrile 10-bändige Serie *Die Schiffbrüchigen der Zeit* von Paul Gillon und die Serie der niedlichen *Yoku Tsuno* von Roger Leloup angetan. An dieser Stelle muss ich mich sowieso outen, dass ich die franko-belgischen Comics um vieles besser finde als die us-amerikanischen Superhelden-Comics. Mit Batman, Spiderman, Superman und X-Men habe ich noch nie etwas anfangen können. Einzig den rotzfrechen Hellboy finde ich klasse. Allerdings gibt es eine amerikanische Comic-Serie, die ich für wirklich gelungen halte, weil sie spannend ist und zugleich sehr präzise die Schattenseite der menschlichen Psyche zeigt: *The Walking Dead*. Aber letztendlich geht es darin um Zombies, und die gehören nicht wirklich in dieses Vorwort. Oder doch?

Später, während meiner Zeit als Student, beschäftigte ich mich mit der politischen und gesellschaftlichen Seite der Science-Fiction, und so las ich die Romane von Aldous Huxley, George Orwell, Ray Bradbury und Jewgenij Samjatin. Schon damals hatte ich die Befürchtung, dass es genau in diese Richtung gehen würde, sobald es die technischen Möglichkeiten erlaubten, und wie wir im Jahr 2013 anhand des NSA-Abhörskandals gesehen haben, *ist* es möglich. Und diese Möglichkeiten sind bei Weitem noch nicht ausgeschöpft. Wir und unsere Kinder können uns also auf eine lustige Zukunft gefasst machen.

Manchmal werde ich gefragt, was ich für gute Science-Fiction halte. Jedenfalls sind es nicht die TV-Serien der 90er Jahre, in denen die fremde Spezies eines Weltraumvolkes einfach nur drei Runzeln über der Nase oder ein goldenes Dreieck auf der Stirn kleben hat. Gute Science-Fiction-Filme sind für mich *Cypher*, weil die Handlung clever ist, *Alien, Dark City* oder *Pandorum*, weil das Ambiente herrlich düster ist, *Stargate* und *Edge of Tomorrow*, weil es überraschend und spannend ist, *Contact*, weil es intelligent ist, *Event Horizon*, weil es atmosphärisch gruselig ist, *Matrix* und *Inception*, weil es optisch revolutionär und handlungstechnisch herausragend ist, und schließlich *Serenity* und *Guardians of the Galaxy*, weil es ein erfrischend origineller Genre-Mix ist, der fernab jeglicher Klischees funktioniert.

Ebenso zählen *Total Recall, Minority Report* oder der anfangs erwähnte *Blade Runner* zu meinen Lieblingsfilmen, weil sie originell sind und man sich anschließend stundenlang den Kopf über die Handlung zerbrechen kann. Die letzten drei Verfilmungen stammen aus der Welt des Philip K. Dick. Offensichtlich war er seiner Zeit weit voraus, denn seine erschreckend paranoiden und schizophrenen Visionen, vor denen ich mit tiefer Bewunderung den Hut ziehe, wurden erst Jahrzehnte später fürs Kino entdeckt und sind bis heute brandaktuell.

Gegen Ende möchte ich noch die humorvolle Seite der Science-Fiction ansprechen, die für mich ebenso wichtig ist. Douglas Adams hatte ich ja schon erwähnt – der die Idee zum *Hitchhiker's Guide* übrigens während eines Urlaubs hatte, als er betrunken auf einer Wiese in Innsbruck lag. Gott hab ihn selig, wo auch immer er jetzt herumkurvt!

Den trashigen BBC Sechsteiler von *Per Anhalter durch die Galaxis* finde ich übrigens total gelungen. Mir gefällt ohnehin der Mix aus billigem knallbunten SF-Trash kombiniert mit satirischem Humor ausgesprochen gut. *Mystery Science Theater 3000* ist ein gutes Beispiel, wo dieser Mix funktioniert. Und natürlich darf die beste deutsche Science-Fiction-TV-Serie aller Zeiten hier nicht unerwähnt bleiben: *Ijon Tichy*, der Held des Kosmos! Basierend auf den Geschichten des SF-Urgesteins Stanislaw Lem.

Diese Episoden sind herrlich verrückt, skurril, ineinander verwoben und optisch einfach grenzgenial. Wenn Ijon Tichy mit einem Besen als Steuerknüppel in einem Raumschiff, das innen wie eine Altbauwohnung aussieht, durchs All düst, auf der Suche nach dem Eierplaneten Eggman, könnte ich mich totlachen. Noch dazu, wenn er sich dabei Wortduelle mit seiner Analogen Halluzinelle liefert, einem Hologramm, das er erfunden hat, damit es sein Raumschiff putzt. Und wer Nora Tschirner kennt, weiß, dass sie das nicht macht.

Beim Stichwort Science-Fiction und Humor darf aber eine Figur nicht unerwähnt bleiben. Ein Außerirdischer, der mit seiner vorlauten und respektlosen Klappe meine Teenagerjahre bereichert hat. Die Rede ist von dem knapp einen Meter großen, rotbraunen, pelzigen ALF, der so gerne Katzen frisst und vom Planeten Melmac stammt. Ich selbst habe ja auch fünf Katzen zu Hause. Trotzdem dürfte ALF jederzeit auf meinem Garagendach landen. *Null Problemo!*

Bleiben wir noch kurz bei TV-Serien. Ich bin ein besonderer Fan der Serie *Lost,* die mit insgesamt sechs Staffeln trotz mystischer Elemente im weitesten Sinne auch zur Science-Fiction zählt, schon allein deshalb, weil die Insel – Achtung Spoiler – durch Raum und Zeit reist. Die Story stammt übrigens von J. J. Abrams, der zwei ausgezeichnete *Star-Trek*-Prequels mit einem jungen Captain Kirk gedreht hat.

Damit schließt sich der Kreis, und es endet wie es begonnen hat, mit Captain Kirk, dem besten Kommandanten der Raumflotte.

Und was bleibt mir am Schluss noch zu sagen? Captain Kirk, ALF und ich wünschen Ihnen viel Spaß mit den folgenden dreizehn Science-Fiction-Geschichten.

Herzlichst

Ihr

Andreas Gruber

SIEBEN AMPULLEN

Ich bin davon überzeugt, dass viele Autoren in der Hölle brennen werden. Warum? Schriftsteller sind nun mal geisteskrank. Sie erfinden Dinge, die schrecklich und abartig sind. Ich nehme mich da nicht aus. Auch in den Storys dieser Sammlung schreibe ich über einige dieser Themen – wie zum Beispiel jetzt.

Die ersten fünf Seiten dieser Story entstanden übrigens in der Steiermark, bei einem Schreibworkshop, bei dem siebzehn Autorinnen und Autoren von Andreas Findig und Leo Lukas im Rahmen einer mehrtägigen Autorenschmiede unterrichtet wurden. Einer dieser Teilnehmer war u.a. Michael Marcus Thurner, der mittlerweile erfolgreicher Perry-Rhodan-Autor ist und selbst Workshops hält. Zuvor hatte ich bereits in Wolfenbüttel in Norddeutschland einen dreitägigen Schreibworkshop von Andreas Eschbach und Klaus N. Frick besucht. Diese Treffen waren immer sehr fruchtbar, und ich erinnere mich gern an diese Zeit.

Jedenfalls wollte ich die Story gleich mit einem starken Opener eröffnen. Ohne Aufwärmphase.

Schnallen Sie sich an!

DOKTOR KAMAL AHMED legte den Kopf schief und lauschte.

»Kleines, bist du oben?«

Keine Antwort. In dem Einfamilienhaus im Örtchen Griesach, wenige Kilometer südlich von Wien, blieb es still. Warum musste es heute sein, am zweiten Sonntag im Juni? Ausgerechnet am Vatertag! Aber er hatte keine andere Wahl, er musste es hinter sich bringen. Kamal stieg die Treppe zur Dachbodenkammer hinauf und öffnete die Tür.

»Hallo, Papa.« Sandra sah nicht auf. Sie saß vor dem gekippten Fenster, über den Schreibtisch gebeugt und kritzelte in ein Heft.

Die Vorhänge wiegten sich im Wind. Mehrere Stofftiere saßen auf der Fensterbank und blickten mit schwarzen Knopfaugen in den Raum. Kamal legte den Aluminiumkoffer auf das Bett seiner Tochter, lockerte den Krawattenknoten und atmete tief aus. Er schob das Sakko zur Seite und zog die Waffe aus dem Hosenbund.

Kamal nagte an der Unterlippe. »Machst du Schulaufgaben, Kleines?« Er versuchte, so belanglos wie möglich zu klingen.

»Mhm«, murmelte sie.

Hoffentlich dreht sie sich nicht um. Er hätte seiner Tochter nicht in die Augen sehen können. Zum Glück reagierte Sandra nicht. Wie immer, wenn sie Hausaufgaben machte, war sie in ihre Arbeit vertieft.

Stumm saßen Hase, Esel und Puh der Bär auf dem Fensterbrett – Stofftiere aus ihrer Kindheit, von denen sie sich nicht trennen konnte.

Kamal legte den Finger auf den Abzug. Schwer lag die Automatik in seiner Hand. Beinahe hätte er vergessen, den Schalldämpfer zu montieren. Marlene bereitete in der Küche das Mittagessen zu. Sie hätte den Schuss gehört und wäre augenblicklich auf den Dachboden gestürzt. Solche plumpen Fehler würden ihm nicht noch einmal passieren. *Aber die Vorratskammer! Verdammt!* Marlene war ja in der Küche. Hoffentlich blickte sie nicht in die Kammer. Egal, er durfte nicht daran denken. *Konzentrier dich! Du musst dich beeilen.*

Kamals Arm zitterte. Er trat von hinten an Sandra heran und legte ihr die Hand auf die Schulter. Die blonden Strähnen des Mädchens leuchteten in der Mittagssonne. Er roch das Haarshampoo, die Hautcreme und den Hauch des Parfums – das Mädchenparfum einer Vierzehnjährigen.

»Ich liebe dich, meine Kleine.«

»Papa, was …?«

Er hielt ihr den Lauf an den Hinterkopf, schloss die Augen und drückte ab. Der Rückstoß riss ihm die Hand zur Seite, der Schädel des Mädchens schnellte nach vorne und krachte auf die Schreibtischplatte. Gott! Überall Blut. Graue und rote Masse klebte auf dem Fenster und lief am Rahmen herunter. Er durfte nicht darüber nachdenken, was er getan hatte, sondern musste rasch handeln.

Kamal zerrte Sandras Leichnam unter den Achseln vom Stuhl und legte ihn bäuchlings auf den Boden. Er kauerte sich über sie, riss ihr die Bluse und die Shorts vom Leib und entblößte ihren Rücken und den Po. Die Haut schimmerte weiß, der Körper war noch warm. Er durfte keine Zeit verlieren, sonst war Sandra für immer verloren.

Kamal ließ den Koffer aufschnappen, griff nach der Ampulle und jagte seiner Tochter die Nadel in die Halsschlagader. Langsam füllte sich die Kammer mit 250ml dunkelroter Flüssigkeit. Mit den Stahlklammern öffnete er Sandras Rücken und legte ihre Wirbelsäule frei. Er platzierte die Biosonde am dritten Halswirbel, wie er es gelernt hatte. Die Maschine schnurrte wie der Flügelschlag einer Libelle, bohrte sich in den Knochen und entnahm eine Probe des Rückenmarks.

»Herr im Himmel, Kamal! Was zum Teufel tust du hier?«

Kamal schreckte hoch.

Marlene stand im Türrahmen, die Küchenschürze umgebunden, den Kochlöffel in der Hand. Sie starrte auf den geöffneten Koffer. Ein halbes Dutzend roter Ampullen sowie mechanisch klickende und pulsierende Sonden lagen aufgereiht in den Fächern. Eine einzige Ampulle war noch leer. Diese hatte er sich bis zum Schluss aufgehoben. Eilig ließ Kamal den Koffer zuschnappen. Seine Hände waren blutbesudelt. Auch der Anzug, die Krawatte und das weiße Hemd waren befleckt. Er stand inmitten einer Lache, die sich rasch ausbreitete und vom Teppich aufgesogen wurde. Sandras Kopf lag flach auf dem Boden. Zu flach! Ihr Gesicht fehlte. Das hätte Marlene nicht sehen dürfen … noch nicht.

»Schließ die Tür!«, befahl er ihr.

Die Tür blieb offen, Marlene taumelte in die Mitte des Zimmers. Als sie den verstümmelten Leichnam ihrer Tochter sah, fiel der Kochlöffel zu Boden. Sie riss die Hände hoch und kreischte auf.

Kamal blieb ruhig. Natürlich hatte er diese Reaktion erwartet. Nach vierzehn Ehejahren rottete man nicht einfach seine gesamte Familie innerhalb eines einzigen Vormittages aus.

»Marlene, Schatz. Ich …« Er merkte, wie sich seine Augen mit Tränen füllten. *Verdammt!* Dabei hatte er sich geschworen, die Sache ohne Emotionen durchzuziehen.

Seine Frau schnappte nach Luft. »Warst *du* das?«, presste sie hervor.

»Ich kann dir jetzt nicht erklären, was hier geschieht, vielleicht in ein paar Wochen. Jedenfalls ist es gut so, wie es ist. Vertraue mir.«

»Was heißt in ein paar Wochen?«, kreischte sie. »Bist du verrückt?« Sie verstummte, als die Polizeisirene im Vorgarten schrillte.

Kamal blickte kurz zum Fenster. Autoreifen knirschten im Kies vor dem Haus. Die verdammten Nachbarn konnten unmöglich das Blut am Fenster entdeckt haben.

»Marlene, ich liebe dich.«
Langsam hob er die Waffe.

Alexander Brenner sprang aus dem Wagen. Der Motor lief noch. Er ließ die Tür offen stehen und sprintete über den Kiesweg zur Hausmauer. Im Laufen zog er die Waffe aus dem Schulterholster und klemmte sich das Headset ins Ohr. Augenblicklich hörte er die Stimme des Einsatzleiters des Kobra-Teams, das er zur Verstärkung aus Wien angefordert hatte.

»Gruppe Eins am Hintereingang postiert. Gruppe Zwei am Gartenzaun des linken Nachbarn postiert. Warten auf Kommando!«

»Bringen Sie die Familien in Sicherheit. Die sollen in die Häuser gehen.«

Keuchend lehnte sich Kommissar Brenner an die Hausmauer. Während seiner dreißig Dienstjahre bei der Kripo hatte er es erst einmal mit einem betrunkenen Amokläufer zu tun gehabt, der bei einem Dorffest mit einem Gewehr wild um sich geschossen hatte. Aber das lag schon mehr als zehn Jahre zurück. Doch *dieser* Fall ließ sich mit nichts vergleichen.

Neben Brenner führten zwei Stufen zum Haupteingang, einer massiven Holztür mit Glaseinlegearbeiten und einem Blumenkranz unter dem Türspion. Auf der Schwelle lag ein Fußabstreicher: *Willkommen zu Hause*. Er verzog das Gesicht. Dies war bei Gott kein willkommen heißender Ort.

Die Mittagssonne knallte herunter und wurde von der weißen Fassade reflektiert. Brenner stand der Schweiß auf der Stirn. Er blinzelte zum Dienstwagen. Sein Kollege Gunther saß im Auto. Er redete hastig in das Sprechfunkgerät. Brenner bedeutete ihm mit einer Handbewegung, den Wagen vor die Garage des Einfamilienhauses zu fahren. Das Tor stand offen, in der Garage sah er die Motorhaube eines schwarzen Audis. Gunther beendete das Gespräch, rutschte auf den Fahrersitz, lenkte den Dienstwagen herum und versperrte einen möglichen Fluchtweg. Danach winkte Brenner seinen Kollegen zur Hausmauer. Geduckt lief Gunther über den Rasen. Dabei machte er eine sportliche Figur. *Kunststück!* Gunther war auch zwanzig Jahre jünger als Brenner.

Brenner entsicherte die Waffe und atmete tief durch. Dr. Kamal Ahmed saß in der Falle. Das Haus war umstellt, das sechsköpfige Kobra-Team wartete an der Rückseite, jede Fluchtmöglichkeit war versperrt. Umso wichtiger war es, dass Brenner alles über seine Zielperson wusste, um jeden ihrer Schritte so gut wie möglich vorauszuahnen.

Brenner rief sich das Dossier in Erinnerung, das er vor wenigen Stunden von der Ärztekammer gefaxt bekommen hatte. Doktor Ahmed war vor zwanzig Jahren als junger Student aus dem Iran geflohen. Sein Vater war Ägypter, seine Mutter stammte aus dem Iran. Kamal hatte sein Studium an der veterinärmedizinischen Universität in Wien beendet, geheiratet, eine Familie gegründet, zwei Kinder in die Welt gesetzt und in dem kleinen Örtchen Griesach seine Praxis als Tierarzt eröffnet. Auf dem Foto wirkte er sympathisch: Er hatte dichtes schwarzes Haar, eine hohe Stirn und einen krausen Vollbart. Ein wenig erinnerte er ihn an Salman Rushdie, nur war Kamal Ahmed jünger und schlanker. Er wurde als charmanter Arzt beschrieben, der sich für jeden seiner kleinen Patienten Zeit nahm, egal ob Meerschweinchen oder Rottweiler, und nie laut wurde, pünktlich seine Einkommenssteuererklärung einreichte und stets einen Parkschein für sein Auto löste. Genau *das* waren die Leute, die Amok liefen und grundlos die gesamte Verwandtschaft abschlachteten. Dabei hätte dies ein ruhiges Wochenende werden können. Nur ein einziges Mal wollte Brenner den Vatertag in Ruhe genießen, den Holzkohlegrill im Garten anwerfen, Steaks essen und anschließend die selbst gebastelten Geschenke seiner mittlerweile fast erwachsenen Kinder auspacken. Die Hektik hatte damit begonnen, dass heute Vormittag am anderen Ende von Griesach ein älteres Ehepaar Schüsse aus dem Nachbarhaus gehört hatte. Zehn Minuten später war die Kripo ausgerückt.

Brenner und seine Kollegen hatten die Haustür aufgebrochen und drei Leichen entdeckt. Zwei in der Küche, eine im Kinderzimmer. Marlene Ahmeds Schwester und deren Mann. Ihr Sohn lag auf dem Bett im Kinderzimmer. Alle hatten eine Kugel im Kopf, einen Einstich in der Halsschlagader und ein mit Schneidewerkzeugen verstümmeltes Rückgrat. An zwei Stellen: der Halswirbelsäule und dem Steißbein. Die Tat eines Wahnsinnigen!

Die Nachbarn hatten einen schwarzen Audi beobachtet, der über die Wiese gerast war und das Grundstück verlassen hatte. Doktor Ahmeds Wagen. Die Spurensicherung hatte ganze Arbeit geleistet. Binnen kürzester Zeit stand fest: Die Fingerabdrücke im getrockneten Blut der Leichen waren die des iranischen Doktors. Eine DNS-Analyse der Haare und des Speichels am Tatort konnte man sich sparen. Hier gab es nicht viel aufzuklären, von Indizienbeweisen konnte längst nicht mehr die Rede sein. Die Fahndung ging um 11.30 Uhr raus.

Während Brenner zu Doktor Ahmeds Haus gefahren war, hatte Ahmeds Nachbarin auf dem Kommissariat angerufen und berichtet, dass sie einen Mord durchs Kinderzimmerfenster beobachtet hatte. Anscheinend riss der Amoklauf nicht ab.

Nun blickten sich Brenner und sein Kollege an. Beide trugen eine kugelsichere Kevlarweste, und auch Gunther hatte seine Waffe entsichert.

Der Kommissar nickte. »Wir gehen jetzt rein!«, sprach er in das Mikrofon des Headsets.

»Bestätige. Wir kommen durch den Hintereingang«, erklang die knackende Stimme des Kobra-Einsatzleiters in Brenners Headset.

Eigentlich hätte die Kobra ein zweites Team schicken sollen, doch das war erst im Anmarsch. Und die Zeit drängte!

Brenner legte die Hand auf die Türklinke. *Versperrt.* Gunther deutete fragend zu dem Dietrich-Set an seinem Gürtel, doch Brenner schüttelte den Kopf. *Keine Zeit,* formte er tonlos mit den Lippen.

Er ging einen Schritt zurück, feuerte zweimal auf das Schloss und trat die Tür ein. Immerhin war Gefahr im Verzug. Gunther gab ihm Feuerschutz. Geduckt liefen sie durch den Flur. Es roch nach Karotten und gekochten Kartoffeln. In der Küche blubberte es in den Töpfen.

Das Kobra-Team war schon längst im Haus. Die Männer trugen Visierhelme, Stiefel und schwarze Anzüge, sie waren mit Tränengasgranaten und Sturmgewehren bewaffnet. Rote Laserpunkte huschten über die Wände. Die Männer verständigten sich mit Handzeichen. Brenner begriff nur die Hälfte davon. Hintereinander sicherten sie die Räume. Das dreiköpfige Einsatzteam stürmte über die Treppe in den ersten Stock. Gunther folgte ihnen.

Kamal stand auf dem Dachboden und zielte mit dem Lauf der Waffe auf seine Frau. »Wenn alles klappt«, flüsterte er, »sehen wir uns wieder, wenn das hier vorüber ist.« Er wischte sich mit dem Handrücken über den kurz gestutzten Bart.

Sie riss die Augen auf. »Nein!«

Kamal drückte ab. Der Pistole entfuhr ein dumpfes Ploppen. Marlenes Kopf schnellte nach hinten. Ihr Körper stürzte zu Boden. Kamal beugte sich über sie, rammte ihr die Nadel in die Halsschlagader und wartete, bis sich die Ampulle gefüllt hatte. Der Schwall versiegte, das Herz erstarb. Kamal verstaute das Gefäß im Aluminiumkoffer. Danach montierte er die Fräse und drei Stahlklammern auf dem Rücken der Frau. Seine Hände waren glitschig, eine Stahlklammer schnellte ihm aus der Hand und klimperte über den Boden.

»Verflucht!«

Hastig montierte er die Klammern ein weiteres Mal. Fieberhaft arbeitete er und platzierte die Biosonden am dritten Halswirbel und am Steißbein. Die Decodierung begann. Binnen Sekunden entschlüsselten sich die komplexen Stränge der DNS. Kamal lehnte sich zurück und wischte sich den Schweiß von der Stirn. Vermutlich hinterließ er dunkle Schlieren, die wie Striemen wirkten. Aber die waren seine geringsten Sorgen. Da hörte er zwei Schüsse aus dem unteren Stockwerk. Er hob den Kopf und lauschte. Die Eingangstür wurde aufgebrochen. Stiefel trampelten durchs Haus.

Er griff nach der Waffe.

Brenner war im unteren Stockwerk geblieben. Mit einem flauen Gefühl im Magen blickte er um den Türrahmen in die Küche. Der Anblick von heute Vormittag saß ihm noch in den Knochen, als er im Haus von Marlene Ahmeds Schwester die zwei verstümmelten Leichen auf dem blutverschmierten Fliesenboden entdeckt hatte. In den Lachen waren Schuhabdrücke, und auf dem Küchenschrank war sogar der Abdruck einer Hand zu sehen gewesen. Doch diesmal fand er nichts Außergewöhnliches in der Küche. In den Töpfen brodelte das Mittagessen. Messer, Schneidbretter, Karotten, Tomaten, Zwiebeln und ein halbes Dutzend Lammkoteletts lagen auf der Küchenablage. Das Vatertagsessen!

Brenner lief durch die Küche und schaltete den Herd ab. Dann blickte er zu einer braunen Falttür aus Linoleum. Befand sich eine Speisekammer dahinter? Er legte die Hand auf den Griff, in der anderen hielt er die Waffe im Anschlag. Blitzschnell öffnete er die Tür, die wie eine Ziehharmonika zusammenklappte. Ein Mensch stürzte ihm entgegen. Brenner machte einen Satz zurück. Mit beiden Händen umklammerte er die Pistole und zielte auf den Rumpf. Fast wäre seine Waffe losgegangen. *Mein Gott, meine Nerven!*

Es war der Körper eines Jungen, kaum sechs Jahre alt. Er krachte vor ihm auf den Boden, mit einem Einschussloch im Hinterkopf. Vom Gesicht war nicht mehr viel übrig. Brenner würgte. *Himmel!* Der Rücken des Jungen war entlang der Wirbelsäule mit Werkzeugen freigelegt worden, als wollte jemand die einzelnen Wirbel herausoperieren. *Nicht schon wieder dieser Anblick!* Diesmal war es ein noch jüngeres Kind. Es musste Bernhard sein, Kamals Sohn. Brenner hob den Blick zur Decke. Magensäure stieg ihm die Speiseröhre hoch. Wer war in der Lage, ein solches Verbrechen zu begehen? *Dr. Kamal Ahmed, dieser Bastard!* An seinem eigenen Sohn! Im Gegensatz zu Gunther hatte Brenner nichts gegen Migranten. Immerhin war er mit einer Slowakin verheiratet. Aber wenn Gunther dieses Blutbad erst mal zu Gesicht bekam, würde sich sein Fremdenhass dramatisch verschlimmern. *Scheiße!*

Auf eine gute Partnerschaft!

Als Brenner noch einmal in die Kammer sah, bemerkte er hinter der Leiche des Buben noch etwas. Ein zusammengekauertes schwarz weißes Fellbündel. Ein vielleicht zwei Jahre alter Bobtail. Brenner stieg über die Leiche des Jungen und stupste das Tier mit der Schuhspitze an. Keine Reaktion! Das Fell am Rücken des Tieres war kahl rasiert und die Wirbelsäule wie bei dem Jungen freigelegt und verstümmelt worden.

Brenner schluckte. »An das Kobra-Team«, murmelte er in das Headset. »Mit Sicherheit ist er noch im Haus.«

»Wie kommen Sie darauf?«

»Ich weiß es.«

Brenner blickte auf den Jungen. Die Wunden glänzten feucht, sie waren erst wenige Minuten alt.

Mit einem Mal begann die Luft neben Kamal zu flimmern und grünfarben zu schillern. Es knisterte und knackte. Eine hochgewachsene Gestalt materialisierte sich mitten im Zimmer. Kamal blickte nicht hin. Stattdessen kniff er die Augen zusammen und starrte konzentriert durch den Türspalt ins Treppenhaus. Jeden Moment würden die Polizisten auf den Dachboden stürmen. Er musste sich beeilen.

»Kamal, du steckst ganz schön in der Scheiße!«, bemerkte die Gestalt mit ruhiger Stimme.

»Schnauze!« Kamal blickte über die Schulter zu dem Hologramm. Danach blinzelte er zu der Biosonde. Die Entschlüsselung der DNS würde nur noch wenige Sekunden dauern.

Das Hologramm bewegte sich auf Kamal zu. »Denkbar ungünstig, hier zu hocken und zu warten, bis die Männer ins Haus eindringen.«

»Die sind schon im Haus.«

»Dann solltest du umso schneller …«

»Sari, du störst!«, fuhr Kamal das Hologramm an.

»Oh, verzeih, ich wollte dich nur daran erinnern, dass …«

»Sari! Wenn du keine konkreten Vorschläge hast, verschwinde von hier! Ich muss mich konzentrieren.«

»Bin schon weg.« Das Hologramm verzog das Gesicht. Gleichgültig zuckte es mit den Schultern. »Viel Spaß mit deinen Freunden. Drei kommen übrigens gerade die Treppe hoch, sie sind bewaffnet. Wenn du es schaffst, sehen wir uns in knapp vierzig Minuten wieder. Viel Glück!«

Ja, viel Glück, dachte Kamal zynisch.

Das Hologramm löste sich auf. Im gleichen Moment piepten die Biosonden. Kamal riss die Geräte von Marlenes Wirbelsäule und verstaute sie im Aluminiumkoffer. Das Set war nun vollständig. Jeweils sieben Ampullen mit roter und doppelt so viele Sonden mit weißer Flüssigkeit klemmten in den Fächern. Die Gefäße waren mit den Namensetiketten der Ermordeten beklebt. Ansonsten würde Sari die Ampullen vertauschen. Zerstreut genug war er manchmal. Nicht auszudenken, was dabei herauskommen würde.

Kamal ließ den Koffer zuschnappen. Es war an der Zeit von hier zu verschwinden!

»Waffe fallen lassen! Hände über den Kopf! Gesicht zur Wand!«

Zwei Beamte in schwarzen Kampfanzügen stürzten mit erhobenem Sturmgewehr ins Zimmer. Einer stolperte beinahe über Marlenes Leiche.

Demjenigen, der gesprochen hatte, schoss Kamal als erstes in den rechten Oberarm. Das Projektil durchschlug den Anzug wie Butter und blieb in der Wand stecken. Den Zweiten verwundete er direkt neben der Kevlarweste an der Schulter und am Knie. Beide ließen das Gewehr fallen. Einer sackte zu Boden, der andere stolperte rücklings aus dem Zimmer.

»Verstärkung!«, rief ein Dritter in das Headset. Er stand vor dem Zimmer im Flur und verschanzte sich hinter der Mauer. »Die Zielperson ist oben. Zwei Beamte sind angeschossen!«

Kamal hatte keine Patrone mehr im Magazin. Er ließ die Waffe fallen, umklammerte den Aluminiumkoffer und stürzte zum Fenster. Statt es zu öffnen, schwang er kurzerhand den Koffer ins Fenster und zerschmetterte das Glas mitsamt dem Holzkreuz.

»Sie können nicht fliehen«, keuchte der Kobrabeamte auf dem Boden. Er presste sich die flache Hand auf die Schulterwunde.

Kamal wandte sich um und musterte den Beamten. »Sie verstehen nicht. Ich *muss* weg von hier. Sie werden alle sterben.«

Er stieg auf das Fensterbrett, Hase, Esel und Puh der Bär purzelten zur Seite. Kamal presste sich den Koffer vor die Brust und sprang.

Kamals Sakko flatterte hoch, der Wind fuhr ihm durchs Haar. Im nächsten Augenblick landete er auf dem Wellblechdach der Garage. Der Aufprall drückte ihm die Luft aus der Lunge. Wie eine Katze rollte er sich ab, schlitterte über die Regenrinne und stürzte über den Rand des Garagendaches. Er krachte einen Meter vor der Motorhaube seines schwarzen Audis zu Boden. Eine Staubwolke wirbelte um ihn herum auf. Kamal hustete und spuckte einen Kieselstein aus. Ächzend wälzte er sich herum, rappelte sich auf und hob den Koffer hoch. Hatten die Ampullen den Aufprall heil überstanden? Hoffentlich hatte Sari das Kofferinnere mit einer massiven Dämmschicht gesichert und nicht bloß mit billigem Material gepolstert.

Kamal humpelte in die Garage, warf den Koffer auf den Beifahrersitz und klemmte sich hinters Steuer. Er ließ den Motor aufheulen. Erst jetzt bemerkte er das Dienstfahrzeug der Kripo, das die Garagenausfahrt blockierte.

»Scheiße!« Kamal schlug mit der Faust auf das Lenkrad.

Neben ihm materialisierte sich Sari. Lässig rekelte sich das Hologramm auf dem Beifahrersitz. Es deutete auf das Polizeifahrzeug. »Kaum lässt man dich eine Minute allein, schlitterst du vom Regen in die Traufe. Deine Situation hat sich wahrlich nicht verbessert …«

»Schnauze!«

»Du wiederholst dich.« Sari verzog beleidigt das Gesicht und verschränkte die Arme vor der Brust.

Kamal hörte, wie die Klinke der Eingangstür gegen die Hausmauer knallte. Stiefel trampelten und Funkgeräte knackten. Er hatte seine Galgenfrist mehr als aufgebraucht. Kamal legte den Rückwärtsgang ein, ließ den Motor aufheulen und nahm den Fuß leicht von der Kupplung. Die Räder radierten im Stand über den Beton.

Entsetzt blickte Sari über die Schulter zur Heckscheibe. »Du willst doch nicht etwa …?«

»Hast du einen besseren Vorschlag?«, fauchte Kamal das Hologramm an.

Sari schluckte.

»Also ehrlich, ich meine ja nur …«

Kamal ließ die Kupplung schnippen. Der Wagen preschte zurück und krachte mit dem Heck durch die Holzwand der Garage. Holz- und Glassplitter regneten auf das Wagendach. Sari kreischte auf.

»Hör auf zu schreien, du bist nur ein Hologramm«, rief Kamal.

Er steuerte den Wagen im Rückwärtsgang vollends durch die Garage, über die Wiese hinter dem Haus und durch den Lattenzaun auf das angrenzende Grundstück. Im Planschbecken auf dem Rasen war niemand. Nur eine gelbe Plastikente schwamm darin. Die Nachbarn standen auf der Veranda und starrten sie mit weit aufgerissenen Augen an. Hinter ihnen verbargen sich ihre Kinder. Offensichtlich hatten die Kobrabeamten Kamals Nachbarn vor dem Zugriff in ihre Häuser gebeten.

Allerdings jagte ihr Dobermann kläffend über die Wiese. Kamal kannte das Tier. Ein beißwütiger Bastard. Kamal trat aufs Gaspedal. Schließlich landeten sie auf dem Feldweg, der hinter der Wohnsiedlung an den Einfamilienhäusern vorbei führte.

Kamal trat auf die Bremse, sodass der Wagen herumschlitterte. Eine Staubwolke nebelte das Auto ein. Er gab Gas und jagte den Audi den Weg entlang. Im Rückspiegel sah er, wie die Kobrabeamten über die Wiese liefen, die Gewehre anlegten und zielten. Doch niemand schoss. Der Dobermann hetzte dem Wagen hinterher, bis er im Rückspiegel nicht mehr zu sehen war. Kamal atmete erleichtert aus. Möglicherweise hatte ihm der Hund das Leben gerettet.

Sari ließ die Schultern sinken. »Du hast mir einen ganz schönen Schrecken eingejagt.« Das Hologramm bewegte den Kopf von links nach rechts, sodass die virtuellen Wirbel knackten. »Ich glaube, ich habe ein Schleudertrauma.«

Kamal schüttelte den Kopf. »Du bist ein richtiger Jammerlappen. Ich sollte dich umprogrammieren.«

»So wie du Auto fährst, ist es ein Wunder, wenn ich überhaupt lebend ankomme.« Plötzlich verfinsterte sich Saris Miene.

»Apropos *ankommen*! Wie lange denkst du, wirst du zum Treffpunkt brauchen?«

Kamal trat das Gaspedal bis zum Anschlag durch. Er jagte den Audi in eine enge Rechtskurve.

»Weshalb fragst du?«

»Weil du in die falsche Richtung fährst! Und dir bleiben nur noch dreißig Minuten!«

»Ist das wieder einer deiner Scherze?«

»Ich mache keine Scherze.« Sari deutete durch die Windschutzscheibe auf die Straße. »Das ist definitiv die falsche Richtung!«

Kamal trat auf die Bremse, der Wagen schleuderte im Halbkreis über den Weg.

»*Oh, oh, oooh!*« Sari hielt sich am Sicherheitsbügel fest.

Erdkrumen spritzen davon, Steine knallten gegen die Bodenplatte des Wagens.

»Was heißt hier *falsche Richtung*?«, brüllte Kamal.

»Heute Morgen wurden die Koordinaten geändert«, muckste Sari kleinlaut. »Hast du deine Combox nicht abgerufen?«

»Nein! Heute Morgen nicht!«, fauchte Kamal. »Ich war mit anderen Dingen beschäftigt! Ihr habt mir nur einen Tag Zeit gelassen, meine Sachen zu regeln. Und *diese Lösung* ist mir nicht leicht gefallen!« Kamal ballte die blutverschmierten Hände zu Fäusten.

»Okay, okay, okay.« Beschwichtigend hob Sari die Hand. »Einen Moment.« Er fuchtelte mit den Armen in der Luft herum und zauberte eine dreidimensionale, bunt schillernde Landkarte auf die Windschutzscheibe.

»Wir sind *hier*.« Er deutete auf einen blinkenden roten Punkt. »Und *hier* ist der Treffpunkt. Du hast noch exakt neunundzwanzig Minuten Zeit.«

»Ihr habt den Treffpunkt *dorthin* verlegt! Seid ihr wahnsinnig?«

»Der alte Treffpunkt war nicht sicher.«

»Scheiße! Das sind an die zwanzig Kilometer. Das schaffe ich nie! Die haben mittlerweile sicher Polizeisperren errichtet.«

Sari griff nach dem Sicherheitsgurt. »Dann tritt aufs Gas! Der Transporter wartet nicht ewig auf dich.«

Kamal jagte den Audi über die Landstraße. Sari klammerte sich am Haltegriff fest. Mit einer gespielten Geste tat er so, als blickte er auf eine Armbanduhr, die er aber nicht trug. »Zz, zz, zz.« Er schnalzte mit der Zunge. Schließlich deutete er auf den Koffer, auf dem er saß. »Hast du eigentlich alles erledigt?«

»Ja«, murrte Kamal.

»Alle Daten?«

»Ja.«

»Hast du auch das Rückenmark am Steißbein nicht vergessen?«

»Nein.«

»Haben die Sonden die Decodierung abgeschlossen und …?«

»Sari! Du nervst!«

Wieder blickte Sari auf das Handgelenk. »Jetzt wäre es ohnehin zu spät. Beil dich«, murmelte er leise.

Kamal drückte das Gaspedal bis zur Bodenplatte durch. Die Tachonadel zuckte bei 140 Stundenkilometern. So schnell war er noch nie über diese Landstraße gedonnert – nicht einmal, als die trächtige Kuh des Bauern im Sterben gelegen hatte. Zum Glück gab es keinen Gegenverkehr.

Sari trommelte mit den Fingern auf den Aluminiumkoffer.

»Wie viele Samples sind es denn?«

»Sieben.«

»Aha.« Sari überlegte. »Mehr wolltest du nicht mitnehmen?«

Kamal verzog das Gesicht. »Für mehr war kein Platz im Koffer! Du sagtest doch, ich dürfte nur *einen* Koffer mitnehmen.«

»Ja, richtig.« Sari schlug sich mit der Hand auf die Stirn. »Ich vergesse immer wieder, du bist nur Beta Klasse und darfst bloß ein Gepäckstück mit nach Hause nehmen.« Sari grinste schadenfroh.

Plötzlich erstarrten sie.

Ein Gewitter rollte über sie hinweg. Sari beugte sich nach vorne und blickte durch die Windschutzscheibe zum Himmel.

»Oh, oh!« Er hielt den Atem an.

»Was?«

»Hubschrauber«, sagte Sari.

Da sahen sie die Rotorblätter des Polizeihelikopters, der über sie hinweg knatterte.

Alexander Brenner sprang aus dem Helikopter, zog den Kopf ein und lief zur Wagenkolonne, die quer über die Landstraße stand. Hinter den Motorhauben kauerten die Scharfschützen des zweiten Kobra-Teams, das die Zentrale hergeschickt hatte.

»Wer hat hier das Kommando?«, rief er gegen den Lärm des Hubschraubers, der sich senkrecht in den Himmel schraubte.

Einer der Männer hob die Hand.

Brenner lief auf ihn zu. »Okay, er ist auf dem Weg hierher.« Er kniff die Augen zusammen und starrte die lange Straße entlang, die hinter einer Baumgruppe am Horizont verschwand. Brenner standen die Schweißflecken unter den Achseln. Die Mittagssonne knallte unbarmherzig herunter, und die aufgestaute Hitze flimmerte über dem Asphalt.

»Ich bekomme dich, du Hundesohn!«, murmelte er zu sich selbst. Acht Opfer gingen mittlerweile auf das Konto des Arztes: sechs Familienmitglieder und zwei verletzte Kobrabeamte. Neun, wenn man den Hund dazu rechnete. Das reichte für einen Vormittag. Es war an der Zeit, dass die Amokfahrt beendet wurde. Die Scharfschützen hatten einen klaren Befehl: Doktor Ahmed zu stoppen!

Brenners Funkgerät knackte. Der Hubschrauberpilot war nur schwer zu verstehen.

»Die Zielperson fährt einen schwarzen Audi. Der Wagen kommt direkt auf Sie zu.«

»In Ordnung«, brüllte Brenner in das Gerät. »Wie weit ist er noch entfernt?«

»Drei Kilometer.«

»Danke. Aus und Ende.« Brenner legte das Funkgerät auf die Motorhaube. Er blickte zum Himmel. Am Horizont sah er den Schemen des Helikopters, der in einer engen Schleife wendete. Augenblicke später wurde das Knattern der Rotorblätter wieder lauter.

Perfekt! Gleich war es soweit. Ein zweites Mal würde ihm der Bastard nicht entkommen. Diesmal saß er in der Falle. Brenner nickte dem Einsatzleiter zu. Dieser wandte sich an seine Scharfschützen und gab ihnen ein Zeichen.

Stumm legten die Männer die Gewehre an.

Der Hubschrauber drehte ab und verschwand. Kamal sah ihm nach, dann starrte er wieder auf die Straße. In wenigen Minuten würde er den Treffpunkt erreicht haben.

Kamal blinzelte. »Was ist dort vorne?« Am Ende der Straße zeichneten sich einige Schatten ab.

Sari kniff die Augen zusammen. Seine Pupillen veränderten sich, als zoomte er den Horizont heran. »Vier Polizeiautos. Sie stehen quer über die Straße.«

»Was erkennst du noch?«

»Ein Dutzend Polizisten, mit Visierhelmen und Gewehren. Die sehen nicht gerade freundlich aus. Soweit ich das erkennen kann, sind ...«

Der Audi holperte über ein neu asphaltiertes Straßenstück.

»Halt den Wagen ruhig!«, schnauzte Sari. Er justierte seinen Blick von Neuem. »So viel ich erkenne, sind die Waffen entsichert. Die erwarten dich bereits.«

»Eine Straßensperre, Scheiße!«

»Was hast du erwartet? Einen freundlichen Empfang mit Kaffee und Kuchen, nach dem, was du heute Vormittag angerichtet hast?«

Kamal trat das Gaspedal durch. Der Motor heulte auf.

Sari schluckte. »Was hast du vor?«

»Mitten durch«, antwortete Kamal. »Oder hast du eine bessere Idee?«

»Nein ... allerdings auch keine Schlechtere.« Sari verzog traurig das Gesicht.

Rasch näherten sie sich der Polizeisperre. Jetzt konnte auch Kamal die Autos erkennen. Das Straßenstück vor ihm flimmerte in der Sonne. Kamal beugte sich hinunter, öffnete das Handschuhfach und kramte zwischen den Papieren herum.

»Ziemlich spät, um nach deinem Testament zu suchen«, murrte Sari.

»Sehr witzig!« Kamal fischte einen Schraubenzieher aus dem Fach.

»Was hast du vor?«

»Mich auf den Aufprall vorbereiten.« Kamal holte aus und rammte den Schraubenzieher mit voller Wucht in das Lenkrad. Zischend schnellte der Airbag aus dem Lenkrad. Rasch fiel der kaputte Ballon in sich zusammen. Kamal zerrte den Sack beiseite, riss daran und schleuderte ihn auf die Rückbank.

Einen Augenblick später sah Kamal bereits die Visierhelme der Kobrabeamten, in denen sich die Sonne spiegelte. Er war nur noch wenige hundert Meter entfernt.

»Es ist an der Zeit, mich zu verabschieden. Ich wünsch dir alles Gute, mein Freund.« Sari tippte sich zum Gruß an die Stirn. Das Hologramm löste sich auf.

Kamal saß allein im Wagen.

Im nächsten Augenblick zerplatzte die Windschutzscheibe. Kamal fuhr zusammen. Erst jetzt hörte er das Krachen der Schüsse. Die Scheibe, gerade eben noch zersprungen wie ein

Spinnennetz, barst vollständig und splitterte in das Wageninnere. Tausende winzige Scherben prasselten über die Armaturen und verteilten sich über sein Hemd und seine Hose.

Kamal rutschte tiefer in den Sitz, die Splitter rieben sich unter die Hose. Der Fahrtwind zerrte an seinen Wangen und wirbelte sein Haar durcheinander. Ihm tränten die Augen. Er hörte das dumpfe, metallische Knallen, als die Kugeln in die Motorhaube schlugen. Bei jedem Geräusch zuckte er zusammen. Da streifte eine Kugel sein linkes Bein. Kamal schrie auf. Er spürte die Fleischwunde neben dem Schienbein. Blut sickerte augenblicklich durch die Hose und lief an seiner Wade hinunter.

Ein Reifen platzte. Der Wagen begann zu schlingern. Kamal riss das Lenkrad herum und bekam das Auto wieder unter Kontrolle.

Das Krachen der Gewehre schwoll zu einer endlosen Salve an. Funken flogen vom Kühler. Da hörte er ein metallenes Klirren. Erschrocken starrte er auf den Beifahrersitz. Eine Kugel hatte sich längs durch den Aluminiumkoffer gefressen. Kamal zuckte zurück. Eine zweite Kugel schlug in den Koffer ein.

»Nein!«, brüllte Kamal. Schützend hielt er die Hand über den Koffer. Splitter klirrten darin, als er über eine Bodenwelle donnerte. »Verdammt, nein!« Rote Flüssigkeit trat aus dem Einschussloch des Koffers. Kamals Herz krampfte sich zusammen.

Sie würden den Koffer vollkommen zerstören. Ihm blieb nur eine Chance. »Sari!«, brüllte er.

Plötzlich hustete Kamal Blut. Erst jetzt bemerkte er, dass sich ein Glassplitter in seine Brust gebohrt hatte.

»Sari! Ich brauche dich!«

Das Hologramm materialisierte sich auf dem Beifahrersitz. »Es ehrt mich ja, dass du mich bei dir haben willst, aber ich fürchte, ich kann dir nicht …«

»Sari!«, unterbrach Kamal ihn. »Du musst dein Aussehen verändern.«

»Was?«

Da fuhr Kamal eine Kugel in den Oberarm und riss seine Hand vom Lenkrad.

»Stopp!«, brüllte Brenner. »Feuer einstellen!«

Die Schüsse erstarben. Die Kobrabeamten sahen zum Kommissar. Brenner nahm das Fernglas hinunter. »Eine zweite Person sitzt im Wagen.«

»Was?«, rief der Einsatzleiter des Kobra-Teams.

Brenner sah wieder durch das Fernglas. Undeutlich war die zweite Person auf dem Beifahrersitz zu erkennen. »Für einen Moment dachte ich, es wäre ein Mann Mitte zwanzig, schwarzes Haar, spitze Nase, sah aus wie ein Inder, aber …«

»Sein Komplize?«, fragte der Einsatzleiter.

Brenner schüttelte den Kopf. »Doktor Ahmed ist ein Einzeltäter. Jetzt sehe ich es genauer. Ich denke, es ist eine alte Frau.« Brenner gab dem Einsatzleiter das Fernglas. »Was halten Sie davon?«

Der Einsatzleiter sah durch das Okular. »Ja, eine alte Frau. Sieht so aus, als wären ihre Hände an den Haltegriff über dem Fenster gefesselt. Verdammt, er hat eine Geisel! Keine weiteren Schüsse mehr!«

Die Kobrabeamten behielten die Gewehre unten.

»Er bremst nicht!«, rief einer der Scharfschützen.

Brenner nahm das Fernglas wieder an sich und blickte hindurch. Ihm stockte der Atem. Ja, da saß eine alte, verängstigte Frau. Der Wagen raste unmittelbar auf die Straßensperre zu.

»Weg!«, brüllte Brenner und lief zur Seite.

Die Beamten sprangen auf und hechteten in den Straßengraben. Dann war der schwarze Audi heran.

Der Knall war ohrenbetäubend. Der Wagen bohrte sich wie ein Keil in die Kolonne, und seine Motorhaube wurde wie eine Ziehharmonika zusammengequetscht. Links und rechts schlitterten die Autos zur Seite.

Kamal wurde in den Sicherheitsgurt geworfen. Hart schlug er mit dem Kopf zurück auf die Nackenstütze. Wäre sie nicht so hoch eingestellt gewesen, hätte sie ihm das Genick gebrochen. Der Beifahrer-Airbag schnellte aus der Armaturenablage und blähte sich neben Kamal zu einem gewaltigen Ballon auf.

Als Kamal wieder freie Sicht hatte, schnappte er nach Luft. Vor ihm lag die leere Landstraße. Die Motorhaube des Wagens war weggerissen worden, auch die beiden Kotflügel fehlten. Die Räder lagen frei. Eines ratterte mit zerfetztem Gummi und Funken schlagend über den Asphalt. Die beiden Seitenspiegel fehlten. Die Leisten der Seitenfenster waren verzogen, sodass die Scheiben schepperten.

»Die haben auf *mich* geschossen!«, rief Sari ungläubig.

»Du bist ein Hologramm«, erinnerte Kamal ihn.

»Na und? Die haben trotzdem auf mich geschossen!«

»Außerdem sagte ich, eine *junge* Frau.«

»Ich musste das erstbeste Aussehen nehmen, das ich in der Datenbank finden konnte. Wir haben es ja überlebt!«

Kamal warf ihm nur einen kurzen Blick zu, dann sah er wieder auf die Straße. »Du kannst dich wieder zurückverwandeln.«

Sari nahm sein ursprüngliches Aussehen an und blickte sich im Wagen um. »Schöne Sauerei! Oh …« Er verstummte und starrte auf den Koffer unter sich. »Die Ampullen sind getroffen.«

»Ich weiß.« Kamal hustete und spuckte Blut aufs Lenkrad. Ein Schleimfaden hing ihm vom Kinn.

»Oh Scheiße!«, rief Sari. »Du bist verletzt!«

»Es geht schon«, keuchte Kamal. Mit einer Hand steuerte er den Wagen über die Landstraße. Den verletzten Arm presste er an den Oberkörper. Der Adrenalinschock würde ihn noch einige Minuten lang wach halten. Doch dann würde der Schmerz kommen und ihn ohnmächtig werden lassen.

»Wie viel Zeit haben wir noch?«

»*Wir?*«, wiederholte Sari. »*Du* hast noch drei Minuten. Wir sind gleich da.« Sari zeigte auf einen bewaldeten Hügel, der sich neben der Landstraße erhob.

Kamal riss das Lenkrad herum, steuerte den Wagen von der Straße, die Böschung hinunter und über den Feldweg. Er raste den Hügel hinauf. Die Baumwipfel schoben sich vor die Sonne. Im Schatten des Waldes wurde es kühler. Durch die fehlende Windschutzscheibe drang der Geruch von Pilzen, Moos und Nadelwald ins Auto.

Der Wagen holperte über Wurzeln und Steine. Schließlich steckte er fest. Das kaputte Rad hatte sich in die Erde gefressen, und die Hinterräder drehten durch. Kamal zog die Handbremse fest. Er packte den Koffer vom Beifahrersitz und stieg aus dem Wagen. Sofort knickte sein linkes Bein ein. Der Schmerz fuhr ihm durch die verletzte Wade. Er klammerte sich an der Tür fest.

Sari blieb im Wagen sitzen. »Ich muss jetzt los. In zwei Minuten verschwinden wir von hier. Mach's gut.« Das Hologramm löste sich zum letzten Mal auf. Nun war Sari endgültig verschwunden.

Kamal biss die Zähne zusammen und humpelte den Hügel hinauf. Hinter sich hörte er das Knirschen von Autoreifen. Zwischen den Bäumen sah er die Lichtung. Nur noch wenige hundert Meter.

»Stehen bleiben!«

Kamal blickte sich nicht um. Sein Atem rasselte. Er schob die Sträucher beiseite und stolperte über Wurzeln und weichen Waldboden.

»Stehen bleiben!«, wiederholte die Stimme aus dem Megafon. »Geben Sie auf! Wo ist die Frau?«

Nach der könnt ihr lange suchen!

Er hatte die Polizei unterschätzt. So leicht wie er sich das gedacht hatte, war es doch nicht gewesen. Kamal humpelte weiter.

Bei jedem Schritt jagte ihm der Schmerz durch das Bein. Er verzog das Gesicht. Bald würde das Adrenalin nachlassen, dann würde er auch den Glassplitter in seiner Brust spüren. Blut sammelte sich in seinem Mund. Er hatte nicht mehr die Kraft, es auszuspucken. Er musste es schlucken. Es schmeckte metallisch und salzig zugleich. Blutfäden hingen ihm aus dem Mundwinkel.

»Bleiben Sie stehen!«

Ein Schuss krachte. Kamal spürte keinen Schmerz. Offensichtlich war es nur ein Warnschuss gewesen. Kamal schluckte wieder. Er hinkte weiter. Da stolperte er, fiel zu Boden und erbrach sich. Er schnappte nach Luft. Der Aluminiumkoffer lag neben ihm. Wie viele von den Proben hatten es heil überstanden? Waren sie alle zerstört worden? Eine Kugel pfiff über seinen Kopf hinweg. Er presste den Kopf in den Moosboden. Auf allen vieren kroch er weiter, zerrte den Koffer hinter sich her. Die Dornen zerrissen seine Kleidung und kratzten seine Hände und Wangen auf.

Ein weiterer Schuss krachte. Kamal hustete wieder, diesmal lief ihm das Blut aus Nase und Mund. Ihn schwindelte. Dumpf hörte er das Knacken von Funkgeräten, erneute Rufe über das Megafon und das Kläffen von Hunden. Woher hatten sie so rasch die Suchhunde herbekommen? Die mussten von einer anderen Straßensperre abgezogen worden sein. Über seinem Kopf ratterte wieder der Helikopter. Die Sträucher bogen sich im Wind. Kamal robbte weiter. Endlich erreichte er die Anhöhe. Die Lichtung lag vor ihm.

Er rappelte sich auf und humpelte zur Wiese. Nichts schützte ihn mehr. Hier würden sie ihn leicht erwischen. Ein Kopfschuss genügte, dann würde er so enden wie Sandra, Marlene und all die anderen. Nur, ihn würden sie nicht mehr rekonstruieren können. Von ihm gab es keine Ampullen mit Blut- und Rückenmarksproben. Seine DNS wäre spurlos verschwunden, und nichts würde mehr an ihn erinnern.

Schüsse krachten jetzt wie Stakkatofeuer. Hinter ihm wurden Äste und Blätterwerk zerfetzt. Er stolperte über die Lichtung und blickte zum Himmel. Wo blieben sie? Waren die zwei Minuten nicht schon längst um?

Er riss das Handy vom Gürtel und presste den Daumen auf den roten Sensor. Der Scanner erkannte seinen Fingerabdruck, das Display leuchtete rot. Er öffnete den Mund. »Ich …«

Da fuhr ihm die Kugel in den gesunden Oberarm. Das Handy wurde ihm aus der Hand geschleudert. *Verdammt! Nicht jetzt!* Es lag einige Meter entfernt auf einem mit Flechten bedeckten Stein. Aus dem Augenwinkel sah er die Männer in den schwarzen Uniformen. Sie liefen über den Hügelkamm, während die Hunde an den Leinen zerrten. Kamal ließ sich auf den Bauch fallen, worauf sich der Glassplitter noch tiefer in seine Brust bohrte. Zudem presste ihm der Aufprall die Luft aus der Lunge. Sein Körper schmerzte, als zerriss es ihm die Eingeweide. Er robbte auf das Handy zu.

»Jetzt!«, keuchte er. »Jetzt, verdammt! Sari! Jetzt! Ich bin hier.«

Die Männer liefen über die Lichtung. Von allen Seiten umstellten sie ihn. Die Hunde kläfften. Über ihm knatterte der Helikopter. Das Gras wurde zu Boden gedrückt.

»Worauf wartet ihr?« Kamal rollte sich auf den Rücken und starrte in den Himmel. Er hielt den Koffer fest umklammert.

Das Handy blinkte rot.

»Jetzt«, flüsterte er und schloss die Augen. »Holt mich doch, um Himmels Willen, so holt mich doch …«

Die Männer umstellten ihn. Ihre Gewehre waren auf ihn angelegt. Ein Mann beugte sich zu ihm nieder und zerrte an dem Koffer.

»Nicht die Ampullen«, keuchte Kamal mit geschlossenen Augen. Seine Finger umklammerten den Griff. Der Koffer war alles, was er hatte. Er würde nicht loslassen, vorher mussten sie ihn erschießen.

Er spürte den kalten Stahl eines Gewehrlaufs an der Schläfe.

»Nicht den Koffer«, hauchte er, doch in dem Lärm des Helikopters konnte er nicht einmal seine eigenen Worte hören. Seine Lider flackerten, ihm wurde schwarz vor Augen. Er durfte nicht ohnmächtig werden – nicht jetzt! Er versuchte, die Hand zur Faust zu ballen … sie war taub, er spürte sie nicht.

Da hörte er ein vertrautes Knistern. Der Korridor öffnete sich. Kamals Lider wogen bleischwer. Er konnte die Augen nicht öffnen und sah nicht, ob die Männer vor Schreck zurücktaumelten. Würden sie schießen? Falls ja, würde der Korridor ihre Kugeln schlucken, und wenn alles vorbei war nur einen kleinen kreisrunden versengten Fleck auf dem bemoosten Boden hinterlassen.

Kamal hörte und sah nichts mehr von alldem …

Als Marlene die Augen aufschlug, spürte sie einen pelzigen Geschmack am Gaumen. Sie zog sich die Decke vom Leib, tastete mit den Beinen über die Bettkante und setzte sich auf. Ihr brummte der Schädel. *Was habe ich letzte Nacht bloß getrieben? Die komplette Hausbar des Wohnzimmers leer getrunken?*

Sie versuchte zu schlucken. Ihr Mund war staubtrocken. Sie öffnete die Augen und blickte sich um. Obwohl die Jalousien unten waren, blendete sie das Sonnenlicht. Sie bekam die Augen kaum auf.

»Kamal?«, krächzte sie. Sie fuhr sich mit der Zunge über die Lippen. Kein Speichel, als hätte sie seit Tagen nichts getrunken. Jemand lag neben ihr im Bett. *Kamal?* Sie tastete zur Decke und zog sie weg. Es war nicht Kamal.

»Mama?« Sandra öffnete die Augen. Ihre Tochter wälzte sich im Bett herum. Daneben lag Bernhard, er rieb sich die Augen.

»Was macht ihr hier?«, murmelte Marlene.

Sandra rappelte sich mühsam auf. »Scheiße.« Sie hielt sich den Kopf. »Ich fühle mich wie ausgekotzt.«

»So spricht man nicht, junges Fräulein!«

»Ich weiß, ich fühle mich wie *erbrochen.*« Sandra blickte sich um. »Wie komme ich in euer Bett? Hat Papa mich in der Nacht herübergetragen?«

Bernhard öffnete die Augen. »Mama, ich habe schlecht geträumt.«

Da öffnete sich die Schlafzimmertür.

»Guten Morgen, meine drei Hasen.« Kamal grinste. Er hielt ein Tablett in Händen. Toastbrot mit Marmelade, Rührei mit Schinken, eiskalter Tomatensaft sowie Kuchen mit Schokostreusel waren darauf angerichtet.

»Ihr habt sicher tierischen Hunger«, stellte er fest und humpelte durch das Schlafzimmer. Sein Bein war bandagiert, den Arm trug er in einer Schlinge, und am anderen Arm hatte er einen Verband.

»Was ist mit dir passiert?«, entfuhr es Marlene. »Ein Unfall in der Praxis? Du siehst aus, als hätte dich der Dobermann des Nachbarn angefallen.«

Kamal verzog das Gesicht. »Das ist eine lange Geschichte. Frühstückt erst mal.« Er stellte das Tablett in die Mitte des Betts und gab seiner Frau und seiner Tochter einen Kuss. Bernhard strich er über den Wuschelkopf.

Der Junge stürzte sich sogleich auf den Tomatensaft und trank das Glas in einem Zug leer. »Schmeckt … komisch.«

Sandra runzelte die Stirn. »Seit wann machst *du* Frühstück, Papa?«

»Hab nicht ich gemacht, Sari hat es zubereitet.«

Marlene runzelte die Stirn. »Wer ist Sari?«

Bernhard blickte erstaunt auf. »Aber der Kuchen ist super«, sagte er mit vollem Mund und stopfte sich ein weiteres Stück hinein.

»Sari ist ein Freund. Ihr werdet ihn noch früh genug kennenlernen.«

Marlene und Sandra warfen sich einen merkwürdigen Blick zu. *Ist Papa nicht ganz dicht?*, schienen ihre Augen zu sagen.

Kamal ging zum Fenster und zog die Jalousie hoch. Sonnenlicht flutete in das Zimmer.

»Ah!« Geblendet schlossen Marlene, Sandra und Bernhard die Augen.

»Eure Augen müssen sich noch an das Licht gewöhnen.« Kamal kippte das Fenster. Frische Luft strömte in das Zimmer. Draußen zwitscherten Vögel.

Marlene klappte der Mund auf. Sie zeigte zum Fenster. »Wo ist der Apfelbaum?«

»Tja, auch das ist eine lange Geschichte.« Kamal zuckte die Achseln. »Die Umgebung dort draußen ist nicht echt, es sind bloß Hologramme. Sie sind nicht perfekt, ich weiß, aber Sari bastelt daran. In einer Woche hast du einen neuen Apfelbaum. Versprochen!«

»Was redest du da? Ich glaube, ich träume noch.« Marlene schüttelte den Kopf.

Da sprang Sandra aus dem Bett. »Traum! Das war's! Das glaubt ihr mir nie. Ich hatte einen total abgefahrenen Traum. Ich dachte, ich wäre gestorben.«

Marlene fiel die Kinnlade hinunter. »Ich auch«, hauchte sie.

Erstaunt blickte Bernhard auf und hörte auf zu kauen. Auf seinem Gesicht zeichnete sich ab, dass auch er ähnliches erlebt haben musste.

Kamal nickte. »Das seid ihr auch, doch das ist wiederum eine andere Geschichte. Ich erzähle sie euch später.«

Marlene stieg aus dem Bett. »Was faselst du da? Geht es dir gut, mein Schatz?« Sie legte Kamal die Hand auf die Stirn. »Kein Fieber«, murmelte sie.

»Ihr müsst jetzt stark sein«, sagte Kamal.

Sandra blickte ihn verwirrt an. »Papa, bleib cool. Was ist los mit dir?«

»Ich bin nicht im Iran geboren«, erklärte er und hob die Hände, um die beiden Frauen zum Schweigen zu bringen. »Ich stamme von weit her. Dort ist es ein wenig anders als auf der Erde, aber es wird euch gefallen … es ist grüner, sonniger, die Luft ist frisch und die Bewohner sind freundlich.«

»Aber Papa, wie kommst du auf die Idee, dass wir …?«

»Die Erde existiert nicht mehr, so wie du sie kennst«, unterbrach Kamal seine Tochter. Er nahm sie und Marlene an der Hand und führte sie zur Schlafzimmertür. Bernhard lief ihnen hinterher. »Ein Meteoritenfeld zog durch das Sonnensystem. Die Erde wurde öfter getroffen, als du dir vorstellen kannst. Mittlerweile ist alles Leben vernichtet.«

Sie blieben vor der Schlafzimmertür stehen. Er legte Marlene die Hand um die Schulter.

»Was zum Teufel redest du da?«, rief sie.

»Einen Tag vor der Katastrophe wurde ich zurückbeordert. Ich durfte meine Familie mitnehmen.«

»Deine Familie? Wer ist noch hier?«

»Nur ihr drei«, sagte Kamal. »Und Bob. Die anderen haben es nicht geschafft.«

»Wo ist er?«, rief Bernhard.

Kamal stieß einen Pfiff aus. Die Schlafzimmertür war nur angelehnt. Eine Schnauze schob sich herein, und ein zwei Jahre alter Bobtail lief schwanzwedelnd ins Zimmer.

Bernhard stürzte sich sofort auf den Hund und rangelte mit ihm auf dem Boden.

»Wohin zurückbeordert?«, fragte Marlene. »Wo zum Teufel sind wir hier?« Skeptisch blickte sie zum Türspalt, hinter dem – anders als sonst – nicht die Tapete des Vorraums zu sehen war.

»*Schscht.*« Kamal legte den Zeigefinger über die Lippen. Dann zog er die Schlafzimmertür ganz auf. Feuchte Luft strömte herein, eine grüne Liane hing vor der Tür. Ein Vogel mit bunten Federn und langem Schnabel, ähnlich einem Kakadu, flatterte vorbei und hockte sich krächzend auf die Balustrade der Holzveranda.

Marlene riss die Augen auf, schnappte nach Luft, griff zum Türrahmen und sank zu Boden. Ungläubig starrte sie nach draußen.

Sandras Mund klappte auf. Sie rieb sich die Augen und ließ den Blick schweifen. »Cool«, flüsterte sie.

»Megastark!«, rief Bernhard.

Kamal grinste. »Den Kindern und dem Hund gefällt es hier.« Er setzte sich zu Marlene auf den Boden und nahm ihre Hand.

RAMADA INN

Meine Frau ist sehr reiselustig. Als wir 1998 ein Paar wurden, zu einem Zeitpunkt als ich meine ersten Gehversuche als Schriftsteller unternahm, schlug sie vor, einen kleinen, gemeinsamen Urlaub zu buchen. Daraus wurde ein dreiwöchiger Trip im Mietauto durch die USA – von Los Angeles bis nach Albuquerque. Insgesamt 4000 Kilometer. Ja, so ist sie, meine Frau. Am beeindruckendsten fand ich die Naturparks, den Grand Canyon, die Nevada Wüste und die Pueblo Siedlungen New Mexicos.

Mir ist noch die Stimme von Perry-Rhodan-Chefredakteur Klaus N. Frick im Ohr, der bei Schreib-Workshops ständig predigte, ein Autor müsse das schreiben, worüber er Bescheid wisse. Also habe ich eine Story geschrieben, die in der brütenden Hitze New Mexicos spielt. Stellen Sie sich beim Lesen eine kalte Pepsi bereit!

ICH SAH SIE SCHON vor dem Motel warten, als ich den Bus von der Abbiegespur auf das Gelände des Parkplatzes lenkte. Sie standen dicht gedrängt im Schatten des Vordachs, die Hände in den Hosentaschen vergraben, und sahen mich mit finsteren Mienen an. Es war ein verdammt heißer Tag und ich hatte mich verspätet. Aber was sollte ich machen? Auf dem Freeway war die Hölle los. Was konnte ich dafür, dass alle zugleich übers Wochenende verreisen wollten?

Auf dem aufgerissenen Asphalt, zwischen den verblassten, weißen Linien, standen nur wenige Autos. Wie immer, wenn wir kamen, war die Umgebung rund ums Motel meilenweit abgesperrt worden. Ich hätte genug Platz gehabt, einen Jumbojet quer über den Parkplatz in die Schatten dreier Pinien zu lenken. Ich ließ den Motor laufen und schaltete die Aircondition eine Stufe höher. Mit einem Zischen klappten die Falttüren auf, und eine Hitzewelle quoll ins Businnere.

Augenblicklich lief mir der Schweiß in den Nacken. Ich schob mir die Sonnenbrille auf die Stirn und blinzelte über den Parkplatz zum Motel. Der Asphalt schien nicht nur zu glühen, sondern sah bereits aus, als hätte er zu schmelzen begonnen. Die Luft flimmerte über dem Teer, dahinter war der rote *Ramada-Inn*-Schriftzug schemenhaft zu erkennen. Im Schatten neben dem Motel befanden sich ein *Taco Bell* und eine Tankstelle, mit Flachdach und eingezogenen Holzbalken, im rotbraunen Pueblo-Lehmstil New Mexicos. Vor dem Eingang des Motels stand eine Menschentraube. Die Gäste lösten sich nur langsam und gingen auf den Bus zu.

»Bewegt euch, Leute!«, murrte ich. »In zwei Stunden ist Feierabend.«

Die trockene Luft kratzte in meiner Kehle und ließ mich nach der Pepsidose greifen, die im Kunststoffbehälter unter dem Armaturenbrett steckte. Die Kohlensäure hatte sich längst verflüchtigt, doch immerhin war das Getränk halbwegs kühl, auch wenn es nach Schuhsohle schmeckte. Ich nahm einen Schluck und wischte mir mit dem Taschentuch über Stirn und Nacken. Mein Blick fiel auf das Schild, das irgendein Idiot am Fenster neben der Fahrertür angebracht hatte: *No Smoking*. Ich schnippte mir die zerknickte Marlboro in den Mundwinkel, die während der gesamten Fahrt hinter meinem Ohr gesteckt hatte. Das Streichholz aus der Brusttasche riss ich am Armaturenbrett an. Eine dunkelblaue Rauchwolke waberte zur Decke, wurde vom Luftzug der Aircondition erfasst und durch den Bus gewirbelt. Aus dem Radio klang K. Jones mit dem *Classic Rock that rocks*, eine der wenigen Radiostationen, die man in New Mexico hören konnte, ohne sogleich einen BigMac über das Lenkrad würgen zu müssen. Nicht, dass ich etwas gegen BigMacs hätte, aber die Folksender sind was für Intellektuelle, Spießer und Schwuchteln … und zu denen zähle ich mich nicht. Bruce Springsteen spielte *Born in the USA*. Ich trommelte mit den Fingern auf dem Kunststoff des Lenkrades. Indessen hatten die ersten Typen den Bus erreicht und kletterten über die Stufen ins Innere.

»Hi, Lou. Mann, wurde auch Zeit, dass du kommst. Ich dachte schon, ich müsste in dem Kaff Wurzeln schlagen.«

»Hi, Neil.« Ich tippte mir an die Stirn.

»Oh Mann, hier ist es kalt.«

»Soll ich die Heizung andrehen?«

Neil grinste, klopfte mir auf die Schulter und ging nach hinten. Der nächste Passagier kletterte auf Stelzbeinen über die Stufen, klammerte sich mit zwei Armen an einer Verstrebung fest und glotzte mich stumm an.

Ich scannte ihn.

Piep!

Gleichzeitig schoss ich ihm mit dem Scanner eine Patrone ins Handgelenk, sodass seine Assimilationsfähigkeit für die nächsten vier Stunden erneut aussetzen würde.

Fupp!

Er zuckte nicht einmal mit dem Augenlid. Dann sah ich kurz aus dem Fenster, weil Elliot, der Neue im Team, neben dem Bus stand und an die Scheibe geklopft hatte, um mir mit erhobenem Daumen zu signalisieren, dass er alle Quaarteln hergebracht hatte.

»Ja, okay, verzieh dich und steig ein«, murrte ich.

Dann wandte ich mich um. Vor mir stand der Nächste. »He, habe ich dich nicht gerade gescannt?«

Der Quaartel grunzte. Grüner Schleim lief ihm aus einer Öffnung im Gesicht.

»Okay.« Ich scannte ihn und schoss ihm eine Patrone ins Handgelenk. *Piep! … Fupp!* »Der Nächste!«, brüllte ich.

Der dritte, der einstieg, war ein ganz cleverer Bursche. Er hing mit zwei Armen an der Decke und pochte mit den Knöcheln seiner dritten Hand auf das Schild neben der Fahrertür. Ich scannte ihn – *Piep! … Fupp!* – und blies ihm eine blaue Rauchwolke in die Lamellen.

»Mach, dass du weiterkommst!«, knurrte ich. »Wir haben nicht ewig Zeit!«

Er klappte die Lamellen zu, sabberte eine grüne Lache auf den Boden, zischte irgendetwas Unverständliches und stakste auf Stelzbeinen weiter. Dann sprang der Kerl an der Wand hoch und lief flink an den Fensterscheiben entlang nach hinten. Die stinkende Schleimspur, die er auf dem Glas hinterließ, sah aus, als hätte jemand einen Milchshake mit Kiwi getrunken und anschließend über die Busscheiben gekotzt.

»Mieses Pack!« Ich dämpfte die zur Hälfte gerauchte Zigarette auf dem Armaturenbrett aus. Seit achtzehn Jahren fuhr ich diesen Bus, und jedes Mal war es dasselbe mit den Mistkerlen.

Weiteres Gesindel kletterte in den Wagen, ließ sich irgendwo auf den Sitzbänken nieder oder blieb einfach nur an der Decke kleben. Nach einer Weile waren alle an Bord und ruhig gestellt. Der Scanner zeigte dreiundzwanzig *Spezial-Passagiere*.

Zum Schluss sah ich zur Abwechslung ein paar Zweibeiner mit freundlichem Gesicht den Bus betreten.

»Hi, Lou.«

»Hi, Buzz«, erwiderte ich. »Wir war euer Tag?«

»Mhm.« Buzz zuckte mit den Achseln. »Die waren die meiste Zeit im Swimmingpool, aber wir mussten ständig darauf achten, dass sie nicht zu viel von dem Wasser saufen. Du kennst die Kerle doch, die kriegen nicht genug davon. Kannst du dich noch an letztes Jahr erinnern?«

Ich nickte. Klar konnte ich. So schnell vergaß man das nicht.

»Was soll's, diesmal ging alles gut.«

»Glück gehabt«, murmelte ich.

Buzz ging nach hinten, begleitet vom Getrippel der Stelzbeine, dem Schleimgestank und dem Zischen der Lamellen.

»He, lass das!«, hörte ich ihn.

Im Rückspiegel sah ich, wie er den Arm von einem der Quaarteln zur Seite schlug, der ihm gefolgt war.

Letztes Jahr hatte einer zu viel Chlor durch die Lamellen gesaugt und war im Swimmingpool zerplatzt. Einfach so! Ohne Vorwarnung. Wir hatten einigen Erklärungsbedarf, doch Neil regelte das für uns. Buzz und ich reinigten die Sauerei im Swimmingpool. Die Fetzen klebten sogar an den Campingliegen und hingen von der Dachrinne des Motels. Es sah ekelhaft aus. Buzz hatte sich dabei die Hand verätzt. Der rote Fleck zwischen Daumen und Zeigefinger war noch heute zu sehen, und wenn ihn jemand danach fragte, sagte er stets, seine Exfrau hätte ihn mit dem Bügeleisen verbrannt … obwohl jeder wusste, dass Nadine gar nicht bügeln konnte. Ja, die besaß nicht einmal ein Bügeleisen. Das war ein Gag, den er seit einem Jahr regelmäßig zu hören bekam, und er ließ ihn mit stoischer Ruhe über sich ergehen.

»Lou, kannst du die Musik leiser stellen?«, brüllte jemand von der letzten Sitzreihe.

»Nein!«, knurrte ich. »Das ist Bruce Springsteen!«

»Die Quaarteln sind den Lärm nicht gewöhnt.«

»Scheiß auf die Quaarteln«, knurrte ich und stellte das Radio leiser. Am liebsten hörten sie klassischen Scheiß, Vivaldi, Beethoven und diesen Mist. Da bekam man Fransen an den Ohren.

»Aber die Quaarteln …«

»Moment!«, sagte ich. Das Satellitentelefon hatte geläutet. Hier draußen in der Wüste funktionierte keine andere Verbindung. Ich zwängte es aus der Halterung und ging ran. »Ja?«

»Hi, Lou.« Es war Michael. Diesmal war er nicht mitgefahren, sondern in der Zentrale geblieben. »Alles in Ordnung bei euch?«

»Ein Quaartel fehlt, und Neil hat einen so merkwürdigen Blick.«

»Du verscheißerst mich doch nur wieder!«

»Nein ehrlich, ich … nein, Neil, hör auf, ahhh!«, schrie ich und packte mich mit der Hand an der Gurgel.

»He, lass das!«, brüllte Michael.

Ich wischte mir den Schweiß von der Stirn. »Okay, reg dich wieder ab, alles im grünen Bereich.«

»Du weißt, was das bedeutet, sollte einem der Quaarteln die Flucht gelingen.«

»Ja, weiß schon«, murrte ich. Michael war übervorsichtig. Dabei war alles nur Theorie. Niemand hatte es bisher gesehen. Und wer weiß, konnten sie wirklich in den Körper eines Menschen schlüpfen? Ich persönlich glaubte es ja nicht.

»Nicht auszudenken, wenn einer von denen in die Freiheit entkommt.«

»He, ich sagte, alles im grünen Bereich!«

»Ja, schon gut. Wenn dich dieser Job so sehr ankotzt, hättest du dich ja ins Büro versetzen lassen können.«

Dieser Idiot! *Ich und ein Büro.* Wenn ich das Geld und die Gefahrenzulage nicht so dringend für Miete, Auto und ein paar Glückspiele in El Paso bräuchte, hätte ich den Job längst geschmissen und würde als Tankwart oder Mechaniker arbeiten –

irgendwo, wo es keine Quaarteln gab, die mir den Tag versauten.

»Wann macht ihr euch auf den Heimweg?«, fragte Michael.

»Demnächst.«

»Hast du alle eingesammelt?

»Ja! Ich habe alle gescannt und ruhig gestellt.«

»Soll ich euch sicherheitshalber einen Wagen entgegen schicken?«

»Nein, verflucht! War bisher nie nötig.«

»Es gibt immer ein erstes Mal.«

»Nicht, solange *ich* Fahrer bin und für die Sicherheit …!«

»Okay, Lou, du hast recht. Over und Aus!«

Arschloch! Ich hätte gedacht, Michael würde deutlich entspannter sein, wenn er diesmal in der Zentrale bleiben würde – doch dort verlor er genauso die Nerven.

Ich steckte das Satellitentelefon zurück in die Halterung. Der Bus füllte sich. Die letzten Kollegen stiegen ein. Es wurde immer heißer. Ich trank den letzten Schluck Pepsi, zerdrückte die Aludose und warf sie auf den Boden des Busses zu den anderen. Nach diesem Tag musste der Wagen sowieso von *Benson & Hodding* gereinigt werden. Der Schleim an den Fenstern konnte unmöglich kleben bleiben. Bis zum nächsten Morgen hätte sich die Säure durchs Glas gefressen. Dann hätten wir *echten* Erklärungsbedarf.

»Lou?«

»Waaas?«, brüllte ich. Konnte man nicht mal eine Minute in Ruhe im Bus hocken?

»Du musst die Aircondition abschalten«, rief jemand nach vorne.

»Die Quaarteln erfrieren sonst«, flüsterte Elliot, als er sich als Letzter an mir vorbeizwängte und mit zwei Fingern eine leere *Taco-Bell*-Tüte hielt. »Darf ich die …?«

»Nein!« Mein Platz war keine Müllhalde.

Elliot roch nicht wie die anderen nach Chili, Knoblauch und Zwiebeln, sondern nach feinem Rasierwasser. Elliot war der Neue im Team. Man erzählte sich, er war ein feiner Pinkel, einer von der Sorte *Klugscheißer*! Außerdem stammte er nicht aus unserer Gegend, von El Paso, Santa Fé oder Albuquerque, sondern aus dem Norden, wahrscheinlich irgendwo aus New York oder Chicago; fein genug war er ja.

»Scheiß auf die Quaarteln«, knurrte ich und kippte einen Schalter am Armaturenbrett auf *0*.

Ich blickte in den Rückspiegel: Wir waren komplett. Ich schloss die Türen, schob mir die Sonnenbrille auf die Nase, stellte den Hebel der Automatik auf *D*, kurbelte am Lenkrad herum und fuhr den Bus vom Parkplatz, hinunter auf den Freeway 380 East. Es lagen noch zwei Stunden Fahrt über die Sacramento Mountains vor uns – noch zwei Stunden brütende Hitze, ohne Musik! Zwei Stunden, in denen ich den Gestank der Quaarteln erdulden musste – und ihr Kauderwelsch, das keiner verstand.

Endlich erreichten wir das NASA-Kontrollzentrum in Roswell, und ich lenkte den Bus in die unterirdische Quarantänekammer.

Neil, Buzz und Michael hatten 1969 etwas auf der dunklen Seite des Mondes entdeckt und mitgenommen. Seitdem hatte sich hier viel geändert.

»Ach, wie ich diese Betriebsausflüge hasse«, murrte ich zu Neil, der neben mir stand und die Quaarteln aus dem Bus in einen Gang bugsierte, der zu den Labors führte.

»Ich weiß.« Neil klopfte mir auf die Schulter. Er stieg erst aus, nachdem alle den Bus verlassen hatten.

Endlich allein. Ich schloss die Tür und legte den Rückwärtsgang ein.

Hilfe!

»Halts Maul!«, knurrte ich und warf einen Blick in den Rückspiegel. Meine Pupillen hatten sich verändert, aber das war niemandem aufgefallen.

Verschwinde aus meinem Körper!, hallte die Stimme erneut in meinem Kopf.

»Gewöhne dich schon mal daran, Lou«, murmelte ich.

Ich wischte mir mit einem Taschentuch den grünen Schleim weg, der mir aus einem feinen Riss unter dem Haaransatz lief, lenkte den Bus ins Freie und fuhr zur nächst größeren Stadt.

El Paso.

BIOHYBRIDEN

Hier ist eine weitere Story, die in den USA spielt. Diesmal in New York. Auch diese Stadt haben meine Frau und ich besucht – und der Schock war groß, als wir um Mitternacht im Taxi vom Flughafen in einer Seitengasse des Broadways ankamen, wo sich unser Hotel befand. Schock deshalb, weil die Stadt wie ein Ameisenhaufen pulsierte und wir eine gefühlte Stunde brauchten, bis wir uns quer über den Time Square zu einer McDonald's-Filiale gekämpft hatten, weil wir nach dem langen Flug extrem hungrig und durstig waren.

Ich muss gestehen, dass ich die US-Amerikaner nicht unbedingt mag – zu verkorkst, zu konservativ, zu prüde, zu selbstverliebt, zu doppelmoralisch, zu waffengeil, zu patriotisch und ... na ja, seien wir ehrlich, zu undemokratisch. Mit einem Wort ... ziemlich amerikanisch eben.

Wenn man die USA mit Europa vergleicht, muss man feststellen, dass wir auf einem Kontinent leben, der von Kunst und Kultur nur so überquillt. Möglicherweise liebe ich deshalb New York. Wenn man den ersten Schock erst einmal überwunden hat, ist es einfach eine tolle Stadt. Sie ist schließlich auch eine der ersten amerikanischen Städte, die 1614 von Dope rauchenden Niederländern gegründet wurde – vielleicht liegt es daran.

Jedenfalls spielt Biohybriden *in New York. In dieser Stadt habe ich zwar Vieles erlebt – aber ich kann nicht von mir behaupten, dass mir das zugestoßen wäre, was Tara Margolis passiert ist …*

TARA MARGOLIS raffte sich das Kleid hoch und stieg über die Wendeltreppe in den dritten Stock. Sie verharrte vor dem Privatdetektivbüro.

Satellite Detective Agency stand auf dem Türschild. Angeblich garantierte Carl Pook, der Betreiber des Büros, eine hundertprozentige Überwachung.

Die Tür war angelehnt. Ohne anzuklopfen, trat Tara Margolis ein. Der Raum war schmuddelig, Wollsocken lagen auf der Couch, Pappbecher und Popcorn auf dem Boden. Das Fenster war gekippt, die Jalousie herunter gelassen, und die an den Wänden klebenden Post-its flatterten in der Zugluft.

Ein Mann rollte in einem Drehstuhl durch den Raum. Er musterte Tara und kratzte sich am grauen Stoppelbart. Seine Augen waren verquollen, entweder vom Alkohol oder von nächtelanger Bildschirmarbeit. Tara tippte auf eine Mischung aus beidem.

»Morgen«, knarrte er.

Tara warf einen Blick auf die Armbanduhr. Es war später Nachmittag.

»Mrs. Margolis, nehme ich an? Nennen Sie mich Pook!« Er nickte zu dem angrenzenden Raum. »Folgen Sie mir in mein Büro.«

Er rollte ins Nebenzimmer, das ebenso dunkel und schmierig war. Eine Reihe Monitore flimmerte, Computer schnurrten wie Katzen und kilometerlanger Kabelsalat lag auf dem Boden.

»Ich habe Ihnen das Geld bereits auf Ihr Konto …«

Er winkte ab. »Ich weiß. Setzen Sie sich.« Er deutete auf einen Klappstuhl. »Sie wollen Ihren Mann überwachen lassen«, stellte er fest und kicherte. »Typisch! Hat er Ihnen Geld gestohlen?«

»Ich glaube, er betrügt mich.«

»Natürlich, das Übliche! Wir leben in einer Scheißwelt! Es passieren die abartigsten Dinge«, plapperte er und schüttelte dabei den Kopf. »Frauen machen es miteinander, sogar minderjährige Gören dürfen miteinander vögeln, Drogen und Kinderpornos wohin man blickt, und in Manhattan schlitzt ein Wahnsinniger den Bräuten die Kehle auf. Wundert Sie das?«

Tara verdrehte die Augen. Gott, wo war sie da nur hinein geraten? Am liebsten hätte sie auf dem Absatz kehrtgemacht und das Haus verlassen, doch sie hatte diesem Kotzbrocken bereits eintausend Dollar überwiesen.

»Haben Sie es schon mal mit einer Frau gemacht?«, fragte er.

»Nein, und Sie?«

»Hä, hä, Sie haben Humor.« Er grinste. »Oder mit einem Schwarzen ...?«

»Entschuldigen Sie bitte, meine Zeit ist knapp. Würden Sie bitte Ihren Job erledigen.« Tara kniff die Augen zusammen.

»Oh ja, klar, 'tschuldigung!« Er schielte sie aus dem Augenwinkel an. »Heißt das *ja*?«

Sie deutete auf den Monitor. »Ihr Job!«

Er hob die Hände. »Okay, okay! Haben Sie das Sample Ihres Mannes mit?«

Tara reichte dem Detektiv eine fingernagelgroße Kapsel. Eine dunkelrote Flüssigkeit schwappte darin. Es war schwierig gewesen. Sie hatte ihren Mann mit einem Schlafmittel betäubt und ihm das Blut abgezapft.

»Sie hätten ihm nicht gleich drei Liter aus dem Körper saugen müssen, ein Tropfen hätte genügt!« Pook schüttelte den Kopf. Er öffnete das Sample, klatschte einen Tropfen auf eine Glasplatte und schob sie in den Scanner. Die Datenanalyse lief. »Dauert bloß fünf Stunden!« Pook grinste. Einen Atemzug später war der Computer fertig: Blutgruppe AB, Rhesus-Faktor negativ und eine Auswertung des Hämoglobins in den Erythrozyten. Einige Dutzend Nukleotide tanzten in einer Doppelhelix über den Bildschirm.

»Das ist besser als jeder Fingerabdruck.« Pook klopfte auf den Monitor. »Außerdem lässt sich der DNS-Code über Satellit orten.« Er verschränkte die Hände, ließ die Knöchel knacken, dann flogen seine Finger über die Tastatur. Tara verstand nur die Hälfte von dem, was sie sah. Carl Pook verband sich über das Modem mit den Datenarchiven der Raumfahrtbehörde, zapfte eine Satellitenschüssel an, loggte sich in den Satelliten ein und jagte den DNS-Code ihres Mannes ins All. Die Telefonkosten liefen über ein Konto, das Tara nicht kannte – und Pook vermutlich auch nicht. Er lehnte sich zurück und verschränkte die Hände hinter dem Kopf.

»Und jetzt?«

»Der Satellit dreht gerade eine Runde über New York. Er scannt die DNS der Menschen nach *dieser* Nukleotid-Kette.« Er nickte zum Monitor. »Dauert nur eine Sekunde, dann haben wir Ihren Mann geortet.«

Sie wedelte mit der Hand über die High-Tech-Geräte. »Gehören diese Computerprogramme Ihnen?«

»Das ist die Hardware, kein Programm.«

»Und, gehört das alles Ihnen?«

»Klar, habe ich gestern im Supermarkt gekauft!« Pook lachte lauthals. »Nein, die CIA hat das, ich benutze es bloß.«

»Die CIA weiß davon?«

»Ma'am, bei allem Respekt.« Pook verzog das Gesicht. »Wüsste die CIA davon, wäre ich jetzt mausetot und Sie in Bundeshaft.«

Sie nickte, als hätte sie verstanden.

Ein roter Punkt blinkte auf dem Monitor. »Wir haben ihn!« Pook tippte sich mit der Faust ans Kinn. »Was bin ich doch für ein Teufelskerl!« Er hämmerte in die Tastatur. Auf einem der Bildschirme entstand eine Karte von New York City. Der rote Punkt kroch über das Straßennetz. »Mister Margolis! Voilà! Er fährt soeben auf der Manhattan Bridge über den East River. Jetzt kommt der schwierige Teil. Wir zapfen mit Infrarot seinen Sehnerv an.« Ein Programm lief, Datenkolonnen huschten über den Bildschirm.

»Zack! Wir sind drinnen!« Pook rieb sich die Hände. Auf einem flackernden Monitor war plötzlich ein Bild zu sehen. Für eine Sekunde wurde die Mattscheibe schwarz, danach war das Bild wieder da.

»Rubbelt sich wahrscheinlich gerade das Auge – keine Sorge, er hat sich bald daran gewöhnt«, erklärte Pook.

»Sieht er uns denn nicht?«

»Wie bitte?« Pook schien irritiert. »*Sehen?*«

»Ich meine … merkt er nicht, dass wir uns an seinen Sehnerv geklemmt haben?«

»Würde er über die richtige technische Ausrüstung verfügen, könnte er uns zurückverfolgen – was aber sicher nicht der Fall ist. Trotzdem habe ich sicherheitshalber mit einem kleinen Schutzprogramm vorgesorgt, das uns davor bewahrt, geortet zu werden.« Pook grinste.

»Okay«, murmelte Tara, allerdings klang sie nicht sehr beruhigt.

»Aha, sehen Sie! Er parkt den Wagen und steigt aus.«

Die Aufnahme war unscharf und verwackelt, als liefe jemand mit einer Videokamera auf der Schulter über die Straße. Das Bild erschien zeitverzögert, es erinnerte Tara an billig produzierte Snuff-Videos. Doch war darauf nicht mehr zu sehen, als der übliche Mist: die Autos der Rushhour, am Straßenrand hockende Penner und umhereilende Menschen mit Einkaufstüten im Arm.

»Passen Sie auf! Jetzt hängen wir uns via Satellit an seinen Hörnerv, wo die Sinneszellen die Signale ins Gehirn leiten. Wir klinken uns ein, mit einer virtuellen Infrarotsynapse – ganz einfach!« Er hämmerte erneut in die Tasten. Plötzlich war das Hupen der Autos zu hören, das Quietschen der Bremsen, das Donnern der LKWs und das Keuchen eines Mannes. Pook machte den Ton leiser.

»Hölle, wie haben Sie *das* gemacht?«, entfuhr es Tara.

»CIA Technologie!« Pook zuckte mit den Achseln. Er lehnte

sich im Stuhl zurück und verschränkte die Arme hinter dem Kopf. »Abwarten und Tee trinken«, murmelte er. »Und keine Sorge – das Schutzprogramm bewahrt uns auch beim Hörnerv davor, zurückverfolgt zu werden.«

»Gut.« Tara klang schon deutlich entspannter. Sie beobachtete das Bild auf dem Monitor. »Da!« Sie deutete auf den Schirm. »Er betritt ein Haus.« *East 57th Street* war am oberen Rand des Monitors zu erkennen gewesen, Hausnummer achtzehn. Hundekot lag in den Rillen des Kopfsteinpflasters, überquellende Mülltonnen standen an der Hausmauer.

»Die Gegend sieht ekelhaft aus. Was zum Teufel macht er da?« Sie kniff die Augen zusammen. »Sind Sie sicher, dass Sie *meinen* Mann angezapft haben?«

»Sind *Sie* sicher, dass Sie mir das richtige Sample gebracht haben?«

Tara schwieg. Mister Margolis stieg eine knarrende Treppe hinauf, klopfte an eine Holztür und trat ein. Der Raum erinnerte Tara an Pooks Büro. Wäschestücke lagen herum … *Damenwäsche,* wie sie erkannte. Sie hielt den Atem an. Eine junge Frau mit wirren Haaren und zerlaufener Schminke trat in das Blickfeld. »Du bist spät!«, stellte sie fest und schob den Kaugummi von einer Backe in die andere.

»Zieh dich aus!«, befahl eine Männerstimme. Taras Herzschlag setzte für einen Moment aus. Es war die Stimme ihres Mannes! Doch hatte sie keine Zeit, sich weitere Gedanken zu machen. Die Frau schlüpfte aus dem Kleid. Darunter trug sie halterlose, schwarze Strümpfe, keinen Slip. Ihre Brüste hingen flach hinunter, die Brustwarzen waren steif. In ihren Armbeugen glaubte Tara dunkle Einstiche zu erkennen. Mister Margolis beugte sich über die Schlampe. Zum ersten Mal im Leben sah sie den sexuellen Akt aus der Sicht eines Mannes. Seine Hände kneteten die kleinen Brüste, er keuchte, Schweißtropfen fielen auf das Gesicht der Frau. Tara hörte ihr Stöhnen, sah ihre verdrehten Augen und den verzerrten Mund. Sie blickte weg, doch in ihrer Vorstellung sah sie ihren Mann weiterhin zwischen den Schenkeln der Frau. Sie würde die Szene ein Leben lang vor Augen sehen.

»Möchten Sie, dass ich *das* auf Band aufzeichne?«

Sie schüttelte den Kopf, ihr Mund war trocken.

»Stört es Sie, wenn ich es *für mich* aufnehme?«

Tara antwortete nicht darauf. Minuten später war es endlich vorüber. Das Keuchen verstummte und Tara sah auf den Monitor. Ihr Mann erhob sich, schlüpfte in die Hose. Die Schlampe blieb auf dem Bett liegen, ihre Strümpfe waren bis unter die Knie gerutscht. Ihre Haut wirkte farblos, die Knie dünn und knochig.

Die Schlampe steckte sich eine Zigarette in den Mund. »Zweihundert Piepen!«

»Er bezahlt dafür?«, rief Tara.

Erstaunt hob Pook den Kopf. »Was dachten Sie? Dass sich die Nutte *gratis* vögeln lässt?«

»Halten Sie den Mund!« Tara presste die Lippen aufeinander.

Pook schrie auf und fuhr vom Stuhl. Taras Mund klappte auf. Auf dem Monitor war der Arm ihres Mannes zu sehen. Er streifte sich die Haut vom Unterarm. An Stelle der Finger kam eine verknöcherte Schere zum Vorschein. »Ein Biohybride!«, entfuhr es Pook. »Ich dachte, die wären längst gefasst?«

Tara schrie auf. Die Schere glitt über die Kehle der Schlampe, ein dunkelroter Strang sprudelte aus ihrem offenen Hals. Mund und Nase färbten sich rot, ihre Augen brachen.

»Oh Scheiße, was war *das*?« Pook fingerte einen Speicherchip aus der Lade und presste ihn in den Datenschlitz. Er drückte auf Aufnahme, doch die Leiche war nicht mehr zu sehen. Mister Margolis war auf dem Weg ins Bad. Im Spiegel war sein Gesicht zu erkennen. Kantige Backenknochen, dunkle Augenringe. Sein Haar streng zurückgekämmt, Schweiß stand ihm auf der Stirn. Er blickte sich an und lächelte. Die Schere am Arm knackte und verformte sich.

»*Er* ist der Mörder! *Er* ist der Wahnsinnige, der die Nutten in Manhattan abschlachtet!« Pook deutete auf den Schirm, seine Hand zitterte.

»Beruhigen Sie sich!« Taras Kehle war staubtrocken.

»*Ich* soll mich beruhigen? Scheiße! Lady, Sie sind mit einem missglückten Genexperiment verheiratet. Der Kerl ist eine verdammte Killermaschine!«

»Nein, das darf nicht sein!« Tara presste sich die Hand auf den Mund. Mit aufgerissenen Augen verfolgte sie die Übertragung. Ihr Mann wischte sich das Blut aus dem Gesicht. Er starrte in seine Augen, als wollte er sich hypnotisieren. Plötzlich griff er sich an die Schläfe. Er kniff die Augen zusammen und massierte die Stelle. Das Bild flackerte.

»Scheiße!« Pook fuhr vom Stuhl hoch. »Er hat das Schutzprogramm zum Absturz gebracht.«

»*Was* hat er?«, kreischte Tara.

»Fuck – er hat die Satellitenverbindung gehackt. Wie zum Teufel? Er hat uns!« Pook klapperte wild auf der Tastatur. »Sein Zentralnerv hat uns über den Satelliten geortet!«

»Kappen Sie die Verbindung! Rasch!«

»Ich kann nicht.«

Mister Margolis starrte in den Spiegel, erstaunt hob er eine Augenbraue. »Tara, du lässt mich überwachen?« Die Schere schnappte auf und zu.

»Er kann uns sehen?«, flüsterte Tara.

»Jetzt schon.« Pook schluckte. »Und hören!«

»Nicht nur, dass du mich betrügst«, fauchte Tara. »Du hättest die Nutten nicht töten dürfen! Du gefährdest unsere Tarnung!«

Pook rutschte an die Kante des Stuhls. »*Unsere* Tarnung?«

Margolis' Blick wurde eiskalt. »Wer weiß noch davon?«

Tara blickte zu Pook. »Niemand.«

Sie schälte sich das Fleisch vom Unterarm und holte schwungvoll mit der Schere aus.

EINUNDVIERZIG GRAD NÖRDLICHE BREITE

Diese Geschichte ist eine meiner ersten Storys, die ich je geschrieben habe. Damals trug sie auch noch einen anderen Titel und wurde im Frühjahr 1998 in einem kleinen SF-Magazin abgedruckt. Mittlerweile habe ich die Geschichte stark überarbeitet, ergänzt und einige Recherchefehler ausgebügelt, die sich damals eingeschlichen hatten. Als ich sie geschrieben habe, gab es noch kein Internet, und ich verließ mit einem Stapel Bücher die Leihbibliothek, um mich daheim schlauzumachen. Recherchefehler deshalb, weil die Story 1912 spielt.

1912 und einundvierzig Grad nördliche Breite?

Richtig, die Geschichte handelt von der Titanic.

Schwimmwesten anlegen! Eisberg voraus!

DIE MITGLIEDER DES TEAMS standen an der Reling und starrten aufs offene Meer. Vor einer Stunde hatte sich der Nebel verdichtet und die Sicht auf wenige Meter verringert. Sturmböen zogen auf. Commander Conklin fischte seine Uhr an einer silbernen Kette aus der Manteltasche und ließ den mit einer Friedenstaube verzierten Deckel aufspringen. Im Schein der spärlichen Beleuchtung des Promenadendecks las er die Uhrzeit ab. Er sog die Luft geräuschvoll ein und ließ die angespannten Schultern sinken. Ein Nebelhorn tönte in der Ferne. Er blickte zu der Frau und den beiden Männern, die neben ihm standen. Es waren junge Leute. In ihren schweren Mänteln und dem festen Schuhwerk wirkten sie harmlos. Aber das waren sie nicht. Er selbst hatte sie ausgewählt.

»Rickman, es ist 21.30 Uhr.« Conklins Atem wurde in der Kälte sichtbar und hüllte ihn für einen Moment ein. »Sie übernehmen jetzt.«

Der als Rickman angesprochene Hüne nickte und griff in die Tasche. Während er sich einen kleinen, metallenen Gegenstand in das Ohr steckte, ging er in Richtung Funkkabine davon. Nach wenigen Schritten verschluckte ihn der Nebel.

»Rickman, hören Sie mich?« Conklin starrte aufs Meer und sog die salzige Luft des Atlantiks ein. Sein Blick wanderte die Backbordwand des Schiffes zum Heck hinunter, wo die gigantischen Schiffsschrauben das Meerwasser aufwühlten.

»Laut und deutlich, Sir!«, klang die verzerrte Antwort in Conklins Ohr.

Der Commander nickte. »Beeilen Sie sich.« Er wandte sich den beiden anderen Teammitgliedern zu, welche die Kragen hochgeschlagen hatten und die Hände tief in den Manteltaschen vergruben.

Er musterte die hochgewachsene Frau. »Lena, gehen Sie zum Steuermaat. Sie treten um 23.30 Uhr in Aktion – falls Rickman scheitert.« Sie war sein Back-up. Aber es gab noch einen Plan C.

Unverzüglich wandte sich Conklin an den anderen Mann. »Baldwin, Sie sind um 23.38 Uhr im Maschinenraum. Sie wissen, was zu tun ist! Gott stehe uns bei, dass es nicht so weit zu kommen braucht.«

Die beiden nickten.

»Und Sie, Sir?«, fragte Baldwin.

Der Commander schnalzte mit der Zunge. »Falls unsere Informationen stimmen, trinkt Major Archibald Butt gerade einen Whisky im Salon. Es ist an der Zeit, dass er uns kennenlernt.«

»Lassen Sie ihn nicht aus den Augen, Sir«, sagte Lena.

»Es wird nichts schief gehen.«

Conklin lächelte und wandte sich ab. In der ganzen Zeit, die sie bereits zusammengearbeitet hatten, war noch nie etwas schief gegangen.

Lena und Baldwin steckten sich den Stöpsel mit dem Mikroprozessor ins Ohr und verließen die Backbordreling in verschiedene Richtungen.

Die *Titanic* setzte ihre Transatlantik-Überquerung von Queenstown nach New York unaufhaltsam fort. Der über 46.000 Bruttoregistertonnen schwere Dampfer pflügte sich mit der enormen Leistung der neunundzwanzig Kessel durch das Eismeer. Die Gischt spritzte bei der 22-Knoten-Fahrt bis zum Mitteldeck empor. Immer dichter werdender Nebel umhüllte das Schiff in jener Nacht des 14. April 1912.

Der Salon der Ersten Klasse auf dem A-Deck war zu dieser Stunde gut besucht. Die Passagiere hatten ihr Abendessen eingenommen, und die Männer saßen Pfeife rauchend an den Tischen oder unterhielten sich an der Theke. Der Barmann schenkte Sherry und Brandy aus. Der Raum atmete Geschäftigkeit. Die Gespräche wurden von den Klängen des Grammofons und den Tabakwolken wie durch ein schweres Tuch gedämpft.

Was für ein Abend. Conklin glaubte ein Wanken zu spüren und blickte auf. Der viktorianische Kronleuchter zog unter der Holzdecke stumme Kreisbewegungen. Der Seegang hatte in den letzten Stunden zugenommen, die Beleuchtung flackerte, doch niemand schien deswegen beunruhigt. Conklin zog ein Etui aus der Tasche und klemmte sich die Nickelbrille auf die Nase. Zwar steckten nur gewöhnliche Gläser in der Fassung, doch würde die Brille den Eindruck eines britischen Fabrikanten verstärken. Er machte sich schlank und bahnte sich einen Weg durch den Salon. Am Ende der Theke saß ein Mann, der sein Glas schwenkte, während sein Blick der kreisenden Bewegung des Whiskys folgte.

»Guten Abend. Major Butt, nicht wahr? Was für ein Zufall, Sie hier so spät noch zu treffen«, rief Conklin und klopfte dem Mann wie einem alten Kameraden auf die Schulter. Er hasste die Rolle des aalglatten, großspurigen Industriellen, aber nur so würde es klappen.

Das Geklimper der Eiswürfel verstummte. Butt sah auf.

»Guten Abend, Sir.« Er stellte den Scotch zur Seite. »Sollte ich Sie kennen?«

Conklin kannte das Bild des Militärs aus dem Dossier. Major Butt war tatsächlich ein eindrucksvoller Mann, der in seiner Uniform das Sinnbild der Autorität verkörperte. Er wog sicherlich so viel wie ein ausgewachsener Bulle, dementsprechend spannte sich die Uniform über seinen Bauch. Mit den Koteletten, dem dichten Seehundsbart und den buschigen Augenbrauen sah er aus, wie die Militärs jener Zeit eben ausgesehen hatten.

»Gestatten Sie, mich vorzustellen, Major.« Conklin nahm auf dem Barhocker neben Butt Platz. Mit einer energischen Handbewegung winkte er den Barmann zu sich. »Einen Whisky für den Major und mich.«

Der Barmann verschwand hinter den Zapfhähnen und holte zwei Gläser und eine Flasche aus dem Regal.

»Ich trinke allein!«

Conklin ignorierte den Hinweis. »Mein Name ist Browning, Rupert Browning, von Browning Enterprises«, log er. »Wir stellen *Raupenantriebe* für Amphibienfahrzeuge her. Eine Fabrik auf den Britischen Inseln. Nichts Außergewöhnliches, aber erst unlängst …«

»Wie bitte?«, unterbrach Butt ihn. »Sagten Sie Raupenantriebe?« Er klemmte sich das Monokel ins Auge, drehte sich behäbig auf dem Barhocker zu Conklin und musterte diesen.

Conklin nickte.

»*Nichts Außergewöhnliches* sagen Sie?« Major Butts Gesicht wirkte zerfurcht und wettergegerbt, als hätte er bereits zahllose Abenteuer hinter sich.

»Raupenantriebe, ja.« Conklin nickte. Das musste wie Zukunftsmusik in Butts Ohren klingen. »Schlepper, Panzer und Gleiskettenfahrzeuge. Sagen Sie bloß, Sie kennen sich damit aus?«

»Guter Mann!« Butt lachte auf.

Wie Conklin in der Empfehlung des Dossiers gelesen hatte, würde das Stichwort wirken. Conklin schmunzelte. Butt war ein Waffennarr, er hatte angebissen.

Als der Barmann zwei Whiskygläser auf den Tresen stellte, waren die beiden Männer bereits in ein Gespräch vertieft. Aber irgendwie schien es Conklin zu leicht zu gehen.

Der Treppenaufgang war leer. Rickman hörte nur seine gedämpften Schritte, mit denen er über die mit Teppich ausgelegten Stufen zum nächsten Deck eilte.

Das Schiff schlingerte. Er stieß die Tür vor sich auf und torkelte in den Gang dahinter. Hochgewachsen und kräftig, wie Rickman war, musste er den Kopf einziehen, um sich nicht am Türstock zu stoßen. Er sah auf die Taschenuhr. Ihm blieben noch fünf Minuten. Er wusste, die Zeit würde reichen. In den Tagen zuvor hatte er diesen Weg mehrmals zurückgelegt. Er kannte jede Nische und Abzweigung.

Der Dielenboden knarrte. Rickman taumelte durch den Korridor auf dem Brückendeck, mehrmals musste er sich an der Steuerbordseite abstützen.

»Vorsicht!« Ein junger Steward schob sich grinsend mit einem Sektkübel an Rickman vorbei. »Das Schiff macht unruhige Fahrt. Champagner für die Erste Klasse.« Wie zur Erklärung schüttelte er das Eis im Kübel.

Rickman schluckte seine Antwort hinunter und stolperte weiter durch den Gang. Selbst heute hatte er seine Kindheitsängste vor hohem Seegang nicht unter Kontrolle. Was für ein Wahnsinn, ausgerechnet ihn auf eine Mission wie diese zu schicken. Hätte das Kommando keinen Landeinsatz für ihn finden können? Auf Hawaii oder Koh Samui, wo die Sonne zwischen den Palmen durchschien und ihm der Wind den Sand in die Augen blies? Doch hier, inmitten des Eismeers, wurde ihm schon übel, wenn er ein Cocktailglas über die Holztheke des Salons rutschen sah. Conklin hatte ihn nicht einmal gefragt, ob er mit dem Ziel einverstanden war, sondern ihn kommentarlos auf die Liste gesetzt, wie all die Jahre zuvor. Dabei gab es genug andere Funkspezialisten und Elektrotechniker im Team. Außerdem hatte er sich nach den letzten drei Einsätzen am Stück einen Urlaub verdient. Aber *Urlaub* war für Conklin ein Fremdwort.

Die Deckenbeleuchtung flackerte.

»Großartig!« Rickman hasste es, den Vorgeschmack von Tragödien zu spüren.

Er taumelte weiter. Um 21.40 Uhr stand er vor der Kabinentür des *Marconiraums*, wie die Funkräume damals noch hießen. Er wusste, jeden Augenblick würde ein Funkspruch von der *Mesaba* eintreffen. Diese Nachricht sollte den Ersten Offizier der *Titanic* vor starkem Packeis und den Eisbergen warnen. Zu dieser Stunde trieben die Teufel nur noch wenige Meilen vom Schiff entfernt. Niemand im Team kannte den Grund, weshalb der Funkspruch übersehen worden war. Er selbst würde das ändern.

Rickman klopfte an. Als er keine Antwort hörte, drückte er die Klinke nieder. *Nicht abgesperrt*. Er öffnete die Tür. Die spartanisch eingerichtete Kabine wurde durch den Schein einer Schreibtischlampe erhellt. Keiner der beiden Funker, weder Phillips noch Bride, saß auf seinem Platz. Sonst fiel Rickman nichts Ungewöhnliches auf. Sein Blick schweifte durch den mit dunklem Holz verkleideten Raum. Er ging auf das Gerät am Ende des Zimmers zu, ein riesiger massiver Kasten, dessen Rückwand im dicken Wandholz eingebaut war.

Der Funkspruch müsste jeden Augenblick eintreffen. Das Schiff schwankte, hinter ihm knarrte die Tür.

»Guten Abend, Major ...«, hörte Rickman eine Stimme in seinem Ohr, ging aber trotzdem weiter in den Raum. Er betrachtete das Funkgerät, hockte sich hin und tastete über das Gehäuse.

»... was für ein Zufall, Sie hier so spät noch zu treffen.«

Rickman verfolgte mit seinem Chip Conklins Annäherungsversuch an Major Butt und wurde Zeuge, wie Conklin sein Opfer im Salon raffiniert an Land zog. »Raupenantriebe«, murmelte Rickman. Schmunzelnd schüttelte er den Kopf.

Plötzlich erregte etwas anderes sein Interesse.

»Mist!«

Er starrte zur Rückseite des Funkgeräts. Der Kasten war gewaltsam aus der Wand gerissen worden. Rickman sah die Spuren des Brecheisens im Holz. Die Rückwand fehlte. Armdicke Kabel quollen aus dem Bauch des Geräts. Er betrachtete deren Enden. Die Kabel waren vermutlich mit einem Beil durchtrennt worden. Derjenige, der das vollbracht hatte, musste den Strom zuvor ausgeschaltet haben, denn die Betriebsspannung der Kabel betrug fast 15000 Volt.

Hastig warf er einen Blick auf das Zifferblatt. 21.41 Uhr. Deshalb war der Funkspruch der *Mesaba* nie auf der *Titanic* eingetroffen. Doch Conklin hatte auch für diesen Fall vorgesorgt – als hätte der alte Knabe etwas geahnt, so wie er es immer tat.

Rickman griff in die Innentasche seines Mantels und holte aus einer Folie ein Blatt Papier hervor, das er auseinanderfaltete und auf dem Tisch platzierte. Es war eine Kopie des originalen Funkspruchs. Sobald einer der beiden Funker die Kabine betrat, würde er die Nachricht sehen und vermuten, dass sein Kollege sie geschrieben hatte, und hoffentlich dementsprechend reagieren.

Rickman wollte die Kabine bereits wieder verlassen, als das Schiff eine Abwärtsbewegung vollführte, sodass es ihm den Magen hob. Gleichzeitig polterte etwas im Schrank. Rickmans Blick fiel auf die Holztür. *Hier stimmt doch etwas nicht!* Er öffnete die Tür und zwei Leichen fielen ihm entgegen. Eine landete in seinen Armen, die andere knallte auf den Boden.

Die beiden Funker!

Beide hatten ein Einschussloch im Kopf. *Scheiße!* Damit hatte Conklin bestimmt nicht gerechnet. Er musste so rasch wie möglich davon erfahren.

Rickman ließ den Toten zu Boden gleiten und wollte sich bereits wieder erheben, als er aus dem Augenwinkel sah, wie die Kabinentür aufschwang. Sofort fuhr er hoch und wischte sich das Blut an den Händen auf seiner Hose ab.

»Es ist nicht das, wonach es aussieht …«, sagte er, verstummte jedoch beim Anblick des Mannes, der im Türrahmen stand.

Der Mann interessierte sich nicht für die Toten. Er trat in die Kabine und schloss die Tür hinter sich. In der anderen Hand hielt er eine Pistole mit einem Schalldämpfer.

Ein Schalldämpfer? 1912?

Noch bevor Rickman seine eigene Waffe aus dem Holster ziehen konnte, hörte er das leise Spucken der Pistole. Die Wucht traf ihn und warf ihn rücklings auf den Tisch. Das Papier mit dem Funkspruch, das er zuvor noch darauf platziert hatte, segelte zu Boden. Frische Spritzer waren auf dem Blatt. Von seinem Blut!

Eine Stunde vor Mitternacht schlenderte Baldwin über das Promenadendeck. Eisiger Wind herrschte zu dieser Jahreszeit am 41. Breitengrad. Ihn fröstelte. Für seine Verhältnisse war er schon zu lange neben dem Bett auf und abgegangen. Wie immer, wenn er auf einen Einsatz wartete, zermürbte ihn die Untätigkeit. Dann hatte er endgültig nach der 38-kalibrigen Remington gegriffen, sich die Waffe ins Schulterholster gesteckt, den Mantel übergezogen und die Kabine verlassen.

Ihm blieb noch weit mehr als eine halbe Stunde Zeit, bis er in den Maschinenraum steigen sollte. Als Maschinist war er mit der Technik in diesem Jahrhundert vertraut. Er hatte die Funktionsweise an der Uni gelernt. Die Maschinenanlage der *Titanic* war zwar simpel, für diese Zeit aber erstaunlich robust. Allein die Kolbenexpansionsmaschine wog einundsiebzig Tonnen. Mit neunundzwanzig Kesseln schaffte der Dampfer eine Leistung von 46.000 PS. Es waren zwar mehr als nur ein paar Handgriffe nötig, um die zwei Kolbendampfmaschinen anzuhalten, die die beiden großen Schiffsschrauben antrieben, und die Maschinen volle Kraft zurückfahren zu lassen, aber so weit würde es nicht kommen, davon war er überzeugt. Rickman und Lena waren auf ihren Posten; sie würden das Ding schon schaukeln. Er selbst war nur zur Sicherheit im Team, falls der gute, alte Conklin recht behalten und alles schief gehen sollte. Eigentlich könnte er jetzt gleich die Maschinisten an Bord mit vorgehaltener Waffe zwingen, die Maschinen anzuhalten, dann würde der Eisberg an ihnen vorbei treiben. Doch Conklin hatte davor gewarnt, mit der Brechstange vorzugehen. Ihre Anweisungen lauteten, subtil und so zeitnah wie möglich in das Geschehen einzugreifen. Und *so gering wie möglich*, bedeutete für Baldwin, dass gar nichts passierte – mit der Ausnahme, dass er sich den Arsch abfror.

Bis er auf seinem Posten sein musste, würde er frische Nachtluft schnuppern. Ein Besuch im Salon kam für ihn nicht infrage. Bei dieser Mission war er sogar ohne Flachmann ausgerückt. Der lag zu Hause, steckte in der Brusttasche irgendeines Anzugs. Er hatte zwar nie mit Conklin darüber gesprochen, doch ahnte er, dass der Alte für ihn absichtlich eine Kabine *ohne* Barschrank gebucht hatte. Nach seiner Scheidung von Madelaine hatte Conklin ihm noch eine Chance gegeben. Und die würde seine letzte sein.

Wie auch immer, Baldwin musste in dieser Nacht sowieso einen klaren Kopf behalten; und wenn alles klappte und er diese Nacht überlebte, würde er nach dem Auftrag genug Geld haben und natürlich Zeit, um sich in allen Bars New Yorks volllaufen zu lassen, um seine Ex zu vergessen. *Mad Elaine* hatte er sie einmal scherzhalber genannt, weil sie so verrückt gewesen war, mit ihm zusammen sein zu wollen. Und vielleicht würde er sich nach dieser Sauftour sogar freiwillig in eine Entzugsklinik einweisen lassen, wie sie es verlangt hatte.

Baldwin spähte durch den Nebel. *Nicht mehr lange,* dachte er. Wie er wusste, wurde Edward J. Smith aufgrund des dichten Nebels ziemlich nervös. Er wollte nicht in der Haut des Kapitäns stecken. *Armer Kerl!*

Minuten später beobachtete Baldwin die ersten Männer, die eingehüllt in Öljacken, zu den Krähennestern emporstiegen. Ihre Flüche wurden vom Nebel geschluckt. *Steigt nur rauf! Ihr werdet den Eisberg doch nicht rechtzeitig bemerken! Arme Schweine!* Baldwins Blick fiel auf die unter den Planen festgezurrten Boote.

»Idioten!« Er schüttelte den Kopf. Was für ein Wahnsinn! Sechzehn Rettungsboote und vier ausklappbare Notboote waren alles, worüber das Schiff verfügte. Damit gab es gerade mal Rettungsplätze für die Hälfte der Passagiere – die andere Hälfte musste schwimmen. Baldwin spuckte ins Wasser. Solange sie dort unten schwimmen konnten, bevor ihnen Arme und Beine abfroren und ihr Herz versagte. Insgesamt befanden sich 1315

Passagiere an Bord, ganz zu schweigen von den 891 Mann Besatzung.

Baldwin ließ das Rettungsboot hinter sich und bemerkte eine Familie, die an der Reling stand und dem Pochen der Maschinen und dem Schlagen der Wellen lauschte.

»Guten Abend, Sir.« Ein rothaariges Mädchen mit Dubliner Akzent lugte hinter dem Wollrock seiner Mutter hervor.

»Guten Abend, junge Dame.« Baldwin zwinkerte der irischen Familie zu. Das Mädchen gluckste, die Eltern nickten stumm. Der Mann war einen Kopf kleiner als Baldwin. Er wirkte drahtig, hatte wache Augen und ein kantiges Gesicht. Wahrscheinlich war er Fabrikarbeiter oder schuftete in Kohlenminen. Seine Frau war hübsch. Er ließ den Blick über die verschlissenen Mäntel und das brüchige Schuhwerk der beiden wandern. Ihre Gesichter waren von der salzigen Luft aufgeraut. Vielleicht wanderten sie, wie viele andere an Bord, mit ihrer gesamten Habe nach New York aus. Sollte er ihnen sagen, dass es in den Staaten nicht besser war? Aber wozu? Das Geld für die Rückreise nach Europa würden sie wohl kaum haben.

Baldwin stemmte sich mit dem Bein gegen die Reling und starrte ins Wasser. Er hörte die Gischt und sah das Schäumen der Wellen. Er steckte sich eine Zigarette an, zog lustlos daran und schnippte den Glimmstängel nach ein paar Zügen ins Wasser.

Der Ire ließ die Reling los, seine Frau hakte sich bei ihm ein. Wortlos gingen sie an Baldwin vorbei.

»Fährst du nach Amerika?«, fragte ihn das Mädchen.

»Du etwa auch?«

Das Mädchen kicherte. »Natürlich.«

»O verdammt! Ich dachte, das Schiff fährt nach Australien.« Baldwin schlug sich mit gespielter Entrüstung mit der flachen Hand auf die Stirn.

Die Kleine hielt sich die Hand vor den Mund und kicherte erneut. »Auf Wiedersehen«, grüßte sie.

»Bis später, Kleine.« Baldwin lächelte ihr zu. Sie winkte und hopste ihren Eltern hinterher. Würde sie zu den Überlebenden zählen? Oder wie viele andere auch im Eismeer ertrinken?

»Ach, Madame, noch etwas«, rief er der Familie hinterher.

Die Frau und das Mädchen drehten sich zu ihm um.

»Heute, kurz nach Mitternacht, werden wir zwischen ziemlich vielen Eisbergen durchfahren. Falls das Schiff sinken sollte, was Gottlob nicht passieren wird, begeben Sie sich unverzüglich zum Rettungsboot Nummer Sieben. Haben Sie verstanden?«

Die Frau blickte ihn verwirrt an. »Ja, vielen Dank.«

»Komm weiter!«, sagte der Mann. »Das ist ein Verrückter.«

Baldwin sah ihnen nach, dann starrte er weiter ins Wasser. Conklin hatte sie gewarnt, sich nirgends einzumischen. *Scheiß drauf!* Wenigstens eine gute Tat eines verfluchten Alkoholikers.

Baldwin hasste diese Untätigkeit. Ihn fror, und er verbarg seine Hände in den Manteltaschen. Wieder spuckte er ins Wasser. Ein Schluck Whisky würde ihn jetzt wärmen. Er versuchte sich abzulenken und dachte an Mad Elaine. Lena sah ihr sogar ein wenig ähnlich. Als die Familie im Nebel verschwunden war, nahm er Kontakt mit Lena auf.

»Wo bist du?«, fragte sie.

»Promenadendeck, Steuerbord. Lauer Wind, sternenklare Nacht.«

»Scherz!«

»Die Band spielt gerade die *Moonlight Serenade*. Kommst du rauf?«, fragte er.

»Der Song ist noch gar nicht geschrieben worden.«

»Ertappt«, murrte er. »Kommst du trotzdem rauf?«

»Du hängst sicher im Salon herum und lässt dich volllaufen?«

»Ich bin trocken!«

»Seit wann?«

»Seit drei Tagen«, brummte er und blickte auf seine zitternde Hand.

»Gratuliere! Der Gedanke, dass ausgerechnet *du* unser Mann im Maschinenraum bist, beruhigt mich ungemein!«

»Pass bloß auf, dass du deinen eigenen Einsatz nicht vermasselst.«

Im Geiste sah er Lena, wie sie ihm den Mittelfinger ausstreckte. Sie war die einzige Frau im Team und mit Sicherheit das einzige emanzipierte Weibsbild an Bord des Schiffs. Obwohl sie diesmal weder Rouge noch Lidschatten trug, sich ihr Haar verdammt kurz hatte schneiden lassen, in einem Rollkragenpullover und einem schmierigen Mantel steckte, sah sie höllisch gut aus. Grundsätzlich war das Kommando gegen weibliche Agenten, weil es Frauen vor dem Zeitalter der Emanzipation schwer hatten, von Männern als Respektsperson anerkannt zu werden, doch Conklins Bedingung hatte gelautet, dass er nur dann den Einsatz leitete, wenn Lena dabei war. Ihm konnte es recht sein. Er stand sowieso nicht auf die piekfeinen Ladys der 20er. Außerdem hatte sich die Kleine bewährt, wie er von früheren Missionen wusste. Beinahe war er neidisch auf ihre abgebrühte Art.

Baldwin justierte den Mikroprozessor, es pfiff in seinem Ohr. »Wenn du noch länger mit mir flirtest, versäumst du dein Date mit dem Ersten Steuermaat.«

»Ich flirte nicht mit dir!«, antwortete Lena knapp.

»Oh, oh, oh!«

»Außerdem ist mein Rendezvous erst um 23.30 Uhr. Zeit genug also, um mich von dir langweilen zu lassen.«

Baldwin schnalzte mit der Zunge. »Ich habe gehört, der Maat ist ein Errol-Flynn-Typ.« Er grinste. »Ein Sexprotz, der die Witwen an Bord der Reihe nach in seiner Kabine …«

»Da bist du falsch informiert. Er ist klein, fett und hässlich … so wie du!«

»Danke.« Baldwin verzog das Gesicht.

»Außerdem ist er schwul. Aber er hat mir gesagt, dass er auf *dich* steht!«

»Witzig!« Baldwin spuckte ins Wasser. »Hast du was von Rickman gehört?«

»Nein.«

Blöde Frage! Wahrscheinlich hatte sich Rickman den Mikroprozessor aus dem Ohr genommen, stand in der Kabine des Kapitäns und wedelte ihm mit dem Funkspruch der *Mesaba* vor der Nase herum. Was auch immer er trieb, zumindest sollte er sich bald melden, die Zeit wurde knapp. Baldwin hauchte in seine erkalteten Fäuste. Vielleicht kam er doch noch dazu, an den Dampfmaschinen zu spielen.

»Eine halbe Stunde vor Mitternacht.« Conklin leerte das dritte Glas Whisky und erhob sich schwerfällig vom Barhocker. »Wie wäre es mit einem Spaziergang an Deck, Major?«

»Ausgezeichnete Idee, Mister Browning.« Mit einer eckigen Bewegung straffte der Major den Saum seiner Uniform. »Die frische Seeluft wird uns alten Haudegen guttun.«

Conklin lächelte. »Gewiss, gewiss.«

Major Butt klopfte ihm auf die Schulter. Seine Hände waren so groß wie Teller, Conklin ließ es über sich ergehen. Er reichte dem Major bis zum Kinn. Dennoch würde er den Major dorthin bringen, wo er ihn haben wollte – und wenn es das Letzte war, was er in diesem Leben tat.

Conklin ging voraus, der Militär begleitete ihn durch den Salon. Die meisten Stühle standen bereits verkehrt auf den Tischen, der Barmann wischte mit einem Mopp über die Dielen. An einigen Tischen saßen die üblichen Stammgäste, wie man sie in jeder Schiffsbar antraf. Mit einer halb vollen Flasche bereiteten sie sich auf eine unruhige Nacht vor. Baldwin war nicht unter ihnen, stellte Conklin beruhigt fest.

Er stieß die Tür auf, beißende Kälte schlug ihm entgegen. Der matte Schein einer Nebellampe beleuchtete das Promenadendeck. Major Butt trottete neben ihm an der Reling entlang.

Würde der Major die ungewöhnliche Ruhe bemerken? Oder kam es nur ihm so vor? Conklin steckte sich eine Zigarette an. Die Ruhe vor dem Sturm. *Was für ein Klischee!* Aber es war tatsächlich so. Gierig zog er an der ihm unbekannten Marke aus dem frühen zwanzigsten Jahrhundert. Eine dunkelblaue Rauchwolke trieb mit der Atlantikbrise davon. Seine Hände zitterten vor Kälte. Rasch ließ er sie in den Manteltaschen verschwinden.

»Wussten Sie eigentlich, dass wir damals, in Boston, während der Ausbildung, einen Kerl in der Kaserne hatten, der konnte einem Schwein mit bloßen Händen den Hals umdrehen?«

Conklin zog die Augenbraue hoch, sagte aber nichts. Major Butt war ein dankbarer Gesprächspartner, der ihn mit Geschichten aus seiner Jugend unterhielt. Conklin brauchte nur zu nicken und gelegentlich einen Kommentar abzugeben. Der Major erinnerte ihn an seinen Vater, der stundenlang reden konnte, ohne Luft zu holen. Solche Menschen waren Conklin ein Gräuel.

Seit Mutters Tod war ihm das hohle Gerede seines Vaters noch mehr auf die Nerven gegangen. Wenn der Mann am Frühstückstisch saß und keine vollständigen Sätze sprach, weil die Hälfte in Gemurmel unterging, und er merkwürdige Grunzlaute von sich gab, da seine obere Zahnreihe noch im Badezimmer lag – hätte Conklin laut schreien können. Sein Vater war wie ein Scrabblespiel ohne Selbstlaute, wie ein Mosaik nicht zu Ende gedachter Assoziationen. Sogar auf dem Sterbebett hatte er niemand anderen zu Wort kommen lassen und Conklin nicht eine Minute lang zugehört.

Während Conklin mit halbem Ohr Butts Ausführungen folgte, dachte er wehmütig an seinen alten Herrn. Bis heute konnte er es sich nicht verzeihen, dass er bis zuletzt keinen Frieden mit ihm geschlossen hatte. Übernahm er deshalb diese waghalsigen Aufträge? Wollte er damit sein Gewissen bereinigen, indem er versuchte, Dinge zu verändern, weil es ihm bei seinem eigenen Vater nicht gelungen war?

Der Chip knackte in Conklins Ohr. »Commander, ich bin auf Position.« Lenas Stimme klang eine Spur zu hastig. »Ich höre den Ersten Steuermaat, er ist in seiner Kabine. Ich stehe im Korridor, klopfe an seine Tür und werde sein Zimmer betreten. Ist unsere Zielperson wohlauf, Sir?«

»Ja, Sir«, antwortete Conklin. Lena würde ahnen, dass er sie meinte.

Major Butt nickte zustimmend. Dann fuhr er mit seiner bildreichen Schilderung über jene Zeit fort, als Roosevelt noch Polizeichef von New York gewesen war. Conklin nickte.

»Ich bin im Maschinenraum«, schaltete Baldwin sich in das Gespräch ein. »Die Maschinisten haben mich bis jetzt noch nicht entdeckt. Hat sich Rickman bei Ihnen gemeldet, Sir? Von ihm fehlt jede Spur.«

»Das habe ich befürchtet«, murmelte Conklin und ließ den Deckel der Taschenuhr aufspringen.

Major Butt hielt inne und starrte seinen Gefährten an. »Kommen Sie! *Das* haben Sie *befürchtet*?« Er schüttelte den Kopf. »Und ich dachte, Präsident Tafts und Teddy Roosevelts Engagement in dieser Sache – ganz zu schweigen von meiner Funktion selbstverständlich – hätte sich noch nicht bis nach Europa durchgesprochen.«

Conklins Gesichtszüge erstarrten. Er beugte sich über die Reling und blickte zum Krähennest hinauf. Sein Puls beschleunigte. Er hörte Lenas aussichtslose Diskussion mit dem Ersten Steuermaat. Er musste überzeugt werden, auf die Brücke zu gehen und das Ruder hart Backbord zu steuern. Conklin war klar, dass der Mann nicht gewohnt war, Befehle von einer Frau entgegenzunehmen – und schon gar nicht, wenn sie nicht zur Besatzung gehörte. Wenn nötig, sollte Lena die Waffe ziehen – so lautete ihr Auftrag. *Herrgott, worauf wartet sie?* War es ein Fehler gewesen, ihr diesen Job zu geben?

Lena zog ihre Waffe, die jedoch den Ersten Steuermaat kein bisschen beeindruckte.

»Lady, wollen Sie mich damit etwa erschießen?« Der Mann strich sich amüsiert über den Schnauzbart.

Baldwin hatte recht gehabt, der Erste Steuermaat sah tatsächlich ein wenig wie Errol Flynn aus, doch das brachte Lena nicht weiter.

»Nein.«

Lena ging auf ihn zu, worauf er nicht mehr so abgebrüht wirkte, sondern ein paar Schritte zur Rückwand seiner Kabine taumelte.

»Ich werde die Sicherheitsleute rufen«, drohte er.

»Es gibt keine Sicherheitsleute an Bord.« Lena packte die Waffe am Lauf und schlug dem Maat mit dem Kolben an die Schläfe.

Er verdrehte die Augen, und noch bevor ihm ein dünnes Rinnsal Blut übers Gesicht floss, sank er bewusstlos zu Boden.

Zum Glück hatte ein Schlag genügt. Lena hätte nicht die Nerven gehabt, öfter auf den Mann einzuschlagen. Irgendwie war er süß gewesen, aber leider *beratungsresistent*. Sie zog den Schlüssel an der Innenseite der Tür ab und sperrte die Kabine von außen zu. Danach machte sie sich allein auf den Weg zur Brücke.

»Notfallplan«, keuchte Lena. »Der Erste Steuermaat wollte sich nicht überzeugen lassen. Ich bin auf dem Weg zur Brücke.«

Dann eben auf die harte Tour. Lena fragte sich, ob sie die Richtige dafür war. Nachdem sie ohne Eltern im Waisenhaus aufgewachsen war, hatte Conklin sie mit fünfzehn Jahren entdeckt, gefördert und ausbilden lassen. Vermutlich glaubte Conklin an sie. Zumal dies nicht der erste Einsatz unter seinem Kommando war, aber der erste, der bis ins Jahr 1912 zurückreichte. So weit war bisher noch niemand gereist. Und dennoch hatte sie sich freiwillig für dieses Himmelfahrtskommando gemeldet – das war sie Conklin einfach schuldig.

Lena ignorierte die Warnschilder vor dem Aufgang zur Brücke. Im nächsten Moment betrat sie absolutes Sperrgebiet für Unbefugte. Ohne zu zögern, stieß sie die Tür auf. Auf der Brücke herrschte gedämpftes rotes Licht. Ihre Augen gewöhnten sich rasch an den Dämmerschein.

Links von ihr stand der Steuermann, in der Mitte der diensthabende Offizier und rechts weitere Besatzungsmitglieder. Alle drehten den Kopf zu ihr hin.

»Was zur Hölle ...?«, fragte der Offizier.

Lena feuerte einen ohrenbetäubenden Schuss in die Decke der Brücke. Im nächsten Moment hallte ein irres Sirren in ihren Ohren. Doch bestimmt erging es den anderen ebenso.

»Wenn Sie meinen Anweisungen folgen, wird Ihnen nichts passieren«, rief sie. Ihre eigene Stimme klang dumpf in ihren Ohren.

»Wir sind auf hoher See, was zum Teufel wollen Sie?«, fragte der Offizier.

»Dieses Schiff retten«, antwortete sie.

Major Butt sah ebenso wie Conklin zum Krähennest hinauf, das sich zwischen den vorbeiziehenden Nebelschwaden immer wieder aus der Dunkelheit schälte. »Warum blicken Sie andauernd auf die Uhr, Mister Browning?«, fragte er.

Conklin blickte zu Butt und starrte wieder auf das Zifferblatt. 23.35 Uhr. Noch fünf Minuten. Tatenlos hörte er zu, wie Lena Sekunde um Sekunden mit sinnlosem Reden auf der Brücke verschwendete. Wie das Gerede seines Vaters. Conklins Finger trommelten auf dem Geländer der Reling. Er ballte die Hand zur Faust, sein Blick raste zwischen dem Zifferblatt der Uhr und der Nebelwand hin und her. Er kniff die Augen zusammen, spähte in die Dunkelheit. Schon bald würde er das Knacken des verdammten Eisbergs hören. Die Maschinen machten immer noch volle Fahrt. Was verdammt noch mal war mit Baldwin los?

»Lena, es reicht!«, brüllte Conklin. Er packte das Geländer der Reling, seine Knöchel traten weiß hervor. »Schießen Sie einem der Männer ins Bein und geben Sie noch einmal Befehl, dass das Ruder hart nach Backbord gerissen wird! *Jetzt!* In wenigen Minuten rammen wir den Eisberg!«

Major Butts Kopf fuhr herum. Er starrte den britischen Industriellen mit aufgerissenen Augen an. Auf seiner Oberlippe hatten sich winzige Eiszapfen gebildet, und sein Seehundsbart zuckte auf und nieder.

»Was meinten Sie eben?« Der Major blickte sich auf dem leeren Promenadendeck um, wie ein Statist in einer billigen Theateraufführung.

»Commander Conklin, ich ...«, drang Baldwins Stimme aus dem Chip. Conklin zuckte zusammen. Im selben Moment krachte ein weiterer Schuss im Mikrochip. Conklin hoffte, dass es erneut Lenas Beretta war und keine andere Waffe.

»Commander Conklin!«, keuchte Lena. »Der diensthabende Offizier ist verletzt. Ich habe die Situation auf der Brücke unter Kontrolle – die *Titanic* macht harte Fahrt Backbord.«

»Was sollte das eben bedeuten?«, rief Major Butt erneut. »Welcher Eisberg?«

Conklins Hand hob sich, als wollte er seinen Begleiter beruhigen. »Gleich, Major.« Sein Blick verlor sich im dichten Nebel.

»Commander Conklin«, drängte Baldwin. »Ich bin im Maschinenraum. Ihre Anweisungen?«

Conklins Blick klebte am Zifferblatt der Taschenuhr. Ihm stockte der Atem, als der Minutenzeiger einen Satz nach vorn machte.

»Baldwin! Wir haben zu viel Zeit verloren.« Conklin ließ die Uhr zuschnappen und in die Manteltasche verschwinden. »Lassen Sie die beiden Kolbendampfmaschinen anhalten und die Maschinen volle Kraft auf Rückwärtsfahrt umstellen! Wenn es sein muss, machen Sie von Ihrer Waffe Gebrauch.«

Herrgott! Er hatte zu wenige Leute in diese Mission eingebunden – aber mehr waren ihm nicht bewilligt worden, abgesehen davon, dass ohnehin nicht mehr über so eine Distanz hätten transportiert werden können.

Er wandte sich dem Major zu, packte ihn an der Schulter und starrte ihn mit schmalen Augen an.

»Major!« Er deutete hinaus aufs Meer. »Das ist die Ruhe vor dem Sturm. Gleich beginnt der Tanz!«

Conklin sah zum Krähennest, Butts Blick folgte ihm.

Stille!

Nur das Rauschen der Wellen und das Aufheulen der Maschinen waren zu hören.

23.40 Uhr!

»Eisberg! 500 Meter Steuerbord voraus!«, ertönte der Ruf von Frederick Fleet, dem dritten Mann im Krähennest.

Die Alarmglocke schrillte. Mit einem Mal riss die Nebelwand auf. Conklin wusste, der Eisberg würde über achtzehn Meter aus dem Meer ragen. Doch es sah aus, als raste eine gigantische, weiße Wand mit atemberaubender Geschwindigkeit auf sie zu. Major Butt hielt den Atem an und starrte mit offenem Mund auf die zerklüfteten Eistrümmer. Conklin erging es nicht anders. Er hätte es nie für möglich gehalten, dass ihn der Anblick derart in den Bann ziehen würde. Fasziniert betrachtete er den Koloss aus hartem Eis. Das Monstrum tauchte viel zu schnell aus den milchigen Schwaden auf und hielt auf die Reling zu. Viel zu schnell! Was für eine Naturgewalt! Nur siebenunddreißig Sekunden würden seit der Meldung vom Krähennest bis zum Auftreffen des Eisberges auf den Schiffsbug vergehen. Siebenunddreißig Sekunden Reaktionszeit, die für über 1.500 Menschen den Tod bedeutete. Conklin zählte die Sekunden. Die Kälte zerschnitt ihm das Gesicht. Seine Lunge erstarrte. Er war bereits bei dreißig angelangt.

Kratzend schob sich der Berg an der Backbordseite des Schiffes vorbei. Metall knirschte, der Boden unter Conklin vibrierte. Er kniff die Augen zusammen, presste die Zähne aufeinander. Jeden Augenblick würde der Bauch des Schiffes wie eine reife Melone platzen. Tonnen von Wasser würden binnen Sekunden den Schiffsrumpf fluten.

Vierunddreißig … fünfunddreißig, zählte Conklin in Gedanken.

»Gott!« Der Ruf des Majors wurde von der klirrenden Kälte, dem knirschenden Eis und dem Schrillen der Alarmglocke übertönt.

»Wir haben es gleich überstanden«, schrie Conklin gegen den Lärm des krachenden Eisbergs.

»Wer zum Teufel sind Sie?«, brüllte Butt. »Woher wussten Sie das?«

Sechsunddreißig … siebenunddreißig.

»Ha, ha!« Conklin schleuderte die Arme hoch. Der Eisberg zog an ihnen vorüber, das Bersten des Schiffsrumpfes war ausgeblieben. Sie hatten es überstanden, sie waren gerettet. Von subtilem Eingriff konnte keine Rede sein, es war die gefürchtete Brechstangenmethode gewesen, die er vermeiden wollte. Doch verdammt, sie hatten es überstanden!

»Woher wussten Sie das?« Der Major schüttelte ihn an der Schulter.

»Was spielt das für eine Rolle?« Conklin warf den Kopf in den Nacken. »Wir haben gerade die größte Schiffskatastrophe des Jahrhunderts überlebt.«

»Des *Jahrhunderts?*«, wiederholte Major Butt.

Während der gigantische, abertausend Tonnen schwere Eisberg genauso schnell im Nebel verschwand, wie er gekommen war, erschütterte eine Explosion das Schiff an der Steuerbordseite. Die beiden Männer taumelten gegen die Reling. Conklin riss es aus Butts Umklammerung.

»Baldwin! Was war das?« Conklin rappelte sich auf. Er beugte sich über die Reling und starrte hinunter zum Schiffsrumpf.

»Dynamit! Eine Explosion im Vorderschiff. Vier Meter unter der Wasserlinie, Sir. Wir haben enormen Wassereinbruch«, kam Baldwins Stimme verzerrt über den Chip.

»Verdammt!«, rief Conklin. »Lena! Baldwin! Rickman! Kommen Sie auf das Promenadendeck. Sofort! Wir treffen uns in zehn Minuten beim Rettungsboot Nummer Sieben.«

»Jawohl Sir, ich ...«, ertönte Baldwins Stimme.

Eine weitere Explosion war zu hören, die das Deck erschütterte, danach war der Kontakt zu Baldwin abgerissen.

Major Butt starrte ebenfalls über die Reling. »Mit wem zur Hölle reden Sie andauernd? Was war das eben?« Seine Stimme zitterte. Doch Conklin würdigte den Mann keines Blickes. Seine Gedanken rasten.

»Aber Sir, wir sollten doch ...«, widersprach Lena. »Was sind das für Explosionen?«

Im gleichen Moment erschütterte eine dritte Detonation das Schiff. »Die Mission ist gescheitert!«, bellte Conklin. »Mit Sicherheit ist ein zweites Team an Bord!«

Der Erste Offizier verschloss alle wasserdichten Schotten unter der Wasserlinie. Doch sowohl die ersten fünf Abteilungen als auch drei der insgesamt sechs Kesselräume wurden binnen Minuten überflutet. Innerhalb der ersten zehn Minuten nach den Explosionen stieg das Wasser im Vorderschiff vier Meter über Kiel.

Die *Titanic* sendete über das Ersatzfunkgerät einen Notruf. Während Leuchtraketen den Nachthimmel in gelbes und rotes Licht tauchten, teilte der Kapitän den Passagieren mit, dass das als unsinkbar geltende und zugleich größte Schiff der Welt sank. Es dauerte nicht lange, bis in Panik geratene Familien kopflos an Deck stürzten. Die Nacht wurde von Entsetzensschreien erfüllt. Der Besatzung erging es nicht anders. Der 269 Meter lange und 28 Meter breite Dampfer füllte sich bis Mitternacht mit dem Wasser des Atlantiks, dessen Temperatur kaum über null Grad lag. Innerhalb weniger Sekunden brach Hysterie unter den Passagieren aus, und das, obwohl die 1300 Gäste und ein Großteil der Besatzung glaubten, für jedes Mitglied an Bord der *Titanic* sei ein Rettungsplatz vorhanden.

Conklin packte den Major am Arm. Gewaltsam zog er ihn über das Deck, auf die andere Seite des Schiffs, zu dem Rettungsboot, das um 00.45 Uhr als erstes zu Wasser gelassen werden würde.

»Ich muss in meine Kabine!«, rief Butt.

Neben ihnen wurden die Türen zu den Korridoren aufgestoßen. Menschenmengen strömten an Deck. Frauen, nur mit Nachtmänteln bekleidet, in denen sie ihre aus dem Schlaf gerissenen Kinder eingewickelt hielten, und Männer, die ihre Wertgegenstände hastig in Koffer und Taschen gefüllt hatten. Kinder schrien, Tattergreise stolperten.

»Vergessen Sie alles, was in Ihrer Kabine liegt«, brüllte Conklin gegen den Lärm um sie herum an. »Wenn Sie überleben wollen, müssen Sie mir folgen!«

Conklin packte den Major am Arm und mischte sich mit ihm unter die Menschen. Im Gedränge erkannte er Lena und Baldwin. Sie liefen ihnen entgegen. *Mein Gott, Baldwin hat die Sprengung überlebt!* Sein Mantel war zerfetzt, er hinkte, war aber anscheinend nicht lebensgefährlich verletzt.

»Was bedeutet das? *Ein anderes Team ist an Bord!* Welches andere Team?«, schnaufte Lena.

»Die Dame trägt eine Waffe!«, platzte es aus Major Butt hervor.

Lena hielt noch immer die schwere 9mm-Beretta mit zweireihigem Magazin in der Hand.

Ruckartig befreite sich Butt aus Conklins Griff. »Junge Dame, können Sie überhaupt damit umgehen?« Fasziniert streckte er die Hand nach der Pistole aus.

Lena ignorierte ihn und wechselte die Waffe in die andere Hand. »Welches *andere* Team?«

»Ich weiß es nicht!« Conklin griff unter die Weste und zog eine Walther P99 mit vernickeltem Schlitten aus dem Holster. »Aber eines ist sicher: Wir sind nicht allein an Bord!«

»Natürlich nicht«, entfuhr es dem Major. Er blickte sich um.

»Commander, wo ist Rickman?«, drängte Baldwin. Er zog die 38er Remington aus dem Holster. Der offene Mantel bauschte sich hinter seinem Rücken wie ein Segel auf. Seine Wangen waren von Ruß verschmiert und an seiner Stirn klebte Blut.

»Was sind das für Dinger?« Mit aufgerissenen Augen betrachtete Major Butt fasziniert die Waffen der beiden Männer.

»Rickman ist vermutlich tot«, antwortete Conklin, blickte sich gehetzt um, kümmerte sich aber im nächsten Augenblick wieder um den Major. »Wir haben einen Verlust in unserem Team, aber ich beschwöre Sie …«

»Ich kann nicht glauben, dass Sie das so einfach sagen«, fuhr Lena den Commander an. »Sie wussten davon!«

»Lena! Denken Sie an die Mission. Wir haben jetzt nur noch *ein* Ziel!«

Lena und Baldwin nahmen Major Butt mit entsicherten Waffen in ihre Mitte, als wollten sie ihn gegen einen unsichtbaren Feind schützen.

»Was zur Hölle ist hier eigentlich los?«, rief der Major erzürnt.

»Sie tragen einen sechsschüssigen Regimentsrevolver«, stellte Conklin fest. »Sie werden ihn brauchen.«

»Woher verflucht wissen Sie das?«

»Das ist jetzt unwichtig.«

Major Butt tat es seinen selbst ernannten Beschützern gleich und zog einen Revolver mit langem Lauf aus der Gürteltasche.

»Major …«

Conklin verstummte. Eine weitere Leuchtrakete zerplatzte am Himmel und tauchte das Deck in rotes Licht.

»Major, Sie reisen über New York nach Washington«, übertönte Conklin das Gebrüll der Menschen. »Sie sind der Militärberater von US-Präsident Taft und ein enger Freund von Theodore Roosevelt. Ihr Einfluss und Ihr strategisches Urteilsvermögen könnten die Vereinigten Staaten dazu veranlassen, in den Weltkrieg einzutreten, damit sich …«

»Von *was* verdammt noch mal reden Sie? Woher haben Sie diese Informationen?«

Diese *Informationen* waren nur eine Vermutung – aber mit einer an Sicherheit grenzenden Wahrscheinlichkeit. Zumindest hatten das die Statistiker behauptet, die in ihren Büros unermüdlich Analysen und komplexe Hochrechnungen anstellten.

»Ich bin nicht befugt, darüber zu sprechen«, tat Conklin die Frage ab, da Major Butt ihn mit einer ehrlichen Antwort endgültig für verrückt erklärt hätte.

»Woher haben Sie diese Waffen, und was zur Hölle ist der *Weltkrieg*?«, fragte Butt.

»Leider werden Sie das noch früh genug herausfinden, Major«, kürzte Conklin die Erklärung ab. »Wichtig ist nur, dass Sie lebend von diesem Schiff kommen.«

»Lebend? Wo ist das Problem?« Butt deutete auf die in Segeltuchplanen eingehüllten Boote. »Hier sind genügend Rettungsboote!«

»Nach unseren Aufzeichnungen werden nur siebenhundertundvier Menschen diese Katastrophe überleben«, schaltete sich Baldwin in die Diskussion ein. Mittlerweile waren sie von brüllendem Schiffspersonal umgeben, das unkoordiniert die Planen von den Booten zerrte.

Soeben kam eine irische Familie mit einem Mädchen und ihren Koffern an. Conklin bemerkte, wie Baldwin der Kleinen einen wissenden Blick zuwarf. Die Eltern allerdings sahen Baldwin mit einem verstörten Blick an.

»Nach welchen verdammten Aufzeichnungen?«

Butt wurde von einem Trupp Männer beiseite gestoßen.

Conklin fing Butts voluminösen Körper mit scheinbarer Leichtigkeit auf. »Sir, wir haben keine Zeit für lange Erklärungen. Nur so viel: Wir kommen aus einer Zukunft, in der sich diese Ereignisse bereits zugetragen haben. Wir sind durch …«

»Sir, nicht!«

Baldwin ergriff Conklins Arm.

Er schüttelte ihn ab. »Wir sind durch ein Wunderwerk moderner Physik, einer sogenannten *Quanten-Tachyonen-Maschine,* durch die Zeit gereist.«

»Sie sind verrückt!«

»Um Ihnen das Leben zu retten!«, fügte Lena hinzu.

»Was soll diese verdammte Scheiße?« Butts Kopf errötete vor Zorn. »Eine Frau soll *mir* das Leben retten? Sie und diese beiden Strolche brauchen mir nicht zu helfen, es sind genügend Rettungsboote auf dem Schiff … aber bevor ich in eines davon steige, hole ich meinen Koffer aus der Kabine.« Butt riss sich los. Er ruderte mit den Armen und drängte sich in die Menschenmenge.

Conklin dachte an die Explosionen. Er hetzte dem Major hinterher.

»Das ist leider nicht unser einziges Problem! Es sind noch andere Zeitreisende auf diesem Schiff.«

»Sie sind verrückt!«, wiederholte Butt, ohne sich umzudrehen.

»Woher sollte ich sonst die Zukunft kennen?«, rief Conklin. »Erinnern Sie sich an die Explosionen! Unsere unbekannten Gäste haben garantiert anderes mit Ihnen vor!«

Lena und Baldwin folgten ihnen gegen den Menschenstrom, der zum Rettungsboot drängte. »Sie wussten davon, Commander Conklin!«, entfuhr es ihr.

»Conklin? Ich dachte, Ihr Name wäre Browning?«, rief der Major über die Schulter. »Wer sind Sie wirklich?«

»Was spielt das für eine Rolle?«

»Sie wussten von alldem! Von den Sprengungen und dem anderen Team!« Lena packte Conklin an der Schulter. »Warum haben Sie uns nicht informiert?«

Er fuhr herum und sah in ein Paar funkelnde Augen. »Ich habe es geahnt, aber nicht gewusst!« Conklin senkte den Blick. »Konnte ich wissen, dass die soweit gehen, das Schiff mit einer Sprengladung zu versenken?«

»Sie wollen doch nicht etwa behaupten, dass die *Titanic* wegen *mir* versenkt wird?« Offenbar hatte Butt das Gespräch mitverfolgt. Er wandte sich seinen drei Verfolgern zu. In dem Gedränge wurde er mehrmals angerempelt, die Hysterie um ihn herum nahm zu, schließlich wurde er abgedrängt.

»Ja, Sir! Genauso ist es!« Conklin verlor ihn aus den Augen. »Aber wenn Sie die Katastrophe überleben, werden Ihnen Millionen anderer Menschen das Leben zu verdanken haben.« Conklin schob einen Mann beiseite. »*Wenn* Sie es überleben«, fügte er hinzu, »denn wir haben es noch nicht überstanden!«

»Wie meinen Sie das?«, hörte er Butts verzweifelten Ruf aus der Menge. Conklin hoffte, dass sich in dem Gedränge kein Schuss aus Butts antiquiertem Revolver lösen würde.

»Lassen Sie Ihren Koffer in der Kabine. Der ist unwichtig geworden. Sie würden nicht mehr rechtzeitig aus Ihrer Kabine kommen. Sie müssen jetzt in dieses Boot steigen!«

»Nein!«

»Major Butt, Sie sind bei der Schiffskatastrophe ums Leben gekommen«, rief Conklin über die Köpfe der Menschen hinweg. »Wir vermuten, Sie wurden das Opfer einer Zeitmanipulation. Wir sind hier, um diesen Eingriff zu korrigieren …«

Ein Schuss krachte.

Baldwin wurde zurückgerissen.

Das Wasser war bereits zehn Meter über Kiel gestiegen, als sich Hunderte Menschen um die Rettungsboote scharten. Eine dreiviertel Stunde nach Mitternacht wurde das erste Rettungsboot mit siebenundzwanzig Personen zu Wasser gelassen, obwohl es mehr als doppelt so viele Menschen hätte aufnehmen können. Die Passagiere drängten sich an der Reling, schlugen sich um einen Platz und sprangen sogar ins Wasser, um sich am Boot festzuklammern. Kurz darauf wurden die Boote No. 6 mit achtundzwanzig Personen und No. 5 mit einundvierzig Personen an Bord zu Wasser gelassen; wiederum hätte jedes von ihnen ein Fassungsvermögen von fünfundsechzig Passagieren zu bieten gehabt. So viele weitere Menschen hätten gerettet werden können. Aber Panik und überstürztes Handeln ließen einen Fehler nach dem anderen geschehen, sodass viele Familien nicht einmal in die Nähe eines Rettungsbootes kamen. Als die Menschen erkannten, dass die Boote nicht ausreichten, entbrannten Schlägereien und Schusswechsel auf den Decks. Unter ihnen befand sich ein Team von in dunkle Öljacken gekleideten Männern, die besonders skrupellos und rigoros vorgingen.

Der Schuss versengte Baldwins Mantel an der linken Brusttasche. Der Stoff färbte sich dunkelrot. Baldwins Beine knickten weg. Während er am Promenadendeck zusammenbrach, riss er die Waffe hoch. Er leerte das Magazin in den Türrahmen des Niedergangs. Zwei Männer im Ölzeug stürzten daraus hervor. Vor Baldwin blitzten die Mündungsfeuer auf. Weitere Projektile durchschlugen seinen Mantel und er wurde gänzlich zu Boden gerissen.

Beim Krachen der Schüsse stob die Menschenmenge auseinander und gab den Blick auf Conklin frei. Er stand wie eine Zielscheibe neben der Leiter und beugte sich über die Reling.

»Warten Sie!«, brüllte er aus voller Kehle den Passagieren im Rettungsboot No. 7 nach. »Dieser Mann *muss* noch an Bord!«

Lena warf sich neben Baldwin auf die Bohlen des Promenadendecks und eröffnete das Feuer auf die zusätzlichen Passagiere, die vor drei Tagen beim Lichten des Ankers in Queenstown sicherlich noch nicht an Bord gewesen waren.

Um Conklin schlugen Kugeln in den Holzboden. Er hetzte an der Reling entlang.

Mittlerweile hatte sich die Menschenmenge in alle Richtungen verteilt. Mündungsfeuer blitzten auf, und eine Leuchtrakete tauchte das Deck erneut in blutrotes Licht. Major Butt stand wie angewurzelt neben einer zusammengeknüllten Bootsplane. Seine Arme zitterten, der Revolver hing kraftlos in seiner Hand. Conklin packte den Major am Arm und zerrte ihn zur Leiter. Er bedeutete ihm, die Sprossen hinunterzusteigen. Dann stellte er sich schützend vor Butt, den Arm ausgestreckt, und feuerte auf die Männer in den Öljacken. Sie waren zu zweit – nein zu dritt! Hinter einer Säule stand der Dritte. Entweder waren es k.u.k. Spione oder Agenten des deutschen Kaiserreichs. Conklin konnte es sich nur so erklären. Vielleicht auch beides.

Der Major kletterte auf die Leiter, stürzte beinahe hinunter und verlor den Revolver. Die Waffe fiel klimpernd auf die Sprossen und versank im Meer. Als der Militär außer Sichtweite war, warf sich Conklin neben Lena auf den Boden. Gemeinsam würden sie den Abgang zu dem Boot so lange verteidigen, bis Butt weit genug davon entfernt war und die k.u.k. Spione ihn nicht mehr erreichen konnten.

Der Schusswechsel dauerte nur wenige Augenblicke, dann begann sich das Raum-Zeit-Portal zu öffnen. Zarte blaue Blitze tanzten über die Reling. Zuerst wurden die Männer in den Öljacken erfasst, kurz darauf spürte Conklin, wie es ihn langsam wegzog.

Major Butt war der 28. Passagier im Rettungsboot No. 7. Als eine Leuchtrakete ihre Spur über den Himmel zog, hatte er seine Bekanntschaft – den Industriellen Browning, der gar nicht Browning hieß – aus den Augen verloren. Browning war nicht die Leiter hinunter gestiegen, so wie er. Die Insassen des Boots wollten nicht länger warten und hatten sich mit den Rudern abgestoßen. Der Major suchte Browning vergeblich. Dieser Fremde war für einen Augenblick aus dem Nichts aufgetaucht, um ebenso spurlos wieder aus seinem Leben zu verschwinden. *Genauso wie der Eisberg*, dachte Butt. Er hüllte sich in eine Decke, dann packte er den Griff des Ruders. Das Eiswasser klatschte gegen die Außenwand. Rasch entfernte sich das Boot von der *Titanic*.

Um 02.18 Uhr rutschten alle beweglichen Gegenstände der *Titanic* auf den untergetauchten Bug zu. Die Schiffsbeleuchtung flackerte ein letztes Mal, anschließend brach der Dampfer in zwei Teile.

Das Vorderschiff sank sofort. Das abgebrochene Achterschiff lief mit Wasser voll und sank zwei Minuten später. Der Dampfer hatte auf seiner Jungfernfahrt nur noch eine kurze Strecke zu überwinden: Beide Teile der *Titanic* sanken auf den 3.800 Meter tiefen Grund des Atlantiks.

Um 08.30 Uhr des nächsten Tages wurde das letzte Rettungsboot von der *Carpathia* aufgenommen. Das Schiff verließ das Gebiet um 08.50 Uhr und nahm Kurs in Richtung New York, wo es drei Tage später ankam. Von den 2206 Menschen an Bord der *Titanic* konnten nur 705 gerettet werden.

Bevor sich die *Titanic* ein letztes Mal in der Kälte des Atlantiks aufgebäumt hatte, um anschließend auseinanderzubrechen, schloss sich der Raum-Zeit-Tunnel auf den geografischen Koordinaten 41 Grad, 46 Minuten und 54 Sekunden nördliche Breite und 50 Grad, 14 Minuten und 39 Sekunden westliche Länge. Commander Conklin, Lieutenant Lena und ein schwer verletzter Baldwin waren in die Zukunft aufgenommen worden … in eine Zukunft, in welcher der sogenannte Weltkrieg, dank des Einsatzes eines bedeutenden Mannes, nicht bis in die Mitte der 50er Jahre gewütet, den halben Globus vernichtet und der k.u.k. Monarchie zum Sieg verholfen hatte, sondern bereits 1918 beendet werden konnte.

WEITER ODER RAUS

Beginnen möchte ich diese Einleitung mit einem meiner Lieblingszitate von Robert Sheckley: »Die Gesellschaft muss vor dem Einzelnen geschützt werden. Aber wer schützt den Einzelnen vor der Gesellschaft?«

Was gibt es diesem Gedanken noch hinzuzufügen? Samjatin, Huxley, Orwell und Bradbury haben seinerzeit unterschiedliche Facetten ein und derselben Dystopie entworfen, die mittlerweile leider alle Realität geworden sind – und was bisher nicht gekommen ist, wird noch kommen!

Wenn ich im TV sehe, wie Kandidaten live Stromstöße erhalten, sobald sie bei Quiz-Shows die falschen Antworten geben, oder im Dschungel-Camp Madensaft schlucken müssen, um zu überleben, damit die Einschalt-Quoten nicht fallen, wird mir klar, dass sogar die düsterste satirische Vision eines Robert Sheckley Wirklichkeit geworden ist.

Möglicherweise wird eines Tages die Zeit kommen, da wird Weiter oder Raus *auch von der Realität überholt worden sein – aber ich hoffe nicht.*

»HIER IST WIEDER Ihr Stuart Nickels. Willkommen bei *Weiter oder Raus*, der ultimativen Realityshow, die alle Grenzen sprengt. Haben Sie Ihre Kinder ins Bett gebracht? Sind Sie sicher, dass keine sensiblen oder herzkranken Menschen vor dem Bildschirm sitzen? Dann sind Sie bei uns richtig! Wir werden Sie auch heute wieder das Fürchten lehren.«

Stuart Nickels, der gut gebaute, braun gebrannte Endvierziger mit dem strahlenden Lächeln der Marke *erfolgreicher Entertainer*, lief mit erhobener Faust quer über die Showbühne. Wie immer war sein Outfit perfekt: grau meliertes, lässig gestyltes Haar, dreiteiliger Anzug, blitzblaue Krawatte und glänzende schwarze Schuhe mit klappernden Metallsohlen. Das Saalpublikum tobte, die Menschen trampelten mit den Füßen, vereinzelt fielen sogar Pfiffe und Schreie. Die Kamera schwenkte für einen Moment ins Publikum. Wie jeden Monat war die Robert Slycheek-Hall in Los Angeles mit fünfzehntausend Besuchern randvoll besetzt.

Plakate wurden in die Höhe gehalten. *Nickels nimm die Ruten, lass die Schweine bluten.* Ein Banner wurde entrollt. *Lass die Kandidaten sterben, dann gibt es was zum Erben.* Über einige, vermutlich derbere Banner lag der schwarze Zensurbalken des Fernsehsenders.

Stuart Nickels grinste breit in die Kamera. Der Glanz seiner weißen Zahnreihe wurde nur durch das Blitzen seiner Goldringe übertroffen. Es war seine Show, sein Abend, und diesmal würde er wieder sämtliche Einschaltquoten-Rekorde im Land brechen. Obwohl ein Mikro an seinem Kehlkopf klebte, hielt er wegen des Showeffekts ein Stabmikrofon in der Hand, mit dem er durch die Luft wedelte, um das Publikum anzuheizen.

»Diesmal!«, rief er. »Diesmal haben wir wieder vier ebenbürtige Kandidaten für die Show gefunden, und ich verspreche Ihnen im Saal und unseren Zuschauern zuhause vor den Bildschirmen: Es wird sensationell, es wird grandios, es wird EINMALIG!«

Die Menge johlte, als die Pyrotechnikwand in einem Funkenregen aufging. Vier Sitzschalen mit jeweils einem Kandidaten darin fuhren aus markierten Bodenvertiefungen in die Höhe. Zugleich entbrannte im Saal eine grelle Lasershow, sodass die Kandidaten geblendet die Augen schlossen.

»Ja, ja, ja!«, brüllte Stuart Nickels, um die Stimmung im Publikum weiter anzuheizen. Dann streckte der Showmaster den Arm aus. »Doktor Beebott!«

Hinter einer Wand tauchte ein Mann in weißem Kittel auf, der im Vergleich zu Stuart Nickels unspektakulär wirkte. Ob Mr. Beebott ein echter Arzt war, wusste niemand so genau, jedenfalls tat er so. Cecille, Stuart Nickels Assistentin, eine langbeinige Blondine, die stets so knapp bekleidet war, dass es beinahe zu früh schien, die Show um 22.30 Uhr auszustrahlen, kam ebenfalls hinter dem Vorhang hervor. Einige anzügliche Pfiffe erklangen im Publikum.

»Ja, ja, ja! Das gefällt euch!«

Stuart Nickels grinste.

Cecille assistierte Dr. Beebott, als er den Kandidaten je einen Ärmel aufkrempelte, ihnen eine Blutprobe aus der Armbeuge und eine Speichelprobe aus der Mundhöhle entnahm. Als die Mitspieler die obligatorische Urinprobe abgaben, schwenkte die Kamera diskret zur Seite. Nickels kam groß ins Bild.

»Heute kämpfen wieder einmal vier Kandidaten um das große Finale: Sam Mendez aus Mexiko, Steve Gordon aus New York, Alice Cook aus Florida und Albert Weinman aus Maine.«

Eine kurze Einspielung zeigte die vier Kandidaten in ihrer gewohnten Umgebung. Sam Mendez, ein schlanker Mexikaner mit pechschwarzen Locken und zugleich der jüngste der Teilnehmer, saß in einem ärmellosen weißen Shirt auf der Veranda einer Blockhütte, die von Mangroven umgeben war. Er trug einen Strohhut und grinste in die Kamera. »Ich gewinne!«, rief er und zeigte das Victoryzeichen.

Steve Gordon, ein hoch gewachsener, älterer Mann mit Halbglatze, entstieg einem New Yorker Taxi und winkte in die Kamera. »Ich ziehe es bis zum Ende durch!«, lautete sein Statement.

Alice Cook stand im Bikini in der Morgensonne am Strand von Miami. Sie war etwa dreißig Jahre alt und hatte eine Bombenfigur. Als die Kamera näher zoomte, zeigte Alice die Innenseite ihrer Unterarme, auf denen sich entlang der Pulsadern lange Narben befanden. »Ich habe nichts zu verlieren«, sagte sie und wandte den Blick aufs Meer hinaus.

Zuletzt spazierte Albert Weinman, ein klein geratener, übergewichtiger Mann, mit einem Hund an der Leine vor einem Einfamilienhaus an der Küste Maines entlang. »Ich weiß nicht, ob ich es schaffe, aber es ist meine letzte Chance.«

Die Einspielung verblasste. Zu sehen war wieder das blitzblaue, futuristische Logo von *Weiter oder Raus*.

Stuart Nickels legte den Kopf schief, als lauschte er den Regieanweisungen, die er über seinen Ohrstöpsel erhielt. Als er bemerkte, dass die Kamera sein Gesicht in einer Großaufnahme eingefangen hatte, hellte sich sein Blick auf. »Befragen wir unsere heutigen Kandidaten zu ihrem Motiv, bei *Weiter oder Raus* teilzunehmen.« Er ging zu den vier Sitzschalen.

Soeben beendete Dr. Beebott seine Tätigkeit. Cecille steckte zwölf Glasröhrchen in eine Halterung auf einem Tablett, das sie graziös und sexy zum Labor trug, welches am Bildschirmrand zu sehen war. Während Dr. Beebott mit der Auswertung begann, erreichte Stuart Nickels den ersten Kandidaten. Der starrte immer noch Cecille hinterher.

»Sam Mendez aus Mexiko, bist du überhaupt schon volljährig?« Misstrauisch hielt der Showmaster dem braun gebrannten Jugendlichen mit den schulterlangen, schwarzen Locken das Mikrofon vors Gesicht.

»Ich bin zweiundzwanzig!« Sam Mendez' Stimme klang schrill.

»Ich weiß, das haben wir geprüft.« Nickels lächelte. »Du wohnst bei deiner Schwester in San Río und züchtest Hunde. Was führt dich zu uns?«

»Spielschulden.«

»Spielschulden?«, wiederholte Nickels ungläubig. »Wie wär's mit arbeiten, Sam?«

Das Publikum lachte.

Mendez' Gesicht wurde rot. »Ey, du Arschfi…« Ein Piepton wurde rasch eingeblendet. »… hast keine Ahnung, wovon du redest!«

Stuart Nickels blieb ruhig und souverän. »Also Spielschulden sind deine Motivation, hier mitzumachen. Du glaubst, du gewinnst?«

»Ey, Mann, ich *muss* gewinnen! Mein Bruder und ich haben dreihundert Riesen bei einem Hundekampf verloren. Der Scheißköter hat in der sechsten Runde schlapp gemacht. Was bleibt mir anderes übrig?«

»Du hättest deinen Bruder in die Show schicken können«, schlug Nickels vor.

»Wir haben gelost, wer von uns beiden in die Show geht. Ich habe verloren.«

»Ganz schön tough. Dreihunderttausend Dollar sind kein Pappenstiel!«, erklärte Stuart Nickels und stieß einen Pfiff aus. »Da wir jetzt sozusagen unter uns sind: Bei wem hast du die Schulden, Sam?«

»Ey Mann, ich bin tot, wenn ich das rausposaune. Und wenn ich nicht zahle, schicken die Jungs vorbei, die uns die Beine brechen, jeden Finger einzeln abschneiden und uns wie Schweine ausweiden.«

»Oh, wie grausam!« Nickels verzog das Gesicht, das Publikum begann zu applaudieren.

»Jedenfalls brauche ich das Geld!«, rief Mendez in das Mikrofon, als wollte er das Publikum auf seine Seite bringen. »Dreihunderttausend! Den Rest, um mich nach der Show wieder zusammenflicken zu lassen.«

»Du weißt aber, dass du keinen Cent bekommst, wenn du während eines Showblocks aufgibst«, erinnerte Nickels ihn. »Und dein Bruder …«

Mendez nickte. »Ey, ich *kann* nicht aufhören, ich muss es bis zum Ende durchziehen. Die anderen können gleich aufgeben!« Er musterte seine Sitznachbarn mit einem geringschätzigen Blick. »Vergesst es, Leute und verpi…!« Der eingeblendete Piepton verschluckte den Rest des Satzes.

»Kommen wir zum zweiten Kandidaten.« Nickels ging zum nächsten Stuhl. »Steve Gordon aus New York. Hallo Steve!«

Der ältere Mann mit dem grauen Haarkranz und dem Hawaiihemd verzog keine Miene. Mit stoischer Ruhe saß der Hüne aufrecht auf seinem Stuhl und blickte für einen Moment in die Kamera. Seine Augen hatten den scharfen, funkelnden Blick eines Raubtiers.

»Steve, Sie sind gut gebaut. Stemmen Sie Gewichte?«

Steve Gordon nickte knapp.

»Was ist Ihr Job?«

»Bin im Ruhestand«, knurrte Gordon.

»Aha.« Nickels grinste in die Kamera. »Ich erzähle Ihnen etwas über unseren schweigsamen Kandidaten. Steve Gordon flog Militärhelikopter für die Army. Er kannte die Apache und die Black Hawk noch von innen. Er spricht nicht gern über diese Zeit, aber *Weiter oder Raus* bringt es ans Tageslicht, und es ist meine Aufgabe, Sie zu informieren!« Nickels riss die Arme hoch, das Publikum tobte.

Als sich das Saalpublikum beruhigt hatte, legte Nickels eine Hand auf Gordons breite Schulter. »Steves Patrouille wurde 2013 über dem Irak abgeschossen. Verschleppt und mehr als zehn Jahre Kriegsgefangenschaft … ich brauche Ihnen wohl nicht zu sagen, was *das* bedeutet. Kein normaler Mensch überlebt diese

Folter. Steve ist ein psychisches Wrack. Jede Nacht das Gleiche: Er wacht schweißgebadet auf, hat Albträume und schreckliche Visionen von den Psychopharmaka, die sich wie Säure tief in sein Gehirn gefressen haben, wo er sie nicht mehr herausbekommt.« Nickels Stimme wurde beängstigend leise. »Steve hat sich freiwillig für die Show gemeldet. Ihm geht es nicht ums Geld, auch nicht darum, sein Trauma zu überwinden, ihm geht es um …«

»Buße!«

»Richtig, Steve! Er hat sich selbst auferlegt, Buße zu tun, gegenüber seinen Kameraden, die bis zum heutigen Tag die Heimat nicht wieder gesehen haben.« Nickels' Worte glichen einem Flüstern. »Möglicherweise sind sie noch irgendwo am Leben und führen ein Dasein, das für uns Amerikaner unvorstellbar ist, denn Steve Gordon kehrte als Einziger aus der Gefangenschaft zurück. Verrat ist ein schwerwiegendes Verbrechen, Steve, aber nach zehn Jahren Kriegsgefangenschaft kann man wahrlich nicht mehr von Verrat sprechen. Ist es eine Art von Absolution, Steve?«

Der Mann nickte.

Nickels' Stimme wurde lauter. »Ja, richtig, heute ist er hier, um dafür Buße zu tun, dass er überlebt hat.«

Unvermutet beugte sich Steve Gordon nach vorne und ergriff das Mikrofon.

»Seit fünfzehn Jahren lodern die Narben in meinem Kopf. Ich habe nichts zu verlieren«, knarrte er. »Ich gehe bis zum Ende. Ich bin es ihnen schuldig.«

Respektvoll musterte Nickels den Kandidaten. »Eine starke Aussage!«

Zunächst herrschte betretenes Schweigen im Saal, zaghaft applaudierten einige Menschen, ein paar erhoben sich sogar und schließlich bekam Steve Gordon Standing Ovations. Sogar einige Feuerzeuge wurden angezündet.

»Das ist dein Applaus, Steve! Doch nun zu einer absoluten Premiere«, rief Nickels. »Es heißt doch immer, Frauen hätten einen höheren Schmerzlevel als Männer, und dass Männer beispielsweise nie eine Geburt überleben würden – aber dennoch hatten wir bisher noch nie eine weibliche Kandidatin in der Show. Meine Damen und Herren, das ändert sich heute!« Er riss die Arme hoch, und das Publikum applaudierte.

Stuart Nickels ging zu Alice Cooks Sitzschale. »Was bringt eine so attraktive Frau wie Sie dazu, an dieser Show teilzunehmen?«

»Ich werde ohnehin sterben«, antwortete Alice Cook, ohne den Blick von der Kamera zu nehmen.

Er nickte. »Alice, wir werden alle einmal sterben – aber muss es auf diese Art und Weise geschehen?«

»Meine Lebensgefährtin starb an einer Immunschwäche«, sagte Alice vollkommen ruhig. »Und bei mir ist sie auch schon ausgebrochen. Ich habe nicht mehr lange.« Sie strich sich ihr langes blondes Haar nach hinten und blickte anschließend auf ihre Unterarme. »Ich wollte mir das Leben nehmen, wurde jedoch gerettet, und dann hörte ich von dieser Show. Die anderen Kandidaten sollten jetzt gleich aufgeben, denn ich habe nichts zu verlieren und werde es bis zum Ende durchziehen.«

»Was machen Sie mit dem Gewinn?«

»Nach der Show habe ich keine Verwendung mehr dafür, darum werde ich es der AIDS-Forschung spenden.«

»Große Worte. Vielen Dank!«

Alice Cook erntete tosenden Applaus. Indessen schwenkte die Kamera ins Publikum und zeigte einige Menschen in Großaufnahme, die sich die Tränen aus den Augen wischten.

Stuart Nickels ging zur vierten Sitzschale. »Nun zu unserem letzten Teilnehmer.«

Auf dem äußeren Stuhl saß Albert Weinman, ein übergewichtiger Mann Mitte vierzig. Stirn und Hände waren weiß, seine Pausbacken so rosafarben wie die Haut eines Schweins. Schweiß stand ihm auf der Oberlippe und sein rotes, schütteres Haar klebte ihm auf der Stirn.

»Albert Weinman! Albert Weinman!« Nickels ging mit erhobener Hand um den Stuhl herum. »Wir haben heute Albert Weinman zu Gast! Wer erinnert sich nicht an diesen Namen?«

Es war eine rhetorische Frage, worauf es einigen Menschen im Saal zu dämmern schien, da ein Raunen durch die Reihen ging.

»Ja, genau!« Stuart Nickels schnippte mit den Fingern, als erinnerte er sich plötzlich. »Der Fall Weinman ging letztes Jahr durch die Medien. Ben, ein zehnjähriger Junge, verschwand am helllichten Tag auf einer belebten Straße, unmittelbar vor seiner Schule. Sein Dad, ein Buchhalter und braver Familienvater, wollte den Jungen abholen, doch der Mann wartete vergebens vor dem Ausgang. Der kleine Ben kam nicht heraus. Er blieb verschwunden. Keine Lösegeldforderung, kein Anzeichen eines Verbrechens, keine Zeugenaussagen … nichts! Einen Monat später wurde der Junge gefunden …«

Die kurze Einspielung der CNN-Nachrichten von damals weckte die Erinnerung der Menschen. Tödliche Stille herrschte im Saal, als auf Videowall Männer des FBI Maine zu sehen waren, die einzelne Körperteile aus einem Fluss fischten. Bis auf schwarze Plastiksäcke, gelbe Absperrbänder und dem Blitzlichtgewitter der Reporter war nichts zu sehen.

Die Einspielung verblasste. »Über drei Wochen, ganze dreiundzwanzig Tage, war der Junge in der Gewalt seines Entführers gewesen.« Nickels schluckte. »Er musste ein unvorstellbares Martyrium durchgemacht haben.« Die nächsten Worte waren an Albert Weinman gerichtet. »Der Mörder wurde nie gefasst. Möchten Sie ihm etwas mitteilen, falls der jetzt vor dem Bildschirm sitzt?«

Mit zitternden Fingern ergriff Weinman das Mikrofon.

»Sie haben nicht nur das Leben meines Sohnes ruiniert, sondern auch meines. Was Sie meinem Jungen angetan haben, hätten Sie *mir* antun sollen! Dann wäre Ben noch am Leben. Wäre ich einige Minuten früher zur Schule gekommen, hätten Sie *mich* anstelle des Jungen haben können ...« Weinmans Stimme brach ab.

»Wir erinnern uns«, sagte Nickels. »Aber damit war der Fall Weinman noch lange nicht abgeschlossen. Von Selbstzweifeln geplagt, von Schuldgefühlen zerfressen folgte Monate nach der Entführung der nächste Schicksalsschlag. Mit Multipler Sklerose ist Bens Mutter seither ans Bett gefesselt, und ein Vater, der seine Familie verloren hat, bleibt allein zurück.«

Tief ergriffen begann das Publikum zu applaudieren.

»Wie viele körperliche Schmerzen können Sie ertragen, Albert?«

Weinman schüttelte den Kopf. »Keine! Aber ich *muss* es tun, für Maria, für ihre Behandlung. Ich brauche das Geld, damit sie gesund wird, sonst ist mein Leben wertlos.«

Stuart Nickels hob die Arme. »Sie haben es gehört! Das sind unsere heutigen Kandidaten, ihre Motivation kann nicht unterschiedlicher sein: Spielschulden, Buße für die verlorenen Kameraden, eine Spende für die Forschung und Geld für eine Behandlung.«

Nickels deutete auf eine große Leuchtanzeige. Die Ziffern standen auf Null. »Die Show beginnt. Ab jetzt werden die TV-Wetten angenommen. Schalten Sie sich zu uns ins Studio! Geben Sie über Ihre Tablets, das Web oder über unser Portal Ihren Tipp ab.«

Am unteren Bildschirmrand wurde der elfstellige Web-Zugangscode des Fernsehsenders eingeblendet. Hypnotisierend blinkten die roten Ziffern des Banners, der mehrmals über die Mattscheibe wanderte. Sogleich schoss die Leuchtanzeige sprunghaft von null auf siebzig abgegebene Tipps, und jede weitere Sekunde stieg sie um ein paar Hundert.

Mittlerweile hatte Doktor Beebott seine Arbeit im Labor beendet. Er trat ins Bild und flüsterte Stuart Nickels etwas ins Ohr.

»Wie ich soeben erfahren habe, sind die Tests negativ ausgefallen, das heißt: *Unsere Kandidaten sind clean!* Kein Alkohol, keine Drogen, kein Sedativum, nicht einmal die kleinste Schmerz- oder Beruhigungstablette. Sam Mendez, Steve Gordon, Alice Cook und Albert Weinman sind so sauber wie ein Babypopo!« Nickels wandte sich an die Teilnehmer. »Sie kennen die Prozedur. Darf ich Sie bitten?«

Die vier Kandidaten erhoben sich und machten den Oberkörper frei. Mendez' dunkler Teint glänzte im Licht des Studios. Er war schmalbrüstig und trug ein Piercing in der Brustwarze. Alice Cook schlüpfte aus ihrer Bluse, darunter trug sie ein enges schwarzes Top. Die Kamera zoomte für einen Moment näher. Deutlich war ihr flacher Bauch zu sehen. Albert Weinmans rosafarbener und behaarter Bauch schwabbelte dahingegen mit drei Fettringen.

Steve Gordon entledigte sich seines Hawaiihemds und präsentierte einen gigantischen Brustkorb. Der ehemalige Helikopterpilot war trainiert wie ein junger Bodybuilder. Aber als das Publikum die Narben sah, die in tiefen Furchen quer über seinen Oberkörper, den Nacken und die Schultern verliefen, ging ein Raunen durch den Saal. *No Pain* hatte er sich in gotischen Lettern im Halbkreis über die Brust tätowieren lassen.

»Ein Andenken an den Irak«, kommentierte Gordon mit gelassener Stimme.

Buh-Rufe drangen aus dem Saal.

»Genau!«, schrie Nickels. »Wir haben die Kameltreiber aus Ihren Löchern gebombt und von dem schönen Antlitz dieser Erde wegradiert!«

Die Menge tobte und brüllte frenetisch. Mittlerweile waren die ersten 62000 Tipps beim Online-Voting abgegeben worden, doch das Voting ging mit Riesenschritten weiter, und ständig veränderten sich die Wettquoten, bis sie sich schließlich beruhigten und einpendelten.

Doktor Beebott schloss die Teilnehmer mit Elektroden an mehrere Geräte an. Sogleich waren am unteren Bildschirmrand die Herzfrequenz der vier Kandidaten, die Hirnströme, der Blutdruck und die zirkulierende Blutmenge in Milliliter zu sehen.

»Sie wissen ...«, erinnerte Nickels die vier Spieler, »sobald Sie sich für *Weiter* entscheiden, gibt es kein Zurück mehr. Sind Sie bereit?«, fragte er.

»Weiter«, murmelten Mendez, Gordon, Cook und Weinman wie aus einem Mund.

»Sie haben es gehört!«, brüllte Nickels ins Publikum. »Für heute haben wir wieder sechs streng geheime Hürden vorbereitet. Cecille informiert uns über die Reihenfolge der Showblöcke, und wir werden sehen, wie belastbar unsere Kandidaten sind.«

Wie auf Kommando drückte Cecille den ersten Sensor, und auf der elektronischen Anzeigetafel über den Köpfen der Kandidaten leuchtete ein Wort in futuristischen Lettern: *Fingernägel.* Das Saalpublikum klatschte und stampfte mit den Füßen im Takt eines Marsches.

»Die erste Hürde lautet: Fingernägel! Wie viele es sein werden, entscheidet der Generator!« Nickels zeigte auf die Anzeige, die abwechselnd zwischen eins und zehn zu leuchten begann. Der Zufallsgenerator stoppte das Blinken.

»Zwei!«, rief Nickels, diesmal nicht mehr so euphorisch wie zuvor.

Ein enttäuschtes Raunen ging durch das Publikum. Gleichzeitig atmeten die Kandidaten erleichtert auf. Ein harmloser Beginn. Dementsprechend sprangen die Prämienanzeiger, die sich jeweils oberhalb der Kandidatenstühle befanden, nur auf zweitausend Dollar.

Mit einem erklärenden Blick wandte sich Nickels der Kamera zu. »Sie, die Zuschauer zu Hause, sind aufgefordert, mitzubieten. Je früher Sie einsteigen, desto höher ist die Gewinn-Quote, je später Sie einsteigen, desto geringer. Also beeilen Sie sich!

Geben Sie Ihren Tipp ab.« Nickels deutete zum unteren Bildschirmrand, wo der Web- Zugangscode des Fernsehsenders erneut eingeblendet wurde. »Sagen Sie uns, welcher Kandidat bei welchem Prämienstand in welcher Runde ausscheidet, oder bis wohin er durchhält, und gewinnen Sie das Einspielergebnis des heutigen Abends.«

Die Kamera schwenkte zur Leuchttafel, die einen Stand von neunzigtausend Tipps anzeigte, welche die Zuschauer bereits abgegeben hatten. Jede Sekunde kamen mehr dazu. In der Zwischenzeit hatte Cecille die Unterarme und Handgelenke der Kandidaten mit Lederriemen an die Stuhllehnen gezurrt, sodass sie völlig bewegungslos dasaßen. Ein Mundstück wurde ihnen zwischen die Zähne geklemmt.

»An dieser Stelle die übliche Warnung«, erklärte Nickels. »Versuchen Sie das nicht zuhause nachzumachen. Die Spielhürden werden von einem qualifizierten Ärzteteam überwacht, um den Kandidaten die größtmögliche Sicherheit zu bieten. Wir haben einen absolut sterilen Operationsbereich, Desinfektionswannen, die modernste Wundversorgung vor Ort und Klemmen, um die Blutung zu stoppen. Wir garantieren, dass jeder Kandidat die Hürde überlebt. Versuchen Sie das unter keinen Umständen zu Hause!«

Das war das Stichwort. Ein fünfköpfiges Ärzteteam betrat die Bühne. Auf einem Beiwagen, den sie vor sich herschoben, befanden sich Skalpelle, Scheren und scharfe Löffel.

»Bleiben Sie dran!«, rief Nickels. »Wir sehen uns in fünf Minuten, wenn es wieder heißt: *Weiter oder Raus*!«

In diesem Moment wurde der erste Werbeblock eingeblendet.

Leiden Sie unter Pilzbefall und hässlichen Fingernägeln? Haben Sie es bisher vergeblich mit Pilzlack oder Pilzcremen versucht? Waren Sie enttäuscht, weil Sie viel Geld dafür ausgegeben haben, ohne die erwünschten Ergebnisse zu erzielen? Das gehört der Vergangenheit an!

Wir von Digi-Nail machen Sie mit der Laserchirurgie vertraut. Während eines kostenlosen Beratungsgesprächs ermitteln wir Ihren DNS-Code. Binnen Minuten entstehen in unseren Labors künstliche Fingernägel aus Bioplasma … Ihre Fingernägel! In einer Stunde sind sie implantiert und an Ihr Nervensystem angebunden. Ihre neuen Nägel sind völlig gesund und wachsen perfekt. Sie selbst können das regeln. Nie wieder Probleme mit hässlichen Nebenerscheinungen. Sie werden zufrieden sein. Besuchen Sie uns noch heute!

Und wenn Sie sich für die computerchip-gesteuerten Bioplasma-Nägel entscheiden, können Sie Länge, Form und Farbe Ihrer Nägel täglich neu programmieren.

Die Kamera blendete wieder ins Studio. Stuart Nickels stand neben den Kandidatenstühlen. Eine Großaufnahme von ihm wurde über Videowall ausgestrahlt.

Je zwei Finger der Kandidaten waren mit Mullbinden bandagiert, an deren Spitzen ein dunkelroter Punkt durchsickerte. Davon abgesehen sahen die Teilnehmer fit aus. Sie wurden von einem Ärzteteam versorgt, bekamen zu trinken, Schweiß wurde ihnen von der Stirn gewischt, und eine unter der Nase befestigte Ammoniakkapsel verhinderte, dass sie wegen der Schmerzen bewusstlos wurden.

Stuart Nickels ergriff das Wort: »Willkommen bei *Weiter oder Raus*. Wenn Sie erst jetzt zugeschaltet haben, heiße ich Sie herzlich willkommen.«

Er umrundete das Kandidatenteam, wobei das Klappern seiner Metallsohlen deutlich zu hören war. Für einen Moment kamen seine Schuhe übergroß ins Bild: ein Paar *Gucci* aus echtem Leder. Die Kamera schwenkte wieder hinauf.

»Wir befinden uns am Beginn der zweiten Hürde. Noch haben Sie Gelegenheit, Ihren Tipp mit hohen Quoten abzugeben. Mit zehn Dollar sind Sie dabei, und vergessen Sie nicht, zwei Prozent des Einspielergebnisses wandern in den Jackpot, der *dann* ins

Spiel kommt, wenn alle vier Kandidaten die sechste und letzte Runde erreicht haben.«

Die Kamera schwenkte zur Leuchtanzeige, die während des Werbeblocks auf einhundertzehntausend abgegebene Tipps hochgeschnellt war.

»Steve Gordon führt immer noch bei den Wettquoten«, rief Nickels. »Kommen wir zur zweiten Hürde! Ohne zu wissen, welche Herausforderung der Sender als Nächstes für die Kandidaten vorbereitet hat, müssen sie sich entscheiden, ob sie aussteigen oder weitermachen. Wer *Raus* sagt, ist draußen und erhält seinen letzten Prämienstand, aber wer *Weiter* sagt und während der Hürde abspringt, erhält keinen müden Cent.«

Die Kennmelodie der Show wurde eingeblendet, ein Tusch mit theatralischem Fanfarenstoß.

»Weiter oder Raus?« Nickels hielt zunächst dem jungen Mexikaner das Mikrofon vors Gesicht.

»Weiter!«, presste Sam Mendez hervor.

»Gute Entscheidung!«, rief Nickels. Das Publikum tobte.

»Weiter!«, sagte auch Steve Gordon mit tiefer, bestimmter Stimme.

»Weiter«, presste Alice Cook heraus.

»… weiter …«, stöhnte auch Albert Weinman.

Als Cecille auf den zweiten Sensor drückte, saßen die Teilnehmer stocksteif da und beobachteten das Schauspiel via Monitor. Die elektronische Anzeige über ihren Köpfen begann zu leuchten: *Backenzahn.*

»Oho!«, rief Nickels. »Wie viele es sind, entscheidet der Generator.«

Die Zahlen eins bis acht flackerten auf. Als der Zufallsgenerator die Anzeige bei drei zum Stillstand brachte, ging ein erstaunter Aufschrei durch die Menge. Die Kandidaten versteiften sich. Augenblicklich sprang oberhalb ihrer Stühle die Leuchtanzeige der Prämie von zweitausend auf elftausend Dollar. Gleichzeitig wurde das Ärzteteam tätig und fixierte die Stirn der Kandidaten mit Lederriemen an die Kopflehne. Das Zeitfenster war knapp, sie mussten sich beeilen. Die Stühle schwenkten in eine horizontale Lage. Metallklammern mit einem insektenbeinähnlichen Gestänge öffneten den Mund von jedem Teilnehmer, schoben die Lippen zur Seite und entblößten das Gebiss. Cecille rollte einen Handwagen auf die Bühne, auf dem sich Schläuche, Tupfer, Pinzetten, Spiegel, Häkchen, Zangen, Sauger und Desinfektionsmittel befanden.

»Bleiben Sie dran! Wir sehen uns nach der Werbung wieder!« Stuart Nickels winkte in die Kamera, danach wurde ausgeblendet.

Vergessen Sie Keramik- und Gold-Inlays, vergessen Sie Kronen und Brücken. Die Zukunft gehört der Biochip-Technologie, die Zukunft gehört BioDent. Diese neue Methode versorgt Sie mit intelligenten Zähnen, die sich selbst reinigen, den Zahnschmelz automatisch regenerieren und Löcher erst gar nicht entstehen lassen. Dazu benötigen wir von Ihnen weder einen Hüftknochen noch eine Knochenmarkprobe, sondern verbinden Ihre Zähne lediglich über eine sensorgesteuerte Schiene mit Ihrem Nervensystem. Automatisch wird das notwendige Fluorid erzeugt, Bakterien werden im wahrsten Sinn des Wortes im Keim erstickt und die Zähne vor Säureangriffen geschützt.

BioDent. Lassen Sie sich von uns beraten. Das erste unverbindliche Panorama-Röntgen ist kostenlos.

»Und hier ist wieder Stuart Nickels mit *Weiter oder Raus*! Unsere tapferen Kandidaten haben auch die zweite Hürde bravourös gemeistert, und das …«, Nickels hob den Zeigefinger, »… ohne Narkotika oder Schmerzmittel! Applaus!« Er riss die Arme hoch. Soeben wurden die fleckigen Tücher unter dem Kinn eines jeden Kandidaten entfernt. Die Sitzschalen fuhren in eine aufrechte Position.

»Heute steht uns eine lange Nacht von Showblöcken bevor«, brüllte Nickels. *»Weiter oder Raus?«*

»Weiter«, murmelte Sam Mendez mit geschlossenen Augen. Er würgte, beinahe bekam er den Mund nicht auf. Ein Arzt lief herbei und entfernte einen getränkten Wattebausch aus seinem Mund.

Steve Gordon, im Gesicht so weiß wie ein Bettlaken, atmete tief durch. Auch seine Backen waren angeschwollen.

»Weiter!«

Alice Cook presste die Augen zusammen und nickte.

»Ich höre nichts!«, rief Stuart Nickels.

Sie würgte. »Weiter ...«

Albert Weinman verdrehte die Augen. Er schluckte und schluckte, ohne ein Wort herauszubringen.

»Schnell! Anästhesie!«

Ein Arzt eilte herbei. Sogleich wurde dem Buchhalter ein Schlauch in den Rachen gesteckt. Zusätzlich erhielt er eine Injektion in die Halsschlagader. Das Publikum raunte.

»Das ist kein Schmerzmittel!«, beruhigte Nickels die Menschen im Saal. »Die zwanzig Milliliter Seradronin halten lediglich die Herzfrequenz unter zweihundert und somit die Kreislauffunktionen aufrecht ... schließlich wollen wir seine Entscheidung hören.« Er trat ganz nahe an den übergewichtigen Mann aus Maine heran. *»Weiter oder Raus?«*

»Maria, ich tue es für dich ... weiter ...«, röchelte Weinman, dessen Ton verriet, dass er von allen Kandidaten die größte Überwindung dazu aufbringen musste. Tränen liefen ihm übers Gesicht.

»Sie haben es gehört!«, brüllte Nickels. Das Saalpublikum goutierte diese Entscheidung mit tosendem Beifall. Cecille betätigte den dritten Sensor, und auf der Tafel erschien: *Bandscheibe*. Gleichzeitig sprang die Leuchtanzeige der Prämie von elftausend auf einundvierzigtausend Dollar. Das Publikum stampfte frenetisch mit den Füßen auf. Die Stimmung im Saal kochte vor Emotionen.

»Vergessen Sie nicht!« Nickels peitschte die Begeisterung noch höher. »Eingriffe in die Wirbelsäule bergen ungeheure Risiken, vor allem wenn man mit einer Nadel eine Bandscheibe absaugt. Eine Nervenwurzel könnte verletzt werden oder im schlimmsten Fall das Rückenmark selbst. Dabei können Organstörungen oder Lähmungen nicht ausgeschlossen werden. Befragen wir unseren Notar dazu, Doktor Lombardo.«

Doktor Lombardo, ein typischer Rechtsanwalt im dunklen Nadelstreif mit funkelnder Krawattennadel, schmaler Lesebrille und grauem Haarkranz betrat die Bühne.

»Haftet der Fernsehsender für eventuelle Nebenwirkungen und Folgeschäden der Spieler?«, fragte Nickels ohne Umschweife.

»Grundsätzlich schon, aber …« Doktor Lombardo blickte selbstsicher in die Kamera. Seine Stimme hatte einen tiefen, sonoren Klang, sodass niemand den Wahrheitsgehalt seiner Worte anzweifelte. »Jeder Kandidat wird vor der Sendung von erfahrenen und anerkannten Psychologen getestet. Ein Gutachten über den geistigen Zustand wird ermittelt, welches die vollständige Zurechnungsfähigkeit des Teilnehmers bestätigt. Erst danach wird unsere Rechtsabteilung aktiv. Jedem Kandidaten wird selbstverständlich kostenlos ein Rechtsanwalt zur Verfügung gestellt, der belegt, dass jede Entscheidung frei von Zwang, Betrug oder Irrtum erfolgt. In einem Vertrag unterzeichnen beide Parteien ein Abkommen. Der Kandidat erklärt sich mit den ihm bekannten Spielregeln einverstanden, und der Fernsehsender haftet für keinerlei Folgeschäden oder Nebenwirkungen. Somit trägt der Kandidat das Risiko. Allerdings stellt ihm der Fernsehsender als Gegenleistung eine hohe Prämie in Aussicht. Der Vertrag kann weder angefochten noch für ungültig erklärt werden und ist – juristisch gesehen – wasserdicht.«

»Sie sehen, alles geht mit rechten Dingen zu!«, rief Nickels. »Was zeigt die Tafel?« Der Kameraschwenk zur Leuchtanzeige meldete einen aktuellen Stand von einhundertsechzigtausend Tipps. »Wir haben die Halbzeit erreicht, und im Moment sind knapp 1,6 Millionen Dollar Einspielergebnis zu gewinnen. Bieten Sie mit, solange der Showblock läuft! Je länger Sie mit Ihrem Tipp warten, desto schneller fallen die Quoten.«

Der elfstellige, hypnotisierende Web-Zugangscode des Fernsehsenders blinkte wiederum am unteren Bildschirmrand.

»Und weiter geht's!«

Das war das Stichwort. Das Ärzteteam betrat die Bühne. Diesmal war es zwölf Mann stark. Die Kandidatenstühle machten eine halbe Drehung, sodass die Teilnehmer mit dem Rücken zum Publikum saßen. Erst jetzt wurde die ovale, freie Stelle in den Rückenlehnen sichtbar.

Cecille legte den Kandidaten eine Metallspange um die Brust, sodass sie stocksteif an die Rückenlehne gepresst und mit dem Stuhl in die Horizontale geschwenkt wurden. Das Ärzteteam begann damit, das chirurgische Besteck auf den Tabletts auszubreiten und die Operationsstellen zu desinfizieren. Sauerstoff- und Infusionsflaschen wurden an einem Gestänge herangerollt, ebenso Plastikbeutel für Bluttransfusionen. Injektionen mit Refluran-Ampullen wurden vorbereitet, die eine schmerzbedingte Hormonausschüttung des Körpers unterdrückten, ebenso die Stressreaktion reduzierten und die Lungenfrequenz auf normalem Niveau hielten. Schließlich sollte keiner der Kandidaten aufgrund der Schmerzen bewusstlos werden. Als die Saugnadel mit der neun Zentimeter langen Kanüle aufblitzte, schwenkte die Kamera zur Seite.

»Bleiben Sie dran!«, rief Nickels. »In wenigen Minuten erfahren Sie, wie die Runde ausgegangen ist.«

Im Hintergrund schrie der junge Mendez auf, danach wurde der Werbeblock eingeblendet.

Kommen Sie manchmal frühmorgens nicht aus dem Bett, werden Sie von Bandscheibenvorfällen geplagt, leiden Sie unter Neuralgie oder eingeklemmten Nerven? Dann sind Sie bei uns richtig! Wir implantieren Ihnen neue künstliche Bandscheiben aus Biomasse und erneuern Ihr angeschlagenes Nervensystem. Während eines kurzen operativen Eingriffs bündeln wir Ihre Nervenfasern und transplantieren Ihre Nervenwurzeln ans Rückenmark.

Oder leiden Sie unter Verspannungen und Migräne? Dann holen Sie sich in unserem Neurologischen Institut von unserem Spezialistenteam eine Liquorspülung. Ihre Gehirnflüssigkeit wird gefiltert und gesäubert, und schon nach zwei Stunden fühlen Sie sich wie neugeboren. Oder machen Sie Gebrauch von unserer neuartigen MESI-Methode. Sogar Spitzensportler schwören auf MESI. Die völlig ungefährlichen Mikroelektronischen-Schock-Impulse sind winzige an Ihr zentrales Nervensystem gekoppelte Kapseln, welche die Funktionalität Ihrer Neurofibrillen erhöhen. Damit können Sie Ihre Reflexe und die Funktionsweise Ihres gesamten Bewegungsapparats um bis zu 45% steigern.

Spitzensport ausschließlich für junge Leute gehört der Vergangenheit an.

»Willkommen, willkommen, willkommen!« Stuart Nickels war in seinem Element. Mit erhobenem Arm lief er quer über die Showbühne, sodass die blitzblaue Krawatte durch die Luft flatterte. Für einen Moment kam sie mit dem Logo des Fernsehsenders groß ins Bild. Deutlich war auch das *Armani*-Emblem zu sehen. Auf der Videowall wurde die Aufnahme für einige Sekunden eingefroren.

Mit einer eingeübten Geste justierte Nickels das Mikro, das an seinem Kehlkopf klebte, und seinen Ohrstöpsel, über den er Regieanweisungen erhielt. Soeben verließ das zwölfköpfige Ärzteteam mitsamt Equipment die Bühne. Die Kandidatenstühle schwenkten im Halbkreis herum. Für einen Moment waren die frisch vernähten roten Stellen im Rückgrat zu erkennen, dann kamen die vier Bewerber gleichzeitig in Splitscreens groß ins Bild. Die Augen der Teilnehmer flatterten an der Grenze zur Bewusstlosigkeit, ihre Haut war vollständig fahl, Schweiß stand ihnen auf der Stirn, und von den Medikamenten hüpften und zuckten ihre Gesichtsmuskeln unkontrolliert. Nur Alice Cook schien die Schmerzen als einzige mit stoischer Ruhe zu ertragen, worauf der Prozentanteil der für sie abgegebenen Tipps sprunghaft anstieg.

»Wer nach dieser Nummer noch *Weiter* sagt, ist tough!«, rief Nickels. »Wer nach dieser Nummer noch *Weiter* sagt, ist strong!«

Das Publikum stimmte mit einem Sprechchor ein: *Tough and strong! Tough and strong!*

Nickels hielt Sam Mendez das Mikrofon vor die Nase.

»Weiter«, hauchte der Mexikaner.

Das Publikum tobte.

»Weiter«, presste Steve Gordon hervor.

»Weiter«, sagte auch Alice Cook.

Albert Weinman bewegte zwar die Lippen, brachte aber keinen Ton heraus.

»Weiter oder Raus?«, fragte ihn der Showmaster erneut.

Weinmans Lippen bebten, er nickte schwach mit dem Kopf.

»Oh, das ist leider zu wenig.« Nickels' Stimme wurde bestimmt. »Noch stehen Ihnen drei Hürden bevor, bis Sie ans große Geld kommen. Überlegen Sie es sich gut. *Weiter oder Raus?*«

Weinman raffte sich auf.

»… weiter …«

Nickels hob gebieterisch die Hand, worauf Cecille den vierten Sensor aktivierte. Sogleich wurde der Titel der nächsten Herausforderung angezeigt: *Auge.*

Die Kandidaten begannen zu hyperventilieren. Vermutlich ahnten sie, was als Nächstes passieren würde. Der Zufallsgenerator brachte die elektronische Anzeige erneut zum Flackern.

Die Zahlen eins und zwei zuckten abwechselnd über den Köpfen der Kandidaten. Schließlich blieb die Anzeige bei eins stehen. Das Publikum raunte enttäuscht, während die angespannten Schultern der Kandidaten erleichtert nach unten sanken. Im gleichen Moment schnellte die Prämie der digitalen Leuchtanzeige von 41.000 Dollar auf 241.000 Dollar hoch.

Mit lauter Stimme wiederholte Nickels den Prämienstand. Danach eilte er quer über die Bühne, während er rief: »Und Sie zuhause. Voten Sie mit! Geben Sie Ihren Tipp ab. Mit nur zehn Dollar sind Sie dabei. Wer wird gewinnen? Wer scheidet aus? Wie lange hält welcher Kandidat durch, und wie hoch ist die Endprämie? Schalten Sie sich mehrmals zu uns ins Studio und geben Sie unterschiedliche Tipps ab. Das erhöht Ihre Chance, das Einspielergebnis des heutigen Abends zu gewinnen!«

Die Kamera schwenkte zur Anzeige.

»Zweihundertachtzigtausend Tipps, meine Damen und Herren. Das bedeutet ein bisheriges Einspielergebnis von knapp 2,8 Millionen Dollar! Voten Sie mit!«

Ein Ärzteteam betrat die Showbühne. Auf einem Beiwagen führten sie vier Metallkonstruktionen mit sich, um die Köpfe der Kandidaten zu fixieren. Daneben lagen Klammern und eine Augenschere. Eilig gingen sie zur Sache, denn während des Werbeblocks standen ihnen nur fünf Minuten zur Verfügung.

Benötigen Sie Geld? Benötigen Sie sogar sehr viel Geld? Dann melden Sie sich bei uns! Werden Sie einer von vier Kandidaten bei Weiter oder Raus*!*

Aber Vorsicht! Nicht jeder ist dafür geeignet. Es bedarf einiger Voraussetzungen: Verfügen Sie über den Mut, in dieser Show mitzuspielen? Haben Sie die Nerven, die sechs Levels durchzustehen? Sind Sie schmerzunempfindlich? Und brauchen Sie verdammt noch mal so viel Geld, dass Sie wirklich alles dafür tun würden? Dann sind Sie bei uns richtig.

Ein Rechtsanwalt klärt mit Ihnen sämtliche notwendigen Formalitäten: ihre Lebensversicherung und einen Vertrag mit dem Fernsehsender. Auf Wunsch können Sie bei einem Notar Ihr Testament für Notfälle hinterlegen. Ein Beraterteam sorgt sich während eines psychologischen Aufklärungsgesprächs um Sie. Schicken Sie uns noch heute Ihre Bewerbungsunterlagen.

– Diese Werbeeinblendung widmete Ihnen die Laserschnittchirurgie für bioelektronische Netz- und Hornhautverpflanzung –

Untermalt von den Klängen eines elektronischen Orchesters, das eine heroische Militärhymne spielte, wurden die vier Spieler in Großformat eingeblendet. Vier Splitscreens zeigten jeweils Sam Mendez', Steve Gordons, Alice Cooks und Albert Weinmans Gesicht mit der ausbandagierten Augenhöhle. Die herausoperierten Teile waren bereits vor Minuten von einem Tiefkühltransport ins nächste Krankenhaus verfrachtet worden, wo sie sogleich für Transplantationen verwendet werden durften, wie es die vertragliche Regelung mit dem Fernsehsender vorsah.

Die Militärhymne wurde ausgeblendet, ebenso die Zeitlupenaufnahme von Steve Gordon, wie er den Kopf zufrieden lächelnd in den Nacken warf. Eine Reihe von Laserspots leuchtete in die Mitte der Showbühne. Stuart Nickels trat ins Rampenlicht.

»*Weiter oder Raus?*«, brüllte er euphorisch und hielt dem ersten Kandidaten das Mikrofon vors Gesicht.

»Weiter …«

Sam Mendez keuchte schwer. Das Lid seines gesunden Auges flatterte, für einen Moment verschwand die Pupille, sodass nur noch das Weiß zu sehen war. Sogleich kam ein Arzt herbei und überprüfte das Gemisch seiner Infusion, damit er bei vollem Bewusstsein blieb.

»Weiter«, sagte Steve Gordon und – zur Überraschung des Publikums – auch Alice Cook und Albert Weinman, der scheinbar alles für seine Frau zu tun bereit war. Im Saal herrschte eine aufgepeitschte Stimmung. Die Gemüter erhitzten sich von Minute zu Minute mehr, in der Luft lag pures Adrenalin.

Auch Stuart Nickels stand der Schweiß auf der Stirn. »Wahnsinn!«, rief er. »Das hat es in den letzten Shows nicht mehr gegeben. Alle Kandidaten sind noch dabei. Wir steigern uns. Zwei Hürden liegen noch vor uns, eine gefährlicher als die andere. Das fünfte Level!«

Wie auf Kommando betätigte Cecille den Sensor, worauf die Anzeige aufleuchtete: *Amputation.*

Ein Raunen ging durch den Saal.

»Amputation bei vollem Bewusstsein!«, rief Nickels. »Der Zufallsgenerator entscheidet; entweder Arm oder Bein an der linken oder rechten Seite.« Lächelnd wandte er sich an die Kandidaten. Diese warfen sich musternde Blicke zu, doch keiner schien zu kneifen. »Es ist zwar nur knapp oberhalb des Ellenbogens oder des Knies, ich möchte aber trotzdem nicht in Ihrer Haut stecken.«

Cecille, die langbeinige Blondine, drückte wieder auf den Sensor und brachte den Zufallsgenerator in Bewegung. Nickels riss die Arme hoch. Die Leuchtanzeige stoppte bei *rechtes Bein*. »Der Generator hat entschieden. Es ist das …«

Der Showmaster wurde jäh von der roten Lampe des Saal-Votings unterbrochen, die plötzlich aufleuchtete, begleitet vom schrillen Ton einer Sirene. »Oh, oh, oh … wenn über neunzig Prozent des Saalpublikums den Sensor unter den Sitzen betätigt«, erklärte Nickels, »wird der Zuschauer-Bonus aktiviert – und das bedeutet: Der Zufallsgenerator muss ein zweites Mal laufen.«

Panik trat in die Gesichter der Kandidaten. Diesmal standen nur noch linker und rechter Arm und das linke Bein zur Auswahl. Cecille brachte den Zufallsgenerator zum Laufen, bis das Flackern bei *linker Arm* stoppte.

Stuart Nickels geriet ins Schwitzen. »Sie haben entschieden! Das rechte Bein *und* der linke Arm!«

Die Leuchtanzeige sprang auf 2.241.000 Dollar Prämie. Plötzlich geriet die Atmosphäre in der Halle in Hektik. Ein vollkommen steriler Operationssaal mit einer Rundumverglasung wurde elektronisch gesteuert auf die Showbühne geschwenkt. Die Stühle der Kandidaten fuhren automatisch in den OP-Bereich ein. Dahinter schloss sich die Tür aus Plexiglas. Der OP-Saal wurde von einem Ventilatorsystem keimfrei belüftet. Währenddessen bereitete ein Ärzteteam im Hintergrund die eventuell nötigen Bluttransfusionen vor. Ein Doktor injizierte den Kandidaten eine Ampulle, die das Zusammenziehen der Blutgefäße förderte, und die Seradronin-Refluran-Infusion reduzierte die Ausschüttung der körpereigenen Stresshormone und stabilisierte gleichzeitig den Kreislauf und die Herz-Lungenfrequenz. Einzig die Nerven für die Schmerzleitung zum Gehirn blieben unangetastet.

»Oh, wir überziehen wieder einmal gewaltig. Wer hätte gedacht, dass alle Kandidaten so lange durchhalten?« Nickels blickte auf seine Armbanduhr. Für einen Moment war sein Handgelenk in Großaufnahme zu sehen. Das neueste titanbeschichtete *Omega*-Modell mit Webzugang und einer Downloadkapazität von einem Terabyte pro Sekunde kam gestochen scharf ins Bild.

»Schalten Sie sich ein! Schalten Sie sich zu!«, heizte Nickels die Zuschauer an. »Heute Abend brechen wir sämtliche Einschaltrekorde. Bisher haben wir dreihundertneunzigtausend Tipps erhalten. Schalten Sie sich zu uns ins Studio! Geben Sie uns *Ihren* Tipp, noch ist es nicht zu spät.«

Mittlerweile wurden die Kandidaten mit einer Sauerstoffmaske beatmet. Die Hosen wurden am Ansatz der Oberschenkel mit einem Skalpell abgetrennt, die Schnittstellen oberhalb der Kniegelenke kahl rasiert, desinfiziert und mit einem violetten Stift markiert. Eine Handvoll Kontaktplättchen wurden den Kandidaten an Herz, Schläfen und den Schlagadern angelegt, während Krankenpfleger Gefäßklammern und Nähfaden bereitlegten.

Sam Mendez heulte, Alice Cook hyperventilierte, Albert Weinman begann um sich schlagen, und Steve Gordon biss die Zähne zusammen, sodass die Adern am Hals hervortraten.

»Wenn Sie live miterleben wollen, wie die Kandidaten ihre Hürden meistern, dann kommen Sie als Zuschauer zu uns in die Show.« Stuart Nickels war voll im Bild und grinste in die Kamera. »Für lächerliche hundertneunundneunzig Dollar erhalten Sie eine Reservierung, und die ersten fünfundzwanzig Anrufer bekommen Plätze in der VIP-Lounge, direkt *vor* den Kandidaten.«

Als die Elektrosäge aufheulte und wiederum Mendez als Erster schrie, verschwand das Bild.

Hatten Sie einen Jet-Unfall auf dem Weg in die Arbeit oder hat eines Ihrer intelligenten Küchengeräte verrückt gespielt? Benötigen Sie künstliche Gelenke, künstliche Gliedmaßen oder andere Neuroprothesen?

Wir von HSP bringen Ihre körperlichen Schäden wieder in Ordnung. Vertrauen Sie sich einem HSP-Berater an. Mit Gelenkssensoren, mikroelektronischen Implantaten, der neuen AI-Biochip-Technologie oder den modernen Gelee-Rückenmarknervenzellen wächst Ihr Körper wieder zusammen. Vertrauen Sie sich uns an!

HSP hilft Ihnen! Ihre Human-Spare-Parts!

Der letzte und gefährlichste Teil von *Weiter oder Raus* begann mit einer rasanten Kamerafahrt in Cinemascope, bei der sich die Kamera von der Decke der Robert Slycheek-Hall, zwischen den Beleuchtungsröhren und Belüftungsschächten auf die Bühne stürzte und vor den Gesichtern der Kandidaten einbremste. Wagners schmetternd kraftvoller *Ritt der Walküren* begleitete diese Fahrt.

Die Gesichter der Teilnehmer wurden hintereinander mit Überblendungen gezeigt. Darunter waren die Namen Sam Mendez, Steve Gordon, Alice Cook und Albert Weinman zu sehen.

»Willkommen zum Schlussteil von *Weiter oder Raus*!«, begrüßte Stuart Nickels die Zuschauer an den Fernsehgeräten. Das Saalpublikum goutierte diese Ansage mit gewohnt euphorischem Fußstampfen.

»Unglaublich, meine Damen und Herren! Bisher hat kein Spieler aufgegeben. Eine letzte Hürde ist noch offen. Normalerweise springen uns vor diesem Level die meisten Spieler ab. Doch hören wir selbst, was unsere zähen Kandidaten heute zu sagen haben.« Nickels ging vor die Glaswand des OPs, in dem die Kandidaten immer noch auf ihren Stühlen saßen. Sie waren aber nicht vollständig zu sehen. Der schwarze Zensurbalken des Fernsehsenders wurde über fehlende Beine und Arme eingeblendet, da der Anblick aus rechtlichen Gründen um diese Uhrzeit nicht übertragen werden durfte.

»Sam Mendez, du könntest jetzt aufhören. Deine dreihunderttausend Dollar Spielschulden hast du längst erreicht.« Nickels befand sich unmittelbar vor der Glasscheibe. »Aber die Prämie dürfte noch zu gering sein, um deine körperlichen Schäden komplett zu korrigieren. *Weiter oder Raus?*«

Ein in Folie verpacktes Mikrofon schwenkte im Inneren des OPs von der Decke.

»Weiter …« Mendez' elektronisch verzerrte Stimme war nur schwach zu hören.

»Was für eine Entscheidung!« Nickels schritt zum nächsten Kandidaten.

Steve Gordons Lippen bewegten sich tonlos. Eine Krankenpflegerin mit einer Wasserflasche in der Hand trat näher an ihn heran. Da die Kandidaten nicht unter Narkose standen, durften sie zu trinken bekommen. Jedoch lief Gordon die Hälfte davon aus dem Mundwinkel über den nackten Oberkörper.

»Auch Sie können jetzt aufhören«, schlug ihm Nickels vor. »In diesem Fall würde Ihre Prämie etwas über 2,2 Millionen Dollar betragen.«

Gordons nicht bandagiertes Augenlid zitterte unkontrolliert. Er senkte den Kopf und blickte an sich hinab. Zaghaft schüttelte er den Kopf.

»Sie wissen, dass Sie zum Abschluss immer das Schlimmste erwartet! Machen Sie trotzdem weiter?«, fragte Stuart Nickels.

»Ich mache es nicht des Geldes wegen«, hauchte Gordon. »Weiter.«

Nickels verzog beeindruckt das Gesicht. »Und Sie, Miss Cook?«

»Die AIDS-Forschung braucht das Geld … für alle infizierten Frauen – weiter!«

»Was für eine Nacht!«, rief Nickels, während er zu seinem letzten Kandidaten ging. »Und Sie, Mister Weinman?«

»Ich muss, ich muss …«, presste der Buchhalter hervor. Tränen liefen ihm übers Gesicht. Sein Oberkörper war schweißgebadet und sein Oberschenkel und sein Armstumpf zuckten in einem Schockzustand. »Für Maria … weiter!«

»Unglaublich! Unglaublich!«, brüllte Nickels außer Atem. »So weit sind wir seit knapp zwanzig Sendungen nicht mehr gekommen. Da alle Kandidaten die letzte Hürde erreicht haben, ohne abzuspringen, ist der Jackpot geknackt.«

Das Publikum der Robert Slycheek-Hall erhob sich, zunächst in den ersten Reihen des VIP-Bereichs, danach in den dahinter liegenden Reihen. Wie eine Welle, die sich nach hinten bewegte, stand das Saalpublikum auf. Ungebrochener Applaus begleitete die minutenlangen Standing Ovations.

»Wir sind beim Höhepunkt der Show angelangt: die sechste Hürde … Cecille, bitte!«

Die Assistentin betätigte den letzten Sensor. Auf der Anzeige stand ein einziges Wort: *Säure.*

Ein Raunen ging durch den Saal. Zugleich senkte sich ein Apparat auf die Köpfe der Kandidaten und vollbrachte binnen Minuten eine saubere Kahlrasur, wonach vier blitzblanke, weiße Schädel zu sehen waren.

»Meine Damen und Herren!«, rief Stuart Nickels direkt in die Kamera. »Sie können nur noch zwei Minuten lang Ihren Tipp abgeben, danach wird der Zugang gesperrt. Zwei Minuten! Beeilen Sie sich, und denken Sie daran: Der Jackpot wurde geknackt! Lassen Sie sich diese Chance nicht entgehen!«

Am unteren Bildschirmrand wurde eine elektronische Zeitanzeige eingeblendet, die bei *2:00* Minuten startete und kontinuierlich nach unten zählte. Währenddessen trat ein junger Neurochirurg an Stuart Nickels' Seite, der zu den Risiken der letzten Hürde befragt wurde.

»Vieles wird vom Zufall entschieden«, erläuterte Doktor Clarence. »An welcher Stelle trifft der Säuretropfen den Kopf, wie verteilt sich die Flüssigkeit, wie schnell durchdringt sie die Kopfhaut und den Schädelknochen? Dieser Teil ist zwar nicht sehr schmerzhaft, doch ist die Säure mit Neurotoxin versetzt, die massive Schmerzreaktionen auslöst, sobald sie mit der Gehirnhaut in Verbindung kommt. Vieles hängt davon ab, *wo* Eintritt und Zersetzung stattfinden und wie weitreichend sie ausfallen. Im Großhirn oder am Hinterkopf im Kleinhirn? Welche Ganglien, Lappen oder motorische Nervenbahnen werden beschädigt? Erst danach wird man sehen, welche Funktionen beeinträchtigt sind.«

»Können größere Gehirnschäden ausgeschlossen werden?«, fragte Nickels.

»Möglicherweise bei einem einzigen hoch konzentrierten Tropfen. Bei zwei oder drei Tropfen benötigt man großes Glück. Daher würde ich den Kandidaten sicherheitshalber raten, den Showblock vorzeitig abzubrechen, denn sollte der Cortex, also die Großhirnrinde, verletzt werden, worin sich das Sprachzentrum befindet, dann …«

»Vielen Dank.« Nickels blickte auf seine Omega-Uhr. »Die Zeit ist abgelaufen, ab jetzt können keine Tipps mehr abgegeben werden.« Er justierte seinen Ohrstöpsel, was mittlerweile mehr zu einer erklärenden Geste für das Publikum geworden war. »Ich habe soeben erfahren, dass wir heute, in dieser Minute, den Einschaltrekord gebrochen haben.«

Das Publikum stampfte mit den Füßen auf.

»Sensationell! Wir konnten über neunhundertsechzigtausend abgegebene Tipps zählen, das ist absoluter Rekord seit dem Start dieser Sendereihe. Und Sie wissen, was das bedeutet! Jeder Tipp kostet zehn Dollar. Abzüglich zweier Prozentpunkte, die in den Jackpot für die nächste Sendung wandern, ergibt das etwas über 9,5 Millionen Dollar Einspielergebnis. Und da wir vier Kandidaten in der Endrunde haben, kommt noch der Jackpot aus den letzten neunzehn Sendungen in Höhe von 2,2 Millionen Dollar dazu. Das bedeutet, auf den oder die Gewinner, die den richtigen Tipp abgegeben haben, warten 11,7 Millionen Dollar.«

Nickels gab Cecille ein Zeichen. Der Zufallsgenerator, der über das Ausmaß der letzten Hürde entscheiden sollte, geriet ein letztes Mal in Bewegung. Die Zahlen eins bis zehn leuchteten auf. Bei sieben kam die Anzeige zum Stehen.

»Sieben Tropfen, meine Damen und Herren!«, rief Nickels. »Sieben Tropfen! Wahnsinn!«

Sogleich sprang die Leuchtanzeige oberhalb der Kandidatenstühle auf 9.241.000 Dollar Prämie, die auf denjenigen wartete, der den gesamten Showblock bis zuletzt durchhielt. Aus der Decke des gläsernen OP-Saals fuhren vier Schläuche, die unmittelbar über den Köpfen der Kandidaten in einer Halterung einrasteten. Die Katheter füllten sich mit einer gelben Flüssigkeit. Mendez, Gordon, Cook und Weinmann spannten den Körper an und pressten Auge und Lippen zusammen. Jeder wollte den kahlgeschorenen Kopf abwenden, aber niemandem gelang es. Eine Klappe öffnete sich.

»Bleiben Sie dran. Wir sehen uns gleich wieder.«

Als der erste hoch konzentrierte Säuretropfen in Zeitlupe herabfiel, wurde die Werbung eingeblendet.

Acht Prozent der Bevölkerung haben bereits davon Gebrauch gemacht. Die Methode ist millionenfach erprobt. Dank der staatlichen Förderung von zweitausend Dollar je Eingriff, kann es sich mittlerweile jeder leisten. Zögern Sie nicht länger, entscheiden Sie sich für den Moduli-Eingriff! Schlagen Sie die Förderung nicht aus.

Der New Yorker Neurochirurg Dr. Carl Moduli zeigt Ihnen, wie Sie mehr aus dem Gehirn Ihres neugeborenen Kindes machen können! Ein kleiner operativer Eingriff an der Fontanelle genügt! Erhöhte Gehirndurchblutung und punktuelle Gefäß- und Gewebeerweiterung bringen sensationelle Erfolge. Durch eine Zunahme der Synapsen und Eiweißmoleküle kann die Speicherkapazität des Gehirns um bis zu 25 Prozent gesteigert werden. Auf Wunsch kann natürlich eine Versicherung gegen eventuelle Gehirnschäden abgeschlossen werden. Gern schicken wir Ihnen unsere Broschüre zu.

Meine Damen und Herren, da der Sender die Zeit für die Liveshow überzieht, bitten wir um etwas Geduld und unterhalten Sie in der Zwischenzeit mit etwas Musik …

»Was für eine Show! Was für eine Show!«, brüllte Stuart Nickels.

Er hatte den Knoten seiner Krawatte gelockert und das Sakko abgelegt. Große Schweißflecken waren unter seinen Achseln und auf dem Rücken des Hemds zu erkennen.

Von einer Horde hektischer Krankenpfleger wurden Sam Mendez und Steve Gordon auf einer Liege aus dem OP gefahren. Man sah, wie die Kandidaten von einem Ärzteteam in Empfang genommen und sogleich in künstlichen Tiefschlaf versetzt wurden. Die Kamera blendete weg. Stuart Nickels kam ins Bild.

»Meine Damen und Herren, Sensationelles hat sich abgespielt. Zwei unserer Kandidaten sind unmittelbar nach Beginn der Hürde abgesprungen. Da sie zuvor *Weiter* gesagt haben, wartet auf sie kein einziger müder Cent Entschädigung. Die verbleibenden beiden Kandidaten, Alice Cook und Albert Weinman, haben sich ein erbittertes Duell geliefert. Wer hätte das gedacht? Nach dem fünften Tropfen hat Alice Cook jedoch aufgegeben. Auch sie bekommt keinen Gewinn ausbezahlt. Dann gibt es eben keine Spende an die Immunsystemforschung, so ist das Leben nun mal.«

Nun sah man, wie Alice Cook auf einer Liege aus dem OP gefahren wurde.

»Einer hat bis zum Ende durchgehalten, und das bedeutet: Wir haben einen Sieger!«

Nickels riss die Arme hoch. Lächelnd präsentierte er seine blitzblanke Zahnreihe. »Nur zweieinhalb Stunden Arbeit, und auf Albert Weinman warten wohlverdiente 9.241.000 Dollar Prämie, die von den Firmen Digi-Nail, BioDent, MESI und Human-Spare-Parts gesponsert werden, aber auch von der Dr. Carl Moduli Foundation und der Laserschnittchirurgie für bioelektronische Netz- und Hornhautverpflanzung. Schicken Sie uns Ihre Bewerbung, wenn auch Sie bei uns mitmachen wollen.«

Die Kamera schwenkte in den OP. Undeutlich war Albert Weinman hinter der beschlagenen Glasscheibe zu sehen. Der schwarze Zensurbalken verdeckte die obere Hälfte seines kahl rasierten Schädels. Sein Auge war schwach geöffnet, das Lid zuckte. Er zeigte keinerlei Reaktion, apathisch verlor sich sein Blick in der Ferne. Speichel lief ihm aus dem Mundwinkel.

Stuart Nickels kam wieder ins Bild. »Albert Weinmans letzten Worte waren: *Für Maria* … vielleicht hätte er lieber *Raus* sagen sollen?« Nickels lachte laut. »Schalten Sie auch nächsten Monat wieder ein, wenn es heißt: *Weiter oder Raus*!«

WENN DER HIMMEL GEFRIERT

Die meisten Science-Fiction-Fans, mit denen ich bisher gesprochen habe, finden den ersten Terminator-*Film am besten. Nichts gegen den ersten, aber ich persönlich finde den zweiten noch besser. Einmal weil Arnold Schwarzenegger einen guten Terminator spielt, weil sein Gegenspieler, der silbrig liquide Cop, fantastisch böse und unzerstörbar ist, weil sich Linda Hamilton in der Irrenanstalt zu einer harten und cleveren Kämpferin trainiert hat, um ihren Sohn zu retten, weil es coolere Sprüche, originelle Gags und bessere Zeitlupensequenzen gibt, weil die Story rasanter und die Filmmusik ganz einfach besser ist … tamm-ta-ta-ta-tamm!*

Schon allein den Satz »Wenn du überleben willst, komm mit mir!«, finde ich großartig.

Sie merken also schon, ich bin ein Terminator-Fan. Aus dieser Liebe heraus ist Wenn der Himmel gefriert *entstanden. Ich hoffe, Sie unterhalten sich gut mit dieser Hommage an James Cameron.*

DIE SONNE HING als blutroter Ball über den Baumwipfeln. Rasch versank sie hinter dem Wald, und bald gloste nur noch ein orangefarbener Streifen am Horizont.

Über den Feldweg raste ein Jeep. Naluk jagte den Wagen in den ausgefahrenen Furchen durch die Pfützen. Der Schlamm spritzte bis zu den Seitenfenstern hoch, und die Wischblätter verschmierten die Windschutzscheibe immer mehr. Wenn sie nicht demnächst den Wasserbehälter nachfüllte, würden die Blätter nur noch trocken über die Scheibe rattern, bis sie nichts mehr sah. Dann konnte sie die Scheibe mit Spucke säubern oder das Glas aus dem Rahmen treten.

Naluk riss das Lenkrad herum. Der Geländewagen schlitterte in die Kurve. Hinter ihr lagen die Wälder des Yellowstone Nationalparks, knapp fünfhundert Meilen weiter oben die kanadische Grenze, von wo sie herkam. Sie sah sich nicht um, sondern starrte geradewegs durch die Scheibe, nach Süden. *Der Süden!* Ihre einzige Hoffnung.

Vor ihr breitete sich das weite, hügelige Land von Dayton Creek aus. In der Dämmerung sah sie eine Holzhütte. *Die muss reichen!* Naluk steuerte darauf zu. Neben der Hütte bemerkte sie einen gemauerten Brunnen und den Lattenzaun einer Pferdekoppel. Wie alle anderen Orte, durch die sie während der letzten Tage gefahren war, würde auch diese Hütte leerstehen – das war klar! So weit oben im Norden war es noch zu kalt für Überlebende.

Hoffentlich war die Tür unverschlossen. Würde es für eine weitere Nacht reichen? *Es musste!*

Naluk brachte den Jeep direkt vor dem Eingang der Hütte zum Stehen. Sie löste den Sicherheitsgurt und öffnete die Tür. Augenblicklich roch sie das feuchte Gras und den Dung der Pferde. Bis vor Kurzem mussten hier noch Gäule in der Koppel getrabt sein. Sie sprang aus dem Wagen. Trotz der Kälte waren die Jeans von der langen Fahrt durchgeschwitzt und klebten an ihrem Körper. Sie griff sich an die Gesäßtaschen und streckte das Kreuz durch. Die letzte Rast, bei der sie den Tank und die Benzinkanister gefüllt hatte, lag acht Stunden zurück und nun knurrte ihr Magen. Hoffentlich würde sie in der Hütte etwas Essbares finden. Sie band sich die Haarmähne mit einer abgerissenen Schnur zu einem Pferdschwanz. Wie die meisten Inuit-Mischlinge hatte sie rabenschwarzes Haar. Das schmale, kantige Gesicht und die schwarzen Augenbrauen hatte sie von ihrer Mutter geerbt, einer waschechten Inuit aus Alaska, die leider nicht mehr lebte – und all das, was gerade passierte, Gott sei Dank nicht mehr mitbekam.

Die Temperatur lag knapp über dem Gefrierpunkt, Naluk fröstelte. Vom Beifahrersitz nahm sie den Parka und schlüpfte hinein. In Turnschuhen lief sie durch die erdigen Lachen, um den Wagen herum. Sie griff sich die Segeltuchtasche von der Ladefläche des Pick-ups und rannte zum Haus.

Die Tür war zum Glück nicht versperrt. Naluk trat ein und eilte durch die drei Räume der Hütte: Zimmer, Küche und Bad. Die Einrichtung war karg, und die Küche wies auf eine rasche Flucht der Bewohner hin. Essbesteck lag herum, Trinkgläser und eine halb volle Salatschüssel standen auf dem Tisch. Vermutlich war die Familie vor etwa fünf Tagen abgehauen.

Naluk brauchte unbedingt Benzin, aber draußen hatte sie weder einen Wagen noch ein Motorrad oder einen Traktor gesehen. Weit waren die ehemaligen Bewohner sicher nicht gekommen. Konnten sie gar nicht! Wahrscheinlich lagen sie hinter dem Hügel tot auf dem Feld. Es sei denn, sie hatten herausgefunden, wie man in der Nacht überlebte. Naluk wusste es. Vor einer Woche war sie dahinter gekommen, seitdem machte sie sich dieses Wissen zunutze. Bisher hatte sie Glück gehabt. Ob es auch diese Nacht funktionieren würde, musste sie noch herausfinden. Wenn sie am Morgengrauen noch am Leben war, würde sie weiter nach Süden fahren. Vielleicht stieß sie in Logan oder Ogden auf die ersten Überlebenden. Falls nicht, musste sie es weiter unten versuchen, in Salt Lake City.

Naluk kramte eine Lampe aus der Tasche. Die Batterie ging noch, aber das Licht war schwach. Naluk lief hinaus zum Wagen. Draußen war es bereits finster. Sie blickte zum Himmel, sog die eisige Abendluft ein. Zu rasch war es frostig geworden, schon bald würde das Knistern der Biomaschinen am Himmel zu hören sein. Ein Kaninchen hoppelte ums Haus. Wie hatte es bisher überleben können? Naluk riss sich von dem Anblick los. Sie zerrte die elektrische Heizdecke von der Ladefläche des Geländewagens, rollte sie zusammen und klemmte sie sich unter den Arm. Das Verlängerungskabel schloss sie an die Batterie des Wagens. Zwar lief der Motor nicht, doch die Batterie war aufgeladen – sie würde für einige Stunden reichen. Mehr brauchte Naluk nicht. So hatte sie überlebt, in den Wäldern des Yellowstones, am Ufer des Missouri, in den Cypress Hills und in den anderen Nächten davor.

Naluk verlegte das Kabel bis zur Eingangstür des Hauses. Es reichte gerade bis ins Wohnzimmer, wo sie die Heizdecke neben der Segeltuchtasche ausbreitete. Dann schloss sie die Tür, legte den Riegel vor und zog die Fensterläden zu. Viel würde es nicht nützen, doch gab es ihr zumindest die Illusion von Sicherheit – auch wenn sie sich damit etwas vormachte. Aber manche Menschen brauchten einen Strohhalm, an den sie sich klammern konnten, besonders in Zeiten wie diesen.

Die Taschenlampe rollte über den Boden, der Schein erhellte den Raum nur mäßig. An der Wand stand eine ausziehbare Couch, in der Mitte des Zimmers ein Tisch mit Stühlen. Darüber hingen Bücherregale, daneben Fotos und Gemälde. Viel Zeit blieb ihr nicht. Wie in den Nächten davor würde es verdammt rasch gehen. Bevor die Biomaschinen auftauchten, würde sie es noch einmal versuchen. Grob schob sie die Möbelstücke zur Seite, um den Inhalt der Tasche auf dem Boden auszubreiten.

Die beiden Baugruppen des Funkgeräts lagen vor ihr: der Transceiver und der Empfänger. Dazwischen ein verworrener Kabelsalat, den sie selbst zusammengeklemmt hatte. Das Gehäuse war abgesplittert und verloren gegangen. Die PTT-Taste lag frei, ebenso das Mikrofon und der Anschluss zur Antenne. Ihr Vater hatte ihr früher, als sie noch ein Kind gewesen war, nicht nur Fliegenfischen und Floßbauen, sondern auch das Amateurfunken beigebracht. Mittlerweile waren zwanzig Jahre vergangen, dennoch konnte sie sich an einiges erinnern. Eilig steckte sie die Bauelemente zusammen, die Transistoren, Röhren und Operationsverstärker für die Steuerspannung. Sie musste sparsam damit umgehen. Die tragbare Batterie würde nur noch für wenige Minuten reichen. Mit dem Regler durchsuchte sie die Hochfrequenzen.

»Hier spricht Naluk Tenn. Überlebende seit sieben Tagen. Ich befinde mich im Hochland von Dayton Creek, vierzig Meilen nördlich von Ogden. Ich fahre Richtung Süden. Hört mich jemand? Ende.«

Sie verstummte, ging auf Empfang und wartete. Das Funkgerät rauschte.

»Hier spricht Naluk Tenn …«, begann sie von Neuem, während sie die Antenne justierte. Ihr Vater hatte ihr eingebläut, die Antenne an die Betriebsfrequenz des Geräts anzupassen, um damit effektiv zu arbeiten. Aber das war ihr nicht möglich. *Verflucht!* Ihre Hände zitterten.

»Hier spricht Naluk Tenn …«, wiederholte sie monoton und leierte ihren Spruch herunter. Das Empfangsteil blieb stumm.

Nach zwei weiteren Versuchen schloss Naluk die Augen. Sie nahm den Finger von der Taste. Es hatte nichts gebracht. Morgen Abend würde sie es noch einmal probieren. Spätestens in Salt Lake City musste sie einen Empfang bekommen. Irgendwo musste doch jemand sein! *Falls die Batterie so lange hält.*

Sie fuhr hoch. Draußen knisterte es!

Sie rannte zum Fenster und starrte durch die Ritzen der Holzläden. Sie konnte nichts erkennen, doch hörte sie das unheimliche Knirschen und Knacken der durch die Luft schwirrenden Bioteilchen. Soeben musste die Außentemperatur auf minus drei Grad gesunken sein. Wie immer war *das* der Beginn. Je weiter südlich sie sich bewegte, desto später setzte das Ereignis ein. Für einige Stunden dieser Nacht würde die Temperatur anhalten und erst bei Sonnenaufgang wieder steigen. Solange musste sie durchhalten.

Sie spähte durch die Ritzen. Am Himmel zuckten die ersten Blitze. In Windeseile steckten sich die Elektronen zu Atomen, Molekülen und einem endlosen Verband von Ionengittern zusammen. Wie eine Gewitterwolke, die sich zusammenbraute, formierten sich die Biomaschinen zu immer größer werdenden Kolossen. Bald waren die ersten Giganten kampfbereit und sanken durch die Wolkendecke.

Naluk war Forscherin geworden, wie ihr Vater. Allerdings keine brillante Wissenschaftlerin im Staatsdienst, wie der Physiker Norman Tenn, sondern eine gewöhnliche Laborantin. Aber vielleicht wäre sie das einmal geworden, wenn nicht vorher alles den Bach hinunter gegangen wäre. Von ihrem Vater wusste sie, dass die Gelehrten in den Militärlabors vor Jahren gasförmiges Silizium entwickelt hatten, das bei einer Temperatur von minus drei Grad zu leiten begann. Oberhalb dieser Temperatur lief die Reaktion nicht selbstständig ab, erst darunter entfaltete sich der in der künstlichen Intelligenz abgespeicherte Bauplan. Dieser Plan, von der Rüstungsindustrie in Auftrag gegeben, hatte es in sich: Die Schaltkreise der biokybernetischen Maschinen imitierten das menschliche Nervensystem. Ein Set von getrennten Programmen, die ihr Vater *konditionierende Module* genannt hatte, verbesserte die zuletzt durchgeführte Aktion. Durch Versuch und Irrtum in Simulationen, die rascher als in Echtzeit abliefen, lernten die Maschinen schneller als gewöhnlich. Noch dazu waren sie imstande, diese Informationen auszutauschen, Ziele neu zu definieren und sie in Programme zu kompilieren, die verschiedene Teilaufgaben erfüllten. Ein modernes Job-Sharing. Die siebte Testreihe in den Labors Alaskas entwickelte einen selbstständigen Willen. Durch einen unvorhergesehenen Evolutionssprung erachtete eines der Programme den Menschen plötzlich als Feind. Einige Laboranten starben, und das Projekt geriet außer Kontrolle. Die Regierung konnte es nicht länger geheim halten. Tage später machten sich die Biomaschinen selbstständig, und die Menschen wurden mit Thermoscannern gejagt, darunter auch Naluks Eltern. Alaska und Kanada waren bereits gesäubert und menschenleer. Der Rest würde noch folgen.

Naluk starrte in den Himmel. Die Bestien entwickelten sich ständig weiter. So viel sie erkennen konnte, hatte sie es im Moment mit der vierten Maschinengeneration zu tun. Am Horizont bewegte sich etwas. Sie stürzte zur Heizdecke. Mit dem Regler drosselte sie die Temperatur auf neun Grad über Null. Das würde reichen, um die Maschinen zu überlisten. Sie eilte zum Fenster. Im Mondschein lief das Kaninchen über den Erdboden und schnupperte an den Grasbüscheln.

»Hau ab!« Naluk hielt den Atem an.

Da senkte sich die erste Biomaschine durch die Wolkenfetzen, schob sich vor den Mond und tauchte die Landschaft in einen gewaltigen Schatten. Die Maschine schwebte über den Hügel. Der Antrieb dröhnte. Ein Blitz zuckte vom Himmel. Naluk fuhr zusammen. Sie umklammerte das Fensterbrett. Im Umkreis von einem Meter versengte der Strahl des Kalten Feuers die Stelle, an der das Kaninchen gerade noch gesessen hatte. Die Maschine wusste nicht, dass es nur ein Tier gewesen war. Die Bestien konnten nicht zwischen menschlichen und anderen Lebewesen unterscheiden. Außerdem war es ihnen gleichgültig.

So viel Naluk von ihrem Vater wusste, arbeiteten die Infrarotsensoren ähnlich wie Kameras. Sie zeichneten Bilder der Wärmestrahlung auf und berechneten die Messwerte der Umgebung. Mit den Scannern würden sie alle Geschöpfe aufspüren, deren Körpertemperatur über zehn Grad lag, und mit einem Bombardement des Kalten Feuers zuschlagen. So hatte es eines der neuen Masterprogramme festgeschrieben, und damit hatten sie sich selbst programmiert. Die Weiterentwicklung der Kriegsmaschinerie hatte sich wieder einmal selbst übertroffen. Sie waren die perfekteste Waffe, die je von Menschen erdacht worden war, wie geschaffen für den Einsatz in den Krisengebieten Grönlands und Sibiriens. Doch die Kreaturen waren zu perfekt, als dass sie sich länger von Menschen befehlen ließen. Naluks Vater hatte seine Auftraggeber davor gewarnt und mit Kündigung gedroht, aber was konnte ein Einzelner gegen die Milliarden Dollar schweren Projekte der Regierung schon ausrichten?

Die Messsonden schwärmten aus und jagten auf das Haus zu. *Verdammt, viel zu schnell!* Naluk zog den Parka aus und knöpfte ihr Hemd auf. Sie schlüpfte aus Turnschuhen und Jeans. Nur mit einem Top und einem Slip bekleidet kroch sie in die Heizdecke, die wie ein eng anliegender, dicker Schlafsack aussah. Das Innere der Decke hatte neun Grad erreicht. Eine Gänsehaut jagte ihr über die Schenkel, ihre Zähne schlugen aufeinander. Sie wusste, das alleine würde nicht ausreichen, die biokybernetischen Teufel zu überlisten. Die Maschinen waren nicht dumm, ihre Thermoscanner kein Schrott. Doch die Elektronengehirne der Maschinen ahnten nicht, dass Naluk das Innere der Heizdecke mit einer kühlenden Effusionsfolie verkleidet hatte. Was für eine simple Idee! Ihr Vater wäre stolz auf sie gewesen, hätte er das noch erleben können. Durch die hauchdünnen Wände strömte Kühlgas. In der Folie bildete sich ein Film, der ihre Körperwärme absorbierte. Die Folie würde ihre Temperatur isolieren, die Infrarotsensoren der Thermoscanner sie nicht entdecken. Bisher hatte es geklappt – und sofern die Maschinen nicht dazugelernt hatten, würde es auch diesmal klappen.

Naluk zog sich die Folie über den Kopf. Bibbernd umschlang sie den Körper. Die Biomaschine kam näher und patrouillierte dröhnend über der Hütte. Naluk hielt den Atem an. Wenn der Koloss sie entdeckte, würde es rasch vorbei sein. Falls nicht, würde er über die Hütte fliegen. Sie lauschte. *Hau ab!* Die Biomaschine blieb unmittelbar über dem Dach schweben. Das Dröhnen wurde lauter. Die Maschine senkte sich. *O nein!* War sie misstrauisch geworden? Aber das Monstrum konnte sie nicht entdeckt haben. *Unmöglich!* Bisher hatte der Trick mit der Decke immer … *Der Wagen!* Naluk biss sich auf die Lippen. *Der verdammte Wagen!* Die Maschine registrierte die Restwärme des Motors. Heute war sie länger als sonst unterwegs gewesen, bevor sie …

Aus dem Augenwinkel sah sie, wie es am Himmel aufblitzte und für einen Moment der Raum durch die Fenster erhellt wurde. Das Kalte Feuer! Naluk zuckte zusammen. Die Pfütze im Benzintank explodierte mit einem dumpfen *Wuff,* und einige Blechteile des Jeeps knallten gegen die Hütte. Naluk zuckte zusammen. Draußen hörte sie das Feuer prasseln. Vermutlich stand der Stoffbezug von Sitzen und Rückbank in Flammen, und das Plastik schmolz. Das Dröhnen schwoll an. Die Maschine hing direkt über der Hütte. Naluk hörte das schrille Zirkulieren der Module und Bauelemente. *Klick, Klick, Klick!* Der Boden vibrierte. Das Funkgerät hüpfte auf und ab, die Bücher rumpelten vom Regal und fielen der Reihe nach zu Boden. Suchte das Monstrum nach Überlebenden? *Hau endlich ab!*

Sie war ohne Auto, schoss es ihr durch den Kopf. *Verdammt!* Zu Fuß würde sie am nächsten Morgen nicht weit kommen. Fieberhaft dachte sie nach. Sie würde vierzig Meilen am Tag schaffen. Höchstens! Doch das war bloß Theorie, die Wahrheit sah anders aus. Mit der Segeltuchtasche auf dem Rücken und der Heizdecke im Arm würde sie bald erschöpft sein. Außerdem lag bis Ogden hügeliges Land vor ihr. Was Luftlinie etwa vierzig

Meilen bedeutete, betrug tatsächlich das Doppelte. So würde sie nicht rasch genug in den Süden gelangen. Zum Überleben brauchte sie aber eine wärmere Gegend.

Sie lugte aus der Folie hervor. Vor ihr schlängelte sich das Kabel der Heizdecke über den Boden und verschwand unter der Eingangstür nach draußen. Schlagartig kam ihr ein neuerlicher schrecklicher Gedanke. *Die Batterie des Wagens!* Sie war gerade zu einem Klumpen aus Kunststoff und Metall geschmolzen. Ohne Batterie war die Heizdecke nutzlos. Naluk konnte sie getrost hier lassen und musste sie gar nicht mitschleppen.

Aber das war längst nicht alles! Ihr Herz begann zu rasen. Ohne funktionierende Batterie nahm die Kälte der Decke rasch ab, dann war Naluk ein offenes Ziel für die Biomaschinen. Wie lange würde die Folie ihre Körperwärme noch isolieren?

Eine Minute?

Vielleicht sogar zwei?

Sie hielt den Atem an. Wenn sie jetzt starb, würde sie ihr Wissen mit ins Grab nehmen. War die Vermutung, die sie sich in den letzten Tagen zusammengereimt hatte, umsonst gewesen? Dabei war die Lösung so einfach! Die Bestien jagten im Dunkeln, sie waren lichtempfindlich. Ein Netz aus Hochspannungsleitungen würde die Luftmoleküle in Schwingung versetzen, erwärmen und die biokybernetischen Konstrukte zerfallen lassen. Licht und Wärme waren ihre Feinde. War noch jemand anderes auf diese Idee gekommen? Offensichtlich nicht! Sonst würde sie hier nicht liegen und auf Rettung hoffen. Doch allein konnte sie das unmöglich schaffen. Sie musste nach Überlebenden suchen, Helfer finden, Techniker und Ingenieure, die sie von ihrer Idee überzeugen konnte.

Naluk ballte die Hände zu Fäusten. Noch immer dröhnten die Motoren der Maschine über dem Dach. Sirrend umschwirrten die Messsonden das Haus. Naluk spürte, wie die Kälte der Heizdecke nachließ. Gott, sie begann zu schwitzen.

»Hau ab, du Bestie!«, zischte sie hinter zusammengebissenen Zähnen. Da knackte das Funkgerät. Im Rauschen hörte sie einige Wortfetzen.

»Hier spricht Nick aus Ogden.« Die Stimme klang nach einem zwanzigjährigen Jungen. »Wir haben Ihre Nachricht erhalten, konnten jedoch erst jetzt antworten, weil …« Der Rest ging im Rauschen unter.

Überlebende! Naluk blinzelte unter der Folie hindurch zum Funkgerät. *Verdammt!* Es war zu weit entfernt. Sie konnte es nicht erreichen. Wenn sie mit der Hand aus der Decke schlüpfte, würde das Kalte Feuer sie erfassen.

»… Naluk Tenn? Können Sie mich hören? Ende.«

»Ja«, flüsterte Naluk. »Scheiße!«

Bewegungslos lag sie in der Decke. Draußen prasselte und knackte das ausgebrannte Wrack des Wagens. Über ihr dröhnte die Maschine. Wahrscheinlich würde sie erst dann verschwinden, wenn das Feuer erloschen war. In der Zwischenzeit erwärmte sich die Heizdecke.

»Hier spricht Nick aus Ogden. Antworten Sie bitte, falls Sie mich hören. Wir haben den unterirdischen Bunker der Stadt besiedelt. Im Moment sind wir nur eine Handvoll Flüchtlinge. Seit Tagen suchen wir nach weiteren Überlebenden. Bis jetzt ist noch niemand zu uns gestoßen. Ende.«

»Das kann ich mir denken«, seufzte Naluk. Die Überlebenden der nördlichen Hemisphäre konnten an den Fingern weniger Hände abgezählt werden.

»Hier spricht Nick aus Ogden …«

Mit einem Mal wurde das Dröhnen über ihr leiser. Die Maschine schwang sich in den Himmel. Dort verharrte sie, dann zog sie ab.

Naluk strampelte sich aus Folie und Decke, kroch zum Funkgerät und drückte die Taste. »Hallo Nick! Hier spricht Naluk! Verstehen Sie mich? Ende!«

»Laut und deutlich. Ende.«

Erleichtert atmete sie auf. »Ist in Ogden das Netz der Hochspannungsleitungen noch intakt? Ende.«

Schweigen. Er musste sie für verrückt halten.

»Wie bitte? Ende.«

Naluk wiederholte die Frage.

»Ja. Warum? Ende.«

Gott sei Dank! »Damit können wir die Flugmaschinen zerstören. Die Details erkläre ich Ihnen, wenn wir uns treffen. Ende.«

»Auch die in der Er…?« Ein Knistern verschluckte den Rest des Satzes.

»Bitte wiederholen! Ende.«

»… in d… Erde?«

In der Erde? Wovon sprach er? »Darüber sprechen wir später. Sind Sie mobil? Ende.«

»Ja, sind Sie noch immer … Hochland von Dayton Creek? Ende.«

»Ja, aber mein Wagen ist defekt. Ende.«

»Wir schicken ein Auto rauf, das … abholt.«

»Nein!«, unterbrach sie ihn. »Nicht vor Morgengrauen.«

Wieder Schweigen. Sie hatte keine Zeit, ihm alles zu erklären. Nicht *jetzt*! Die Maschine könnte jeden Augenblick zurückkommen oder die tragbare Batterie des Funkgeräts den Geist aufgeben.

»Schicken Sie Ihre Leute erst bei Sonnenaufgang raus! Bis dahin werde ich mich hier verstecken. Ende und Aus!«

»Verstanden! Ende und Aus!«

Erschöpft ließ Naluk die Schultern sinken. Jetzt musste sie nur noch die Nacht überstehen. Sie schlüpfte in die Kleider und verließ die Hütte. Draußen war es finster und kalt. Der Mond hing hinter einer Wolkendecke. Am Horizont blitzten die Maschinen. Die biokybernetischen Bestien hatten diese Gegend gescannt, die Koordinaten gespeichert und als *gesichert* katalogisiert. Es war nur eine Vermutung, aber wenn sie sich in der Nähe des ausgebrannten Wracks aufhielt, konnte sie die Restwärme des Brandes als Tarnung nutzen. Durch die Linse des Thermoscanners würde sie mit den Teilen des Wagens zu einem Gebilde verschmelzen.

Sie kauerte sich in die Nähe der geschmolzenen Reifen des Jeeps, zog die Beine an und massierte sich die Schläfen. Es würde die längste Nacht ihres Lebens werden. Ihr Magen knurrte, aber sie lächelte. Sie hatte ihre Helfer gefunden. Zwar nur eine Handvoll Menschen im Bunker von Ogden, doch immerhin … es war ein Anfang. Sie schloss die Augen und versuchte zu schlafen. Im Morgengrauen würde sie nach Nick und seinem Wagen Ausschau halten. Mit etwas Glück sah er genauso süß aus, wie seine Stimme klang.

Sie döste ein und hörte nicht, wie sich wenige Meter hinter ihr eine spitze Sonde aus der Erde grub, ihre Körperwärme scannte und ein Funksignal nach oben schickte.

Neuer Angriff erbeten …

PARKERS LETZTER AUFTRAG

Ich liebe die Wissenschafts-Thriller von Douglas Preston & Lincoln Child, und ich bewundere Autoren wie Michael Crichton oder Tom Clancy – beide leider schon verstorben –, die moderne Technik in spannende Geschichten verpacken konnten.

Als ich die Einladung von Helmuth Mommers bekam, einen Beitrag für eine deutschsprachige SF-Anthologie zu schreiben, verfasste ich Parkers letzter Auftrag. *Die Idee dazu spukte mir schon seit langem durch den Kopf – und ich hoffte, dass es mir gelingen würde, den wissenschaftlichen Ansatz dieser Geschichte in einen spannenden Plot zu verpacken.*

Bilden Sie sich Ihre eigene Meinung dazu …

WINSTON PARKER lag wie eine Laborratte auf der elektronischen Pritsche. Er trug lediglich ein weißes Nachthemd. Steckplätze für Dioden befanden sich in seinem Körper, Kabel hingen aus den Schläfenkontakten und Dutzende von Fiberglasnadeln steckten in seinen kräftigen Oberarmen. Röhrchen mit stecknadelkopfgroßen Kameras führten in seine kahl rasierte Brust. Winston keuchte. Schließlich hob er den Kopf und blinzelte.

»Nicht bewegen!«

Winston erstarrte. Die Maschinen, die im Halbkreis um ihn herum aufgebaut waren, begannen surrend zu arbeiten. Mit einem metallenen Schnappen schlossen sich die chromfarbenen Hand- und Fußschellen um Winstons Gelenke. Der Rand der Metallklammern schnitt ihm ins Fleisch.

Seine Kehle war staubtrocken. »Ist das notwendig?«

Der Mann im weißen Kittel trug einen orangefarbenen Augenschutz. Er blickte vom Laptop auf und wandte sich Winston zu. »Das ist zu Ihrer eigenen Sicherheit, Mister Parker. Glauben Sie mir!«

»Wird es wehtun?«

»Darauf können Sie Gift nehmen!« Der Wissenschaftler lächelte, streifte sich Handschuhe über und nahm eine Kanüle aus dem vor Kälte dampfenden Tiefkühltresor. Im kalten Licht des Labors betrachtete er die blaue Flüssigkeit.

»Aber bis jetzt hat es noch jeder überlebt.« Er klickte die Kanüle in ein platinfarbenes Gerät, das einer Handfeuerwaffe glich, und ließ die Injektionsnadel ausfahren. In der zwölf Zentimeter langen Nadel spiegelte sich die Deckenbeleuchtung.

Winstons Augen wurden groß. »Da sind die Computer drin?«

Der Mann lächelte. »Nein, Sir! Keine Computer.« Amüsiert schüttelte er den Kopf. »Wir bevorzugen den Begriff *Nanomaschinen*! Die Chiptechnologie ist vor Jahren an ihre Grenzen gestoßen, Halbleiter lassen sich nicht beliebig verkleinern. Wir mussten andere Wege gehen.«

Winston nickte. Was auch immer es war, das sie ihm in den Körper jagten – für ihn waren und blieben es Computer.

Mit einer nach Alkohol riechenden Lauge rieb der Mann Winstons Armbeuge ein. Er stach ihm die Injektionsnadel in die Vene und ließ sich auch nicht stören, als Winston zusammenzuckte.

»Das wird jetzt kalt werden. Beißen Sie die Zähne zusammen!«

Der Mann drückte den Kolben des platinfarbenen Geräts bis zum Anschlag durch. Die blaue Flüssigkeit schoss in Winstons Blutbahnen. Augenblicklich riss er die Augen auf und stemmte sich gegen die Fesseln.

»Es kommt noch schlimmer«, versicherte ihm der Mann.

»Schlimmer?«, presste Winston hervor. »Das haben Sie mir vorher nicht gesagt.«

Der Mann lächelte. »Wenn ich Ihnen das *vorher* gesagt hätte, lägen Sie jetzt nicht hier und *Nano-Components* hätte einen Kunden weniger.«

»Reizend.«

»Wie geht es Ihnen?«

»Beschissen, danke!«

»Gut.« Der Mann kontrollierte die Displays auf den Armaturen. »Das wär's. In etwa einer Stunde patrouillieren die Robots in Ihren Blutbahnen und beginnen damit, Organe und Zellen zu reparieren.«

»Und wenn dabei etwas schief geht?«

Der Mann nickte nachdenklich.

»Sie meinen, wenn sich zum Beispiel Ihr Blut auf vierzig Grad erhitzt oder die Nanomaschinen von innen ein Loch durch Ihren Körper brennen?«

Winston schluckte.

»War nur ein Scherz! Keine Sorge.« Der Mann grinste. »Die Maschinen wissen, was zu tun ist. Die zwei Millionen Assembler machen nichts anderes, als die Moleküle in Ihrem Körper auf- und abzubauen; sie reinigen die Arterien, entfernen per Laser die Ablagerungen, schneiden an den Zellen herum, kopieren Ihre DNS und stellen damit neue Proteine her.«

Winston entspannte sich. »Großartig!«

Während der Mann um die Pritsche herumging, starrte er auf die Injektionsnadel in seiner Hand. »Dreißigtausend Nanoröhrchen, eintausend DNS-Motoren, vierhundert Molekülschalter, zehn Nanoboards und acht Rastertunnelmikroskope – all das war in dieser Lösung.« Er hob den Blick. »Ihr Inhalt war teurer als das Haus, in dem meine Ex-Frau wohnt.« Er zuckte mit den Achseln und warf die leere Kanüle in den Mülleimer.

Da gingen vierhundertfünfzigtausend Dollar dahin! Diese einmalige Zahlung für die Grundausstattung hatte Parker keineswegs locker aus dem Ärmel geschüttelt – dafür hatte ein Makler sein Haus in Chicago verkaufen müssen.

Der Wissenschaftler blickte auf die Uhr, dann zu den Anzeigen. »Jetzt müsste es eigentlich losgehen.«

»Was denn?«

»Die Nanomaschinen entpacken sich jeden Augenblick.«

Plötzlich ging ein Ruck durch Winstons Körper. Er bäumte sich auf, spannte die Muskeln an und riss den Mund zu einem Schrei auf. Die Metallklammern schnitten in seine Gelenke und ihm traten Adern und Sehnen wie Kabel aus den Unterarmen. Ohne die Fesseln hätte er in dem Labor wie ein Berserker gewütet.

»Schreien Sie nur«, sagte der Mann gelassen. »Ich erlebe diese Anfälle täglich. Es ist bald vorüber.«

Doch Winston hörte ihn nicht. Er stemmte sich in die Handschellen, verdrehte die Augen und begann zu brüllen.

Stunden später trug Winston Parker einen glänzenden, cremefarbenen Morgenmantel. Der Gürtel war eng um seine Taille geschnürt. Deutlich war der muskulöse Rücken unter dem dünnen Stoff zu erkennen. Die nackten Füße steckten in Sandalen. Zwei Labormitarbeiter stützten Winston und führten ihn durch einen trostlosen Gang mit surrender Deckenbeleuchtung. Seine beiden Begleiter trugen die blauen Overalls von *Nano-Components*. Funkgeräte hingen an ihren Gürteln. Oder waren es Waffen? Winstons Blick verschwamm. Noch stand ihm der kalte Schweiß auf der Stirn. Manche Körper vertrugen die Infiltration gut, andere reagierten abwehrend darauf. Sein Körper schien sich noch nicht entschieden zu haben, ob er sich die Seele bald aus dem Leib kotzen sollte oder nicht.

Die Männer blieben vor einem Zimmer stehen. *Service- und Kundendienstbereich* stand auf der Tür. Eine Frau im weißen Kittel, mit blonden, hochgesteckten Haaren und einer schmalen Lesebrille empfing ihn.

»Ah, Sie haben es also überlebt!«, stellte sie trocken fest und musterte Winston über den Brillenrand.

Winston warf ihr einen bissigen Blick zu.

»War nur ein Scherz!«, sagte die Kundendienst-Technikerin.

Ha, ha! Hier versuchte jeder, lustig zu sein. Winston hätte sich totlachen können. Seine beiden Begleiter verschwanden. Winston blieb mit der witzigen Service-Tante allein zurück. Er betrachtete sie neugierig. Eigentlich war die Technikerin gar nicht so alt, wie sie mit der Brille und den hochgesteckten Haaren wirkte. Sie erinnerte Winston sogar ein wenig an Cara. Er schätzte sie auf Anfang dreißig. Ihre Waden waren schlank, ihr Po und die Oberschenkel zeichneten sich durch den engen Kittel ab. Alles an ihr wirkte stramm, als trainierte sie regelmäßig.

»Wie fühlen Sie sich?«

»Mein Gaumen ist trocken, ich habe Durst.« Winston versuchte zu schlucken.

»Das ist normal. Aber Sie dürfen erst in einer Stunde etwas trinken … das System wird sonst instabil, verstehen Sie?«

Winston verstand nicht, aber die nächste Stunde würde er ohne Wasser auch noch überleben.

»Das überleben Sie!«, fügte die Technikerin hinzu.

Ha, ha, witzig!

»Kommen Sie! Stellen Sie sich auf das Podest, und ziehen Sie sich aus!«

»Den Mantel?«

»Klar den Mantel, oder haben Sie noch etwas anderes an?« Die Frau spitzte die Lippen und wartete. »Kommen Sie schon! Ich habe nicht ewig Zeit. Glauben Sie, ich habe noch nie einen nackten Mann gesehen?«

Winston streifte den Morgenmantel über die Schultern und überkreuzte die Hände vor seinen Lenden. Die Frau zog die Augenbrauen hoch.

»Mit *dem* Körper brauchen Sie sich nun wirklich nicht zu verstecken«, stellte sie fest. »Nicht schlecht für Ihr Alter.«

»Oh, danke«, gab Winston bissig zurück, während er sich auf das Podest stellte.

»Das meine ich ernst«, schleimte sie sich bei Winston ein. »Nicht viele Fünfzigjährige achten darauf, dass sie …«

»Ich bin sechsundvierzig!«

»Oh!« Sie schluckte. »Woher haben Sie eigentlich diese Narben?«

»Von meinem Job.«

»Was sind Sie? Dobermann-Trainer? Mein alter Dad sagte immer, lass dich nie mit einem Mann ein, der …«

»Ich dachte, Sie hätten nicht viel Zeit«, fiel Winston ihr ins Wort.

Sie verstummte. Ohne sich etwas anmerken zu lassen, klapperte sie weiter auf der Tastatur herum. War sie beleidigt? Winston war das egal. *Sein* alter Dad hatte immer gesagt: Wer austeilen wollte, musste auch einstecken können.

Eine Röhre senkte sich aus der Decke über Winstons Körper und scannte ihn.

»Woher kommen Sie?«, fragte ihn die Frau.

»Chicago.«

»Was hat Sie nach New York verschlagen?«

»Mein Job.«

»Ich dachte, in New York gibt es keine Dobermann-Trainer?« Sie lachte.

Winston schwieg.

»Ich komme aus Detroit, aber meine Brüder leben in New York. Haben Sie auch Verwandte hier?«

»Hier? Nein! Ich hatte mal Verwandte in Chicago, aber das ist lange her.« Er musste an Cara denken.

»Warum haben Sie sich für *Nano-Components* entschieden? Sind Sie krank?«

Winston ging die Fragerei auf die Nerven. Er schüttelte den Kopf. Dann bemerkte er, dass sie ihn in der Röhre gar nicht sehen konnte.

»Nein«, brummte er. »Nur zur Vorsorge.«

»Gute Wahl!«

Der Scanner heulte auf und drehte sich wie eine Turbine um Winstons Körper. Er war nicht krank, im Gegenteil, er war kerngesund. Für seinen Job hielt er seinen Körper fit, trainierte regelmäßig im Dojo, rauchte nicht, trank keinen Alkohol und ernährte sich fettarm, vitaminreich und ohne Zucker. Aber vielleicht würde er eines Tages krank werden. Wer konnte das schon sagen? Mittlerweile gab es mehr Krebsarten als Müslisorten, und dann war es gut, wenn er diese kleinen Computerteufel in seinem Körper mit sich herumtrug. Aber den wahren Grund, weshalb er sich für *Nano-Components* entschieden hatte, würde er ihr nicht auf die Nase binden. Noch nicht! Den würde sie noch früh genug erfahren. Andernfalls hätte er sie schon jetzt töten müssen.

Der Scanner kam zum Stillstand. Durch einen Augenschlitz blickte Winston aus der Röhre. Auf dem Röntgenschirm an der Wand war die Abbildung seines Körpers zu sehen. Die Projektion bestand lediglich aus einem Skelett und Dutzenden von

Blutbahnen. Mit offenem Mund sah er Tausende rote Punkte, die in seinen Adern und Venen zirkulierten. Wie Ameisen krochen, schwammen und rutschten die blinkenden Punkte durch seinen Körper, verbanden sich miteinander oder stießen sich gegenseitig ab. Er sah aus wie das Reklameschild eines elektronischen Menschen.

»Sind die Computer in Ordnung?«

»Sie meinen die *Nanomaschinen*!«, korrigierte sie ihn. »Warum fragen Sie?«

»Es gab in letzter Zeit angeblich Schwierigkeiten nach der Infiltration. Nicht jeder …«

»Das sind Gerüchte!«, unterbrach sie ihn. Wahrscheinlich hörte sie diese Frage andauernd und ahnte bereits, worauf er hinaus wollte. Die Röhre hörte auf zu brummen, verschwand in der Decke und gab Winston frei. Er stand nackt auf dem Podest, die Hände immer noch vor den Lenden gekreuzt.

»Unsere Konkurrenten bezeichnen uns als eine Firma, die aus einer Garage zu rasch groß geworden ist. Mittlerweile beschäftigen wir neunzig Mitarbeiter und machen – allein mit den Honoraren unserer Klienten – eine halbe Milliarde Dollar Umsatz pro Jahr, die man uns anscheinend nicht gönnt. Es ist die reinste Schlammschlacht!« Sie verdrehte die Augen unter dem Visier ihrer elektronischen Brille. »Kleingeistiges Geschwätz – für uns ist das nichts Neues! Darüber hinaus sei unsere Technologie angeblich unausgegoren. Unsinn, wenn Sie mich fragen. Die Konkurrenz will uns nur fertigmachen, um selbst ins große Geschäft einzusteigen. Da hat sie aber schlechte Karten. Mit unseren Patenten decken wir den größten Marktanteil ab.«

Die Servicetechnikerin beobachtete die roten Punkte auf dem Röntgenschirm. Sie klappte das Visier nach oben und fixierte Winstons Augen. »Die Agenten der Nano-Intelligence-Agency sitzen uns im Nacken, die Behörden überwachen uns, Studenten demonstrieren in der Empfangshalle des Bürogebäudes, Terroristen verüben Anschläge auf unsere Labors, sogar der eigene Aufsichtsrat lässt uns bespitzeln … ziehen Sie den Mantel wieder an … aber ich kann Ihnen versichern, dass alles in Ordnung ist und Sie nichts zu befürchten haben, außer ein Nanoboard brennt sich durch Ihren Körper.« Sie lächelte. »War nur ein Scherz!«

»Den habe ich heute schon einmal gehört.« Winston schlüpfte in den Mantel.

Sie machte zwei Bluttests mit ihm, entnahm eine Haarwurzel aus seiner Augenbraue und machte einen Mundhöhlenabstrich für eine DNS-Probe.

»Wofür ist *das* gut?«

»Für unser Security-Team, falls die Jungs mal einen Einsatz haben. Ach ja, habe ich Ihnen schon unsere Security-Card gegeben?«, fragte sie wie beiläufig.

Winston schüttelte den Kopf. »Wozu?«

Sie zuckte mit den Achseln. »Für eventuelle Zwischenfälle … was haben Sie?«

»Gar nichts.« Er räusperte sich. »Welche Zwischenfälle?«

»Ich hoffe für Sie, dass Sie das nie herausfinden müssen.«

»Ist das wieder einer Ihrer Scherze?«

Sie schüttelte den Kopf und drückte Winston eine goldglänzende Karte in die Hand. »Tragen Sie die immer bei sich, Mister Parker. Wenn es Probleme gibt oder Sie sich nicht wohlfühlen, schieben Sie die Karte in den Datenschlitz Ihres Laptops. Dann sind Sie sofort mit unserer Zentrale online. Unser Team macht Ihren Standort ausfindig – egal, wo Sie sich gerade befinden – und ist innerhalb von fünf Minuten dort. Sie haben doch einen Laptop, oder?«

Winston nickte. »Ich dachte, es ist alles in Ordnung und ich habe nichts zu befürchten? Wozu diese Karte?«

»Nur zur Vorsorge.« Sie lächelte.

»Und was macht Ihr Team, wenn ich mich auf einer Safari mitten im Dschungel von Chile befinde?«

»Wir haben eine Kooperation mit *Space Ltd.*, die in Nord- und Südamerika über nahezu vierhundert Space-Jet-Stützpunkte verfügen«, antwortete sie prompt. »Außerdem gibt es in Chile keinen Dschungel. Nur Wald und Steppe.« Sie lächelte Winston an.

Klugscheißer! Misstrauisch starrte Winston auf die glänzende Karte in seiner Hand.

Im Zimmer nebenan zog sich Winston T-Shirt, Jeans und Lederschuhe an und schnappte sich seine Jacke vom Kleiderständer. Eine junge Dame führte ihn anschließend zu einem Büro mit glänzendem Türschild. *Joseph Goodle, Finanzen.* Dort reichte er die Security-Card einem Mann mit schütterem Haar, weißem Spitzbart, grauem Anzug, Hornbrille und einer altmodischen Krawatte. Mister Goodle sah aus wie ein pensionierter Buchhalter und wirkte inmitten des modern eingerichteten Büros ziemlich deplatziert.

Der Alte zog die Karte durch den Schlitz einer Maschine und gab sie Winston zurück. Einige Lampen blinkten, und über die Monitore der Anlage huschte eine Reihe von Daten.

»So, das war's«, murmelte Mister Goodle.

»*Was* war's?«

»Die Bezahlung«, erklärte der Alte wie selbstverständlich. »Wir haben Ihre Adresse und die Bankverbindung für den Einziehungsauftrag. Das genügt, den Rest erledigt das System.« Er klopfte auf die Tastatur.

Winston blickte ihn fragend an.

»Sie haben sich für *Account Dreizehn* entschieden«, half ihm der Alte auf die Sprünge. »Die Prämie, die Sie zahlen, beträgt täglich neunhundert Dollar, und das bis zu Ihrem Tod.« Goodle grinste. »Oder haben Sie es sich anders überlegt?« Er kniff die Augen zusammen.

»Aha.« Winston erinnerte sich. Bei seinem zweiten Gespräch mit einem Berater von *Nano-Components* hatte er einige Vertragspapiere unterzeichnet. Dabei war es auch um das tägliche Honorar gegangen. Und bei diesem Treffen hatte Winston gefälschte Gehaltsnachweise und Kontoauszüge vorgelegt. Anders hätte es nicht funktioniert.

»Bis zu meinem Tod?«, wiederholte Winston.

»So ist es«, versicherte ihm der Alte. »Es sei denn, Sie sterben vorher.« Er kicherte.

»War vermutlich ein Scherz«, knurrte Winston.

»Genau.«

Hier arbeiteten nur Witzbolde. Winston versuchte erst gar nicht zu lächeln.

»Wir sind fertig«, stellte Goodle fest und sah Winston auffordernd an.

Winston blieb auf dem Stuhl sitzen. »Und jetzt?«

»Was, *und jetzt?*«, wiederholte der Alte. »Wir sind fertig! Gehen Sie in das Zimmer am Ende des Korridors und nehmen Sie auf einem der Besucherstühle Platz. Mister Dean wird Sie jeden Augenblick empfangen.«

»Mister Dean höchstpersönlich?«

Goodle nickte. »Unser Direktor nimmt sich bei jedem neuen Kunden einige Minuten Zeit für ein Abschlussgespräch.«

Wie nett! Winston nickte.

»Wir alle schätzen Mister Dean«, schwafelte der Alte. »Es ist eine große Ehre für Sie, ihn kennenzulernen.«

Jede Wette! Winston stand auf und ging.

Der Besucherstuhl war mit blauem Stoff überzogen, in den Winston tief einsank. Endlich öffnete sich die Tür und ein Mann betrat den Raum. Er war barfuß. Winston hatte den Eindruck, als schwebte er geräuschlos und erhaben über den Teppich.

Winston stand auf. »Mister Dean?«

Lächelnd reichte der Mann Winston die Hand. Er hatte einen kräftigen Händedruck. Im Grunde genommen sah Mister Dean eher unspektakulär aus. Winston hatte eine hoch gewachsene, mächtige Gestalt im dunklen Anzug erwartet, doch der Mann war spindeldürr und einen Kopf kleiner als er. Er trug einen weißen Stoffumhang mit weiten Ärmeln, die braun gebrannten, sehnigen Arme verschränkte er hinter dem Rücken. Seine rahmenlose Brille war blau getönt. Er hatte eine Glatze, die er sich gewiss regelmäßig rasierte und polierte. Auch die Kopfhaut war gebräunt wie eine Ofenkartoffel. Irgendwie wirkte er wie eine Möchtegern-Kopie Mahatma Gandhis. Winston schätzte ihn auf Anfang vierzig. So jung, und schon einer der reichsten Männer Nordamerikas.

Mister Dean lächelte. Winston hatte mit einem blöden Scherz gerechnet, doch den Gefallen tat ihm der Mann nicht.

»Ich beglückwünsche Sie, dass Sie sich für *Nano-Components* entschieden haben, Mister Parker.«

»Es gibt nicht viele Alternativen.«

Der Mann grinste. »Zumindest keine ernst zu nehmenden.« Er nahm Winston am Arm und führte ihn durch den Raum. »Wir leben im dritten Jahrtausend, mein Freund. Die Zukunft gehört der Technologie, und wir sind die Einzigen, die Ihnen ewiges Leben garantieren.«

»Das klingt so, als wollten Sie Gott die Show stehlen«, entgegnete Winston, der alles andere als religiös war.

»Wenn der Himmlische Vater tatsächlich existiert …« Mister Dean hob den Zeigefinger. »Würde er seinen Sohn heute als Hacker auf die Erde schicken, um uns die Konstruktionspläne der Nanomaschinen aus dem Tresor zu stehlen. Glauben Sie mir!« Mister Dean lachte auf. »*Nano-Components* hat die Genesis neu definiert, wir haben die Schöpfungsgeschichte umgeschrieben. Unser Produkt hält den Alterungsprozess auf. Unser Ziel heißt: *Unsterblichkeit!* Sie gehören zu einer ausgesuchten Minderheit, Mister Parker. Willkommen im Klub! Was ist das für ein Gefühl, ewig zu leben?«

»Ich habe Durst.«

»Ha, ha.« Mister Dean lachte und drohte mit dem Zeigefinger. »Sie haben Humor, mein Freund. Sie sind ein Mann nach meinem Geschmack.«

Anscheinend hörte sich Mister Dean gern reden. Winston ließ ihn.

»Ewiges Leben ist kein Geschenk Gottes, Mister Parker! Es ist ein Geschenk von uns an die Menschheit! *Er, Jesus Christus* heißt es im ersten Brief an Timotheus, *der allein Unsterblichkeit besitzt und in unzugänglichem Lichte wohnt, den kein Mensch gesehen hat noch zu sehen vermag. Sein ist Ehre und ewige Macht!*«

Mister Dean hob den Blick und starrte Winston durchdringend an. »*Ich* bin der neue Messias. *Ich* bringe Ihnen diese ewige Macht. Kein anderer!«

Wenn du meinst, dachte Winston. Langsam begann er zu ahnen, weshalb Mister Deans Klientel ihn wie einen Gott verehrte. »Es gibt Gerüchte, dass einige Ihrer Kunden spurlos verschwunden sind«, murmelte Winston.

Mister Dean lächelte.

»Datenschutz, mein Lieber. Wir geben keine Auskünfte über unsere Klienten. Nur so viel: Mit der Unsterblichkeit geht jeder anders um. Manche führen ihr Leben genauso weiter wie bisher. Andere wollen sich an einem geheimen Ort zur Ruhe setzen. Wir helfen ihnen dabei. Einige Agenten der Nano-Intelligence-Agency ermitteln deshalb gegen uns, wie Sie sich vielleicht vorstellen können. Dieser lächerliche Verein hat jedoch keine Chance gegen ein einflussreiches Unternehmen, wie wir es sind. An unseren Rechtsanwälten haben sich schon ganz andere die Zähne ausgebissen.« Mister Dean legte Winston die Hände auf die Schultern und musterte ihn. »Ich versichere Ihnen, mein Lieber, unseren Klienten geht es gut. Sie werden sich bald selbst davon überzeugen können.«

Das werde ich, dachte Winston.

Mister Dean löste sich von ihm und griff in sein weites Gewand. Er holte eine schwarze Schachtel hervor, die er aufklappte. »Kommen wir zur Einweihung.« Er hielt den Inhalt der Schachtel ins Licht. In einer Kunststoffklammer glänzten zwei daumennagelgroße Schalen.

»Was ist das?«

Mister Dean schmunzelte. »Hatten Sie schon mal Kontakt zu einem Eingeweihten?«

»Nein«, log Winston.

»Gut, gut. Sie werden staunen.« Mister Dean blickte ihm direkt in die Augen. »*Eng aber ist das Tor und schmal ist der Weg, der zum Leben führt, und wenige sind es, die ihn finden*, heißt es im Matthäus-Evangelium«, sagte er. »*An ihren Früchten werdet ihr sie erkennen.*«

Winston war sich nicht sicher, aber er ahnte, dass mit dieser Bibelstelle etwas nicht stimmte. Irgendwie war der Sinn verkehrt worden. Doch das war ohnehin egal, denn er hatte keine Lust, mit dem Messias von *Nano-Components* über Bibeltexte zu philosophieren.

»… an ihren Früchten«, wiederholte Mister Dean, nahm eine Kontaktlinse aus der Schachtel, legte sie auf die Fingerkuppe und hielt sie ins Licht der Deckenlampe. Die Linse glänzte feucht.

»Es ist rasch vorüber, zucken Sie nicht mit dem Lid.« Er stellte sich auf die Zehenspitzen, öffnete mit zwei Fingern Winstons Auge und stülpte ihm die Linse über die Pupille.

»Scheiße!« Winston blinzelte. Kaum hatte er den Schmerz überwunden, hatte er auch schon die zweite Linse im anderen Auge.

»Muss das sein?« Seine Augenlider begannen zu zucken.

»Das ist Teil unserer Dienstleistung.« Gönnerhaft ließ Mister Dean den Schachteldeckel zuschnappen.

»Wunderbar.« Winston rieb sich die tränenden Augen. »Wann kann ich die Dinger rausnehmen?«

»Ha, ha! Sie sind ein Spaßvogel, mein Lieber.« Plötzlich wurde Mister Dean ernst. »Gar nicht! Die Linsen sind auf Ihre Nukleotide abgestimmt. Sie reinigen und regenerieren sich von selbst.«

»Ist nicht wahr?«

»Und ob! Nach einigen Stunden spüren Sie die Linsen gar nicht mehr. Jetzt sind Sie ein Eingeweihter, mein Lieber. Durch die Linsen werden Sie Dinge sehen, die anderen Menschen verborgen bleiben. Gehen Sie hinaus auf die Straße, Sie werden die Molekülschalter bald bemerken. Nur unsere Klienten sind die wahrlich Sehenden unter den Blinden!«

»Wie viele Kunden sind es?«

»An die siebenhundert in den Staaten, mehr als eine Handvoll in Kanada und ein paar in Europa.« Mister Dean lächelte. »Und täglich werden es mehr.«

»Wer zum Beispiel?«

»Unsere Klientel verkehrt in den erlauchtesten Kreisen – in der High Society, wenn Sie so wollen.«

»Kenne ich jemanden davon?«

»Sie sind erst dann nicht mehr neugierig, wenn Sie alles wissen, nicht wahr?« Mister Dean musterte Winston über den Brillenrand hinweg. »Aber das, mein Lieber, unterliegt dem Datenschutz. Fremden gegenüber ist unsere Kundenkartei natürlich streng geheim.«

Winston nickte. Bei *dem* Preis konnte es sich nur um besonders hohe Tiere handeln.

»Aber warten Sie es ab, mit den Linsen werden Sie die anderen bald erkennen.«

Mister Dean führte seinen Gast zur Tür. Plötzlich wedelte er wie durch Zauberei mit einem Formular.

»Ach ja, das müssen Sie noch unterschreiben.« Er drückte Winston einen Stift in die Hand.

»Was ist das?« Winston überflog das Blatt und zeichnete es anschließend neben dem Datum ab.

»Das ist für den Fall, dass Sie verschwinden möchten, wir für Sie Ihren Abgang aus der Öffentlichkeit organisieren sollen und Ihre Angaben unter den Datenschutz unserer Kundenkartei fallen.«

Winston nickte und reichte Mister Dean das unterschriebene Formular. Er bekam nicht einmal eine Kopie. Mister Dean grinste breit, schob ihn zur Tür und verabschiedete sich mit einem kräftigen Händedruck. Offenbar hatte er es eilig. Wahrscheinlich hastete er gleich zum nächsten Kundengespräch, um seine Bibelstellen zu zitieren.

In der Empfangshalle fuhren Dutzende von Menschen auf der Rolltreppe auf und ab. Eine Videowall zeigte Werbefilme. Aus den Lautsprechern dröhnte eine sonore Computerstimme: »Willkommen bei *Nano-Components*. Wir halten den Alterungsprozess auf. Ihr Traum von Unsterblichkeit wird wahr! Lassen Sie sich helfen, einer unserer *Nano-Components*-Berater …«

Winston hörte nicht weiter zu. Er hatte das Gebäude bereits durch die Glastür verlassen.

Winston fuhr mit der Magnet-Schwebebahn durch die Stadt. Mister Dean hatte nicht zu viel versprochen. Die Linsen begannen zu wirken. Zuerst bemerkte er die roten Punkte auf seiner Handfläche. Wie winzige Glühwürmchen schimmerten sie durch die Haut. Sie schwirrten durch die Adern und schossen mit jedem Pumpen des Herzens weiter. Es war faszinierend, wie sich die blinkenden Punkte in den Fingern, im Handgelenk und Unterarm verteilten. Es waren zu viele und sie waren zu schnell, als dass er ihren exakten Bewegungen hätte folgen können. Schließlich verschwanden sie unter dem hochgeschobenen Jackenärmel. Der Labormensch, der ihm die Injektion verpasst hatte, sprach von vierhundert Molekülschaltern, und auch Mister Dean hatte die Dinger so genannt. Binnen Sekunden bestanden Winstons Hände und Arme aus roten, pulsierenden Punkten. Der Anblick war befremdend und verwirrend zugleich. Aber er würde sich daran gewöhnen. Er *musste* sich daran gewöhnen! Bis an sein Lebensende.

Winston riss sich von dem Anblick los und starrte aus dem Fenster. Dort sah er sein Spiegelbild ohne die roten Punkte. Eine Scheibe oder ein Spiegel konnten die Maschinen nicht sichtbar machen. Erleichtert atmete Winston aus. Wenn er den Anblick der Nanomaschinen nicht länger ertrug, brauchte er nur Handschuhe zu tragen oder in den Spiegel zu schauen, dann sah er sie nicht mehr an sich. Nicht mehr *in mir*, korrigierte er sich. Durch die Linsen sah er die verdammten Maschinen *in* seinem Körper, *in* den Blutbahnen, *in* den Gefäßen und Organen.

Winston fuhr keuchend herum und starrte durch die Kabine der Magnet-Schwebebahn. Er zuckte zusammen. Am Waggonende stand ein älterer Mann im maßgeschneiderten dunklen Anzug. Der Fahrgast hielt sich mit der Hand am Deckengriff fest. Der Ärmel seines Sakkos war hinuntergerutscht, sodass Winston am Handgelenk das Glühen roter Punkte sah. Und auch auf Stirn und Wangen des Mannes sah er sie. *Ein Eingeweihter!* Als konnte der Alte Gedanken lesen, wandte er sich um und nickte Winston knapp zu. Natürlich! *An ihren Früchten werdet ihr sie erkennen*, kam Winston in den Sinn.

Bei der nächsten Station verließ Winston die Schwebebahn und ging durch den Central Park zu seiner Mietwohnung. Schade, dass er seine Waffe nicht dabei gehabt hatte.

Der Einsatzwagen des Security-Teams rumpelte über den Randstein. Noch bevor der Wagen zum Stillstand kam, wurden die Hecktüren aufgerissen. Fünf Männer in schwarzen Kampfanzügen sprangen aus dem Fahrzeug. Die Passanten stoben zur Seite. Mit schweren Stiefeln polterten die Männer über den Bürgersteig, stürmten durch die Eingangstür des Wohnblocks und trampelten die Stufen hinauf. Über Kehlkopfmikros und Ohrstöpsel standen die Mitglieder des Teams miteinander in Verbindung. Noch auf der Treppe entsicherten sie die Waffen. Die Projektile schnappten in die Kammern.

Das Ohrmikro des Team-Commanders knackte. »Zielperson Acht-Sechs-Drei befindet sich in der fünften Etage«, informierte ihn eine weibliche Stimme. »Wir sind in zwanzig Sekunden am Einsatzort! Name der Zielperson?«, fragte er.

»Winston Parker.«

»Bewaffnet?«

»Unbewaffnet und ungefährlich.«

Die Männer hetzten in den fünften Stock.

»Die Zielperson hat vor drei Minuten über die Sec-Card Kontakt zur Zentrale aufgenommen.«

»Status?«, fragte der Team-Commander.

»Er klagt über Krämpfe, Herzrasen, Schweißausbrüche, Atembeschwerden und überhöhte Temperatur. Offensichtlich eine Fehlfunktion der Nanoboards ... wahrscheinlich ist er schon tot. Gehen Sie nach Level Sieben vor.«

»Level Sieben! Aus und Ende!«

Das Team stand vor der Wohnungstür, aus der das Signal gekommen war. Ein Mann sicherte den Korridor, ein weiterer den Treppenabgang, einer öffnete die Tür mit einem elektronischen Dietrich und zwei stürmten in die Wohnung. Gegenseitig gaben sie sich Deckung. Sie versuchten erst gar nicht, leise zu sein. Schnelligkeit war alles, was zählte. Sie trampelten durch Vorraum und Küche in einen abgedunkelten Raum. Auf dem Tisch blinkte ein Laptop, dessen Schein auf die Umrisse eines Mannes fiel. Er saß zusammengekauert auf einem Stuhl, die Ellenbogen auf dem Tisch. Sein Kopf war ihm auf die Brust gesunken. Er lebte noch, seine Arme zitterten, gerade in diesem Moment wollte er sich hochstemmen.

Die vier Lieutenants umstellten den Mann, die Waffen im Anschlag.

»Winston Parker?«

»Mhm!«

Der Team-Commander trat von hinten an Parker heran, hielt ihm den Waffenlauf ins Genick und drückte ab. Durch den Schalldämpfer spuckte die Waffe das Projektil mit einem Husten aus. Der Körper flog zur Seite. Blut und Knochen spritzten nach allen Seiten. Der Team-Commander blickte zu Boden. »Scheiße«, flüsterte er. Vor seinen Beinen lag ein Mann mit einem Knebel im Mund. Seine Hände waren gefesselt.

Der Team-Commander justierte das Mikro am Kehlkopf. »Ist das wieder eine verdammte Übung?«

Die Lieutenants nahmen die Waffen herunter und starrten ebenfalls auf den Leichnam. Die Hornbrille des Toten war verrutscht, das schüttere Haar hing ihm wirr in die Stirn. Der weiße Spitzbart war blutbesudelt.

»Den kenne ich!« Ein Lieutenant deutete auf den Toten. »Das ist Goodle, unser Buchhalter!«

Da gingen die Lampen im Raum an. Das Licht blendete die Teammitglieder. Sie rissen die Arme hoch. Aus einer Nische trat ein Hüne. Der Team-Commander blinzelte. Als er das hohle Klicken hörte, trat ihm der Schweiß auf die Stirn. Er kannte das Geräusch und wusste, dass soeben eine Waffe mit sensorgesteuerten Projektilen entsichert worden war. Dagegen hatten sie keine Chance.

»Nano-Intelligence-Agency!« Winston Parker richtete die Waffe auf den Team-Commander. In der anderen Hand hielt er seinen Ausweis. »Sonderabteilung. Wir ermitteln gegen *Nano-Components* wegen des Verschwindens einiger Ihrer Klienten«, fügte er hinzu. »Legen Sie die Waffen nieder!«

Aus dem Augenwinkel musterte er den toten Buchhalter. Sein Genick war zerfetzt. Das Austrittsloch hatte ihm die Kehle und den halben Hals weggesprengt. Sein Kopf hing nur noch an einem versengten Hautlappen.

Winston wies mit einer Kopfbewegung auf die Leiche. »Ein Nanoboard hat sich wohl durch seinen Körper gebrannt, was?« Die Männer schwiegen. »War nur ein Scherz!«, erklärte Winston.

Jetzt wusste er, wie Mister Dean seine Geschäfte handhabte. So also sah der Datenschutz für jene Klienten aus, die angeblich verschwinden wollten. Wahrscheinlich hatten sie ein Problem mit ihren Nanomaschinen gehabt. Nicht jeder vertrug die Infiltration. Die Firma wäre ruiniert, falls sich das herumsprach. Also wurden die Fälle vertuscht – nichts leichter als das. Die Gesetzeslage war aufseiten von *Nano-Components*.

»Waffen runter!«, brüllte Winston.

Einer der Männer legte die Schusswaffe zu Boden.

»Was machen Sie, Lieutenant?«, donnerte der Team-Commander. »Ich habe keinen Befehl dazu erteilt!«

»Los! Runter damit!«, brüllte Winston.

»Feuer!« Der Team-Commander riss die Pistole hoch. Noch bevor er auf Winston anlegen konnte, jagte ihm dieser ein Projektil in die Stirn. Seine Waffe hatte keinen Schalldämpfer. Der Knall hallte durch die Wohnung. Der Team-Commander wurde an die gegenüberliegende Wand geschleudert.

Winstons Waffenhand wirbelte herum. Drei weitere Schüsse, in Stirn, Hals und Brust, rissen die bewaffneten Lieutenants von den Beinen. Der letzte Mann griff reflexartig nach seiner Waffe. Er wollte die Knarre hochreißen, doch Winston streckte auch ihn nieder. Aber er war nicht sofort tot. Seine Beine zappelten noch. Winston erledigte auch ihn mit einem gezielten Schuss.

Als es vorüber war, zitterte seine Hand. Rasch überzeugte er sich, dass alle tot waren. Der Letzte hauchte sein Leben aus, das Zucken der Finger erstarb. Einen Augenblick später war Winston von sechs Leichen umgeben, Goodle mit eingerechnet. Winstons Ohren dröhnten. Der Raum stank nach Kordit. Er ließ seinen alten Ausweis in der Brusttasche des Hemds verschwinden. Seine Zeit als aktiver Nano-Intelligence-Agent war längst vorüber. Er durfte den Ausweis eigentlich gar nicht mehr besitzen, geschweige denn benutzen. Doch hin und wieder war er ganz nützlich.

»Arme Schweine.« Winston betrachtete die verrenkten Körper. Er wechselte das Magazin und steckte die Pistole ins Schulterholster. Danach streifte er sich schwarze Lederhandschuhe über, damit er die Nanomaschinen nicht länger sehen musste. Noch hatte er sich nicht daran gewöhnt. Sein Blick fiel auf den gefesselten Buchhalter.

»Tut mir leid, Goodle, alter Junge.«

Eigentlich sollte er selbst hier liegen: tot, vom Security-Team der *Nano-Components* eliminiert. Er zog seine Security-Card aus dem Laptop des Buchhalters und hielt sie gegen das Licht. Sie glänzte goldfarben. »Gutes Stück.« Er würde sie nicht mehr brauchen. Sie knirschte, als er sie in der Faust zerdrückte.

Winston Parker schlüpfte in seinen Ledermantel. Er atmete tief durch, stieg über die Leichen und verließ das Apartment des Buchhalters. Ein anderes Securtiy-Team von *Nano-Components* würde die Spuren des Massakers beseitigen, denn bestimmt war Mister Dean nicht daran interessiert, dass dieses Malheur an die Öffentlichkeit drang. Dadurch hatte Winston Mister Dean zwar auf seine Spur gebracht, doch das kümmerte ihn nicht weiter, denn sein eigentlicher Auftrag war längst nicht zu Ende. In Wahrheit hatte er eben erst begonnen.

Bereits seit Tagen trieb er sich ruhelos in New York herum, in Bussen, Taxis und Magnet-Schwebebahnen. Nachdem er Brooklyn, Manhattan und Long Island abgeklappert hatte, durchstöberte er jetzt den Westteil der vierzig Millionen-Einwohner-Metropole. Wenn er hier fertig war, würde er nach Philadelphia und Washington reisen, doch im Moment bewegte er sich in Richtung New Jersey, wo er endlich wieder fündig wurde.

»Stopp!«

Winston pochte gegen das Glas der Taxikabine. Der Fahrer bremste den Wagen. Winston bezahlte und sprang aus dem Auto. Er lief über die Straße, um der Frau im grauen Hosenanzug zu folgen. Nach wenigen Augenblicken hatte er sie eingeholt. Winston hatte sich nicht geirrt. Er trat so dicht an sie heran, dass er deutlich die pulsierenden, roten Punkte unter ihrem kurz geschorenen Haaransatz erkennen konnte. Die Frau klapperte in Stöckelschuhen eilig über den Bürgersteig. Sie trug goldene Ringe an den Fingern und eine Aktentasche unter dem Arm. Winston schätzte sie auf Anfang fünfzig. In den Medien sah sie bedeutend jünger aus. Annette Mairing saß im Repräsentantenhaus des Kongresses. Mit ihren jüngsten Energiegesetzen hatte sie den Öl- und Atomenergiekonzernen Milliarden von Steuergeldern zukommen lassen. Sie war bestimmt kein *unschuldiges* Opfer, wie es morgen in den Zeitungen stehen würde. Was Winston jedoch wichtiger war: Die Frau trug Nanomaschinen in ihrem Körper!

Sie bog in eine Seitengasse.

Perfekt!

Winston folgte ihr.

»Mrs. Mairing!«

Die Frau drehte sich um und wirkte sichtlich verärgert. Sie war dezent geschminkt und trug ihr Haar erstaunlich kurz.

»Ich muss mit Ihnen reden!«

»Tut mir leid.« Sie lächelte gezwungen und wandte sich ab. »Ich habe keine Zeit.«

»Die werden Sie sich nehmen müssen.« Winston zog seinen Ausweis aus der Tasche. »Nano-Intelligence-Agency!«, sagte er. »Sonderabteilung. Wir ermitteln gegen *Nano-Components*. Ich muss Sie einen Augenblick sprechen.«

»Gegen *Nano-Components*?« Die Frau starrte ihn an. Ihre Pupillen zuckten hin und her. »Aber Sie sind doch selbst ein Kunde von Mister Dean. Weshalb …?«

»Richtig. Sonst hätte ich Sie wohl kaum gefunden.« Winston lächelte. Er vergaß immer wieder, dass nicht nur *er* die anderen sehen konnte, sondern sie auch *ihn*.

Seine schwarzen Lederhandschuhe knirschten. Er klappte seinen alten Ausweis zu und ließ ihn in der Hemdtasche verschwinden. Er hatte bei der Agency gekündigt, kurz nachdem seine Frau bei Mister Dean einen Vertrag unterzeichnet hatte. Er wollte sie davon abbringen, doch Cara war verzweifelt und sah darin den einzigen Ausweg. Mit der Leukämie hätte sie nur noch ein halbes Jahr zu leben gehabt – falls überhaupt.

Nach der Infiltration hatte sie über Krämpfe, Herzrasen und Atembeschwerden geklagt, und einen Tag später war sie weg. Zu dem Zeitpunkt ermittelte Winston gerade in einem Fall in Boston. Über Caras plötzliches Verschwinden erfuhr er zwei Tage später von den Behörden. Als er nach Chicago zurückkehrte, war nichts mehr zu machen. Mister Deans Security-Team war gründlich vorgegangen. Das Haus war leer, es gab keine Zeugen, keine Spuren, keine losen Enden. Er hatte Cara nie wieder gesehen.

Der eigene Abgang unterlag dem Datenschutz und war vom Klienten selbst unterzeichnet worden. Die jüngst beschlossenen Gesetze untermauerten die Unanfechtbarkeit dieser Verträge, und die Agenten hatten keine Chance, in solchen Fällen zu ermitteln. Außerdem war die Nano-Intelligence-Agency nur eine von vielen staatlichen Behörden, und der Kongress bewilligte für ihre Einsätze schon lange keine hohen Geldbeträge mehr. Wie Winston mittlerweile wusste, waren einige Richter, Staatsanwälte und Kongressabgeordnete selbst Kunden bei Mister Dean. Winston hatte die Nase voll. Er hatte das Haus in Chicago verkauft, in New York eine billige Absteige gemietet und sich eine neue Identität zugelegt. Seitdem trieb ihn nur noch ein Gedanke: Er würde sich die Kerle selbst vorknöpfen und Mister Dean mitsamt seinem Unternehmen zu Fall bringen.

»Was möchten Sie wissen?«, drängte die Frau.

Winston zögerte. »Wie lange haben Sie noch zu leben?«

Sie lächelte. »Ewig.«

»Irrtum, Lady!«

Winston Parker streifte den Ledermantel zur Seite und zog die Waffe aus dem Schulterholster. Er drückte ihr den Lauf gegen die Stirn. Sie schrie. Die Mündung grub sich in ihre Haut.

»Ich habe zwei Kinder«, presste sie hervor. Ihre Lippen bebten. »Ich …«

Winston drückte ab. Der Hinterkopf der Frau platzte auseinander. Ihre Gehirnmasse verteilte sich auf der Mauer. Dann brachen ihre Augen und der Leichnam rutschte an der Wand zu Boden. Das Projektil hatte hinter ihr ein winziges Loch in die Mauer gerissen.

»Auch ich hatte einen Sohn …«, murmelte Winston, ehe seine Stimme versagte. Cara war im dritten Monat schwanger gewesen. Der Junge hätte Eric heißen sollen.

Winston steckte die Waffe weg. Doch im Gegensatz zu dieser feinen Lady wollte seine Frau nicht *ewig* leben, sondern lediglich ihre Krankheit mit temporären Nanomaschinen um ein Jahr hinauszögern, um ihr Kind gesund zur Welt zu bringen. Aber anscheinend war das zu viel verlangt gewesen!

Er wandte sich ab und verließ die Gasse. Der Schmerz trieb ihn durch die Straßen, auf der Suche nach weiteren Eingeweihten. Er würde die einflussreichen Kunden der *Nano-Components* einen nach dem anderen in ihren Limousinen, auf ihren Banketts und Yachten aufspüren. Vor ihren Bürogebäuden, in ihren Meetings, bei Galaabenden und nach Talkshow-Auftritten. Wenn Cara und Eric nicht leben durften, sollten sie es auch nicht.

In den Straßen würde man einen Klienten nach dem anderen mit einem Projektil im Kopf finden. Allerdings standen nicht die kleinen, unbedeutenden Leute, die keinen Dreck am Stecken hatten, auf seiner Abschussliste, sondern die Lobby im Land:

Die korrupten Richter, Aufsichtsräte, Staatsanwälte, Senatoren und Kongressabgeordneten, die mit ihren Gesetzen die *Nano-Components* unantastbar gemacht hatten. Jeder dieser Todesfälle würde einen Riesenstunk auslösen, der eine Menge Untersuchungen gegen *Nano-Components* zur Folge hatte, was das Unternehmen endgültig in die Knie zwingen würde. Es gab nur diesen Weg. Für das Verschwinden seiner Frau und seines Sohnes war *das* die einzige angemessene Entschädigung.

Mister Dean würde er sich zuletzt holen. Bis dahin sollte sich der Messias für unsterblich halten, in seiner Bibel lesen und zusehen, wie das Sterben unter seiner erlauchten Klientel Tag für Tag weiterging. Damit würde Winston das System mit seinen eigenen Waffen schlagen. *An ihren Früchten werdet ihr sie erkennen.* Ja, er würde sie erkennen, auch ohne Mister Deans streng geheime Kundenkartei. Er hatte die Infiltration gebraucht, um den Feind infiltrieren zu können – und um ihn zu bekämpfen, hatte er selbst zum Feind werden müssen. Anders hätte sein Plan nicht funktioniert.

Winston Parker bog in die gegenüberliegende Seitengasse. Da war der Nächste! Gerum Cohen, ein Senatsmitglied, im dunklen dreiteiligen Anzug. Er stand zwischen den Mülleimern und las Zeitung.

Perfekt!

Winston schob den Ledermantel zur Seite.

DER MAYA-TRANSMITTER

Der Maya-Transmitter *ist auch eine meiner älteren Storys. Ich habe sie damals für ein Science-Fiction-Magazin geschrieben, jedoch wurde sie abgelehnt, weil der Herausgeber fand, dass sie zu schlecht recherchiert sei – was auch stimmte. Also spazierte ich in die öffentliche Bibliothek und verließ sie mit einem Stapel Bücher über die Maya-Kultur. Damals wusste man natürlich noch nicht, dass die Welt – entsprechend des Maya-Kalenders – im Jahr 2012 untergehen würde. Das haben erst viele Jahre später Roland Emmerich und John Cusack herausgefunden.*

Jedenfalls stürzte ich mich in meine Recherchen und überarbeitete die Story. Zu jener Zeit waren die Protagonisten noch schwedische Wissenschaftler gewesen, und die Story wurde 1999 in einem anderen SF-Magazin veröffentlicht.

Viele Jahre später hatte ich dann die Möglichkeit, die Geschichte in einer Steampunk-Anthologie neu zu veröffentlichen. Zu diesem Zweck überarbeitete ich die Story, erweiterte sie und änderte die Protagonisten in ein britisches Wissenschaftlerteam, was – wie ich fand – der Story gut tat.

Zu der Zeit machten meine Frau und ich – Sie wissen bereits, sie ist sehr reiselustig – eine Karibik-Kreuzfahrt. Eine der Stationen wäre auch ein Maya-Tempel in Canún gewesen, auf den ich mich besonders ge-

freut hatte. Doch wegen der damaligen Schweinegrippe durfte das Schiff nicht anlegen und steuerte stattdessen eine andere Insel an. Ich sah die Küste Mexikos also nur von Weitem durch eine morgendliche Nebelbank.

Trotzdem habe ich die Story für diese Anthologie ein weiteres Mal überarbeitet, auch wenn ich diesmal nicht den Original-Schauplatz besuchen konnte – aber die »Schweine« haben mir einen Strich durch die Rechnung gemacht.

1. KAPITEL

GRAHAM WORTHINGTON humpelte näher zur Felswand. Er hob die Gaslaterne und fuhr mit den Fingerkuppen über die in den Stein geschlagenen Symbole. *Schiefer!* Die Kanten waren glatt und deuteten auf ein scharfes Werkzeug hin. Das konnte unmöglich sein!

Die Kunstwerke in dieser unterirdischen Tempelanlage wiesen mehr Ähnlichkeit mit der ägyptischen oder mesopotamischen Kultur auf als mit irgendeiner anderen Schrift, die Worthington jemals gesehen hatte. Zudem wirkten sie verzerrt, als würde man sie durch eine zu starke Lupe betrachten. Wenn er zu lange darauf starrte, begann sein Kopf zu schmerzen. Dennoch faszinierten ihn die Zeichen. Sie schienen eine Folge komplizierter mathematischer Formeln abzubilden, die es zum Zeitpunkt der Inschrift noch gar nicht gegeben haben konnte.

O Gott! Worthington nahm die beschlagene Brille ab. Er hielt den flackernden Schein der Lampe näher an den Fels und strich mit dem Finger abermals über die polierte Oberfläche. Normalerweise wäre feinkörniger Staub von der Felsarbeit zu Boden gerieselt. Hier nicht. Als wäre diese heilige Stätte erst vor wenigen Wochen sorgfältig gesäubert worden.

Doch wer hätte sie reinigen sollen?

»Professor, Professor!«

Die aufgeregte weibliche Stimme drang aus dem Treppenschacht zu ihm herunter. Das Echo brach sich in dem verzweigten Tunnelsystem und verebbte langsam. Hier unten konnte man sich genauso leicht verirren wie der Schall. Unmittelbar darauf hörte Worthington auch schon das Klappern von Stiefeln. Er schirmte die Augen mit der flachen Hand ab und blinzelte zum Ausgang des Gewölbes. Die näher kommenden Schritte wurden vom tanzenden Licht einer Gaslampe begleitet. Schließlich tauchten ein Haarschopf und die Umrisse von Elisabeth Holbourghs schlanker Figur in der Felsöffnung auf.

»Professor Worthington!«, rief sie und fügte dabei seinem Namen einen harten irischen Akzent hinzu. Es klang wie *Wortinkton*. Schließlich kam sie außer Atem vor ihm zum Stehen.

Seufzend setzte er die Brille wieder auf. »Aber, mein liebes Kind«, sagte er, während er auf sie zuhinkte und immer noch die Augen vor ihrem Lampenlicht abschirmte. »Beruhigen Sie sich doch. Wir haben alle Zeit der Welt.«

Sie keuchte. Statt ihn mit weiteren Worten zu bedrängen, drückte sie ihm ein altes, in Leder gebundenes Buch in die Hand. Er blickte sie kurz über seine randlose Brille an. Dabei bemerkte er ihr Lächeln, während sie ihr Haar zu einem straffen Zopf zusammenband. Für einen Moment sah er ihr dünnes Hemd, durch das sich ihr Busen drückte. Dann senkte er den Blick und fühlte das speckige Leder, den gebrochenen Bund und die losen, teils eingerissenen Seiten, die wie Lesezeichen aus dem Buch ragten.

»Sie wissen, was das ist, nicht wahr?«, stellte Elisabeth fest.

Natürlich wusste er es! Er stellte die Lampe auf den Felsboden und ließ sich mit einem Ächzen auf die Steinplatte nieder. Die Kälte, die sich seit Jahrtausenden in der unterirdischen Tempelanlage eingenistet hatte, ließ seine Kniegelenke knirschen.

Er sog die Luft geräuschvoll ein und öffnete das Buch. Das vergilbte, pergamentene Papier knackte. Die Handschrift war kaum zu lesen, und so hielt er die aufgeschlagene Seite näher ans Licht. Der Text war in Englisch verfasst.

»Was für ein Wahnsinn«, flüsterte er.

Er fuhr mit dem Zeigefinger über das brüchige Papier und die teils verblasste Tinte, während sich seine Lippen lautlos bewegten. Er hörte gar nicht, wie die Archäologin sich neben ihn auf den Boden kauerte.

»27. Juni 1885. Wir treffen in Campeche ein …«, entzifferte er und hielt den Atem an. Dann blätterte er zur ersten Eintragung des Tagebuchs.

»*06. Juni 1885. Wir legen in Dover ab …*« Er verstummte, ließ das Buch in seinen Schoß sinken, lehnte den Hinterkopf an die Felswand und richtete den Blick in die Ferne.

Dover! 1885!

»Die Aufzeichnungen der verschollenen Anderson-Expedition, nicht wahr?«, wisperte Elisabeth. »Wir haben das Buch in einer der oberen Kammern gefunden. Matthew Anderson muss hier gewesen sein, Professor! Ist das nicht unglaublich? Sir Cecil hatte recht mit seiner Vermutung. Anderson hat es bis hierher geschafft …«

Natürlich hatte er das. Nur, wo steckte er jetzt? Worthington wandte sich der Irin zu, aber sein Blick ging durch sie hindurch. Seine Gedanken reisten mehr als sieben Jahre in die Vergangenheit: nach 1885. Im Januar hatte die Universität zu London die finanziellen Mittel für die Expedition zugesagt, und Worthington konnte sich noch gut erinnern, wie seine Frau an jenem Abend mit einem jungen Studenten ausgegangen war. Emma würdigte den Erfolg eben auf ihre Art und Weise. Matthew und er hatten stattdessen beim Feuer des offenen Kamins in seinem Haus Hammelsteak gegessen und diesen Durchbruch mit einer Flasche trockenen Rotweins gefeiert. Aber nicht nur Worthingtons Frau, sondern auch das Auftauchen seiner Schwester hatte an diesem Abend die Stimmung getrübt …

2. KAPITEL

Der Wein schmeckte köstlich. Worthington hatte mit Matthew Anderson in seinem Haus in Brentwood die halbe Flasche geleert.

Matthew beugte sich zu ihm. »Glaubst du, dass mein Bruder und deine Schwester … na, du weißt schon?«, murmelte er, ließ die Frage aber unausgesprochen.

Worthington stellte das Weinglas auf das Kaminsims und verzog das Gesicht. »Ja, das glaube ich.«

Das Klappern von Pferdehufen unterbrach ihr Gespräch. An diesem Abend trafen soeben Amy, Finlay und Liam mit der Kutsche ein. Liam, mit seinen großen, klobigen Händen und seinem wilden schottischen Rauschebart, stürmte übermütig ins Wohnzimmer und verkündete auf seine typisch lautstarke Art Amys und Finlays Verlobung. Matthew verstummte im gleichen Augenblick und warf Worthington einen stillschweigenden Blick zu, den er nur auf eine Art und Weise deuten konnte. *Er hasste seinen Bruder!* Am liebsten hätte er Matthew auf andere Gedanken gebracht, doch es ging nicht. Hinter Liam standen Amy und Finlay Hand in Hand im Korridor, als konnten sie sich nicht entscheiden, ob sie eintreten oder draußen stehen bleiben sollten. Worthington bemerkte, wie Amy vermied, ihm oder Matthew in die Augen zu sehen.

Liam blickte sich fragend um. »Was ist bloß los mit euch Miesepetern?«

»Nichts, was soll sein?«, antwortete Matthew und versuchte dabei, seiner Stimme einen festen Ton zu geben.

Nach einigen stillen Sekunden erhob sich Worthington und erzählte den anderen von ihrem Erfolg beim Universitätsausschuss. Großbritannien sollte trotz der Gelder, die in der Zeit des Imperialismus durch den Kauf des Suezkanals verschlungen worden waren, noch in diesem Jahrhundert vor seinen Konkurrenten Spanien und Frankreich die groß angelegten Tempel- und Pyramidenanlagen der Maya in Uxmal erforschen. Matthew hatte bereits seit mehreren Jahren an diesem Projekt gearbeitet, war jedoch mit seiner Idee immer wieder von der Universität abgewiesen worden, bis sie schließlich doch die lang ersehnten Gelder bewilligt hatte.

An diesem Abend wurde kein Wort mehr über die Verlobung gesprochen. Sie diskutierten die ersten Details der Reise bis spät in die Nacht. Es schien, als habe Matthew den Schock von Amys

Verlobung – zumindest äußerlich – überwunden. Er lief wie der Gastredner einer Archäologietagung auf und ab und präsentierte den anderen seine Vorstellung von der Expedition auf die Halbinsel Yucatán. Sogar sein jüngerer Bruder Finlay gab die Rolle des passiven Zuhörers auf, griff zu Papier und Bleistift und stellte eine unendlich lange Ausrüstungs- und Proviantliste für die Expedition zusammen. Er kam mit seinen Aufzeichnungen kaum nach, da Amy sofort zu planen begann, während Liam mit langen Schritten ebenfalls durchs Kaminzimmer lief und seine nicht enden wollenden Ideen in einem Ton diktierte, den er für gewöhnlich nur seinen Studenten gegenüber anschlug.

»Finlay, hast du schon Reis, Mehl und Trockenfleisch notiert? Außerdem brauchen wir Dörräpfel, Maisbüchsen, Kondensmilch, Skorbutkraut sowie Schiffszwieback. Feuerstein, einen Primusherd, Gaskartuschen, eine Doppelflinte mit reichlich Patronen und einen Revolver für das neue rauchschwache Schießpulver … das müssen wir unbedingt haben! Spaten, Hämmer, Nägel und wasserdichte Segeltuchzelte mit verschnürbaren Innensäcken.«

Liam und Matthew waren in ihrem Element. »Feldstecher, Kompass und ein Spiegelteleskop dürfen wir nicht vergessen … und Graham, hast du schon etwas von Eastmans neuer Klappkamera für Rollfilme gehört?«

Kaum hatte sich am nächsten Morgen die erste Euphorie gelegt, erkannten sie, dass die in blindem Tatendrang niedergekritzelten Pläne völlig nutzlos waren. Niemand konnte die wahren Strapazen einer solchen Reise erahnen. Letztlich würde die gesamte Planungsphase noch vier Monate bis Mitte Mai dauern. Finlay kümmerte sich um den Reiseproviant, die wissenschaftlichen Geräte, die Unterkunft und die Ausrüstung der Expedition, während Matthew gemeinsam mit dem Ausschuss der Universität monatelang einen dreihundert Seiten langen Katalog zu den Forschungszielen und offenen Fragen der Mayakultur verfasste. Amy klärte die juristischen Angelegenheiten und knüpfte erste Kontakte mit den mexikanischen Behörden. Schließlich erhielten sie von dem jungen Bundesstaat Campeche die Einreisebewilligung und die Aufenthalts- und Forschungsgenehmigung für jenes ferne Land, in dem vor annähernd vierhundert Jahren der Spanier Francisco Hernández de Córdoba mit seinen Konquistadoren gelandet war und die Maya-Kultur entdeckt hatte.

Liam McAllister und Worthington wollten sich um die Überfahrt von Dover nach Mexiko kümmern. Die *Queen Victoria*, ein 50.000 Bruttoregister Tonnen schwerer Koloss aus Stahl, der alle fünf Monate in Dover ablegte, sollte sie in den Hafen von Matamoros im Golf von Mexiko bringen. Von dort aus würden sie mit einem Zeppelin, den die Deutschen an der Küste stationiert hatten, über das Gebirge in das südlich gelegene Villahermosa gelangen. Mit einem Boot den Rio Candelaria und den Rio Caribe entlang und anschließend mit einem modernen Automobil über Meseta bis zum Rio Champoten, von wo es nach Campeche ging, in jene Stadt, die 1540 von den Spaniern gegründet worden war. Ein einheimischer Führer sollte sie dort empfangen und das letzte Stück zu Fuß durch die Wälder zu den Tempelanlagen begleiten.

Damit waren die Kollegen rund um Professor Matthew Anderson neben ihrer Lehrtätigkeit an der Universität bis über beide Ohren mit Arbeit eingedeckt, die sie zu einem für alle zufriedenstellenden Abschluss bringen mussten. Und der sechste Juni rückte unaufhaltsam näher.

Die Studenten hatten indessen an der Universität ihre Semesterarbeiten abgeschlossen und bereiteten sich auf die Ferien vor, die – so lange sich Worthington erinnern konnte – in England immer mit harter Arbeit verbunden waren. Die meisten jungen Leute mussten den Sommer über ein wenig Geld mit Schafzucht, Fischfang, in Fabriken oder Kohlenminen hinzuverdienen, um die hohe Gebühr für das nächste Semester bezahlen zu können.

Einen Tag vor der Abfahrt ereignete sich jener Unfall, der das Unternehmen fast zum Scheitern gebracht hätte. An diesem Morgen fuhr Worthington mit der Kutsche zum Londoner Bahnhof, wo er sich mit seinen Reisegefährten treffen wollte, um ihre in Kisten verpackte Ausrüstung mit dem Zug nach Dover aufzugeben. Der Bahnhof lag in einer Nebelsuppe. Feiner Nieselregen hing in der Luft. Wie immer lag London unter einer Rußglocke. Das Schnaufen der Loks klang schauerlich durch den Dunst. Wie ein böses Omen, dachte Worthington. Die Pferde wieherten und klapperten unruhig mit den Hufen auf dem Kopfsteinpflaster. Dampf stieg von ihren Nüstern auf, und selbst Worthington war plötzlich von einer inneren Unruhe ergriffen. Einige Tage zuvor hatten Amy und Finlay geheiratet, aber er war noch nicht dazu gekommen, mit Matthew über dessen Gefühle zu sprechen. Bis zuletzt hatte Matthew wohl gedacht, dass Amy sich für ihn und nicht für seinen jüngeren Bruder entscheiden würde.

In Gedanken sah Worthington seinen Freund vor sich. An den Tresen eines Pubs gelehnt, prostete Matthew ihm zu. »Mein Bruder und deine Schwester, wer hätte das gedacht? Graham, jetzt sind wir miteinander verwandt, cheers!« Matthew leerte das nächste Glas in einem Zug. An diesem Abend waren es bereits zu viele gewesen. »Ach hätten wir doch nie gestritten«, nuschelte Matthew und schob das Glas von sich.

Worthington sah ihm nach, wie er mit klobigen Schritten ans Barende wankte und sich neben dem jungen Bräutigam an der Tischkante aufstützte. Wie immer wurde der Konflikt der beiden ungleichen Brüder stumm ausgetragen. Da wurde Worthington plötzlich klar, dass Matthew keinen Streit zwischen ihm und seinem Bruder, sondern zwischen ihm und Amy gemeint hatte … und in diesem Moment befürchtete Worthington, ihre Freundschaft könnte daran zerbrechen.

Beim Dröhnen der Zugpfeife, das wie der Laut eines Nebelhorns durch den Dunst drang, zerstreute sich Worthingtons Erinnerung. Er öffnete die Kabinentür, spannte den Schirm auf, stieg auf das Trittbrett und sah Amy in ihrem neuen Kostüm. Mein Gott, seine kleine Schwester sah hinreißend aus. Er winkte ihr zu. Sie stand mit Finlay neben den schweren Lattenboxen unter dem Vordach der Wartehalle. Sein neu gewonnener Schwager winkte zurück. Wie immer adrett, mit dünnem Schnauzbart und Monokel. Immer noch machte er auf ihn den Eindruck eines verträumten Universitätsassistenten. Würde sich das je ändern? Der Zug pfiff, die Pferde scheuten und die Kutsche ruckte. Das nasse Trittbrett glitt unter Worthingtons Beinen weg. Er griff ins Leere, stürzte, schlug mit dem Kopf gegen das Wagenrad und bekam nicht mehr mit, wie er neben der Kutsche zu Boden fiel. Wie durch ein Wattekissen hallte Amys Schrei zwischen den Säulen des Gebäudes zu ihm. Sie riss sich aus Finlays Umarmung und lief auf ihn zu. Doch irgendetwas stimmte nicht mit der Perspektive!

Amy schwebte waagerecht *auf ihn zu!*

Worthington wandte den Kopf und spürte das nach Erde schmeckende Regenwasser auf den Lippen. Er lag mit dem Gesicht im Rinnsal. Er wollte sich erheben, doch da setzte sich die Kutsche in Bewegung und rollte begleitet vom grässlichen Brechen von Knochen über sein Bein. Dabei sah er, wie Amy in Zeitlupe auf ihn zustürzte, ihr Rock sich im Wind aufbauschte und das Regenwasser an ihr hoch spritzte. Er spürte immer noch keinen Schmerz. Dann war ihr nasses Gesicht über ihm und ihre Hand an seiner Wange. Erst jetzt kam das Gefühl der Pein wie von glühenden Nadelstichen über ihn. Bevor er das Bewusstsein verlor, bemerkte er ihre tonlosen Lippen, die sich zu Wörtern formten, die er nicht mehr hörte.

Graham! Graham …

3. KAPITEL

»Professor, Sie haben ja Tränen …« Elisabeth Holbourghs Flüstern verstummte.

Worthington hob den Blick und blinzelte sie an. Sie mochte vielleicht neunundzwanzig Jahre alt sein, so alt wie Amy damals gewesen war, und vermutlich hatte sie einen Verlobten in Dublin. Doch was wusste sie schon von Trauer, Verlust, Einsamkeit und dem Gefühl, versagt zu haben? Kannte sie das Gefühl der Demütigung, das ihn zermürbte?

Doch er durfte ihr keinen Vorwurf machen. Vor vielen Jahren war er selbst noch ein unbekümmerter, enthusiastischer Mensch gewesen, der trotz seines Alters die ganze Welt hätte umarmen können. Doch *diese* Zeiten waren vorbei. Damals hatte alles seinen Anfang genommen …

Knapp zehn Stunden nach dem Unfall sog Worthington die mit Antiseptika geschwängerte Luft in sich ein. Langsam öffnete er die Augen. Die diffusen Silhouetten um ihn herum formten sich zu Körpern und Gesichtern. Er erkannte seine Schwester Amy, den mächtigen Liam und die beiden Brüder Matthew und Finlay, die um sein Krankenbett standen und betroffen zu Boden blickten.

Schließlich ging Matthew mit langsamen Schritten um das Krankenbett und setzte sich auf die Kante. »Du hast eine Gehirnerschütterung.«

»Macht euch keine Sorgen, das wird schon wieder«, krächzte Worthington.

Er suchte ihre Blicke, doch sie starrten weiterhin zu Boden. Er wollte sich aufsetzen, doch es ging nicht. Panisch schlug er die Bettdecke zurück.

»Graham, du hast dir beim Sturz die Kniescheibe … *angeschlagen*«, flüsterte Amy.

Worthington betrachtete seine Schwester. Amy warf den Kopf in den Nacken. Ihre Wangen waren gerötet, und ihre Augen füllten sich mit Tränen.

»Angeschlagen?«, wiederholte Worthington.

»Zertrümmert«, sagte Matthew schließlich. »Und der Wadenknochen ist gesplittert.«

Vor Worthington drehte sich alles. Mit der Decke verhüllte er wieder den Gips, der vom Fußgelenk bis zum Oberschenkel reichte. Niemand wagte, etwas zu sagen. Nach mehreren Minuten des Schweigens sprach Worthington es endlich aus. »Der Dampfer legt morgen in Dover ab. Das Geld ist investiert. Die Expedition darf nicht verschoben werden …«

Matthew schüttelte wortlos den Kopf.

»… und wenn alles planmäßig verläuft, kommt ihr Ende Oktober wieder in Dover an«, vollendete Worthington den Satz. *Alle, bis auf mich* … fügte er in Gedanken hinzu.

Amy setzte sich an der anderen Seite auf sein Bett und griff nach seiner Hand. Ihre Finger waren kalt und zitterten.

Da fuhr ihm Liams dumpfe Stimme wie ein Schwerthieb durchs Herz. »Graham hat recht. Die Expedition muss anlaufen. Diese Chance bekommen wir kein zweites Mal. Es tut mir leid, Graham, aber ich verspreche dir: Wir werden deinen Namen für alle Zeiten im Gestein des größten Mayatempels verewigen.«

Amy brach in Tränen aus, und Finlay und Matthew hielten teilnahmslos den Blick zu Boden gerichtet.

»Geht jetzt. Ihr müsst eure Vorbereitungen treffen.« Worthington ließ Amys Hand los.

Sie gab ihm einen Kuss auf die Wange. »Ich liebe dich«, flüsterte sie. Kurz darauf verließen sie das Zimmer.

Später las er in der Zeitung vom Aufbruch der Anderson-Expedition, knüllte das Blatt zusammen und schleuderte es in die Ecke des Krankenzimmers. Er nahm an dieser einzigartigen Expedition nicht teil. Aber er versuchte sich vorzustellen, dass er seine Freunde in wenigen Monaten wieder treffen und ihren Erzählungen vor dem offenen Kamin, bei Hammelsteak und einer Flasche Rotwein lauschen würde. Er redete sich ein, dass es so sein würde, als wäre er selbst dabei gewesen.

Die Zeit verging langsam. Seine Frau Emma hatte ihn nur zweimal im Krankenhaus besucht, und Worthington hatte durchs Fenster gesehen, wie beim zweiten Mal ein junger Student draußen vor der Eingangstür auf sie gewartet hatte. Vermutlich war er auch schon beim ersten Mal da gewesen.

Ende Oktober legte die *Queen Victoria* wieder im Hafen von Dover an, doch die vier reservierten Kabinen waren leer. Der Kapitän wusste nicht, was geschehen war. Allen Nachforschungen zufolge war die Anderson-Expedition zwar in Villahermosa angekommen, aber irgendwo im Regenwald auf ihrer Reise nach Uxmal verschollen. Worthington wartete vergeblich weitere fünf Monate, schrieb Briefe an die mexikanische Regierung, versuchte den Führer ausfindig zu machen, der sie durch das Gebirge geleitet hatte, doch seine Recherchen brachten nichts.

Es wurde Ende März. Mittlerweile lief die *Queen Victoria* zum zweiten Mal im Hafen von Dover ein, und wieder wusste der Kapitän nichts von Matthew, Amy und den anderen zu berichten. Seit ihrer Abfahrt hatte Worthington nie wieder etwas von seiner Schwester oder seinen Freunden gehört, mit denen er gemeinsam in London aufgewachsen war, studiert und später an der Universität Geschichte und Archäologie gelehrt hatte.

Mittlerweile stand in der Aula der Universität eine marmorne Gedenktafel, in der ihre Namen und Silhouetten eingemeißelt worden waren.

Verewigt!

Für alle Zeiten – wie es hieß.

So wenig er über ihr Schicksal erfahren hatte, so wenig wussten sie vermutlich etwas über das seine. Denn bei einem Gipsbein war es nicht geblieben. Die Ärzte nannten es *neurogene*

Diplegie. Er selber nannte es den Verlust seines Lebens. Er hatte sich bei seinem Sturz einen Nerv im Rückgrat eingeklemmt.

Seither waren sieben einsame Jahre vergangen; die ersten sechs hatte er in einem Rollstuhl verbracht.

4. KAPITEL

Worthington hob den Blick und betrachtete Elisabeth Holbourghs hübsches Gesicht. »Würde es Ihnen etwas ausmachen, wenn Sie mich …?«

Ihre Stirn legte sich in Falten. Trotzdem nickte sie langsam, erhob sich und wandte sich wortlos ab. Er sah ihr nach, wie sie die Stufen zu den anderen Kammern des Tempels emporstieg, die sie vor wenigen Minuten noch so euphorisch hinuntergeeilt war. Scheinbar ahnte sie, dass er jetzt allein sein wollte, ehe er die Neuigkeit über den Fund des Tagebuchs mit den anderen teilen würde.

Die ganze Zeit über hatte er Matthews Aufzeichnungen zitternd in Händen gehalten. Worthingtons Brustkorb bebte. Dann konnte er seine Tränen nicht länger unterdrücken. Sechs lange, verdammte Jahre hatte er damit zugebracht, seinen Rollstuhl hassen zu lernen. Sechs Jahre, in denen er diesen Weg alleine beschritten hatte, da seine Frau an anderen Dingen interessiert war. Er dachte an Emma, sah sie vor sich. Nie würde er seine Worte vergessen, die er ihr an ihrem letzten gemeinsamen Tag an den Kopf geworfen hatte …

»Muss es ausgerechnet einer *meiner* Studenten sein?«, entfuhr es Worthington. Seine Hände zitterten.

Er rumpelte mit dem Rollstuhl über die Bodenschwelle ins Schlafzimmer. Er wusste nicht, was ihn mehr verletzte. Das Verhältnis seiner Frau, worüber er von einem Studenten erfahren hatte, die Tatsache, dass der Kerl zwar eine Niete in Archäologie, aber zwanzig Jahre jünger war als er und verdammt gut aussah, oder dass von diesem Verhältnis die halbe Belegschaft der Universität gewusst hatte.

Worthingtons Blick fiel auf die zur Hälfte gepackten Koffer, die auf dem Ehebett lagen. Emma antwortete nicht, stopfte stumm ihre Kleider in eine Tasche und verließ fluchtartig das Haus. Draußen wartete bereits eine Kutsche auf sie. Als er zum Fenster fuhr und den Vorhang beiseiteschob, hörte er auch schon das Peitschenknallen des Kutschers. Dann rollte die Droschke über die Pflastersteine an ihm vorbei. Emma verließ Brentwood. Am selben Abend fand er ihren Abschiedsbrief auf der Kommode des Schlafzimmers. Wie immer hielt sie sich kurz.

Ich hätte ein Leben an deiner Seite führen, dich im Rollstuhl lieben und auch ohne körperliche Zuwendung auskommen können du weißt, das ist mir nicht wichtig. Aber immer an letzter Stelle hinter deiner Forschung, deinem Lehramt, der Universität und deinen Hirngespinsten zu stehen, verbittert mich und hätte mich eines Tages zugrunde gerichtet. Hättest du mir doch einmal das Gefühl gegeben, wichtig zu sein. Sechs Jahre sind eine lange Zeit, in der man zu vollkommener Bedeutungslosigkeit verkümmern kann. Hättest du doch die Vergangenheit ruhen lassen und ihr nicht unsere Ehe geopfert!

Wie konnte er das? Der Brief war von Konjunktiven beherrscht. Aber auch für ihn gab es einen entscheidenden Konjunktiv. Ohne seine Arbeit an der Universität wäre er vollends zerbrochen. Seine Forschung gab ihm die Kraft, weiterzumachen. Natürlich hatte Emma recht. Sie hatte immer weit hinter allem anderen gestanden. Aber nun, ohne Emma, würde sich herausstellen, wie wichtig das Lehramt tatsächlich für ihn war. War es sein alleiniges Heilmittel, wie er immer angenommen hatte?

Daneben gab es noch eine zweite Sache, der er sich verschrieben hatte: Das Schicksal der Anderson-Expedition zu klären und ihren Ruf reinzuwaschen. Sechs Jahre, in denen er verbittert darum gekämpft hatte, ein Forschungsteam auf die Beine zu stellen, das sich nach Uxmal begeben sollte, um nach Überlebenden zu suchen. Die Universität wollte jedoch von einem neuerlichen Projekt nichts hören, denn sie hatte auf einen Schlag fünf brillante Wissenschaftler verloren. Vier für immer in den unergründlichen Tiefen des mexikanischen Regenwaldes und einen, der sein Leben als Invalide im Rollstuhl fristete und einem unmöglich zu erreichenden Ziel hinterherjagte. Hinter vorgehaltener Hand wurden die ersten Stimmen laut. Immer öfter hörte Worthington die Studenten in den Hörsälen wispern.

»Damals haben vier Professoren das Land verlassen …«

Von Semester zu Semester wurden die Gerüchte und Spekulationen lauter und gewagter.

»Ein Teil des Lehrkörpers hat sich ins Ausland abgesetzt …«

Die Zeitungen verdrehten die Wahrheit auf ihre eigene Art und Weise.

»Möglicherweise wurden Forschungsgelder veruntreut …«

Und die Menschen auf den Straßen nahmen sich schließlich kein Blatt vor den Mund.

»Der Krüppel wäre wahrscheinlich ebenfalls mit dem Geld auf und davon, aber Gott hat ihm die gerechte Strafe zukommen lassen!«

Der Krüppel! Er musste sich dem öffentlichen Druck beugen und seine Lehrtätigkeit niederlegen. Schließlich war er von der Presse als Betrüger diffamiert und sein Vertrag von der Universität nicht mehr verlängert worden. Eine politische Entscheidung, die der neue Rektor ohne mit der Wimper zu zucken getroffen hatte – ein junger Mann, der die Gunst der Medien und damit die Geldgeber auf seiner Seite hatte.

Die marmorne Gedenktafel der Anderson-Expedition wurde nach sechs Jahren stillschweigend aus der Aula der Universität entfernt. Nichts erinnerte mehr an diesen tristen Tag, als die *Queen Victoria* in See gestochen war.

Für alle Zeiten – wie es geheißen hatte.

Sechs Jahre lang hatte Worthington verzweifelt an sich gearbeitet und sein gesamtes Vermögen für seine Genesung ausgegeben, als ihm, trotz gegenteiliger Meinung der Ärzte, endlich der erste, armselige Gehversuch auf Krücken gelang und das präpotente Gehabe der medizinischen Scharlatane Lügen strafte. Er sei verbissen, stur und zäh – hatte man ihm nachgesagt. Ja, das war er! Allerdings klangen die Worte eher nach Beschimpfung als Anerkennung. Doch er ging seinen Weg, und schon bald sah man ihn auf einem Gehstock durch Londons Straßen hinken.

Als das siebte Jahr seit dem spurlosen Verschwinden der Anderson-Expedition anbrach, loderte in ihm nur ein einziger Gedanke. Trotz unsagbarer Schmerzen in Hüften und Kniegelenken trat er seine Reise nach Wales und Schottland an. In Irland gelang es ihm schließlich, den Senatsausschuss der Universität zu Dublin und das Trinity College von seinem Vorhaben zu überzeugen. Sir Cecil Holbourgh stellte ihm einen hohen Geldbetrag zur Verfügung, allerdings nur unter der Voraussetzung, dass außer Worthington ausschließlich irische und schottische Forscher an der Expedition teilnehmen sollten. Zu diesem Zeitpunkt machte das für ihn keinen Unterschied mehr.

Im darauf folgenden Sommer des Jahres 1892 stach die *Queen Victoria* erneut in See und brachte Worthington mit einem Forscherteam nach Uxmal. Drei irische Archäologen, zwei schottische Sprachforscher, ein isländischer Geschichtsprofessor und noch dazu Sir Cecils Nichte. Erschöpft von der weiten Reise verließen sie den Waldpfad, der durch das dichte Gehölz führte und gelangten zu dem Plateau mit der herrlichen Aussicht. Während der gesamten Reise musste das Team Rücksicht auf Worthingtons lädiertes Bein nehmen, doch anders als in London genoss er unter den irischen Forschern noch immer einen hervorragenden Ruf als Archäologe. Außerdem stand Elisabeth Holbourgh hinter ihm und bewunderte seine zähe Verbissenheit.

Mitte Juli schlugen sie auf dem Felsplateau, inmitten der gigantischen Tempelbauten, die vom Urwald halb zugewachsen waren, ihre Zelte auf. Trotz seiner Erschöpfung löste sich Worthington von der Gruppe und hinkte durch die Anlage, die von Menschenhand unberührt schien. Er lief über den Hauptplatz, vorbei an Säulen, und wankte zwischen Terrassen, Stufen, Mauerbögen, Wänden und Pfeilern umher. Der Wind zerzauste sein Haar. Er schürfte sich die Handflächen an mehreren Steinplatten auf, stolperte durch das hohe Gras, bis seine Brille beschlug. Er brüllte die steinernen Götzen an, bis er schließlich im Schatten einer verwitterten Mauer niedersank. Nirgends war eine Spur der Anderson-Expedition zu finden gewesen.

5. KAPITEL

Drei Wochen später saß Worthington nun beim Schein seiner Lampe in der tiefsten Kammer des unterirdischen Labyrinths und blätterte in Matthews Tagebuchaufzeichnungen. Die hastig gekritzelten Worte ließen den verschollenen Freund in seiner Erinnerung wieder lebendig werden. Sie waren *doch* hier gewesen – wie er es immer vermutet hatte!

Worthington wischte sich lachend die Tränen aus den Augen. Er musste nicht lange suchen. Wie üblich hatte Matthew jedes Ereignis akribisch mit einer Datumsangabe festgehalten. In der Mitte des Buches fand er jene Seite, auf der ihre Ankunft beschrieben war. Matthews Aufzeichnungen zogen ihn derart in ihren Bann, als hätte er die damaligen Ereignisse hautnah miterlebt.

»05. Juli 1885. Liam ist mit unserem Führer vorausgelaufen. Wir hören ihn durchs dichte Gehölz rufen. Er sei angekommen und könne die Pyramide bereits sehen. Es ist unglaublich – nach so langer Zeit! Wir laufen schneller. Amy und Finlay lassen ihre Rucksäcke fallen und

überholen mich auf unserer wilden Hetzjagd durch den Dschungel. Ich nehme ihre Taschen und bleibe bei den Einheimischen, die unsere Ausrüstung tragen. Nach wenigen Minuten durchbrechen auch wir auf dem Waldpfad das saftige Grün der letzten Ausläufer des tropischen Regenwaldes. Der Übergang zur Savanne ist wie mit einem Lineal gezogen. Wir befinden uns auf einer Lichtung, einem Plateau. Dahinter … weites Land. Vor uns liegt Uxmal und in der Mitte – umrahmt von Dornensträuchern – die Pyramide des Zauberers. Majestätisch hebt sie sich von dem harmonischen Bild der Landschaft ab. Eingehüllt in den blutroten Sonnenuntergang breitet sie ihre Schätze wie ein geheimes Relikt vergangener Tage vor uns aus. Durch den Feldstecher kann ich ansatzweise den elliptischen Grundriss erkennen und sehe jenen Tempel im Puuc-Stil, der die Pyramide krönt, und den ich bisher nur aus schlecht überlieferten Zeichnungen gekannt habe. Hinter der Pyramide liegt der Komplex der Klosteranlage mit all seinen wunderbaren architektonischen Bögen, aber auch der Gouverneurspalast mit dem Fries der vielfältigen Mäandermotive. Ich verlasse den schmalen Pfad und betrete das Plateau. Nach und nach erkenne ich das Dekor der Monsterrachen, welches unter dem Einfluss des Chenes-Stils entstanden war, die Skulpturen der Kukulcán-Priester an der Steintreppe, die Chac-Masken der Ostfassade und die Figur des Quetzalcoatl, die gefiederte Schlange der Maya. Es ist wie in einem Traum. Ich kann nicht fassen, dass ich tatsächlich hier bin.

Aber nicht nur mir ergeht es so. Liam läuft aufgebracht umher, bellt den Einheimischen Anweisungen zu und beginnt bereits unsere Zelte aufzuschlagen, als laufe ihm die Zeit davon. Selbst Finlay ist von Liams Euphorie angesteckt und öffnet mit einem Brecheisen die Lattenboxen. Wozu die Eile? Ich stehe vor der Tempelanlage und schließe die Augen. Hier riecht der Dschungel eindringlicher als anderswo. Die Insekten zirpen lauter. Alles wirkt intensiver, verstärkt und reichhaltig. An diesem magischen Ort werden wir die nächsten drei Monate verbringen. Amy tritt an meine Seite. Mittlerweile hat sich ihr Gemüt beruhigt. Auch sie ist sprachlos. Unser Streit, den wir vor ihrer Verlobung mit

Finlay hatten, ist wie weggeblasen. Sie strahlt mich an – wie früher. Einen Augenblick lang merke ich, wie sie meine Hand nehmen möchte, doch als Finlays Stimme zu uns heraufhallt zuckt sie zurück.

Ach Graham, könntest du doch nur hier sein und gemeinsam mit uns die Pracht dieser Ehrfurcht einflößenden Tempelbauten bewundern und ihr Inneres erforschen. Mein Freund, du wärst überglücklich.«

Worthington legte das Tagebuch behutsam auf seinen Schoß. Geduldig hatte es sieben Jahre lang in dem dunklen Gewölbe auf ihn gewartet. Worthington war es beim Anblick der Pyramiden ähnlich ergangen wie Matthew, dem ihre Schönheit und gewaltige Größe wie ein Traum vorkamen. Nun ließ er die angespannten Schultern sinken, schloss die Augen und atmete tief durch. Dieses magische, unsichtbare Band der Hochachtung vor der Mayakultur, das Matthew und ihn stets über die Jahre verbunden hatte, lebte erneut in ihm auf.

Worthington blinzelte. Jenseits der Treppen sah er den auf- und niedertanzenden Schein der Gaslampen, hörte Wortfetzen in schottischem und irischem Akzent und vernahm das Klirren von Eisennägeln, das Kratzen von über den Boden geschobenen Holzkisten, das Zurren von Seil und das Reißen von Stoff. Während seine Kollegen Vorbereitungen für das Erforschen des weiteren Höhlensystems trafen, nahm er Matthews Tagebuchaufzeichnungen erneut zur Hand und blätterte weiter.

»06. Juli 1885. Nach einer schlaflosen Nacht waren uns die Einheimischen am nächsten Morgen behilflich, den Rest des Lagers an der Ostwand der Klosteranlage aufzuschlagen.

Amy und ich haben an der Feuerstelle ein großzügiges Frühstück mit Kaffee, Brot, Käse und Speck für alle zubereitet, und nachdem wir unsere mexikanischen Begleiter bezahlt hatten, waren sie auch schon wieder lautlos im Dickicht des Dschungels verschwunden.

Ende September werden wir sie wieder sehen, und bis dahin unsere

Forschung vorantreiben. Es gibt so Vieles zu entdecken und zu katalogisieren, dass wir im Moment nicht wissen, womit wir beginnen sollen.

Liam habe ich den ganzen Tag über nicht zu Gesicht bekommen. Amy erzählte mir, dass er bereits im Morgengrauen mit der Klappkamera, einem Rucksack und seinen Notizen in die Pyramide gegangen sei, um sich den ersten Studien seines Aufgabenkatalogs zu widmen. Ich hingegen ließ den heutigen Tag verstreichen, ohne dass ich die große Steintreppe betreten, geschweige denn auch nur einen Schritt über die Schwelle des Tempels gesetzt hatte.

Nach dem Mittagessen beschloss ich, die nähere Umgebung zu erkunden, und so lief ich mehrere Kilometer und zeichnete auf einem Bogen Papier einen Plan von diesem Gebiet. Es scheint nach mathematischen Berechnungen angelegt worden zu sein. Näheres werde ich morgen herausfinden.

Jetzt ist es Abend. Wir sitzen beim Lagerfeuer. Amy und Finlay ziehen sich schon bald in ihr Zelt zurück. Ich bleibe noch, denke nach und schreibe in mein Buch. Die Nacht kommt rasch, und der sternenklare Himmel überdeckt das Land wie ein großes, gewölbtes, funkelndes Tuch. Finlays laute Stimme dringt immer wieder aus dem Zelt zu mir herüber und reißt mich aus den Gedanken. Ich kann nicht verstehen, was er sagt; ich will es auch gar nicht wissen. Von Amy höre ich keinen Ton. Vielleicht geht es ihr ähnlich wie mir – und Finlay hat es bemerkt. Schließlich ist er nicht blind. Liam hat sich übrigens noch immer nicht blicken lassen. Wie schon so oft, ist er wieder mal für längere Zeit verschwunden, ohne uns Bescheid zu sagen. Typisch! Finlay meint, ich solle mir keine Sorgen machen. Sobald Liam hungrig ist, würde er sich wieder blicken lassen.

07. Juli 1885. Es ist ein für dieses tropische Klima ungewöhnlich kalter Morgen. Milchiger Nebel liegt über dem Gelände. Es nieselt, Cumuluswolken verdecken den Himmel, und der Passat zieht unablässig über unsere Köpfe. Finlay und ich sind die Fallen abgegangen, noch bevor Amy das Frühstück für uns zubereiten konnte. Ich habe den kur-

zen Spaziergang genutzt, um mit meinem Bruder über unsere Beziehung zu sprechen. Langsam beginne ich zu glauben, dass wir nie wieder zueinanderfinden werden. Zwar ist er seit seiner Heirat mit Amy nicht mehr jener Träumer, der er damals war und in dessen Kopf es von mystischen Spinnereien nur so wimmelt, und doch gibt mir seine stille und verschlossene Art zu denken. Ich glaube nicht, dass er von meiner Liebe zu Amy weiß. Oder doch? Ich hoffe, sie hat keine Andeutung gemacht.

Bis auf einen Hasen waren alle Fallen leer. Wir werden unsere Dosenvorräte sparen und den Hasen zu Mittag braten. Liam bleibt verschwunden. Ich mache mir Vorwürfe, dass wir nicht schon am Vortag nach ihm gesucht haben.

Nach einer kurzen Besprechung entscheiden wir, mit der Suche nach Liam zu beginnen. Wir packen alles für unsere Erkundung zusammen und begeben uns, von Eile getrieben, in die Pyramide.«

6. KAPITEL

Zu Worthington drang das dumpfe Echo mehrerer unverständlicher Worte. Er blickte kurz auf, senkte aber sogleich wieder den Blick. Hastig blätterte er weiter. Die beschriebenen Seiten waren bald zu Ende.

»Wahrscheinlich der 09. Juli 1885. Wir irren noch immer orientierungslos durch dieses teuflische Labyrinth, das ich mittlerweile nur noch hasse. Die unterirdische Anlage entfaltet sich immer wieder von Neuem; wie ein Albtraum, der niemals endet. Die Luft ist trocken, und hier unten herrscht immerwährende Nacht. Wir haben unser Zeitgefühl verloren. Es brennt nur noch Finlays Gaslampe. Das Wasser ist verbraucht und unsere Nahrungsmittel gehen bald zu Ende. Ich wage nicht, mit den anderen über Liam zu sprechen. Ich weiß nicht, wie viel Proviant er mitgenommen hat, doch wahrscheinlich ist er bereits tot …«

»Mein Gott«, flüsterte Worthington. Seine Finger erstarrten vor Kälte. *Liam, dieser verdammte Narr!* Er hatte noch nie die Geduld für überlegtes Handeln aufbringen können, sondern sich stets von der Inspiration des Zufalls leiten lassen. Doch diesmal war er zu weit gegangen.

Dankbar erinnerte sich Worthington an die Ruhe und Geduld der beiden Schotten, deren Durchsetzungsvermögen es zu verdanken war, dass der Tempel Schritt für Schritt erkundet und kartografiert wurde und sie nicht kopfüber in die endlosen Gänge und Schächte gestürzt waren. Das Flackern der Lampe riss Worthington aus seinen Gedanken. Die Gaskartusche war bald leer, doch er wollte das Ende von Matthews Bericht lesen, bevor er nach oben zu den anderen ging.

»Vermutlich sind wir bereits unendlich tief in das Erdreich vorgedrungen, als wir zu einer merkwürdigen Felswand gelangen. Sie ist mit Tausenden Hieroglyphen überzogen. Mir sind diese Zeichen vollkommen fremd. Selbst Finlay kann sie nicht deuten. Sie erinnern mich an die mesopotamische Schrift, die mir nur flüchtig bekannt ist. Doch sie sehen eigenartig verzerrt aus, als würde man sie durch eine zu starke Lupe betrachten. Wenn man zu lange auf die Wand starrt, verliert man alle Perspektiven.«

Worthington wollte aufspringen, doch der Schmerz fuhr ihm wie ein Speer durch die Hüfte. Keuchend rutschte er zur Seite und starrte auf die Felswand. Beim Anblick der Zeichen wurden seine Kopfschmerzen stärker. Matthew und die anderen waren *hier* gewesen! In *dieser* Kammer! Kein Wunder, dass sie sich in dem Tunnel- und Schachtsystem verlaufen hatten. Die Schotten hatten das Terrain immerhin drei Wochen lang kartografiert, ehe sie auf die unterste Kammer gestoßen waren. Worthington kauerte sich an die Wand, nahm das Buch zur Hand und las im schwächer werdenden Schein der Lampe weiter.

»Wir wollten die Kammer bereits wieder verlassen, als Finlay seine Lampe auf einen in die Felswand geschlagenen Haken hängt und sich erschöpft auf dem Boden niederlässt. Er könne nicht mehr weitergehen, jammert er und vergräbt das Gesicht in den Händen. Was ist aus unserer Expedition geworden? Noch vor unserer Reise verlieren wir Graham, dann verschwindet Liam, Finlay ist am Ende seiner Kräfte angelangt, und dann beginnt Amy zu weinen. Wir müssen weiter, solange wir noch einen geringen Gasvorrat haben, schluchzt sie. Amy hat recht, doch auch ich habe kaum die Kraft weiterzugehen. Stattdessen sitze ich auf einem Steinstuhl und schreibe weiter an meinen Aufzeichnungen, und … O Gott …«

An dieser Stelle brach die Tagebuchaufzeichnung ab. Auf der nächsten Seite wurde sie mit einer schrecklichen Kritzelei fortgesetzt. Worthingtons Mund war trocken. Die pochenden Kopfschmerzen machten sich wieder bemerkbar – auch ohne, dass er die Zeichen betrachtete. Er befand sich schon zu lange in diesem Gewölbe und hatte seine Augen in den letzten Stunden zu sehr angestrengt. Der Wassermangel brachte seinen Kreislauf durcheinander und das Licht vor seinen Augen zum Flimmern. Sogar die stechenden Schmerzen in seinen Beinen hatten ein bedrohliches Maß angenommen, und er musste für einen Moment die Zähne zusammenbeißen, um einen Aufschrei zu unterdrücken, ehe er seinen Blick wieder ins Buch richtete.

»Als wir in der Runenkammer sitzen – wie ich sie jetzt nenne –, fällt mein Blick auf jene mit Symbolen behauene Felswand. Es ist wie Zauberei, ein Hauch von Magie, der unbeschreiblich ist, wenn man es nicht mit eigenen Augen gesehen hat. Der Haken, an dem Finlays Lampe hängt, ist nicht zufällig in den Stein gehauen, ebenso wenig wie der Steinstuhl gerade an dieser Stelle steht. Die Lampe wirft ihr Licht in einem vermutlich exakt berechneten Winkel auf die Zeichen, sodass sich

durch den Lichteinfall und die dadurch entstehenden Schatten ein klares, aber anderes Bild vor meinen Augen entfaltet. Wie aus dem Nichts entsteht plötzlich in den mir bekannten Symbolen der Maya eine im Fels verborgene Botschaft. Ich kann die Zeichen deuten. Dabei dürfte es sich um das legendäre Kalendarium der Maya handeln. Es berichtet von Anweisungen, die man genau befolgen müsse.

Amy hat indessen meine Faszination bemerkt, doch sie steht zu weit entfernt und kann das Geheimnis der Zeichen nicht entschlüsseln. Ich deute ihr und Finlay zu mir zu kommen. Als wir uns um den steinernen Stuhl versammelt haben, füllen sich unsere Herzen regelrecht mit tiefer Ehrfurcht vor dem Anblick, der sich uns bietet. Finlay ist außer sich. In Windeseile übersetzt er die Botschaft, und wir machen uns unverzüglich daran, den Geheimgang zu öffnen …«

7. KAPITEL

Geheimgang? Worthington klemmte sich das Tagebuch unter den Arm und stemmte sich an der Felswand hoch. Während er an ihr entlang hinkte, tastete er mit der flachen Hand über das Gestein und suchte gleichzeitig mit der Lampe nach dem Haken. Er wäre fast mit dem Kopf dagegen gestoßen, wenn er den Eisenstift nicht rechtzeitig aus dem Augenwinkel erkannt hätte. Hastig befestigte er die Lampe an dem Haken. Danach lief er mehrere Schritte rückwärts und betrachtete die Symbole im tanzenden Lichtschein. *Nichts!* Er stand bereits unmittelbar vor dem steinernen Stuhl an der gegenüberliegenden Wand. *Noch immer nichts!* Die Schriftzeichen blieben merkwürdig verzerrt.

»Verdammt!« Er taumelte einen weiteren Schritt zurück, stieß mit dem Schuh gegen den Steinsockel und fiel in den Sitz. Da passierte es! Die Schatten der Einkerbungen flossen ineinander und fügten sich zu einem neuen Bild. Vor Worthington offenbarte sich eine beschriebene Felswand mit ihm bekannten Zeichen.

Er neigte den Oberkörper nach vorne und sofort zerfloss die Schrift zu unleserlichen Zeichen. Rasch nahm er den Kopf wieder zurück, presste den Rücken an die kalte Steinlehne und las die Botschaft – bruchstückhaft und holprig wie ein Vorschüler bei einer Aufsatzarbeit. Er vergewisserte sich, dass er alles richtig übersetzt hatte, dann lief er zur Wand, um den Anweisungen zu folgen. Zunächst schob er einen massiven Steinquader, der sich auf den ersten Blick niemals hätte von der Stelle bewegen lassen, mit überraschender Leichtigkeit in den Fels. Unmittelbar darauf erklang ein mechanisches Ticken jenseits der Felswand. Während sich ein gigantischer Federmechanismus aufzuziehen schien, humpelte Worthington ans andere Ende des Gewölbes, wo er zwei verzierte, handgroße Steinklötze umlegte, die mit einem metallischen Klicken in eine Einkerbung einrasteten. Der Schmerz in seinen Beinen war vergessen. Irgendwo hinter den Steinwänden begannen schwere Ketten zu rasseln.

Atemlos lauschte Worthington dem Ticken und Dröhnen, das aus einem – wie es schien – gigantischen Uhrwerk stammte. Staub und Schutt rieselten aus den feinen Ritzen der Felswand, die sich einen Spaltbreit öffnete. Das Arbeiten mechanischer Apparaturen wurde von einem mächtigen Getöse begleitet. Ein Windstoß, der aus dem Nichts zu kommen schien, streifte Worthington und wirbelte ihm Staub ins Gesicht. Er hob die Hand und kniff die Augen zusammen. Der Luftzug zerrte an seiner Hose und seinem Hemd. Inmitten des Getöses hörte und sah er, wie durch das Öffnen der mächtigen Felswand kleine Steine am Boden zu Staub zermalmt und durch den Luftzug emporgewirbelt wurden. Nach wenigen Sekunden war der Spuk vorüber. Langsam senkte sich der Staub. Worthington schmeckte feinen Sand auf den Lippen, öffnete die Augen und spürte das Brennen kleiner Körner auf dem Gesicht. Er nahm die schmutzige Brille ab und betrachtete die mannsgroße Öffnung im Fels. Waren Amy, Matthew und Finlay durch dieses Tor gegangen? Und von dort niemals wieder zurückgekehrt? Er löste die Lampe vom Haken und beleuchtete mit dem trüben Schein die Felswände. Ein Gang! Er führte in engen, steilen Windungen tiefer ins Erdreich.

Hinter ihm fuhr der Steinquader wieder aus dem Fels, und die Steinklötze klappten nach oben. Der Federmechanismus zog sich erneut auf und die Felswand begann sich wieder zu schließen. Unschlüssig stand Worthington vor der Öffnung, die mit jeder Sekunde schmäler wurde. *Herrgott, was soll ich bloß tun?* Möglicherweise ließ sich die Tür kein weiteres Mal innerhalb so kurzer Zeit öffnen. War es jetzt an der Zeit abzuwarten oder genauso ungestüm zu handeln wie Liam? Im letzten Moment humpelte er auf den Schacht zu und zwängte sich durch die Öffnung.

Hinter ihm verschloss sich das Tor und der Federmechanismus verstummte. Der Luftzug hatte den Gesteinsstaub davongetragen – und kein einziges Sandkorn kündete von diesem Geheimgang.

8. KAPITEL

Inmitten des schmalen Gangs schlug Worthington das Buch wieder auf. Er war kein Narr und würde sich bestimmt keinen Meter in das Unbekannte vorwagen, ehe er nicht Matthews Bericht weitergelesen hatte. Schlimm genug, dass er sich dazu hatte hinreißen lassen, den Gang allein zu betreten. Doch er musste Gewissheit erlangen, was mit seinen Freunden geschehen war.

»Wir laufen euphorisch den Tunnel hinunter, folgen seinen endlos scheinenden Biegungen und gelangen schließlich in eine Kammer, die sich als Sackgasse erweist. Außer Atem brechen wir nach unserem zeitraubenden Marsch in der Höhle der Maschine zusammen. Vor dem Sockel der Apparatur liegen Zwiebackstücke, geräucherter Speck und eine halbe Gallone Wasser. An die Wand gelehnt finden wir Reste einer

Gaskartusche, Feuersteine und einen Rucksack. Daneben sind Aufzeichnungen ausgebreitet. Liams Handschrift! Doch von ihm fehlt jede Spur. Finlay stürzt zu den Papieren, auf denen ein Weg eingezeichnet ist. Wenn Liam kein Fehler unterlaufen ist, haben wir eine Chance, lebend aus diesem Tempel zu gelangen. Doch unsere Entdeckung wirft mehr Fragen auf, als sie beantwortet. Wo ist Liam? Welchem Zweck dient diese Kammer? Aber eines steht fest: Wo sich Liam jetzt befindet, hat er keine Verwendung mehr für seine Karte, die Gaskartusche, Wasser, Zwieback und seinen Rucksack … und trotzdem hat er die Klappkamera mitgenommen.«

Die Höhle der Maschine! Worthington wurde nicht schlau aus den Worten. Er konnte nicht so schnell laufen, wie seine Kameraden vor sieben Jahren, aber schließlich gelangte auch er nach einem beschwerlichen Marsch in jene Kammer, von der kein Weg mehr weiterführte. Seine Beine brannten von dem immerwährenden Abwärtslaufen, und bei jedem Schritt knirschten seine Kniegelenke wie rostige Scharniere einer alten Holztür. Die Schmerzen rasten wie Peitschenhiebe von seiner Wirbelsäule über die Oberschenkel zu den Kniekehlen. Er lehnte sich schweißgebadet mit dem Rücken an die Wand einer Nische, kühlte die Stirn am kalten Stein und inhalierte die abgestandene Luft, die seit Jahrtausenden von keinem Sonnenlicht gewärmt worden war. Ihn schwindelte. Sein unregelmäßiger Atem war flach – zu flach, als für sein schwaches Herz gut war.

Nachdem das Flimmern vor seinen Augen verschwunden war, blickte sich Worthington in der Höhle um. Im Schein der Lampe sah er ein monströses Kunstwerk aus Stein, dessen Form sich jeder Beschreibung entzog. Aus dem Rumpf ragten Hebel, Schalter und Knöpfe, die mit Seilzügen und komplizierten Federmechanismen verbunden waren. Verborgen im Sockel entdeckte er mächtige Kolben, die ähnlich einer Dampfmaschine von einem Kessel gespeist wurden, der aus der Rückwand der

Kammer ragte. Der rillenförmige Boden um die Maschine herum entpuppte sich bei näherer Betrachtung als ein verzweigtes System aus Steinrohren. Womöglich befanden sich unter dieser Kammer noch mächtigere Maschinen, und dies war nur die Oberfläche des Geräts.

Zuletzt verharrte Worthingtons Blick auf einem inmitten der Apparatur gefertigten Holzstuhl, der frei schwenkbar mit Lederriemen an der Decke befestigt war. Darüber befand sich eine mit Symbolen geschmückte kopfgroße Steinschale, deren Inneres mit Goldplatten ausgelegt war.

Nie zuvor hatte er ein solches Gerät gesehen. Merkwürdigerweise wirkten die Bestandteile weder alt noch brüchig. Worthington atmete tief durch, um sein Herz zu beruhigen, und kramte Matthews Tagebuch aus der Tasche. Er wusste, dass ihm nur noch wenig Zeit blieb. Im Licht der winzigen Flamme ließ er sich nieder und las.

»Ausgerüstet mit Liams Lampe, Wasser und seiner Karte wollen wir den Weg zurück an die Oberfläche finden, doch Finlay hält unseren eiligen Aufbruch zurück, indem er Amys Aufmerksamkeit auf die Furcht einflößende Maschine lenkt, der ich nicht zu nahe kommen möchte. Sie sei der sagenumwobene Transmitter der Maya, ruft er. Amy und ich können ihn nicht zur Vernunft bringen. Er läuft wie ein Besessener um die Apparatur und murmelt immer wieder ›O mein Gott!‹. Es schmerzt mich, zu beobachten, wie er den diffusen Grenzbereich zwischen Realität und Mystik durchbricht. Der Transmitter ist doch nur eine Sage, nichts weiter als eine Überlieferung – Zündstoff für Spinner und Abergläubige. Aber genau das ist Finlays Fachgebiet, weswegen wir schon öfter heftige Auseinandersetzungen hatten. Diesmal jedoch versagen selbst mir die Worte … Finlay erklärt uns, wie die Teile funktionieren, woher sie ihre Energie nehmen, wie die Kolben und Druckkammern gespeist werden … und zuletzt auch, welche Funktion der Transmitter haben könnte.

Falls Finlay recht hat, stehen wir wahrhaftig vor Pacal Votans Maschine! Wenn man der Legende glauben darf, haben er und das Volk der Maya die Passage zwischen den Weltensystemen erkundet und waren aus unbekannten Dimensionen hierher gereist. Ich will und kann nicht glauben, dass diese Maschine tatsächlich existiert. Sie passt nicht in mein Weltbild …«

9. KAPITEL

Ebenso wenig passte die Existenz einer derartigen Maschine zu Worthingtons Anschauung. Andererseits strafte der Anblick des Geräts seine Vorurteile Lügen. Doch woher sollte der Apparat so viele Meter unter der Erde, wo er nun schon seit Jahrtausenden schlummerte, seine Energie beziehen?

Hastig las Worthington weiter die Aufzeichnungen seines Freundes.

»13. Juli 1885. Am Tag zuvor war es uns gelungen, die Tunnelanlage zu verlassen. Wir sind nach wie vor zu dritt und danken Gott, dass er uns vor einem qualvollen Tod gerettet hat. Es regnet. Wilde Tiere haben sich während unserer Abwesenheit über das Lager hergemacht. Unsere Lebensmittel liegen an der gesamten Ostwand der Klosteranlage verstreut, die Zelte sind zerrissen und unsere Ausrüstung ist großteils unbrauchbar geworden.

14. Juli 1885. Wir haben Liams bruchstückhafte Karte ergänzt. Ihm sind nur wenige Fehler unterlaufen. Danach haben wir uns wieder auf den Weg zum Transmitter gemacht. Jetzt, da wir den Weg kennen und mit Hinweisen abgesteckt haben, erscheint er uns nicht mehr so verzweigt wie Tage zuvor, als wir mit dem Tod gerungen haben. Nach einer kurzen Abstimmung haben wir uns dafür entschieden, unsere Forschung auf den Transmitter und das Maya-Kalendarium zu konzentrieren, da diese beiden Relikte für uns das Kernstück der Mayakultur bilden. Finlay kann es kaum fassen, dass wir seine Studien nicht mehr nur als bloße Hirngespinste abtun. Womöglich ist uns die jahrelange Forschung meines Bruders jetzt nützlich.

15. Juli 1885. Amy und ich versuchen die komplexe Matrix des Kalendariums zu ergründen. Obwohl dokumentiert ist, dass Pacal Votan von 631 bis 683 n. Chr. gelebt hat, taucht er in einem bestimmten Zyklus, hinter dessen Geheimnis wir bisher noch nicht gekommen sind, immer wieder in den Zeitepochen auf. Vorher und nachher! Die Manifestation seines Geistes scheint allgegenwärtig zu sein. Erstmals wurde er sogar dreitausend Jahre vor Christi Geburt erwähnt, in der Entstehungsphase der Maya-Kultur.

16. Juli 1885. Wir bekommen Finlay kaum zu Gesicht. Er hat sein Lager in der Kammer des Transmitters aufgeschlagen. Dort ist er Tag und Nacht damit beschäftigt, die Mechanismen der Maschine zu erforschen und die morschen und porösen Bauteile zu reparieren. Er ist für mich unerreichbar geworden. Aber nicht nur für mich … ich sehe den Kummer in Amys Augen. Als ich sie abends zu ihrem Zelt begleite, erzählt sie mir, warum sie Finlay so plötzlich geheiratet hat. Mehrmals wollte ich sie schon darauf ansprechen, habe jedoch nie den Mut dazu aufbringen können. Aber jetzt, wo sie mir endlich ihr Herz öffnet, möchte ich es nicht hören. Nach unserem Streit habe sie sich zu einer Trotzehe hinreißen lassen, sagt sie und weint. Ausgerechnet Finlay! Sie habe gedacht, sie könne ein glückliches Leben an seiner Seite führen, doch seit unserer Ankunft in Uxmal sei er noch verschlossener geworden. Ach Amy, hätte ich doch nie etwas zwischen uns kommen lassen. Ich kann dich verstehen, aber wie soll ich dir helfen?

An diesem Abend bist du mir so nahe wie nie zuvor, und erst jetzt erkenne ich, wie sehr du mir gefehlt hast.«

»Oh, Matthew«, flüsterte Worthington. Bekümmert schloss er die Augen.

Plötzlich fuhr er herum. War da nicht ein Geräusch gewesen? Er blickte in das Dunkel hinter sich. Die Maschine warf bizarre Schatten an die Wand. Nichts regte sich. Als schlummerte sie wie ein altes Museumsstück in einem dunklen Archiv. Worthingtons Augen begannen zu tränen. Die pochenden Schmerzen in den Schläfen drohten ihm den Kopf zu sprengen. Mit der staubigen Hand wischte er sich die Tränen von den Wangen. Schließlich blätterte er zu den letzten beiden Einträgen im Buch.

»17. Juli 1885. Was uns erst nach Tagen der Forschung gelungen ist, hatte Liam, der nie viel von systematischen Methoden hielt und sich stattdessen zu gewagten Experimenten hinreißen ließ, wahrscheinlich binnen weniger Stunden herausgefunden. Wie er das zuwege gebracht hat, ist mir unbegreiflich. Dabei ist alles so einfach. Man braucht nur den gekennzeichneten Hebel umzulegen, während der Rest des Mechanismus automatisch abläuft. Selbst jetzt, da ich es mit eigenen Augen sehe, weigere ich mich, zu glauben, was so tief unter der Erde möglich ist. Welch wunderbare Technik!

18. Juli 1885. Mittlerweile haben wir unsere gesamte Ausrüstung in die Kammer des Transmitters verfrachtet. Unser Beschluss steht fest: Wir werden Liam auf seiner Reise durch die unerforschten Welten folgen. Wir haben alle Spuren, die auf unser gefährliches Unternehmen hindeuten könnten, beseitigt. Mein Tagebuch, für das ich nunmehr keine Verwendung mehr habe, ist alles, was wir hinterlassen werden. Möglicherweise kehren wir Ende September wieder zurück, oder auch nicht. Graham, mein Freund. Vermutlich wirst du, was ich für sehr wahrscheinlich halte, uns noch diesen Herbst nachreisen. Bestimmt findest du meine Aufzeichnungen, die ich in einer der oberen Kammern verstecken werde, und wirst vielleicht unseren Spuren folgen. Wir werden auf jeden Fall auf dich warten, drüben … auf der anderen Seite, wo immer das auch sein mag.

Es ist so weit. Finlay hat das galaktische Programm zum Laufen gebracht, und der Kanal ist offen. Ich muss runter in die Kammer. Lebe wohl! Dein Matthew …«

10. KAPITEL

Worthington klappte das ledergebundene Buch zu. Sieben Jahre waren seit der Niederschrift dieser Zeilen vergangen, ohne dass auch nur ein Mitglied der Anderson-Expedition je zurückgekehrt war. Das Licht in der Lampe loderte verzweifelt auf, während Worthingtons Gedanken sich auf der Suche nach einer Entscheidung ständig im Kreis drehten.

Ihm blieb nicht mehr viel Zeit, ehe die Lampe erlosch. Er könnte sich in der Dunkelheit des langen Tunnels zurücktasten und Elisabeth Holbourgh den Weg zu dieser unglaublichen Entdeckung ebnen. Sie war immerhin Sir Cecils Nichte, und durch sie könnte er in Großbritannien mit seiner Forschung zu Ruhm und Anerkennung gelangen. Mit diesem Tagebuch könnte er den in Misskredit gebrachten Ruf der Anderson-Expedition wieder reinwaschen. Auch er wäre rehabilitiert, könnte wieder nach London zurückkehren und seine neuen Erkenntnisse an der Universität lehren.

Zurück in jenes Land, das ihn verschmäht hatte? An die Universität, die ihn so bitter enttäuscht hatte? Würden sie das Denkmal der Anderson-Expedition wieder errichten? Diesmal für immer? Wie schon einmal? Nichts war von Dauer, wie er schmerzlich gelernt hatte. Möglicherweise würde er in London wieder auf seine Frau treffen. *Exfrau,* korrigierte er sich. Würde Emma zu ihm zurückkehren wollen? Spielte sie dann nicht mehr die zweite Geige in seinem Leben? Würde *er* das überhaupt wollen? Falls ja, sollte er zurück in jene Welt, wo er ständig mit der Ungewissheit leben müsste, wie es Matthew, Amy und Finlay ergangen war? Ständig zweifelnd, ob sie irgendwo dort drüben auf Liam gestoßen waren?

Natürlich könnte er Jahre später, mit einem anderen Forschungsteam wieder die Kammer der Maschine betreten. Doch würde er dann auch noch die Möglichkeit haben, den Hebel umzulegen? Vielleicht würden die Forscher den Apparat in seine Bestandteile zerlegen und nach Dublin verschiffen, um dort hinter das Geheimnis seines Mechanismus zu gelangen – und ihn dabei womöglich für immer zerstören. Wie lange, und vor allem wie oft, würde die Maschine noch funktionieren? Sollte sie überhaupt in die Hände der Wissenschaftler fallen?

In diesem Moment erlosch das Licht der Lampe.

11. KAPITEL

Völlige Dunkelheit umgab Worthington. Er saß auf dem schaukelnden Holzstuhl. Die Lederriemen knarrten. Über seinem Kopf thronte die Steinschale mit den Goldplatten. Im Geiste betrachtete er die Armaturen vor sich und versuchte sich zu erinnern, wo welche Hebel, Schalter, Regler und Knöpfe lagen. Wie Matthew geschrieben hatte, benötigte es nur *einen* Hebel – den gekennzeichneten, der darauf wartete, umgelegt zu werden.

In der Finsternis tasteten Worthingtons Finger über die Armaturen. Wie sollte er die Richtige finden? Da spürte er die Einkerbungen. Der Hebel war aus Stein gefertigt, wie ein Bogen gekrümmt und reichte von Worthingtons Ellenbogen bis zu der Vertiefung unter seinen Füßen. Mit der Fingerkuppe tastete er über die Zeichen. Immer und immer wieder. Es waren keine Symbole der Maya … sondern Schriftzeichen des lateinischen Alphabets.

Worthingtons Herz pochte wie wild. Es trieb ihm die Tränen in die Augen, als er das erste Wort mit den Fingerkuppen entzifferte. Als wäre es gestern gewesen, erinnerte er sich an Liams Abschiedsworte im Londoner Krankenhaus, wo er mit einem Gipsbein im Bett gelegen hatte. Längst hatte er sie vergessen, doch plötzlich waren sie wieder da. Liam hatte Wort gehalten.

Im weichen Stein des Hebels war sein Name eingraviert worden. *Graham.* Darunter fühlte er weitere Zeichen, die er mühsam als *Liam, Amy, Finlay* und *Matthew* entzifferte. Daneben stand eine Jahreszahl. *1885.*

Immer wieder strich Worthington mit dem Finger über den kalten Stein, spürte die Botschaft, die seine Freunde ihm hinterlassen hatten und ließ seine Gedanken in einem Strudel von Für und Wider kreisen, die er für diese Welt hegte. Er musste sich entscheiden.

Schließlich griff er nach dem Hebel, jener Einladung zu fernen Reisen. Würde er ihn jetzt umklammern und zu sich ziehen? Oder sollte er sich tatenlos aus dem Sessel erheben? Liam hatte diese Entscheidung bereits Jahre zuvor mit seinem sagenhaften Pioniergeist getroffen, und wenn man der Reinkarnationslehre der Maya Glauben schenken durfte, war er möglicherweise sogar *Pacal Votan* selbst.

Schließlich legte Worthington den Hebel mit einem Knacken um.

12. KAPITEL

Lange Zeit passierte nichts. Dunkelheit und Stille herrschten in der Kammer. Plötzlich ertönte ein Geräusch über Worthington. Ein Knirschen. Langsam senkte sich die Schale herunter, bis sie seinen Kopf berührte.

Dann hörte er, wie sich hinter ihm eine schwere Steinplatte verschob. Mit einem Mal roch er den fetten, penetranten Gestank von Öl. Um ihn herum gluckste es. Eine Flüssigkeit tropfte in eine Steinwanne. Zur gleichen Zeit stürzte irgendwo in der Finsternis ein Fallbeil herab und schliff über eine Felskante. Funken sprühten. Plötzlich entzündete sich das Öl. Aus einer Wanne schoss eine gewaltige Feuerwand. Augenblicklich spürte Worthington die Hitze im Gesicht und auf den Händen. Die Luft wurde so rasch verbraucht, dass Worthington gerade noch Gelegenheit fand, ein letztes Mal einzuatmen. Er wollte bereits aus dem Stuhl klettern, als sich über ihm zwei Luken in der Felsdecke öffneten.

Über ein Belüftungssystem, das sich vermutlich weitreichend in der Tempelanlage verzweigte, drang Frischluft. Der Luftsog riss die Flammen zur Decke, sodass sie wie Bestien aufloderten. Im gleichen Augenblick verschob sich eine Seitenwand. Ein Wasserschwall schoss zischend aus einer Bodenquelle. Augenblicklich entstand Dampf, der Worthington den Schweiß aus den Poren trieb. Die heiße Dunstwolke wurde durch den Deckenschacht abgesogen und im Inneren des Tempels komprimiert. Was für ein Wunderwerk der Technik!

Worthington rutschte zurück auf die Sitzfläche. Der Stuhl schaukelte in der Aufhängung. Unter Druck begannen die Kolben im Maschinensockel zu arbeiten. Die Luft knisterte, als sei sie von einem intensiven Magnetismus erfasst worden. Wie durch Geisterhand bewegten sich die Hebel und Schalter, die aus der Maschine ragten.

Das Innere der Apparatur erwachte zum Leben. Worthington schloss die Augen, umklammerte den Hebel und hielt den Atem an. Er würde *Pacal Votan* folgen, dem Navigator der galaktischen Passage.

Dann spürte er den Druck an den Schläfen und schrie auf.

13. KAPITEL

Als Elisabeth Holbourgh die aufgeregten Rufe der irischen Forscher hörte, ließ sie den Gaskocher fallen und lief hastig aus ihrem Zelt.

Die Männer standen vor der großen Tempelanlage. Ihre Arme zeigten nach oben. Auch Elisabeth blickte zum Himmel. Der Horizont hatte sich verdunkelt. Aus allen vier Seiten der Maya-Pyramide drang eine gigantische Rauchwolke, die der Wind in alle Richtungen zerstob. Es roch nach verbranntem Öl.

Dann schirmte sie geblendet die Augen ab, als ein Blitz, wie vom Generator einer gewaltigen Maschine, aus der Tempelspitze in den Himmel fuhr.

S A B R I N A

Es war schon immer so, Frauen darf man nur die Hälfte glauben, wie Jean Girandoux sagte. Aber welche Hälfte?

Sabrina *ist eine von zwei Liebesgeschichten, die ich geschrieben habe. Die andere ist ebenfalls in einer Sammlung mit Science-Fiction-Storys enthalten, nämlich in* Die letze Fahrt der Enora Time.

Diese Geschichte hier spielt auf dem Campus einer Universität. Viele Erinnerungen an meine eigene Studentenzeit stecken darin. Während dieser Zeit habe ich Vieles gelesen und kennengelernt, was mich langfristig geprägt hat: die Schriften von C. G. Jung, die philosophischen Aufsätze von Popper, Schopenhauer und Wittgenstein, die Theorien von Konrad Lorenz und Robert Jungk, Arbeiten über Soziologie, Proteste gegen Atomkraft, gegen Rechtsradikalismus und gegen die EU.

Ich war an der Wirtschaftsuniversität – wer hätte das vermutet? An den oben genannten Themen lässt sich jedoch erkennen, wie ich mich an dieser Uni gefühlt haben muss, zwischen all den Yuppies und Finanzgenies, die Jahre später Firmen in den Sand setzten. Es war trotzdem eine schöne und lehrreiche Zeit. Man muss eben aus allem das Beste machen.

Viel Spaß mit Sabrina *… vielleicht ist sie immer noch an der Uni und eines Tages begegnen Sie ihr sogar.*

DAS ERSTE MAL sah ich sie in der Bibliothek. Sie stand in der Abteilung für Sprachwissenschaften zwischen den Bücherregalen und blätterte in einem dicken Wälzer, der kaum zu ihrer Erscheinung passte. Sie war groß, hatte erstaunlich lange Beine und blondes Haar, das über den Rücken fiel. Ich saß hinter dem Pult und musste ihr ständig auf den Po starren, über den sich der hauchdünne Stoff ihres Kleides spannte. Ich hoffte, sie würde noch stundenlang in dieser Pose verharren, doch einen Augenblick später klappte sie das Buch zu und nahm es mit zum Ausgang.

Am nächsten Tag bemerkte ich sie in der Mensa. Sie überragte die Studenten aus ihrer Vorlesung um einen halben Kopf und strahlte dabei die innere Ruhe einer Dozentin inmitten quengelnder Schüler aus. Ich hatte plötzlich keinen Appetit mehr, schob den Teller beiseite und erhob mich.

Pink Buttons packte mich an der Schulter. »Vergiss sie!« Dabei hätte er beinahe meinen Getränkebecher über den Tisch gekippt.

Ich warf ihm einen fragenden Blick zu.

»Sie redet nicht mit jedem«, erklärte er. »Und erst recht nicht mit dir!«

»Sprichst du aus Erfahrung?«

»Ich weiß es eben.«

»Du kannst mein Essen haben.«

Ich entfernte Pink Buttons' Hand von meinem T-Shirt und ließ ihn allein am Tisch zurück.

»Sie ist affektiert und eingebildet«, rief er mir nach.

Einen Augenblick später schlüpfte ich durch das Drehkreuz der Mensa und stand in der Warteschlange vor den Getränken. Einige Meter vor mir ragte ihr blonder Lockenschopf aus der Menge. *Affektiert und eingebildet?* Na, dann! Ich suchte nach einem intelligenten Spruch, der für einen Student der Sprachwissenschaften angemessen schien, doch bevor ich eine Idee hatte, lief sie schon mit dem Tablett an mir vorüber.

»Hallo.« Ich deutete auf ihren Teller. »Die Lasagne ist besser als die Suppe.«

Sie blieb stehen und drehte sich um. »Was? Warum?«

»Da sind keine Haare drin.«

»Wie?«

»Ich meine ja nur … hängst du vor dem Essen immer deine Haare in die Suppe?«

Sie starrte mich an.

»Schmeckt wahrscheinlich besser so, nicht wahr?«

»Du versuchst, lustig zu sein, oder?« Für einen Moment starrte sie mich an, als wüsste sie nicht, ob sie mir eine Ohrfeige geben sollte oder nicht. Zum Glück hatte sie keine Hand frei.

»Sorry, ich wollte nur nett sein.«

»Ist dir gründlich misslungen.«

»Zumindest hänge *ich* meine Haare nicht ins Essen«, sagte ich leise.

»Wohin denn?« Mit einem Mal lächelte sie und hielt mir ihr Tablett vor die Nase. »Möchtest du probieren?«

Am Nachmittag hatte sie sich im Studentenheim umgezogen und war mit einem kurzen, hellblauen Kleid mit dünnen Trägern zum Pier hinuntergelaufen.

Wir spazierten barfuß über den Strand. Sie trug die Sandalen in der Hand und warf sich ihren kleinen Seesack über die Schulter. Ich vergrub die Hände in den Taschen meiner Shorts. Wir schlenderten über den nassen Sand. Die Sonne brannte uns auf den Rücken, und unsere Schatten liefen wie ein Liebespaar vor uns über den Strand.

»… und schließlich wurde ich aufgenommen«, sagte sie und erzählte, dass sie gerade ihr erstes Semester an der Uni absolviere und gute Fortschritte erziele. Einerseits sprach sie mit einem rauen Akzent, den ich nicht zuordnen konnte, doch andererseits schwang darin die knisternde Erotik einer Nachtklubsängerin mit. Ich wollte nicht unhöflich sein, daher fragte ich nicht, woher sie stammte, immerhin hatte sie unsere Sprache tadellos erlernt.

Während sie sprach, richtete sie den Blick ständig zu Boden und beobachtete die Wellenbewegungen, als wollte sie rechtzeitig wegspringen, bevor das Meerwasser ihre Füße berührte.

Später unterhielten wir uns über Sprachwissenschaften. Vermutlich war sie die einzige Studentin auf dem Campus, die ihre Fächer ernst nahm. Zumindest kannte ich niemanden, der nahezu jeden Vormittag im Sprachlabor saß, sich jede Woche drei neue Bücher aus der Bibliothek lieh und jeden Abend bis spät in die Nacht paukte. Ich hielt die Augen geschlossen und genoss den Klang ihrer Stimme, der meine Haut zum Kribbeln brachte. Plötzlich verstummte sie.

»Was ist?« Ich wandte mich um und blinzelte in die Sonne.

Sie kramte eine Uhr aus dem Seesack. »Tut mir leid.« Als sie mit den Achseln zuckte, rutschte ihr ein Träger über die Schulter und zeigte einen weißen Strich auf der Haut. »Ich muss los.« Lächelnd lief sie davon.

Mein Gott, was war ich dumm! »Wie heißt du eigentlich?«, rief ich ihr nach.

Sie wandte sich um. Das Strahlen ihrer blitzblauen Augen traf mich wie eine Meereswoge, in der ein Starkstromkabel hing.

»Sabrina.« Sie warf mir eine Kusshand zu und lief den Strand zum Audimax zurück, um keine Minute der Abendvorlesung zu versäumen.

»Du hast deinen Seesack vergessen«, flüsterte ich, doch sie hörte mich nicht mehr. Ich wusste noch so wenig über sie, aber eines konnte ich mit Sicherheit sagen: Pink Buttons war ein Idiot und hatte keine Ahnung von Frauen!

Am nächsten Abend besuchte ich Sabrina im Studentenheim, wo sie ein kleines Zimmer bewohnte. Die Tür war angelehnt, ich klopfte an und trat ein.

»Komm weiter«, murmelte sie.

Sabrina hatte die Jalousien heruntergeklappt, schwache Lichtbalken fielen auf den Boden. Die schlanken Umrisse ihres Körpers zeichneten sich vor dem Fenster ab. Hinter mir fiel die Tür scheppernd ins Schloss. Sabrina blieb regungslos stehen.

Ich ging näher und warf ihren Seesack aufs Bett. »Den hast du gestern am Strand ver…« Beim Anblick ihrer knallroten Schultern begann mein Herz zu rasen.

»Du brauchst dir keine Sorgen zu machen«, sagte sie, ohne sich umzudrehen. »Ich bin gegen die Sonne allergisch, bloß ein Hitzeausschlag.«

Sie rieb sich die Oberarme mit einer Creme ein, die sogleich vom Körper aufgesogen wurde und nichts weiter als einen glänzenden Film hinterließ.

Ich machte einen Schritt auf sie zu. Als ich hinter ihr stand, ließ sie die Träger des Kleides über die Schultern gleiten. Der Stoff rutschte an ihrem Körper hinunter, blieb für einen Augenblick an den Hüften hängen und fiel zu Boden. Darunter war sie splitternackt. Bei der ersten Berührung zuckte sie zusammen, doch bald ließ sie die Schultern erleichtert sinken. Zuerst trug ich ihr die Creme am Nacken auf, danach zwischen den Schulterblättern, auf den Oberarmen und entlang des Rückens. Ich massierte jeden einzelnen Wirbel und strich ihr schließlich über die Hüften und den festen Po. Ihre Haut glühte so heiß wie ein Backsteinofen.

Sie presste den Rücken gegen mich und stöhnte leise. Die Cremedose fiel zu Boden und rollte über die Dielenbretter. Aus meinen Händen war alles Blut gewichen. Als meine Finger nach vorne wanderten, um den Ansatz der Bauchwölbung zu berühren, erschauderte sie. Der Kälteschwall ließ ihren Körper erzittern, als stünde sie unter Strom. Sie stellte sich auf die Zehenspitzen und streckte sich durch. Erst jetzt fiel mir auf, wie groß und sehnig sie war.

Sabrina warf den Kopf in den Nacken und presste den Hals gegen meine Lippen. Ich schmeckte Sonne, Sand und warme Haut. Meine Hände glitten über ihre Rippen, Sekunden später massierte ich ihre Brüste. Meine Finger waren eiskalt, ihre Brustwarzen schossen wie Patronen hervor. Ich hatte Angst, sie zu grob anzufassen, doch ihre Hände legten sich auf meine und drückten fester zu. Ein leises Stöhnen entrang sich ihren Lippen.

Plötzlich wandte sich Sabrina um, umschlang mich mit einem Bein, und presste ihren Körper an meinen, bis wir zwischen Bett und Schreibtisch auf den Boden sanken.

»Küss mich!« Ihre Zunge drang tief in meinen Mund ein, als wollte sie dort jeden Winkel erforschen. Sie streifte mir das T-Shirt und die Shorts vom Körper, rollte mich mit einem kräftigen Schwung auf den Rücken und setzte sich mit gespreizten Beinen auf mich.

Ich wollte mich aufsetzen.

»Schsch!« Behutsam drückte sie mich zu Boden, nahm meine Hand und führte sie zu einer Stelle zwischen ihren Beinen. »Genau da.« Sie schloss die Augen.

Ihre Muskeln öffneten und schlossen sich wie eine Pumpe. In meinen Fingerkuppen begann das Blut zu pochen.

»Und jetzt den da ... aber vorsichtig ... und *gaaanz* langsam.«

Während ich mich bemühte, in sie einzudringen, umfasste sie meine Schultern und ließ die Hüften kreisen. Ich spürte den fester werdenden Druck ihrer Fingernägel. Dann ging es verdammt schnell. Sie presste die Schenkel aneinander, ihre Muskeln zogen sich zusammen. Unsere Körper bäumten sich auf, begannen wie die Kolben einer Maschine zu stampfen, und ihre Nägel bohrten sich in meine Haut, bis ich vor Schmerzen aufschrie.

Minuten später lagen wir keuchend nebeneinander auf dem Boden, und ich wischte mir den Schweiß von der Stirn.

»Warum gerade ich?«, fragte ich, während sie mir mit der Fingerspitze über meinen Unterbauch strich.

»Du siehst meinem Mann ähnlich.«

Ich fuhr hoch.

Sie lachte. »War nur ein Scherz. Entspanne dich! Du bist eben süß.«

Am nächsten Morgen brachte ich kaum ein Auge auf. Die Vorlesung war langweilig, und in der letzten Reihe verstand man so gut wie nichts. Neben mir saß Pink Buttons. Er starrte mit offenem Mund auf das Gerät, das vor uns auf dem Pult lag. Es sah wie ein merkwürdiger Herzschrittmacher aus.

»Weißt du, was das ist?«

»Keine Ahnung.« Pink zog die Schultern hoch. »Du etwa?«

»Studiere ich Sprachen oder Technik?«

Ich steckte das Ding in die Hosentasche und versuchte der Vorlesung zu folgen. Zweite Lautverschiebung, fürchterlich interessant! Pink starrte indessen auf meinen hochgeschlossenen Pullover.

»Hier ist es verdammt heiß, findest du nicht?«

Da ich nicht antwortete, begann er sich demonstrativ mit dem Skriptum Luft zuzuwedeln. »Ist dir kalt?« Er schielte mich aus dem Augenwinkel heraus an. »He, ich mach mir Sorgen um dich. Bist du krank?«

Ich schüttelte den Kopf, beugte mich zu Pink und flüsterte ihm ins Ohr.

Er schnappte nach Luft. »Wow!« Mehr brachte er nicht heraus.

Ich beugte mich wieder vor und wisperte ihm erneut ins Ohr.

»Die ganze Nacht?«

Ich nickte.

»Gekratzt, gebissen, geleckt und gesaugt? Wahnsinn!«

»Pssst!«, zischte ich und sah mich im Hörsaal um. Ich wandte mich wieder zu ihm und flüsterte: »Es schmerzt jedenfalls höllisch. Ich kann nicht mal pinkeln.«

»Ist ja irre! Sie ist sicherlich ein … äh …«

Ich bemerkte, wie er zu schlucken versuchte, aber sein Gaumen schien vollends ausgetrocknet.

»Ein *was*?«

Er wedelte mit dem Arm durch die Luft. »Ein Alien von einem anderen Stern!«

»Klar doch!« Ich lehnte mich zurück und verschränkte die Hände hinter dem Kopf. »Eine Space-Domina, die mit ihrem Raumschiff in die Klippen am Strand geknallt ist und jetzt auf der Suche nach einem Opfer ist, dem sie die Energie aussaugen kann.«

»Ja, genau! Das wollte ich gerade sagen.« Pink Buttons' Augen leuchteten.

»Ich wusste es!«

Pink fuhr hoch. »Du hast es gewusst?«

»Klar. Du bist und bleibst ein Idiot!«

Als wir uns wieder im Studentenheim trafen, ließ mir ihr Anblick das Blut in den Adern gefrieren. Ihre Haut war nicht mehr rot, sondern dunkelbraun und ihr Haar zu weißen Strähnen gebleicht. Sie zog mich ins Zimmer, schloss die Tür, küsste mich auf die Nasenspitze und hauchte: »Mach dir keine Sorgen. Es ist alles in Ordnung.«

»*Das* nennst du in Ordnung?« Ich strich ihr über die Schulter.

Sie zuckte zusammen. »Ich habe die Kraft eurer Sonne unterschätzt.«

Eurer Sonne? Mein Gaumen trocknete aus. »Es ist erst Frühling. Was machst du im Sommer? Verkriechst du dich in deinem Zimmer und gehst nur nachts raus?«

»In Zukunft musst du mich eben öfter mit dieser Creme einreiben.« Sie lächelte.

Der fremde Akzent ihrer Stimme versickerte in meinem Bewusstsein wie in einem Meer aus Treibsand. Da erinnerte ich mich an Pink Buttons' Worte. Ich setzte mich auf ihr Bett.

»Dieses merkwürdige Ding habe ich in deinem Seesack gefunden.« Ich kramte das Gerät aus der Hosentasche und legte es zwischen uns aufs Bett.

»Dieses *Ding* gehörte meinem Vater. Er ist vor einem Jahr gestorben.«

»Das tut mir leid.«

»Ist okay. Das ist … *war* sein Transmitter. Ich habe ihn schon überall gesucht.«

»Transmitter?«, wiederholte ich.

»Ja, ich brauche ihn zum Reisen.«

Wieder dachte ich an Pink Buttons' Bemerkungen.

»Was hast du?« Sie rückte näher zu mir und hielt meine Hand. Seit gestern hatten sich die Sommersprossen auf ihrer Nase mehr als verdoppelt.

»Ich weiß nicht.« Ich blickte zu Boden. »Ich sehe dich in der Mensa, du trinkst fast nie etwas zu deinem Essen. Eigentlich müsstest du vollständig ausgetrocknet sein.«

»Bin ich nicht.«

Sie gab mir einen Kuss auf die Wange.

»Du hast keine Freunde auf dem Campus.«

»Oh doch. Und zwar dich!«

Ich seufzte.

»Aber deine Haut, deine Haare, deine Stimme …«

»Du klingst wie Rotkäppchen.«

»Wer ist Rotkäppchen?«, fragte ich.

»Egal, vergiss es!« Sie verstummte.

Ihre Augen wurden plötzlich feucht, sie verlor so viel Wasser, dass ich mich wunderte, woher sie die Flüssigkeit nahm. Ich zögerte, doch dann schloss ich sie in die Arme.

Später in der Nacht zeigte sie mir wie der Transmitter funktionierte und erklärte, dass sie von einem Planeten stamme, der hundertsiebzehn Lichtjahre von hier entfernt lag. Sie erzählte mir nicht viel über diese sogenannte *Erde*, nur dass es ihr hier besser gefiel als zu Hause.

»Und lebt Rotkäppchen auch dort?«, fragte ich.

»Nicht wirklich.« Sie küsste mich auf die Stirn.

Vielleicht war Pink Buttons doch kein Idiot, doch dieses Geheimnis behielten Sabrina und ich für uns.

RAUM NR. 7

Es gab mal eine Story von mir, die hieß Selbstjustiz. *1997, als ich noch kaum Veröffentlichungen in Magazinen geschweige denn in Büchern vorweisen konnte, aber unbedingt schon einen Text von mir in einem Buch abgedruckt sehen wollte, beging ich einen Fehler, den heute leider immer noch viele Schreibanfänger machen: Ich schickte meine Story an einen Druckkostenzuschuss-Verlag.*

Ja, so hat meine Karriere als Autor damals begonnen.

Tun Sie das bitte nie!

Auf keinen Fall!

Niemals!

Lernen Sie aus meinen Fehlern!

Es bringt nichts, außer dass das Geld zum Fenster hinausgeworfen wurde, und Sie auf zehn Belegexemplaren sitzen, für die Sie sich Jahre später in Grund und Boden schämen. Aber ich stehe zu meinen Fehlern, darum erzähle ich es Ihnen.

Jedenfalls habe ich diese Story danach mehrmals überarbeitet und unter einem anderen Titel in einem Magazin veröffentlicht. Später habe ich die Grundidee verwendet, um eine völlig neue Geschichte zu erzählen, mit neuen Charakteren, einer Rahmenhandlung und einigen Rückblenden. Rausgekommen dabei ist Raum Nr. 7. *Falls Sie zufällig ein Exemplar jener Jahresanthologie des Druckkostenzuschuss-Verlags von 1997 besitzen, können Sie gern Vergleiche anstellen. Sie werden aber bloß noch die Grundidee der Story wieder erkennen – hoffe ich zumindest.*

Übrigens … meine zehn Belegexemplare habe ich bei meinem ersten Schreib-Workshop, den ich gehalten habe, als abschreckendes Beispiel unter den Teilnehmern verschenkt.

ES KLOPFTE AN August Benders Tür. Die Sekretärin des Dezernats hatte ihm den Besuch des Kripobeamten bereits angekündigt. Der Mann erschien eine halbe Stunde zu früh. Seine Silhouette füllte die Milchglastür aus, auf deren Scheibe ein spiegelverkehrtes *MR* stand. Der Kerl war übergewichtig, trug Anzug und Hut mit breiter Krempe. Alle Beamten im Außendienst trugen solche Hüte. Sogar Benders Schwester hatte mal einen passenden zu ihrem Damenanzug besessen.

Bender blickte auf die Uhr. Die Mittagspause konnte er vergessen. Er legte das Buch beiseite. »Herein!«

Der Ermittler trat ein. Die Dienstmarke des HPD hing an seinem Gürtel, halb verdeckt von seinem Schmerbauch. Im Holster steckte eine Zucak. Bender sah, dass sie nicht gesichert war. Er hasste es, wenn Typen des *Hamburger Police Department* mit scharfen Waffen im Bürogebäude herumspazierten.

»Sie wissen, weshalb ich hier bin?« Aufgrund des Doppelkinns klang die Stimme des Beamten wie ein Gurgeln.

Bender nickte. »Ihre Sekretärin hat vorhin angerufen.«

Der Mann strich sich über den Stoppelbart am Kinn, sagte aber nichts. Bender kannte den Kerl, doch im Moment wusste er nicht woher. *Kovalski* stand auf der Dienstmarke. Der Name löste keine Erinnerung bei Bender aus.

Dann fingerte Officer Kovalski eine Plastikfolie aus der Tasche, in der sich das Memoface befand, und legte sie auf Benders Schreibtisch. »Das sind die Erinnerungen der Unbekannten. Mehr haben wir nicht.«

Natürlich. Es war immer das Gleiche. Bender nahm die Hülle und drehte sie zwischen den Fingern. Blut klebte an der Kunststoffbuchse des Memoface.

»Wir mussten es gewaltsam entfernen, ist aber noch intakt«, erklärte der Beamte.

»Das sehe ich.«

Der Kerl hob die Augenbrauen. »Dass es intakt ist?«

»Dass Sie es gewaltsam entfernt haben«, sagte Bender.

»Die Spurensicherung war schon dran. Sie können damit arbeiten.«

»Haben Sie schon einen Blick drauf geworfen?« Bender schmunzelte. Diesen Gag mochte er am liebsten.

Der Gesichtsausdruck des Mannes wurde düster. »Ihr Typen von der Memory-Reconstruction seid doch alle gleich witzig!«

Nicht jeder konnte ein fremdes Memoface lesen. Die Nebenwirkungen konnten einen in den Wahnsinn treiben.

»Passen Sie bloß auf, dass es Ihnen nicht so wie Ihrer Schwester geht«, murrte Kovalski.

Vielen Dank! Musste er ihn daran erinnern? Plötzlich wusste Bender, woher er den Kerl kannte. Kovalski war mal mit seiner Schwester auf Streife gewesen. Doch das war bestimmt schon zehn Jahre her. Damals hatte Kovalski noch ein paar Pfund weniger auf die Waage gebracht.

»Danke, ich passe auf mich auf«, antwortete Bender. Das hatte seine Schwester damals auch behauptet. Aber das hatte nichts genützt. Sie war dem Job nicht gewachsen gewesen. Er nahm das Memoface aus der Plastikfolie und säuberte die blutverkrustete Stelle mit einem Feuchttuch.

»Ist die Leiche unten?«

Der Ermittler nickte. »In Raum Nummer sieben. Dort ist sie gut aufgehoben.«

»Okay, ich gehe später runter. Zuerst sehe ich mir die Daten an.«

»Wie Sie wollen. Sagen Sie uns sofort Bescheid, sobald Sie rausgefunden haben, wer sie ist und was sie angerichtet hat.«

»Nein, ich werde wie üblich eine Woche warten.«

Der Mann starrte ihn zunächst mit verengten Augen an, dann legte er den Kopf schief und schmunzelte. »Witzig!«

»Okay, ich habe zu tun«, sagte Bender ernst.

Kovalski verließ ohne weiteren Kommentar das Büro.

Nachdem die Tür wieder geschlossen war, steckte sich Bender das Memoface in die zusätzliche freie Arbeitsbuchse in seinem Nacken, legte die Beine auf den Schreibtisch und schloss die Augen. Der Empfang war gut. Die Gedanken der Frau erklangen mit einem metallischen Echo in Benders Kopf. Schlagartig befand er sich in einer Art Hotelzimmer. Draußen war es dunkel.

Absolute Leere. Das sind die ersten Gedanken, die ich auf meinem Memoface speichere. Ich bin erst seit wenigen Minuten wach, sitze auf einer zerschlissenen Matratze und starre auf meine Kleider – zumindest das, was von ihnen übrig geblieben ist. Das Hemd hängt zerrissen an meinem Körper herunter, ebenso die Hose. Meine nackten Füße stecken in fleckigen Schuhen. Vermutlich habe ich so im Bett gelegen. Das Mobiliar des Zimmers ist schäbig. Offensichtlich bin ich in einer billigen Absteige gelandet.

Bin komplett verspannt, fühle mich wie gerädert. Bei der kleinsten Bewegung knirschen meine Rückenwirbel, als wären sie mir einzeln zertrümmert und mit Sand aufgefüllt worden. Möglicherweise ist sogar eine Rippe angeknackst. Meine Hände zittern. Wie lange starre ich bereits auf die blutverschmierten Fingerkuppen? Es kommt mir wie eine Ewigkeit vor. Blut klebt unter den Nägeln. Sie gehören schon längst geschnitten. Warum habe ich das nicht getan? Die Blutspritzer reichen sogar bis zu den Oberarmen. Sie sind auch auf meiner Brust, vermutlich sogar im Gesicht. Angst schnürt meine Kehle zu … Angst, einen Blick durch den Türspalt ins Badezimmer zu werfen. Was würde ich in der Wanne oder auf dem Fliesenboden finden?

Endlich reiße ich mich von dem Anblick los. Ich gehe zum Fenster. Die Häuserschlucht ist eng. Wahrscheinlich befinde ich mich im zweiten oder dritten Stock einer billigen, schmierigen Absteige. Ein neuer Morgen bricht an. Die Sonne, vom Smog getrübt, schiebt sich langsam über die Dächer. Von der Straße dröhnt erwachender Verkehrslärm ins Zimmer. Was ist in der vorherigen Nacht passiert? Die Lampe auf dem Nachttisch brennt. Ich kann mich nicht erinnern, sie eingeschaltet zu haben. In ihrem matten Schein sehe ich im schmierigen Fensterglas eine Frau mitten im Raum stehen. Mit kurzen Haaren – Stoppelfrisur – und zerrissenen, blutverschmierten Kleidern …

August Benders Mobiltelefon vibrierte in seiner Tasche. Er hielt einen Moment inne und öffnete die Augen. Wie immer schien sich der Raum für einige Sekunden um ihn zu drehen, wenn er in die Realität zurückkehrte. Er hatte einen galligen Geschmack im Mund. Tief durchatmen – das half. Dann wischte er sich den Schweiß von der Stirn. Das Vibrieren hörte auf. Egal – er würde bei nächster Gelegenheit zurückrufen.

Die Frau war um die dreißig, vielleicht fünfunddreißig. Sie hatte einen schlanken, trainierten Körper – und so viel konnte er schon jetzt sagen: Er kannte die Frau nicht. Allerdings blockierte das System eine Spiegelung ihrer Gesichtszüge, um einen schizophrenen Schub in seinen Synapsen zu verhindern. Aber er würde sie später ohnehin im Raum Nr. 7 zu Gesicht bekommen.

Bender übersprang den nächsten Teil und stieg einige Minuten später wieder ein.

Ich stehe vor dem Waschbecken, umklammere die fleckigen Armaturen und starre auf die gebrochene Emaille, die mit spinnennetzartigen Rissen überzogen ist. Ich betrachte das schwarze, verkrustete Blut an meinen Händen, die rauen Fingerkuppen, die Adern auf dem Handrücken. Dann hebe ich den Kopf und starre in zwei rauchgraue Pupillen, die sich rasch im Licht der Deckenlampe verengen. Eine fremde Frau blickt mir aus dem Spiegel entgegen. Wir starren uns an. Die Fremde und ich. Keine von uns zwinkert mit den Augen. Es ist wie Selbsthypnose. Wer hält es länger aus? Eine knappe Bewegung und ein Stich in den Rippen reißt mich aus meiner Apathie. Wer zum Teufel bist du? Danach das Bersten von Glas als ich mit der Stirn gegen den Spiegel schlage.

Bender zuckte zusammen. Er konnte den Schmerz beinahe körperlich fühlen. Das Adrenalin pumpte durch seinen Körper und beschleunigte seinen Herzschlag. Es war immer wieder erstaunlich, was die Vorstellungskraft bewirken konnte.

Kovalski hatte recht. Er durfte es nicht übertreiben. Seit vor etwa fünfzehn Jahren der gewaltig ansteigende Elektrosmog die Großhirnrinde des Menschen angegriffen hatte, standen unerklärliche Gedächtnisverluste an der Tagesordnung. Andererseits war die Hirnforschung bereits unglaublich weit fortgeschritten. Das Memoface half Erinnerungen sicher abzuspeichern und so die Kapazität und Leistungsfähigkeit des Gehirns um achtzig Prozent zu steigern. Doch es gab nur wenige, die dem emotionalen Stress standhielten, in die strukturierte Gedankenwelt eines anderen einzudringen, ohne dabei verrückt zu werden. Die Systemblockade, die die Anzeige der Gesichtsspiegelung verhinderte, half dabei. Manche verzichteten darauf – wie seine Schwester – aber das hatte fatale Folgen gehabt.

Bender schloss die Augen und konzentrierte sich wieder auf die Gedanken der Frau.

Nachdem ich das Zimmer durchwühlt habe, weiß ich genauso wenig wie vorher. Keine ID-Disc, Pincodes, Unity-Chips, keine persönlichen Aufzeichnungen auf meinem Memoface; selbst der Zwischenspeicher zum Netz ist leer, und an meiner Hand befindet sich nicht einmal ein Ring mit irgendeiner banalen Gravur. Nur die Waffe, die neben dem Spülkasten der Toilette auf einem Handtuch liegt. Eine Zucak 37. Innerhalb der letzten vierundzwanzig Stunden wurde dreimal daraus gefeuert. Woher ich das weiß? Offensichtlich kenne ich mich mit solchen Dingen aus. Ich selbst bin unverletzt. Möglicherweise stecken die drei Projektile jetzt in dem Kerl, der mich so zugerichtet hat.

Ich reiße mir das Sweatshirt, die Hose und den Slip vom Leib und lasse sie mitsamt den blutbefleckten Schuhen im Mülltank verschwinden. Von der Zucak wische ich meine Fingerabdrücke und werfe sie in das Handtuch gewickelt hinterher. Danach dusche ich. Das heiße Wasser tut gut. Ich wasche mir das Blut vom Körper, schneide meine Fingernägel mit einer Schere, die ich im Badezimmerschrank gefunden habe. Ich schlüpfe in einen Wollpullover und eine graue Hose, die in der Kommode liegen. Die Kleider gehören bestimmt nicht mir. Dennoch passen sie – ebenso wie die eleganten, schwarzen Schuhe.

Ich zittere immer noch am ganzen Leib. Es wird Zeit, aus diesem Etablissement auszuchecken. *Ich verlasse das Zimmer durchs Fenster und klettere über die Feuerleiter in die enge Seitengasse. Es riecht nach Soja und Fett, und der schwüle Nieselregen lässt den Pullover nach kurzer Zeit schwer an meinem Körper kleben. Auf der Straße blicke ich hoch. Die Stadt scheint in einer Kuppel aus grauem Beton eingeschlossen zu sein. Die Sonne hat sich hinter Smogwolken versteckt, ähnlich meiner Erinnerung. Ich stolpere auf eine Hauptstraße. An den Gebäuden und Straßenschildern erkenne ich, dass ich mich im südlichen Teil von Hamburg befinde. Solche Dinge weiß ich, doch sonst kann ich mich an nichts erinnern. Ich weiß noch nicht einmal meinen Namen oder woher ich komme, doch die Stadt kenne ich vermutlich wie meine Westentasche.*

Ich laufe einige Stunden durch die Straßen und lasse mich von den Menschen wie eine Marionette durch den Morgenverkehr drängen. Meine Blicke saugen sich an den riesigen Werbedisplays der Hochhäuser fest, die den Nieselregen in grellen Farben glitzern lassen. Regenbögen, direkt unter der bleigrauen Smogwolke. So nah am Meer. Eine Kuriosität, die es nur in Hamburg gibt. Zudem liegt eine Mischung aus Abgasen, Küchengerüchen und brackigem Wasser in der Luft. Die knisternde Elektrizität der vorbei gleitenden Tanks juckt wie eine Ameisenkolonne auf den Unterarmen. Mein Blick irrt an den Läden, U-Bahn-Abgängen, Wohnblocks und Bürogebäuden vorbei und wird vom Reiz Tausender Gesichter überflutet, die jede Minute meinen Weg kreuzen. Außerhalb der Stadt liegen die Maschinenfabriken. Ja, daran erinnere ich mich. Dort werden die Androiden erzeugt. Aber sämtliche persönlichen Erlebnisse sind weggewischt – wie Pfützen mit einem

Tuch auf dem Bartresen. Warum kommt mir ausgerechnet dieser Vergleich in den Sinn? Bin ich eine Kellnerin? Arbeite ich in einem Restaurant?

Jemand rempelt mich von hinten an, ich drehe mich um und werde sofort weitergedrängt. Meine Ohren sind schon fast taub von dem Hämmern der Straßenmaschinen, dem Gebrüll aus den Megafonen und den blechernen Stimmen der Androiden, die mir etwas verkaufen oder einfach nur den Weg zeigen wollen. Mein Memoface füllt sich viel zu schnell mit neuen Daten. Ich bekomme Kopfschmerzen ... aber meine Erinnerung kehrt nicht zurück. Sie besteht nur aus wenigen Stunden. Ich weiß nicht einmal, wie ich in das Hotelzimmer gekommen bin, und selbst der Körper, in dem ich mich befinde, erscheint mir fremd. Ein Gefühl der Ohnmacht, das mich fast wahnsinnig werden lässt.

Ich zermartere mir das Hirn, doch alles ist weg, als wäre es niemals vorhanden gewesen. Wenn ich wenigstens Wunden am Körper tragen würde, die mir einiges erklären könnten ... und schlagartig wird mir übel. Mein Magen rebelliert, verkrampft sich und möchte sich umstülpen. Magensäure steigt hoch und breitet sich in meinem Mund aus.

August Bender riss sich das Memoface aus der Buchse. *Scheiße!* Ihn würgte. Diese bemitleidenswerte Frau war ziemlich am Ende. Bender nahm ein Glas Wasser vom Schreibtisch, trank und spülte den galligen Geschmack aus seinem Mund. Erneut übersprang er einen Teil und stieg wenige Minuten später wieder ein. Auf der Speicherkarte waren nur noch knapp dreißig Minuten.

Ich bleibe an einem Medienkanal stehen, dränge mich in eine freie Nische, wische mir den nach Blei schmeckenden Nieselregen aus dem Gesicht und atme tief durch. Ich bin erstaunt, als ich mich mit einigen zielsicheren Handgriffen ins Netz kopple und mir die Übersicht auf meinen Zwischenspeicher lade. Wo soll ich zu suchen beginnen? Instinktiv entscheide ich mich für den Hamburger Spiegel von gestern – 25. November – und wähle mich durch die Archive. Neuer Impfstoff gegen Klerc auf dem Markt, die siebte Generation der Interfacespiele für Jugendliche wird verboten, Massenhysterie rund um die Konzernfusion von Blackwood und Shokuzén, Computervirus ist schuld am Umsatzeinbruch der Dóku-Nichi-Konzerngruppe … und plötzlich kribbelt es mir heiß und kalt über die Kopfhaut. Endlich habe ich gefunden, wonach ich gesucht habe. Eine unscheinbare Meldung lässt meinen Magen auf die Größe eines Kieselsteins zusammenschrumpfen, der spitz und bedrohlich in meinen Eingeweiden liegt. Mehr möchte ich im Moment gar nicht wissen. Ich kopiere den Artikel auf mein Memoface und kopple mich ab. Die Zeit war zu kurz, damit sie mich orten können. Ich lasse mich aus der Nische wieder in den Menschenstrom fallen und treibe mit. Nebenbei lese ich den Bericht. Darin finde ich einen Namen. Nishiki! *Das Hologramm ist nicht animiert, doch die bewegungslosen, feinen Gesichtszüge des Mädchens verraten mehr, als jeder animierte Clip zustande bringen könnte. Was für ein bezauberndes Kind. Der Blick seiner strahlenden, mandelförmigen Augen wärmt mein Herz – zugleich zerreißt er meine Seele.*

Bender hielt inne und stoppte die Wiedergabe mit einem kurzen Gedankenbefehl. Das Bild des schwarzhaarigen, etwa zehnjährigen niedlichen Mädchens hing wie festgefroren in seinem Augenwinkel. Diesmal blockierte das System die Gesichtszüge nicht, da von ihnen keine Gefahr für seine Psyche ausging. Die Kleine war hübsch, aber er kannte sie nicht. Vielleicht war sie die erste brauchbare Spur zur Identifizierung der Toten.

Bender nahm die Füße vom Tisch, beugte sich nach vorne und betätigte eine Taste auf dem Lautsprecher seines Schreibtisches.

»Ja?«, knisterte eine weibliche Stimme durch die Membran.

»Bringen Sie mir ein Exemplar des Hamburger Spiegels vom 25. November in mein Büro … und die Ausgaben von gestern und heute«, fügte er rasch hinzu.

»Ja, Herr Bender, aber es kann eine Weile dauern.«

»Klar, aber beeilen Sie sich.«

Er wartete die Antwort nicht ab, löste die festgefrorene Erinnerung und stieg einige Minuten später wieder in die Aufzeichnung des Memoface ein.

Ich bleibe am Rand des Förderbandes stehen, schließe die Augen und werfe den Kopf in den Nacken. Ich starre nach oben, zu den Spitzen der Wolkenkratzer. Trotzdem laufen mir Tränen über die Wangen. Ein weiterer Name taucht vor mir auf. Lío! *Ich sehe das Bild eines weiteren Mädchens vor mir, diesmal mit blonden Zöpfen und kaum älter als drei Jahre. Vergeblich warte ich darauf, dass die Synapsen in meinem Hirn endlich* Klick *machen und ein Schwall von Erinnerungen über mich hereinbricht. Doch alle Leitungen sind tot.*

Ich vergrabe mein Gesicht in Hände, an denen vor wenigen Stunden noch das Blut dreier Menschen geklebt hat. Ich will die Datei schließen, damit ich die Gesichter nicht länger sehen muss, doch mein Wille ist wie vom Gift einer Droge gelähmt. Sam! *Das Hologramm des Mannes, zieht meinen Magen erneut zur Größe eines Kieselsteins zusammen. Blondes Haar, stoppelbärtiges Kinn und blaue Augen. Er sah mit seinen Sommersprossen und dem spitzbübischen Lächeln so glücklich und zufrieden aus, wie ein Lausejunge, dem ein besonders listiger Streich geglückt war. Warum nur? Die Frage brennt wie eine heimtückische Säure in mir und breitet sich langsam in meinem Kopf aus. Ich öffne die Augen und die Welt um mich verschwindet mehr und mehr. Tränen fallen von meinem Kinn und zerfließen im Nass des Pullovers; wie meine Erinnerung. Hätte ich doch nur eine Sekunde gezögert und nicht den Abzug betätigt. Schuldgefühle brennen sich durch meine Nerven, meine Venen, meine Brust. Bekanntlich ist das Gewissen die Wunde, die nie heilt. Mich würgt erneut. An einer der nächsten Infusionssäulen werde ich mich ankoppeln müssen, um zumindest die Minimumreserve meiner Nährstoffe aufzufüllen.*

Während ich mir die Tränen aus dem Gesicht wische, höre ich das magnetische Surren eines Polizeitanks. Er kommt näher, hält hinter mir. Mein Körper versteift sich. Mein Blick bleibt unten. Merkwürdig, denke ich. Auch an diese Dinge kann ich mich erinnern … vielleicht sind es nur Instinkte, die sich tief in mein Unterbewusstsein gegraben haben. Ich schiele zur Spiegelung auf dem Blech eines Abfallbehälters. Der Tank schwebt näher an den Straßenrand. Die Scanner fahren wie metallene Spinnenbeine aus den Klappen. Meine Hände ballen sich zu Fäusten, obwohl ich weiß, dass es nichts nützt. Spurenelemente von verkrustetem Blut haften nach wie vor unter meinen Fingernägeln und in den Poren meiner Haut. Das Raster hat bereits meine Schuhe erfasst.

Ich schließe die Datei. Ein letztes Mal flackert die Überschrift vor meinem inneren Auge auf, ehe sie erlischt. Das Blut pocht in meinen Schläfen, und mein Puls schwillt zu einem Stakkato. Ich spüre das elektrische Knistern des Rasters über den Stoff meiner Hose hinaufwandern. Noch einmal blitzt die Schlagzeile durch meine Gedanken. Zum Glück können die Scanner keine Gedanken lesen – noch nicht! Frau eliminiert ihre Familie mit einer Zucak37.

Eliminiert! *Wie schick und emotionslos das klingt. Reportersprache! Getötet, ausradiert, abgeschlachtet trifft es wohl eher. Aber warum?*

Ich warte noch etwas, dann stoße ich mich von dem Förderband ab und dränge mich an den Menschen vorbei – nicht zu schnell, unauffällig und im gleichen Rhythmus, in dem sich der Menschenstrom bewegt. Der Scanner surrt hinter meinem Rücken, und für einen Augenblick überlege ich, ob ich mich umdrehen und von dem Polizeitank scannen lassen soll. Dann hätte ich es hinter mich gebracht. Ich müsste mich in einer der Kammern in Berlin einer lebenslangen Aggressionstherapie für ein Verbrechen unterziehen, an das ich mich nicht einmal erinnern kann, das ich aber zweifelsohne begangen habe. Doch ich drehe mich nicht um, lasse den Scanner hinter mir und spüre die brennenden und neugierigen Blicke der Menschen, die mich verfolgen … zumindest glaube ich das. Schließlich laufe ich immer schneller die Straße entlang. Vorbei an unendlich vielen Medienkanälen und Infusionssäulen, wo mir Androiden und Menschentrauben den Weg versperren, und Typen mich anpöbeln, die ich unabsichtlich angerempelt habe.

An einer Ecke pralle ich gegen einen Jungen, der eine Waffe hochreißt und mich in eine Seitengasse drängt. Er brüllt mich an, nennt mich eine verdammte Schlampe und drückt mir immer wieder den Lauf der Waffe auf die Brust. Sie ist kein Replikat. Ein echtes Modell, mit scharfer Munition. Der Abzug ist entsichert. Der Junge will meinen Pincode wissen. Ich versuche ihm zu erklären, dass ich mich nicht einmal an meinen Provider erinnere, und dann schlägt er mir mit der Waffe ins Gesicht …

Bender zuckte erneut zusammen. Und wieder spürte er den Schmerz, als hätte er den Schlag selbst erhalten. Für einen Moment glaubte er, Blut auf der aufgeplatzten Lippe zu schmecken. Er tastete mit den Fingern über seinen Mund, um sich davon zu überzeugen, dass alles in Ordnung war.

Dieser verdammte Kovalski hatte ihm einen Floh ins Ohr gesetzt. Wieder musste er an seine Schwester denken. Sie hätte nie vom Außendienst in die Abteilung für Memory-Reconstruction wechseln dürfen. Sie war der Aufgabe nicht gewachsen gewesen, hatte sich zu sehr mit den Fremddaten identifiziert. Vor einem halben Jahr wurde sie vom Dienst suspendiert und seither in einer geschlossenen Anstalt behandelt. In der psychiatrischen Klinik Ochsenzoll. Schlimm genug! Die Ärzte bekamen Julias Geisteszustand vermutlich nie wieder hin.

Bender brauchte Distanz, um nicht ebenfalls so verrückt zu werden, wie seine Schwester. Er ersparte sich den Kampf mit dem Jungen und sprang zu den letzten vier Minuten der Aufzeichnung.

Ich sitze im Keller eines verlassenen Hauses, mit dem Rücken an der feuchten, schäbigen Wand. Es riecht nach Rattenkot und Hundepisse. Oder ist es Hundekot und Rattenpisse? In Anbetracht der Situation ist das Wortspiel wohl ein verzweifelter Anfall von Galgenhumor. Aber ich kann nicht schmunzeln. Ich starre in das Dunkel vor mir. Das Auf-

flackern des Werbedisplays vom gegenüberliegenden Wohnturm erhellt immer wieder für wenige Sekunden den Raum und hinterlässt vor meinen Augen grüne, blaue und rote Kreise, die rasch vorüberziehen. Nike, Apple, Coca Cola. *Die blechernen Stimmen der Androiden dringen von der Straße zu mir hinunter, und der Nieselregen trommelt monoton ans Kellerfenster. Irgendwo durch ein Loch in der Decke fällt der Regen und patscht auf den spröden Beton. Ich habe die Datei wieder geöffnet. Sie schwebt vor meinem inneren Auge.* Lío, Nishiki und Sam. *Was für ein bezaubernder Mann, was für entzückende Kinder! Ich lese den Artikel wieder und wieder. Es ist nicht mehr viel Platz auf dem Memoface, es füllt sich mit meinen letzten Gedanken. Alle anderen Sektoren dürften kaputt sein. Merkwürdigerweise kann ich mich an eine Bibelstelle erinnern. Sie flackert immer wieder für einen Moment auf, wie das Zittern einer defekten Neonröhre … nur dieser eine Satz.*

Dieser eine Satz war auch Bender geläufig. Wer kannte ihn nicht? Als er Schritte an der Tür hörte, unterbrach er die Aufzeichnung. Das Bild hing fest. Dreißig Sekunden waren noch auf dem Speicher. In diesem Moment vibrierte sein Telefon erneut. Er wollte bereits rangehen, als seine Sekretärin das Büro betrat.

Sie war hübsch wie immer. »Es ging leider nicht schneller.«

»Schon gut, danke.«

Sie legte drei Zeitungen auf den Tisch. »Ich weiß nicht, warum die das immer noch drucken.«

»Manchen Leuten ist Papier eben lieber«, antwortete er.

Ihr Blick streifte für einen Moment das Buch auf seinem Schreibtisch. Ein Roman von Samjatin. Vermutlich hatte sie noch nie etwas von dem Autor gehört. Sie sagte nichts weiter dazu.

Als er den Kopf neigte, bemerkte sie vermutlich das Memoface in seiner Buchse. »Schon wieder einer dieser Fälle?«

»Es hört nicht auf.«

Das Vibrieren in seiner Hosentasche endete.

Sie nickte.

»Heute Morgen wurde übrigens der Konkurs der Dóku-Nichi-Konzerngruppe offiziell bekannt gegeben. Sie haben zugegeben, dass das Computervirus aus ihrem Produktionswerk in Tokyo stammt.«

»Verdammt!« Bender lächelte zynisch. Er hätte nie gedacht, dass so etwas je passieren konnte. Durch das Virus waren in der Nacht auf den 25. November alle Daten der Memoface-Serie 7.0 irrtümlich formatiert worden. So ein Fauxpas konnte einen Konzern in die Knie zwingen.

»Besitzen die in den Werken wenigstens eine Sicherungskopie von den Daten ihrer Endverbraucher?«

Sie schüttelte den Kopf. »Die können sich warm anziehen.«

Ja, das konnten sie. Aber es würde ihnen nichts nützen. Bender konnte von Glück sagen, dass er nicht für Dóku-Nichi arbeitete. Die Konzerngruppe würde sich innerhalb der nächsten Monate den Schadenersatzforderungen von Millionen Endverbrauchern stellen müssen, die den Verlust ihrer persönlichen Daten einklagten – sofern sie sich daran erinnerten.

Seine Sekretärin nickte in Richtung des Memoface. »Wie weit sind Sie?«

»Fast durch. Ich fahre jetzt runter und sehe mir die Tote an. Auch sie hat ihre Erinnerung verloren und vermutlich in einem Anfall von Wahnsinn ihre Familie erschossen.«

»Oh Gott!« Seine Sekretärin kniff für einen Moment die Augen zusammen.

Bender nahm die Zeitungen und erhob sich. Er begleitete seine Sekretärin zur Tür. Im Korridor trennten sich ihre Wege. Sie ging zum InfoDesk, er zu den Fahrstühlen.

Bender betätigte den Sensor für das dritte Untergeschoss. Während ihn der Lift nach unten brachte, aktivierte er das Memoface mit einem Gedankenbefehl. Er schloss die Augen. Die letzten dreißig Sekunden spulten sich vor seinem geistigen Auge ab.

Nur dieser eine Satz. Der Rest meiner Erinnerung ist noch immer nicht zurückgekehrt, und alles, was mir geblieben ist, sind drei Hologramme, ein Artikel im Zwischenspeicher, meine Erinnerung an eine Textstelle … und dieses überholte Modell einer handgesteuerten Zucak5, das ich dem Jungen in der Seitengasse abgenommen habe. Möge mir Gott meine letzte Tat auf Erden verzeihen. Wenn ein Schaden entsteht, dann musst du geben Leben um Leben, Auge um Auge, Zahn um Zahn.

Es wird mir nicht schwer fallen, meine Augen ein letztes Mal zu schließen und mir den Lauf unter das Kinn zu halten …

An dieser Stelle brach die Aufzeichnung ab. Bender zog das Memoface aus der Buchse. Der Fahrstuhl war längst unten angekommen. Die Tür stand offen.

Bender trat in den Korridor. Hier unten war es deutlicher kühler als in den Büroräumen der oberen Etagen. Auf dem Weg zum Raum Nr. 7 blätterte er durch die Zeitungen. Der Hamburger Spiegel vom 25. November berichtete tatsächlich über den Dreifachmord an Sam Eldrige und seinen Kindern Lío und Nishiki. Danach blätterte er die Ausgabe von gestern und heute durch. Im Mittelteil der Ausgabe vom 29. November fand er schließlich die Nachricht, nach der er gesucht hatte. Er las den kurzen Artikel, während er durch die Etage lief.

Der Mord an Sam Eldrige und seinen beiden Kindern konnte geklärt werden. Wie viele Millionen andere auch, war seine Ehefrau ein Opfer des Memoface-Virus geworden. Sie konnte von einem Polizeitank aufgegriffen werden, als sie mit der Tatwaffe, einer Zucak37, in der Hand durch die Straßen irrte. Sie wird in einer Aggressionskammer in Berlin therapiert.

»Ach, du Scheiße!«, murmelte er. Die Selbstmörderin hatte sich für etwas gerichtet, das sie gar nicht begangen hatte.

Vor dem Raum Nr. 7 klemmte er sich die Zeitungen unter den Arm. *Dr. August Bender* stand in breiten Lettern an der Tür. Er drückte die Klinke nieder und öffnete den Raum. Wie jede Kammer in der Pathologie, so war auch diese auf sieben Grad runtergekühlt.

Auf dem Tisch lag die Leiche der unbekannten Selbstmörderin, die von zwei Kindern im Keller eines verlassenen Altbaus gefunden worden war.

Die Tote lag auf dem Bauch. Bender legte das Memoface neben ihren Kopf – oder was zumindest davon übrig geblieben war. Das Gesicht fehlte.

»Tut mir leid, meine Kleine«, sagte er. »Ich werde rausfinden, wer du warst und welche Geschichte dir zugestoßen ist.«

Als er die Hand auf die Schulter der Toten legte, spürte er ein merkwürdiges Déjà-vu.

Im gleichen Moment vibrierte erneut sein Telefon. Er zog es aus der Tasche. Es war bereits der dritte Anruf – stets die gleiche Nummer. Beim Anblick der Vorwahl von Langenhorn, dem nördlichen Teil Hamburgs, gefror sein Herz zu einem Eisklumpen.

Die Langenhorner Chaussee.

Ochsenzoll.

Er hob ab.

»Doktor August Bender?«, fragte eine sonore Stimme.

»Ja«, krächzte Bender. In diesem Augenblick wusste er, was gleich kommen würde.

»Ich versuche seit Stunden, Sie zu erreichen. Irgendwie ist es Ihrer Schwester gelungen, an eine Waffe zu kommen. Sie hat drei Wärter verletzt und ist aus der Anstalt geflohen. Wir suchen sie seit …«

Bender fiel das Telefon aus der Hand.

Er zog das Leichentuch herunter. Wie paralysiert starrte er auf das gotische Tattoo oberhalb des Steißbeins.

Mögest du bereits eine halbe Stunde im Himmel sein,
bevor der Teufel merkt, dass du tot bist!
A.B.

Hoffentlich bewahrheitete sich der Spruch.

A.B. waren seine Initialen.

Er selbst hatte die Worte damals als Jugendlicher in die Haut seiner Schwester tätowiert.

APOCALYPSE MARSEILLE

Diese Story hat eine lange Vorgeschichte – ich hoffe, sie wird nicht länger als die Story selbst. Ich versuche, mich kurzzufassen.

In der Anthologie Die Legenden von Eden *des Herausgebers Helmuth Mommers erschien meine SF-Kurzgeschichte* Weiter oder Raus, *die Sie am Beginn dieses Erzählbandes vielleicht schon gelesen haben. Sie erinnern sich? Sie hat einen ziemlich kranken Plot. Kurz darauf erhielt ich eine E-Mail des Autorenkollegen Frank Hebben, der mich fragte, ob ich die Idee von ihm geklaut hätte. Er schickte mir einen Link, wo ich seine Story in einem Online-Forum nachlesen konnte.*

Bevor ich ihm antwortete, dass ich ausschließlich Plots von Kollegen klaue, weil ich selbst keine Ideen habe, wollte ich seine Story lesen. Also klickte ich auf dieses Kurzgeschichten-Portal … und was ich las, stellte mir die Nackenhaare auf. Dort stand tatsächlich meine Story zu lesen. Die gleiche Handlung, die gleiche Pointe, die gleichen stilistischen Mittel. Es war unheimlich.

Wie es schien, hatten wir zur selben Zeit die gleiche Idee gehabt. Allerdings konnte er sie nicht von mir geklaut haben, da ich meine Fassung zuvor nicht online veröffentlicht hatte.

Jedenfalls antwortete ich ihm, dass er ein ebenso krankes Schwein sei wie ich. Das schien ihn irgendwie amüsiert zu haben, und so beschlos-

sen wir, eine gemeinsame SF-Novelle zu schreiben. Zwei Erzählstränge, die sich in einem Showdown trafen.

Wir schrieben ein Jahr lang an der Story, mailten uns gegenseitig die Kapitel, verzahnten sie, lektorierten gegenseitig unsere Parts, doch das Projekt wurde – trotz ausgefeilten Exposés – ad acta gelegt, weil wir uns über kein einheitliches Ende einigen konnten.

Schließlich beschlossen wir, jeder von uns sollte seinen Part überarbeiten und als eigenständige Story veröffentlichen. Frank Hebbens Côte Noir *erschien als Zweiteiler im Magazin c't und wurde 2008 für den Deutschen Science Fiction Preis nominiert.*

Warum erzähle ich Ihnen das?

Apocalypse Marseille *ist mein Part der Story. Ohne die Inspiration von Frank Hebben wäre diese Geschichte nicht entstanden. Sie ist zugleich die längste Geschichte in dieser Sammlung und die Titelstory – ihm ist diese Erzählung gewidmet.*

Danke für die Inspiration!

GUYENNE TRAT mit dem Militärstiefel das Tor zur Werkstatt auf – eine rote Schutztür, verbeultes Metall, übersät mit den unzähligen Einschusslöchern der Schrapnelle einer Mörsergranate. Im Inneren roch es nach Moder und Minze – ein Phänomen jüngster Geschichte. Mit einem steifen Bein humpelte Guyenne die rostige Wendeltreppe zum Reich des Mechanikers hinunter – sieben Stockwerke tief. Aus Gewohnheit lag seine Hand auf der Galt, die schwer in seinem Gürtelholster hing. Man wusste nie, was einen unter der Erde erwartete. Von Osmo, dem kleinen, spindeldürren Mechaniker mit den geschickten Fingern, drohte keine Gefahr, aber die Entstellten lauerten überall, sogar hier, in den Katakomben des Maschinenbauers.

Guyenne hasste diese Art von Job. Nicht nur, weil er Osmo eigentlich ganz gut kannte, sondern auch, weil er wusste, dass von Osmo nichts zu holen war. Trotzdem blieb ihm dieser Weg nicht erspart. Faquet wollte es so – und Guyenne musste sein Leben und die Suche mit dem Datex irgendwie finanzieren.

Der Mechaniker lebte mit seiner Frau im Keller dieser Ruine, einem ehemaligen Bunker, da hier die geringste Strahlung herrschte. Osmos Frau litt seit Jahren an den Auswirkungen des Fallouts. Ihr gesamter Körper nässte, an der Seite schälte sich die Haut von den Rippen. Als Guyenne sie zum letzten Mal gesehen hatte – bettlägerig in einem dunklen Raum, die Handgelenke mit schweren Eisen an die Bettpfosten gekettet, Ölduftlampen auf dem Boden, um damit die Ausdünstung der Verwesung zu kaschieren – prangte an der Stelle, wo sich normalerweise die Nase befand, bereits ein tiefes Loch in ihrem Gesicht. Bei ihrem Anblick hätte Guyenne losheulen können, doch nicht nur Osmos Frau ging es so. Jeder Zweite in Marseille litt an den Folgen des Niederschlags. Die meisten kamen nur nachts heraus, vor allem dann, wenn der Regen die Luft abgekühlt hatte und der Dunst nicht mehr so schlimm auf der Haut brannte. Dann krochen Menschen mit aufgequollenen Leibern, zerfressenen Gesichtern oder mit von Geschwüren bedeckten Armen und Beinen über die Küstenstraße, die Marseille mit Toulon und Nizza verband. Angeblich war es dort oben im Osten noch schlimmer, aber Guyenne war schon seit Jahren nicht mehr in Nizza gewesen – genau genommen, seit er in Marseille für Faquet zu arbeiten begonnen hatte.

Doch bei allem Mitleid, das ihn jedes Mal erfasste, sobald er missgestaltete Kinder in den ausgebrannten Häuserschluchten der Stadt sah – ihm selbst ging es nicht besser. Immerhin war er noch bei Verstand. Ein schwacher Trost, denn er war nur noch einen Schritt davon entfernt, so zu werden wie sie. Die Strahlung hatte seinen Kehlkopf mittlerweile vollständig zerfressen. Bloß eine Salbe, die ihm Skopalek, der tschechische Arzt, der unten an den Docks lebte, einmal im Monat mischte, brachte etwas Linderung und stoppte den weiteren Zerfall seiner Kehle. Stimmbänder hatte Guyenne schon längst keine mehr. Stattdessen steckte eine elektronische Platte in seinem Gaumen, deren Sensoren tief in seinen Rachen reichten. Die mechanischen Töne, die sich seiner Kehle entrangen, konnten die meisten Menschen verstehen – und falls sie ihn nicht verstehen wollten, half die Galt in seinem Holster nach.

Osmos Werkstatt glich einer mehrstöckigen, unterirdischen Müllhalde. Wie man hier nur etwas finden konnte! Guyenne schob einen verbeulten Container zur Seite. Weiter hinten im Lager türmten sich elektronische Bauteile bis zur gewölbten Betondecke, Schläuche, Generatoren, Zahnräder und wiederum nichts als Zahnräder – tonnenschweres, unnützes Zeug. Noch weiter hinten hortete Osmo die wirklich interessanten Dinge wie Bio-Transistoren, Gen-Screener oder Schusswaffen, die über das menschliche Nervensystem abgefeuert werden konnten. Die Galt war so eine Konstruktion – eine der letzten großen Erfindungen des Militärs, bevor die thermonukleare Kettenreaktion alles vernichtet hatte.

Im letzten Winkel der Werkstatt, zwischen einem Bioplasma-Tank, der schillernde Blasen spuckte, und einem Armaturenbrett aus Dutzenden zusammengezimmerten Boards, an das gerade ein Bündel Nervenstränge gelötet wurde, hockte Osmo. Er trug eine ultraviolette Brille mit einem fix montierten Vergrößerungsglas, das wie ein schmieriger Aschenbecher vor seinem Gesicht hing. Vornübergebeugt, mit einem krummen Buckel wie ein Wal, fingerte der dürre Mann, der nur aus Haut und Knochen zu bestehen schien, mit einem Lötkolben an den Armaturen herum. Es stank nach ranziger Haut und versengten Haaren – Guyenne wusste nicht, ob der Mief von dem Board oder von Osmo stammte.

Hinter der Werkbank prangte ein ehemals blutroter, mittlerweile verblasster Schriftzug auf dem Mauerwerk: *Fürchtet Gott und gebet ihm die Ehre, denn die Zeit seines Gerichts wird kommen.* Bibelgeschwätz einer Handvoll Fanatiker, mit dem Guyenne nichts anfangen konnte. Weder Gott noch sein Gericht hatten den Erdball verwüstet. Durch Religion, Gier, Macht und den Fortschrittswahn des Menschen waren sie in die Steinzeit katapultiert worden … und Gott hatte diesem Land längst den Rücken gekehrt.

»Hallo Osmo!«, krächzte Guyennes Implantat.

Osmo fuhr hoch. Er riss sich die Brille vom Kopf. »Scheiße, Mann! Kannst du dich nicht anmelden?«

»Damit du abhaust?« Guyenne zog seinen einst schwarzen, von der Sonne ausgebleichten Parka aus. Ein Dutzend Rauchbomben, Blend- und Splittergranaten hingen an seiner Weste, und Guyenne fiel es immer schwerer, sie mit sich herumzuschleppen. Nur zur Sicherheit – er wusste nicht einmal, ob sie überhaupt noch zünden würden. Außerhalb von Osmos Reichweite lehnte er den Parka an einen Stuhl. Der Stoff war durch Sonne, Meersalz und ätzenden Staub so verfilzt und fest geworden, dass die Jacke regelrecht stand.

»Du weißt, weshalb ich hier bin!«

»Guyenne, ich habe das Geld nicht!«

»Das interessiert Faquet nicht.«

»Scheiße, Faquet weiß doch nicht mal, dass ich ihm das Geld schulde.«

»Du hast keine Ahnung, was Faquet alles weiß.« Ächzend stemmte Guyenne sein steifes Bein auf den Stuhl. Das Knie war von einer Kleinkaliberkugel zerschmettert und von Skopalek ziemlich miserabel operiert worden. »Bekomme ich heute alles von dir, sehen wir uns in einem Monat wieder, hast du nur die Hälfte, muss ich dir die Beine brechen …«

Osmo schluckte.

»… hast du nur ein Viertel, breche ich dir auch die Arme.« Guyenne atmete tief durch. Das Reden fiel ihm von Mal zu Mal schwerer. »So lautet der Auftrag.« Er hoffte, dass Osmo das Geld besorgt hatte, doch im Gesicht des Mechanikers spiegelte sich nur nackte Angst. Wie er diesen Job hasste!

»Quelle merde!« Guyenne öffnete die Gürtelschlaufe an seinem Oberschenkel und zog ein fein geschliffenes Kampfmesser hervor, das er vor Osmo in die Tischplatte rammte. »Und hast du *nichts* für mich, muss ich dir acht Finger abschneiden – nicht meine Idee«, fügte er hinzu.

Wie im Reflex ballten sich Osmos Hände zu Fäusten. An beiden Händen fehlte bereits der kleine Finger – alte Schulden, die er nicht beglichen hatte. Damals waren sie noch von jemand anderem eingetrieben worden – jemandem, der nicht so nachsichtig war wie Guyenne.

»Können wir das nicht anders regeln?«, rief Osmo.

»Falls du keinen einzigen Franc hast, möchte Faquet deine Finger sehen – alle acht!«, unterbrach ihn Guyenne. »Rück das Geld raus! Oder glaubst du, es macht mir Spaß, dich auseinanderzuschneiden?«

Osmo wurde blass.

»Gib mir noch eine Woche – *eine Woche,* Guyenne!«

»Nein! Heute! Du zögerst es unnötig raus. Ich muss noch drei andere Kerle besuchen, und es ist schon nach fünf.«

»Du könntest doch *deren* Geld …«

»Vergiss es! Heute Abend brauche ich vierhundert alte Francs – einhundert von dir!«

»Scheiße, woher soll ich die nehmen? Meine Kunden bezahlen mit Waren. Alle zahlen mit Waren! Wozu braucht Faquet die Kohle? Mit diesem High-Tech-Plunder wäre er besser dran.« Osmo breitete die Arme aus.

»Du sagst es: *Plunder!*« Guyenne räusperte sich. Es klang wie das rostige Scharnier einer Metalltür. »Faquet macht Geschäfte mit dem Norden, die mich nichts angehen. Gib mir das Geld, und ich bin weg!«

Nachdem vom Blitz alles vernichtet worden war, hatten sich Faquet und einige andere Maîtres in den Städten südlich von Paris auf alte Francs geeinigt. Nur Münzen, keine Scheine. Warum – das wusste niemand. Offensichtlich wollte man sich auf die alten Werte Frankreichs besinnen, ein schwacher Trost in Anbetracht der Situation, in der sie dahinvegetierten. Guyenne vermutete jedoch, dass die Zehn- und Zwanzigfranc-Münzen seltener aufzutreiben waren, als alles andere. Geldstücke oder Tauschgeschäfte, Guyenne war das scheißegal – Hauptsache keiner rammte ihm ein Messer in den Rücken, er hatte ein Dach über dem Kopf, etwas zu Essen und Medizin gegen die Schmerzen. Er war beinahe zufrieden – wäre da nicht das verfluchte Datex, das immerzu schwieg!

Osmo blinzelte – und Guyenne ahnte, was jetzt kommen würde.

»Ich weiß, weshalb Faquet dich als Geldeintreiber eingestellt hat«, lispelte Osmo. »Du bist brutal, du kennst keine Skrupel, du kannst töten – mit Waffen oder mit bloßen Händen, das ist dir egal …«

»Osmo – deine Zeit läuft.« Guyenne strich sich über die grauen, borstigen Bartstoppeln am Kinn, die ihm trotz der Strahlung nicht ausfielen – im Gegensatz zu den Haaren auf seinem Schädel, der schon längst kahl war.

»Aber das Töten macht dir keine Freude. Ich kenne dich doch! Du warst schon damals so, als wir bei der Marine dienten. Du leidest darunter. Mach etwas Sinnvolles aus deinem Leben. Geh weg! Such dir einen anderen Job. Du hast Talent.«

»Osmo – halt's Maul!«

»Faquet beutet dich nur aus. In seinen Augen bist du ein altes, ausrangiertes Schlachtross, dessen letzte Jahre er noch für seine Zwecke ausnutzen möchte.«

»Osmo!«, drohte Guyenne.

»Geh fort. Faquets Macht endet an der Grenze von Marseille, weiter östlich die Küste rauf gibt es andere Städte. Du hast nicht mehr lange zu leben. Das Krebsgeschwür streut Tausende kranker Zellen weiter und weiter in deinen Körper. Es zerfrisst dich innerlich. Hast du in letzter Zeit mal dein Gesicht gesehen? Sobald der Tumor dein Gehirn erreicht, wirst du …«

Wie auf Kommando begann Guyenne zu husten. Die blechernen Töne aus seiner Gaumenplatte überschlugen sich und klangen wie eine qualvolle Rückkopplung. Der Schmerz fuhr Guyenne mitten in die Stirn. Sein Körper verkrampfte sich, die Muskeln spannten sich an. Da zerbrach der Stuhl unter seinem Bein.

»Kein Wort mehr!«, schnarrte Guyenne. Ein Gemisch aus Speichel und Blut floss ihm aus dem Mundwinkel, das er mit dem Ärmel der Armeeuniform fortwischte.

Langsam hob Osmo die Hand, als wollte er Guyenne beruhigen und darauf vorbereiten, was nun kommen sollte. Der Mechaniker kramte in den Schubladen, aus denen er allerhand Zeug auf den Tisch packte. »Hier! Schau mal, was ich für dich habe. Du könntest …«

»Osmo!«, krächzte es blechern aus Guyennes Gaumenplatte. »Ich habe dir schon die Hälfte deines Ladens abgekauft.«

Osmo ging nicht darauf ein. »Was brauchst du? Ich besorg es dir.«

»Ich habe alles.«

»Guyenne, denk an die Zeit, als wir noch Soldaten waren. Ich …«

»Du warst nie Soldat!«, unterbrach Guyenne ihn. Osmo war Mechaniker bei der Marine gewesen und hatte die U-Boote in den Hangars gewartet.

Doch Osmo hörte nicht auf ihn, sondern redete weiter. »Ich habe ein paar feine Technologien, die du verwenden könntest: Wärmeabtaster, Nachtsichtgeräte, Nervenkapseln, Elektrostäbe, Keramik-Inlays …«

»Osmo – du vergeudest deine Zeit.«

»Ich habe …«

»Nein!«, donnerte Guyenne.

Er packte Osmos Handgelenk, presste es auf den Tisch, griff nach dem Messer und trieb es so schnell zwischen Osmos Finger in das Holzimitat, dass Osmo nicht einmal reagieren konnte. Obwohl Guyennes Körper nahezu einem Wrack glich, waren seine Reflexe immer noch so scharf und kristallklar wie ein Diamantsplitter.

Mit aufgerissenen Augen starrte Osmo auf die Klinge, die seine Finger knapp verfehlt hatte. »Ich habe siebzig alte Francs, mehr nicht – ehrlich!«, kreischte er. »Für den Rest gebe ich dir einen vollen Tank und zehn Kanister Diesel für die Hockinson.«

»Du hast die Maschine letzten Monat auf eine Uran-Konsole umgerüstet.«

»Scheiße, ja!« Osmo schlug sich mit der freien Hand an die Stirn. »Hab aber kein Biotoxin … Wie wär's mit sechs neuen Magazinen für deine Galt, und du legst das restliche Geld bei Faquet für mich aus? Ja?«

»Die Kammer fasst nur drei Magazine. Was soll ich mit dem Rest?«

»Ich könnte dir eine zusätzliche Kammer mit zweitem Lauf montieren. Zwei Grad Streuwinkel. Damit triffst du jeden!«

»Ich will nicht jeden treffen! Außerdem reduziert es die Feuerkraft«, hustete Guyenne.

Osmo hielt ihn wohl für blöd!

»Nicht, wenn wir stärkere Zündkapseln verwenden.«

»Und der Rückstoß reißt mir die Hand ab?«

»Ein Problem, ich weiß, aber denk an eine mechanische Federung im Handgelenk, garantiert absolut tauglich, habe ich selbst erfunden.«

Guyenne dachte nach. Natürlich lohnte sich ein neuerlicher Eingriff in sein Nervensystem nicht – zumindest nicht für die paar Monate, die er noch zu leben hatte. Bis er sich endgültig das Gehirn rauspusten würde, bevor er völlig den Verstand verlor. Aber es wäre ein Eingriff in *seine* Hand, um Osmos Finger zu retten. Ein fairer Tausch – wenn man es so betrachtete.

»Wie lange brauchst du dafür?«

»Mit lokaler Betäubung?« Osmo schielte zur Decke. »Drei Stunden. Wann wäre es dir recht?«

»Heute Abend.«

Osmo nickte. »Geht klar.«

»Ich lege die Dreißig aus, komme aber nach meinem Besuch bei Faquet wieder.« Guyenne tippte Osmo mit dem Finger auf die Brust. »Wenn du nicht da bist, besuche ich deine Frau. Falls ihr abhaut …«

»Marie ist seit einer Woche tot.«

Guyenne schluckte. »Wusste ich nicht, tut mir leid«, krächzte er. »Es ist besser so für sie …«

»*Ich* habe sie getötet. Es ging nicht anders.« Osmo starrte auf die Tischplatte. »Ich hielt sie im Arm. Habe sie mit dreißig Milligramm Calcileen betäubt, trotzdem hätte sie beinahe den Mundriemen durchgebissen.« Tränen bildeten sich in seinen Augen. »Ich musste ihr drei Kugeln in den Kopf jagen …«

»Du musstest *was*?«

»Drei Kugeln!«, presste Osmo hervor. Er wischte sich über die Wange, wo er einen grauen Schmierfilm hinterließ. »Dann hörte sie endlich auf, um sich zu schlagen. Ich habe sie im Keller begraben.«

Guyenne wusste nicht, was er an Osmos Stelle getan hätte, doch er hätte es bestimmt nicht übers Herz gebracht, seiner eigenen Frau das Gehirn aus dem Schädel zu blasen. Andererseits hatte Osmo seine Marie länger als jeder andere gepflegt, den Guyenne kannte. Und es war bei Gott nicht einfach, zuzusehen, wie ein Mensch, den man einst geliebt hatte, Tag für Tag weiter starb und ein Stadium erreichte, das immer mehr an totes Fleisch erinnerte … und zur Bedrohung für einen selbst wurde.

»Tut mir leid«, wiederholte Guyenne. »Aber das ändert nichts an unserem Deal. Falls du versuchst, abzuhauen, finde ich dich. Ist das klar?«

»Wohin zum Teufel soll ich schon abhauen?«

»Ist das klar?«, fragte Guyenne noch einmal.

Osmo nickte. »Danke!«

Guyenne zog das Messer aus dem Tisch und griff nach seinem Parka, während Osmo nach hinten ging, um seine Schatulle mit dem Geld zu holen.

Guyenne verließ Osmos Werkstatt und stapfte nach oben. In der Seitentasche seiner Uniform klimperte eine Handvoll alter Francs, nichts weiter als schäbige Metallstücke. Den Rest würde er aus seiner eigenen Tasche zahlen, damit Faquet Ruhe gab und Osmo zufrieden schlafen konnte.

Guyenne stieß die Metalltür des Bunkers auf. Sogleich schlug sein Geigerzähler aus. Das Knacken machte ihn immer noch nervös – nach all den Jahren.

Ein glühender Staubwind fegte über Guyennes kahlen Schädel. Während er um sich spähte, versuchte er ruhig durchzuatmen. Hinter den Wolken hing die Sonne wie ein aufgeblähter orangeroter Ball über dem alten Hafen von Marseille. Vor ihm lagen die Trümmer der einst drittgrößten Hafenstadt Europas: Kaimauern, die, so weit das Auge reichte, durch die Bucht ins offene Meer ragten – eingefallen und in Bruchstücken aneinandergereiht wie überdimensionale, schiefe Dominosteine. Dazwischen grüne Schaumkronen, die über die Mauern und verrotteten Holzmolen wuschen und Bootskiele, die wie Speerspitzen aus den Wellentälern ragten. Am Ufer wehten Fischernetze im Wind. Ab und zu waren sie in Verwendung und förderten seltsam aussehende Muscheln zutage, die es vor wenigen Jahren in dieser Gegend noch nicht gegeben hatte. Überall türmten sich Müllberge. Es stank nach Fäulnis und Pest. Der Mief nahm von Jahr zu Jahr zu. Die Welt verkam immer mehr zu einem inzestuösen Geschwür, das sich ständig reproduzierte und dabei immer kränker wurde. Trotzdem besuchte er den alten Hafen öfter als notwendig, um das Salzwasser zu riechen und die Meeresbrise auf den Wangen zu spüren, die ihn an frühere Zeiten erinnerte.

Weit und breit keine Menschenseele – die Sonne war zu sengend. Stofffetzen und schmutzige Folien wurden vom Wind über den aufgesprungenen Straßenasphalt entlang der Küste gewirbelt, über die Baracken und die kleeblättrigen Pflanzen, die an den Außenwänden der Ruinen wucherten. Resistente Kreaturen, die sich von radioaktivem Regen ernährten. Andere wiederum waren nicht so anpassungsfähig und verdorrten in der brütenden Hitze, ebenso wie die Menschen. Langsam gingen sie zugrunde, mit oder ohne Vorrat an alten Francs – das war der Strahlung egal! Irgendwo kläffte ein Hund. Die Tiere waren noch ärmer dran als die Frauen und Kinder. Sie kannten nicht einmal den Grund, weshalb vor Jahren alles aus dem Ruder gelaufen war und sie seitdem bei lebendigem Leib verfaulten. Schuld war die Angst vor dem Tod – sie war zugleich Motor und Antrieb des Menschen gewesen. Immer schon.

Soeben gab eine Wolke die Sonne frei. Ihre Strahlen brannten sich in Guyennes schwelende Gesichtswunden. Mit der Hitze kamen auch die Kopfschmerzen – nach nicht einmal einer Minute. Guyennes Magen stülpte sich um. Ein frisch aufgeplatztes Blutgerinnsel stieg in seiner Kehle hoch. Er musste in den Schatten. Seine Hockinson wartete zwischen zwei dürren Palmen, die die Metamorphose nicht geschafft hatten, vor sich hinrotteten und knotenförmige Gewächse unter der braunen Rinde bildeten. Distelartige Geschwüre wie jene, die Guyenne in seinem Körper trug, wo sie sich ständig vermehrten, von Stunde zu Stunde größer und schmerzvoller wurden und sein Gesicht immer mehr verunstalteten. Würde das Datex doch nur ein einziges Mal ein Signal melden, solange er noch bei klarem Verstand war. Sein Leben hätte wieder einen Sinn.

Guyenne humpelte an der Mauer des Bunkers entlang. Endlich Schatten unter einem vorspringenden Blechdach. Irgendwo schlug die Tür einer Wellblechhütte gegen die Kette. Bevor er in Faquets Bunker auftauchen konnte, brauchte er weitere dreihundert alte Francs. Drei weitere Kerle standen auf seiner Liste, die er am Nachmittag von Faquet erhalten hatte: Ein Familienvater und zwei Jugendliche, die Faquet um ziemlich viel Geld beschissen hatten. Mit dem Familienvater würde es schwierig werden – wie immer, wenn er jemanden persönlich kannte –, doch den anderen beiden Kerlen den Lauf seiner Waffe in den Rachen zu schieben und womöglich bei einem der beiden abzudrücken, würde ihm keine echten Probleme bereiten. Niemand hinterging Faquet – zumindest nicht in Marseille. Und wenn zwei Rotznasen dachten, sie konnten ein krummes Ding durchziehen, während Faquet die Hände in den Schoß legte, hatten sie sich getäuscht. Faquet erwartete die Geldsumme heute Abend, und

Guyenne würde sie ihm besorgen, sonst war der Krebs sein geringstes Problem.

Als er in Reichweite der Hockinson kam, sah er das Leuchtsignal seines Datex. Die Lampe auf dem Lenker der Hockinson sprang soeben von Rot auf Grün und blinkte weiterhin grün. Er kniff die Augen zusammen und fixierte den Datenempfänger. *Das kann unmöglich sein!* Die Schmerzen in Bein und Kopf waren vergessen! Guyennes Herzschlag beschleunigte, als er zur Hockinson humpelte. Wie lange hatte er darauf gewartet, diese Lampe einmal grün blinken zu sehen? Zwei Jahre, drei Jahre? Das Signal sah so unwirklich aus, als handelte es sich um eine Luftspiegelung. Hoffentlich war es kein technischer Defekt oder bloß ein falscher Kontakt!

Da sah Guyenne im Augenwinkel eine Gestalt aus dem Schatten einer Häuserzeile auf die Straße treten und mit langsamen Schritten auf ihn zukommen. Guyenne beachtete den Mann kaum, der sich bemühte, seine Schritte harmlos und gleichmütig wirken zu lassen. Den Bewegungen zufolge war es ein Jugendlicher – ein Streuner, der offensichtlich den Eindruck erwecken wollte, er sei auf der Suche nach Wasser und etwas Essbarem.

Guyenne hielt auf die Hockinson zu.

»Ein schneidiges Gerät!« Die Stimme des Jungen klang selbstsicher, aber eine Spur zu fordernd und provokant. Wer sich in der Nähe des Hafens einen solchen Ton erlaubte, kam bestimmt nicht allein.

Guyenne ging weiter.

»Ein wenig zu schneidig für dich, alter Mann!«, setzte der Streuner nach.

Als hätte Guyenne es gewusst. Die Begegnung würde nur Ärger bringen. Ausgerechnet jetzt! Er antwortete nicht. Zielstrebig ging er weiter auf die Hockinson zu. Als er hinter sich das Knirschen im Kies hörte, verlangsamte er seine Schritte. Zwei Kerle – einer vor ihm, einer hinter ihm. Er sah zur Seite. Hinter der im Wind schwingenden Metalltür lauerte bestimmt der Dritte, für Notfälle – falls die beiden ihn nicht allein fertigmachen konnten.

»Ich habe keine Zeit, was wollt ihr?«, fragte Guyenne, obwohl er die Antwort bereits kannte.

»Den Code für die Hockinson«, antwortete eine Stimme hinter ihm.

Guyenne lachte auf. Die Platte in seinem Gaumen krächzte wie ein Reibeisen, das mit einer Feile bearbeitet wurde. Er starrte auf die Maschine. Was für ein erbärmlicher Schrotthaufen! Die Hockinson war ein 2040er Modell. Sie hatte zwar Uran-Brennstäbe für die Energieversorgung der Anzeigen, aber noch eine chipgesteuerte hydraulische Lageregelung. Das Display im Visier des Helms verfügte nur über drei Skalen: Ölstand, Sprit und Luftdruck. Das Navigationsmenü war defekt, der Tank – ein Biotoxin-Gemisch – nur zu einem Drittel voll. Dafür riskierten die Jungs eine Kugel ins Bein? Nur der Zoom und die Koordinatenanzeige im Helm funktionierten einwandfrei. Aus dem Rest hätte Osmo, der Mechaniker, etwas machen können – vielleicht beim nächsten Mal, falls es überhaupt ein nächstes Mal gab.

»Den Code für die Hockinson!«, befahl der Junge.

»Sonst noch was?«

»Deine Stiefel und die alten Francs in deiner Tasche!«

Unwillkürlich zog Guyenne eine Augenbraue hoch. Die Reaktion war dem Jungen bestimmt nicht entgangen, da er plötzlich zahnlos grinste.

»Wer ein so schneidiges Gerät fährt, ist bestimmt ein Geldeintreiber und trägt jede Menge Münzen mit sich rum.«

»Münzen, die nicht *mir* gehören«, sagte Guyenne.

»Richtig!« Der Junge lachte. »Sie gehören *uns*.« Er fuhr sich mit dem Handrücken über das dreckige Gesicht. »Und dann brauchen wir noch den Code für das Datex.«

Scheiße!

»Das Datex ist bloß Schrott«, log Guyenne.

»Für einen Haufen Schrott blinkt es aber mächtig aufgeregt«, widersprach der Junge. »Was suchst du damit, alter Mann?«

Guyenne gab keine Antwort.

»So eine feine Militärtechnologie findet man nicht alle Tage. Die bringt bestimmt ein nettes Sümmchen, falls man jemanden kennt, der sich dafür interessiert … und wir kennen einige Technik-Freaks.«

Guyenne war nun in der Nähe der Maschine. Er hörte, wie der Kerl hinter ihm näher trat. Es wurde Zeit, das Kindergartengeplänkel zu beenden. Mit der Rechten umfasste er den Griff in seinem Holster. Augenblicklich öffneten sich die Kapillaren in seinem Handgelenk. Die Glasfaserinlays der Waffe verbanden sich mit dem Nervensystem unter seiner Haut.

»Oooh, der alte Mann hat eine Galt – wie Furcht einflößend!«

»Junge, du hast keine Ahnung, was diese Waffe anrichtet.«

»Doch – und wir werden es dir demonstrieren!«

Im nächsten Moment schwang die Metalltür auf. Wie vermutet trat der dritte Junge aus dem Gebäude. Er hielt einen kleinen schwarzen Kasten in der Hand – einen Deceiver.

»Damné!« Noch bevor Guyenne die Waffe hochreißen konnte, visierte ihn der Junge mit dem Kasten an und betätigte einen Knopf. Die Inlays in Guyennes Handgelenk erhitzten sich, ein Stromstoß fuhr ihm durch den Arm. Er schüttelte die Hand und ließ die Waffe in den Staub fallen.

»Die Codes!«

»Leck mich am Arsch!« Guyenne bemerkte das Knirschen von Kies hinter sich. Dann traf ihn die Wucht einer Eisenstange auf der Schulter. Er taumelte einen Schritt nach vorne, als wäre er betrunken, doch statt auf die Knie zu fallen, rannte er mit demselben Schwung weiter. Wie ein Bulle in der Arena rammte er dem Jungen vor sich den Schädel in den Brustkorb. Einer Dampflok gleich, schob er den Burschen vor sich her und wuchtete ihn gegen die Hausmauer. Guyennes Halswirbel knirschten, aber das Geräusch brechender Rippen war eine Wohltat in seinen Ohren. Der Junge sackte brüllend zu Boden.

Sogleich fuhr Guyenne herum. Er sah sich den anderen beiden Burschen gegenüber, doch dahinter rannten noch zwei weitere herbei. Jeder schwang ein Eisenrohr – und Guyennes Waffe lag zu weit entfernt. Mit der Wand im Rücken ging er in den Angriff über. Noch bevor der erste Junge mit dem Rohr ausholen konnte, schnappte Guyennes Bein nach vorne. Er trieb dem Angreifer die Stiefelspitze in den Magen, sodass dieser zurückgeschleudert wurde. Dabei fuhr ein höllischer Schmerz durch Guyennes Knie, und der tat sicher mehr weh als der Tritt, den er dem Jungen verpasst hatte.

Dann war kaum Zeit genug, beide Arme in einem Kreuzblock vors Gesicht zu reißen und den Schlag des nächsten Eisenrohrs abzuwehren. Trotz des Aufpralls, der sein Handgelenk in einen einzigen Bluterguss verwandeln würde, trieb Guyenne den Angreifer nach hinten. Dabei packte er die Stange, wand sie dem Jungen mit einer Drehung aus der Hand und schleuderte das stumpfe Ende mit derselben fließenden Bewegung in das Gesicht des Burschen. Fleisch, Blut und Zähne spritzen davon. Während der Junge zu Boden sank, humpelte Guyenne den letzten beiden Angreifern entgegen. Dabei schwang er das Rohr, als wäre es ein Teil von ihm.

Vielleicht lag es an seinem schmerzverzerrten und wutentbrannten Gesichtsausdruck, vielleicht aber auch an seinem energischen Vorwärtsschreiten oder der Stange in seinen Händen, die er herumwirbelte, als hätte er sein Leben lang nichts anderes getan, als Bojutsu trainiert … jedenfalls stoppten die letzten beiden Burschen einige Meter, bevor sie ihn erreichten, und warfen sich einen unsicheren Blick zu.

»Helft euren Freunden auf und zieht Leine!«, knurrte Guyenne.

Der Erste, den er getroffen hatte, lehnte keuchend mit gebrochenen Rippen an der Hausmauer. Der Zweite kroch auf allen vieren über den Boden und würgte einen neuerlichen Schwall Magensäure hervor, während sich der Dritte das Gesicht mit blutverschmierten Händen hielt.

Die Jungs rappelten sich auf und taumelten ohne ein Wort zu sagen die Straße hinunter. Guyenne sah ihnen nach, dann starrte er auf den Deceiver im Sand.

»Scheißding!« Er zermalmte das Gerät mit dem Stiefel, bis die Splitter in alle Richtungen flogen. Anschließend bückte er sich ächzend nach der Galt, um sie ins Holster zu stecken. Bei Gelegenheit musste Osmo die Glasfaserinlays resistent gegenüber Deceiverwellen machen. Aber egal, was jemand erfand – es würde immer jemanden geben, der sich ein Gegenmittel ausdachte. So war es auch mit der Rüstungsindustrie gewesen. Das Einzige, wogegen es kein Mittel gab, war die Radioaktivität, die Dutzende Geschwüre in ihre Gehirne streute und sie zu gefräßigen Monstern machte.

Guyenne humpelte zur Hockinson und riss das Datex vom Lenker der Maschine. Unter der staubigen Schicht auf dem blinden Glas blinkte die Lampe immer noch grün. Aufgeregt überprüfte er die Stromzufuhr, den Stand des Geigerzählers – kein Defekt, keine äußere Einwirkung! Niemand hatte das Gerät manipuliert. Das Datex arbeitete einwandfrei. Trotz der Hitze bekam er eine Gänsehaut. Seit Jahren hatte er auf diesen Moment gewartet, ständig versucht, die tödliche Wirkung der Krebszellen in seinem Körper hinauszuzögern, nur um diese Lampe einmal grün leuchten zu sehen. Er hätte nicht gedacht, dass Francine noch am Leben war, doch offensichtlich hatte sie endlich einen der zahlreichen Kontrollpunkte passiert, die er entlang der Côte d'Azur installiert hatte.

Guyenne tippte den Code ein und aktivierte das Display des Datex. Das Signal kam aus Nizza. Fast niemand konnte sich mehr an den alten Militärstützpunkt in den Bergen erinnern, wo er den Frequenzabtaster platziert hatte. Möglicherweise diente die Ruine schon längst den Entstellten, die dort Schutz vor der Sonne suchten. Wie auch immer – in diesem Moment musste sie sich dort befinden.

Für einen Augenblick dachte er an seinen Auftrag, das Geld für Faquet, die drei Kerle und Osmos Eingriff in sein Handgelenk, der für heute Abend vorgesehen war. Dann fielen ihm die Worte des Mechanikers ein. *Du hast nicht mehr lange zu leben … mach etwas Sinnvolles aus deinem Leben … geh fort, weiter östlich die Küste rauf …* Nizza lag nordöstlich. Doch falls er sich jetzt aus dem Staub machte, würde Faquet ihn jagen – und nicht nur das, denn Faquet müsste annehmen, dass er sich mit dessen Geld abgesetzt hatte. Andererseits hatte er viele Jahre auf diesen Moment gewartet. Wenn er es jetzt durchziehen würde, gab es kein Zurück mehr – das war klar.

Als Guyenne auf der Hockinson Platz nahm, meldeten sich die Schmerzen mit einem qualvollen Stich in seinem Knie wieder. *Keine ruckartigen Bewegungen, keine hastigen Drehungen!* – hatte ihm Skopalek eingeschärft. Der Idiot hatte leicht reden! Der Arzt trieb sich nicht täglich in den schlimmsten Vierteln der Stadt herum. Am liebsten hätte er Skopalek zum Dank für diese stümperhafte chirurgische Arbeit selbst eine Kugel ins Bein gejagt.

Während Guyenne die Zähne zusammenbiss und darauf wartete, dass die Uranstäbe im Motor hochfuhren, warf er nochmals einen Blick zu den Wellblechhütten auf der anderen Straßenseite. Mittlerweile waren die Entstellten, die nur noch ihren Trieben folgten, in der Überzahl.

Guyenne sah sich um.

Die verdammte Sonne blendete ihn, dennoch glaubte er, die Kreaturen zu sehen. Sie rotteten sich in den Bäuchen der Wellblechhütten zusammen und starrten mit schwarz funkelnden Augen hinaus. Gegen diese Brut waren die fünf Jugendlichen von vorhin so harmlos wie ein Flusskrebs auf dem Trockenen. In Nizza war es bestimmt noch schlimmer!

Guyenne lud die Koordinaten für die Fahrt nach Nizza auf das Display. Hundertdreiundachtzig Kilometer. Eine Stunde, fünfzig Minuten berechnete der Computer. Er blickte auf die Uhr. Sechs Uhr abends. Es war noch etwa zwei Stunden lang hell. Falls er die Küstenstraße über Toulon und Cannes entlangfuhr, konnte er die Stadt mit der Hockinson noch vor Sonnenuntergang erreichen. Jedenfalls war das ungefährlicher als eine direkte Route durchs Hinterland zu nehmen. Die Küstenstreifen am Meer waren noch halbwegs sicher, aber man wusste nie, was in den Bergen auf einen lauerte.

Mit einem Knall startete er die Maschine.

Die Fahrt dauerte länger, als er gedacht hatte. Nach einer Stunde war er erst in Toulon und hatte noch nicht einmal die Hälfte der Strecke hinter sich. Er musste eine Pause einlegen. Die Küstenstraße war so schlecht, als wäre der Asphalt von Mörsergranaten zerfetzt worden. Das Salzwasser fraß ein immer tieferes Netz aus Rissen in die Straße.

Keuchend humpelte Guyenne aus der Tankstelle, einen halb vollen Kanister in der Hand. Er hatte das Biotoxin selbst abgemischt, mit Treibstoffresten, die er in den unterirdischen Tanks regelrecht zusammengekratzt hatte. Mittlerweile hing die Sonne wie eine glutrote, ovale Scheibe über dem Meer. Ausgedörrte Grasballen wurden vom Wind über den trostlosen Vorplatz getrieben. Lange Schatten. Die Luft flimmerte über dem grobkörnigen, roten Wüstensand – Lichtspiegelungen tanzten am Horizont. Mittendrin formten sich die Umrisse seines Motorrads. Guyenne trat unter dem Vordach ins Freie, humpelte darauf zu. Sogleich brachte die untergehende Sonne seine Schmerzen wieder zutage. Doch die Qualen in seinem Kopf, das Ziehen in seinem Gesicht und das Brennen auf der Haut waren im Moment nebensächlich. Er musste weiter, solange die Lampe des Datex grün leuchtete. Er durfte die Spur nicht verlieren.

Er schwang sich auf die Hockinson. Bevor er die Maschine startete, leuchtete sein portables Kommunikationsinterface auf. Um diese Tageszeit konnte es nur einen geben, der ihn sprechen wollte: Faquet.

Guyenne knirschte mit den Zähnen – seine Backenknochen mahlten. Falls er jetzt mit Faquet redete, verlor er kostbare Zeit. Andererseits würde es den Maître stutzig machen, wenn er nicht antwortete. *Verflucht!*

Guyenne klappte das Display auf. Faquets Gesicht erschien auf dem Bildschirm, mit einem lasziven Lächeln – wie immer, wenn er schlecht gelaunt war –, leicht gespitzten Lippen und einer hochgezogenen Augenbraue, um seine Überlegenheit zu demonstrieren.

»Guyenne, mein Lieber«, säuselte Faquet. Er aß gerade ein vor Fett triefendes Hähnchen mit den Fingern und wischte sich mit einem Tuch den Mund ab. Irgendwie passte die Art und Weise, wie er aß, nicht zu den dicken, glänzenden Klunkern an seinen Fingern. »Es ist spät, ich erwarte dich, wo bist du?«

»Ich besorge das Geld für dich«, log Guyenne.

»In Toulon?«

Guyennes Kehle trocknete aus. Woher wusste der Scheißkerl, wo er war? Guyenne hielt das Interface so, dass Faquet lediglich sein Gesicht und den in blutiges Abendrot getauchten Himmel hinter seinem glatzköpfigen Schädel sehen konnte.

»Guyenne, Guyenne«, seufzte Faquet. »Was treibst du dort, so weit weg von Marseille? Oder hast du etwa …?« Faquet stutzte. »Ich sehe, du hast dir die Koordinaten von Nizza auf das Display geladen. In Nizza gibt es niemanden, der mir Geld schuldet.« Faquets Stimme bekam einen selbstgefälligen Ton. »Glaubst du etwa, mein Einflussgebiet endet an der Stadtgrenze von Marseille? Ich habe Kontakte über Monaco bis rauf nach Genua.

Glaube nicht, dass du dich so einfach mit meinem Geld absetzen kannst.«

Zorn stieg in Guyennes Kehle hoch. Ihm war gleichgültig, welche Kontakte Faquet besaß. »Du hast *zwei* Sender angebracht? An der Hockinson *und* in meinem Helm?«

»Nicht ich«, antwortete Faquet seelenruhig. »Der tüchtige, brave Osmo war es – als er die Uran-Brennstäbe montierte, die Drehzahlen der Maschine erhöhte und dir die Koordinatenanzeige einbaute. Da hat er noch eine kleine Extraarbeit für mich erledigt.« Faquet stopfte sich ein weiteres Hähnchenbein in den Mund.

Guyennes Gaumenplatte schmerzte. »Du Dreckskerl«, krächzte er.

»Guyenne, mein Lieber, Wissen ist Macht! Ich bin gern informiert, was meine Leute treiben. Und wie es scheint, ist das auch notwendig – oder etwa nicht?«

Guyenne antwortete nichts darauf.

»Oder etwa nicht? Sag es mir!«, fuhr Faquet ihn an. Mit einem Mal hatte er seine gönnerhaft, dekadente Art verloren. Seine Augen funkelten gefährlich.

»Wir haben dich auf dem Schirm, Guyenne. Einer meiner Leute kommt dir von Genua entgegen. Und ich hoffe für dich, du hast das Geld dabei. Denn falls nicht …«

Guyenne klappte das Display zusammen, die Verbindung war tot. Er durfte keine weitere Zeit vergeuden. Wenn Faquet jemanden aus Norditalien losgeschickt hatte, konnte es nur bedeuten, dass sich der verrückte Servetto auf dem Weg nach Nizza befand. Er stieg ab und ging in die Hocke. Dabei knackten seine verdammten Knie so laut, als würden trockene Äste brechen.

»Merde!«, fluchte er.

Vorsichtig nahm er die Verschalung ab. Er öffnete den Deckel, hinter dem sich der Behälter mit den Brennstäben befand. Das Biotoxin-Gemisch schlug Blasen in der Hitze. Der Schlauch, der die gasgekühlte Flüssigkeit zu den vier Turbinen transportierte, war vom Salzwasser schon so zerfressen, dass es ein Wunder war, dass die Maschine überhaupt noch lief. Guyenne tastete mit den Fingern die Innereien des Motors ab. Dort befand sich nichts, was da nicht hingehörte ... bis auf den kleinen, harmlosen grauen Chip, in dem sich das Licht der Abendsonne spiegelte. Guyenne riss ihn heraus und zertrat ihn mit dem Stiefelabsatz. Dann nahm er den Helm vom Lenker und betrachtete das Display. Irgendwo in diesen Siliziumleitungen steckte der Verräter. Aber er würde den Militärstützpunkt auch ohne die elektronische Karte finden. Er musste einfach! Schließlich hatte er den Sender erst vor wenigen Jahren in den Bergen installiert. Mit einer Drehung warf er den Helm über die Klippen aufs Meer hinaus. Einige Möwen flatterten erschrocken auf. Dann ließ er sich wieder in den Sattel fallen.

Guyenne gab Gas, ließ den Motor aufheulen. Das Kraftrad lief an, die Konstruktion aus Sattel und Fußpedal glitt automatisch nach hinten. Binnen Sekunden verformte sich der Rahmen, sodass Guyenne bäuchlings auf dem gepolsterten Tank zum Liegen kam. Mit röhrendem Motor verließ er die Tankstelle und raste die Küstenstraße weiter in Richtung Nizza.

Drei Stunden später war die Nacht über Nizza hereingebrochen. Der Mond spiegelte sich im Meer. Nicht weiter aufregend, Guyenne kannte den Anblick. Er stand beinahe jede Nacht am Meer. Die Brandung, eine Mischung aus dunkelgrünem Wasser und silbernen Schaumkronen, krachte gegen die Felsen, sodass die Gischt bis zur breiten Küstenstraße hochspritzte.

Im Mondlicht wirkte der aufgerissene Asphalt – zu beiden Seiten von verdörrten Palmen gesäumt – wie ein überdimensionales skelettiertes Rückgrat mit nach innen gebogenen Rippen. Durch diese düstere Allee fand Guyennes Motorrad den Weg zum anderen Ende der Bucht, die Nizza vom offenen Meer trennte.

Der frühere Militärhafen existierte nicht mehr. Lediglich die Schlachtschiffe der französischen Marine, rostige Riesen, deren hohle Rümpfe den Menschen als Behausung und Versteck vor den Entstellten dienten, dümpelten in der Bucht wie auf einem Schiffsfriedhof – und nichts anderes war es. Zahlreiche Minensuchboote und Patrouillenschiffe der Küstenwache lagen bereits auf Grund. Weiter draußen – kaum zu erkennen – spiegelte sich das Mondlicht in den Bullaugen und Kanonenrohren der Flaktürme. Dort ankerten die Flugzeugträger, nuklear angetriebene, schwimmende Plattformen – nichts weiter als tickende, lecke Zeitbomben, die ihre radioaktive Flüssigkeit ins Meer laufen ließen, Nacht für Nacht, Tropfen für Tropfen.

Während Guyenne die Geschwindigkeit drosselte und die Bucht entlang fuhr, erwachte die Stadt zum Leben. *Falsch*, korrigierte sich Guyenne. *Erwachten in der Stadt die Toten*. Er hörte kein Wort, der Motor der Hockinson dröhnte zu laut, doch er sah sie. Vermummte Gestalten, zwischen den Betonfassaden und Häuserschluchten. Am hässlichsten klangen die knirschenden Geräusche, sobald sie sich bewegten. Schwarz funkelnde Augen, Geifer und wildes Scharren. Lange Schatten, die auf allen vieren hinter Ecken hervorkrochen. Einzelgänger, die sich zu Horden zusammengerottet hatten, da sie sonst keine Chance hatten, weiter zu existieren. Aus zahlreichen Fässern stieg Rauch. Auch hier wurde der Abfall verbrannt – und der bestialische Gestank in Kauf genommen, um zumindest an manchen Stellen die Dunkelheit zu vertreiben.

Guyenne steuerte die Hockinson durch die Hochhausruinen in das Hinterland der Stadt und über mehrere Serpentinen eine Gebirgsstraße hinauf. Wo sich einst die bewaldeten Hügel des Mont Faron befunden hatten, ragten jetzt verbrannte oder abgeholzte Baumstümpfe ins Mondlicht. Je höher er kam, desto breiter wurde seine Aussicht auf die Stadt. Wie ein Mosaik aus glühenden Kohlen breitete sich Nizza vor seinen Augen aus: ein sichelförmiges Panorama, umspült vom Meer. Überall loderten Feuer, manche größer, manche kleiner.

Als die Steigung der Gebirgsstraße abflachte, verringerte Guyenne das Tempo. Nach einigen Abzweigungen fand er die richtige Straße: Vorbei an niedergerissenen Zäunen, in eine Sackgasse, die auf einem Felsplateau endete. Darauf thronte der Militärkomplex. *La Force Trois* war ein schwarz glänzender Koloss, dessen kompliziert verzweigte Geometrie sich jeder Logik entzog. Unmittelbar an die zentral gelegene, mehrstöckige Rotunde schlossen die düsteren Nebengebäude mit den zahlreichen Kuppeln und gigantischen gläsernen Dachflächenkonstruktionen. Links und rechts davon reihten sich die Module des Wohnbereichs wie Waben aneinander, darübergestülpt die Lebenserhaltungssysteme, die über frei liegende Korridore mit dem Hauptgebäude verbunden waren. Mit den wuchtigen Energieblöcken und zylindrischen Treibstofftanks an der Seite wirkte die Anlage wie eine kleine, autonome Stadt – kompakt und voluminös, eine Furcht einflößende Kreatur im schwarz funkelnden Titanpanzer, zur Hälfte in den Fels gebaut. Doch Guyenne wusste: Die Kreatur war genauso tot wie blind. Kein Funknetz – und die Transformatoren tief im Inneren des Gebäudes waren schon lange nicht mehr in Betrieb.

Als er das letzte Mal hier gewesen war, um den Frequenzabtaster zu installieren, hatte die mächtige Satellitenschüssel noch auf dem Dach der Rotunde gethront. Doch ein Sturm musste sie heruntergerissen haben. Sie steckte mitten im Glasdach einer tiefer gelegenen Etage. Drähte ragten aus dem Stumpf. Ebenso waren sämtliche Antennen und Funkmasten abgerissen worden.

Ganz so leblos war das Gebäude allerdings nicht. Im zweiten Stock brannte ein Feuer. Der flackernde Schein warf Schatten an die Glasfront. Kein gutes Zeichen! Wahrscheinlich war sie nicht allein. Hier oben lebten keine Menschen – zu gefährlich. Entweder hatten die Entstellten Francine getötet und ihre Leiche ins

Hinterland verschleppt – nichts weiter als Aas, an dem sich die Toten labten und in das die Krähen ihre Schnäbel hackten –, oder sie war selbst zu einer Entstellten geworden. Aber falls sie noch lebte und er sie fand, musste er ihr diese eine Frage stellen, die seit Jahren in ihm brannte, und die ihn seit jenem Tag verrückt machte, an dem er sie zum letzten Mal gesehen hatte. Ohne den Gedanken daran wäre er längst zugrunde gegangen. Mittlerweile hatte er jedoch fast die Hoffnung aufgegeben, sie jemals wieder mit gesundem Verstand anzutreffen.

Guyenne stieg von der Hockinson. Seine Schulterblätter und Rückenwirbel knackten von der langen, holprigen Fahrt. Er war zu alt dafür, irgendwann würde es ihn umbringen. Er steckte die Taschenlampe an die Schulterlasche der Armeejacke, schaltete das Licht ein, nahm die Galt aus dem Holster und betrat den Haupteingang. Ein widerlicher Gestank schlug ihm entgegen. Ja, da waren sie. Wie die Menschen mieden sie die Sonne. Die Strahlung hatte ihre Gehirne zerfressen und ihre Körper absterben lassen. Sie faulten vor sich hin, wie Obst in einer Kiste, brauchten keinen Schlaf und wurden nur noch von ihren Ur-Instinkten angetrieben, wie lebendes Aas, das sich auf zwei Beinen aufrecht hielt und von anderem Aas ernährte.

Der Lichtkegel der Lampe wanderte durch die Halle. Zentimeterdicker Staub lag auf dem Boden. Spuren von nackten Füßen führten zur Treppe in das obere Stockwerk. Mitten im Raum, an einer Stelle, die nicht von herabfallendem Schutt gefährdet war, zwischen Mülltonnen und rostigen Regenfässern, stand der Frequenzabtaster auf einem Stativ. Erhaben – als wäre er erst gestern aufgestellt worden. Das Licht blinkte grün. Immer noch. Sie musste sich in dem Gebäude befinden, innerhalb eines Radius von fünfhundert Metern. Guyennes Herz raste.

»Francine!«

Er musste husten. Seine Kehle kratzte.

»Francine!«, rief er erneut, diesmal leiser.

Ein Geräusch aus dem oberen Stockwerk. Er ließ den Lichtstrahl zur Treppe wandern. Von dort drang ein hässliches Schaben herunter, als würde etwas über den Boden geschleift werden. Guyenne hob die Galt und näherte sich den Stufen. Die Glasfaserinlays der Waffe verbanden sich mit seinem Nervensystem.

»Francine?«

Er hörte das Prasseln des Feuers. Es war eine Angewohnheit der Entstellten. Sie hielten Arme und Beine in die Flammen, weil sie die Qualen im Kopf nicht mehr aushielten. Ein Schmerz überdeckte den anderen – doch nur für kurze Zeit. Sie konnten nicht sterben, es sei denn, jemand jagte ihnen ein Projektil in den Schädel und zerstörte dabei das zentrale Nervensystem. Am effektivsten war jene Stelle, die am anfälligsten für Strahlenmutationen war: der Übergang vom Gehirn zum Rückenmark.

Guyenne beugte sich nach vorne.

»Francine …?«

Da berührte ihn etwas von hinten. Guyenne fuhr herum, sah nur die schwarz funkelnden Augen und die blanken Zähne. Er riss die Galt hoch, doch eine zweite Kreatur hing bereits an seinem Arm. Die Mistkerle hatten hinter den Fässern gelauert. Guyennes erster Schuss fuhr in den Boden und verfehlte nur knapp sein eigenes Bein. Er schmetterte dem Kerl, der ihm am nächsten stand, den Ellenbogen ins Gesicht. Fleisch und Zähne gaben weich nach. Mit einem Fußtritt beförderte er den Haufen Aas meterweit von sich weg.

Im nächsten Moment spürte er die krummen Finger an seinem Parka. Jemand versuchte die Zähne in seine Schulter zu versenken, doch die Armeejacke war zu steif. Er riss sich los, trat um sich und bekam die Schusshand frei. Es waren drei Männer, die schon längst das Stadium des Kadavers überschritten hatten. Drei Projektile, und drei gezielte Schüsse, dann lagen sie zuckend auf dem Boden. Was für ein Gestank! Zwei Zähne steckten in seiner Armeejacke.

Als Guyenne aufsah, merkte er, dass es sich nur um die Vorhut gehandelt hatte. Aus dem Lagerraum kamen weitere. Eine Horde undefinierbarer Leiber kletterte auf allen vieren die Treppe herunter.

Guyenne richtete die Lampe an seinem Schulterpolster auf ihre Gesichter. Tief liegende Augen, aufgequollene Lippen, deformierte Nasen, eingesunkene Kopfhaut. Wann würde der Albtraum je enden?

»Francine!«, brüllte er. Gehetzt blickte er sich um. War sie unter ihnen?

Dann waren sie heran. Er schoss die Ersten nieder. Anschließend blieb ihm nur noch Zeit, die Granaten von den Ringen an seinem Parka abzuziehen und weit hinter die Meute zu werfen. Die auf ihn zustürzenden Leiber würden einen natürlichen Wall zwischen ihm und den Splittern bilden. Trotzdem ging er in die Hocke, als die ersten Granaten detonierten. Die Schrapnellsplitter zischten in alle Richtungen. Funken schlugen vom Geländer der Metalltreppe und den frei liegenden Heizungsrohren. Es stank nach versengtem Metall. Einige Splitter zerfetzten seine Hose, drangen in sein Bein und in den Oberarm. Guyenne biss die Zähne zusammen.

Die Leiber stürzten vor ihm zu Boden. Sie würden nicht lange liegen bleiben und sich binnen Sekunden wieder aufrappeln. Doch bevor das geschehen konnte, streckte Guyenne jeden einzelnen von ihnen mit der Galt nieder. Manche brauchten zwei Schüsse in den Kopf, bis sie sich nicht mehr bewegten.

Danach sah er zu dem Stativ mit dem Frequenzabtaster. Die Granaten hatten nichts von dem Gerät übrig gelassen. Die zerfetzte Lampe blinkte nicht mehr. Nur lose Kabel hingen wie Eingeweide aus dem aufgeplatzten Gehäuse.

Guyenne stieg über die Leichen.

»Francine!« Er hatte immer noch das Dröhnen der Detonation in den Ohren. Seine eigene Stimme klang meilenweit entfernt.

Im Türspalt hinter einem Blechverschlag sah er eine Bewegung. Als die Tür aufflog, riss er die Galt hoch. Er wollte schon abdrücken, als er die Gesichtszüge einer Frau sah. Für den Bruchteil einer Sekunde stand er tatsächlich Francine gegenüber. Da knackte das Gebälk über ihnen und gab ein hässliches Knirschen von sich. Im gleichen Moment wandte Francine das Gesicht ab, weg vom Licht der Lampe, und rannte ans Ende der Halle. Das Licht oder das Geräusch mussten sie erschreckt haben.

Guyenne versuchte ihr zu folgen, doch im nächsten Moment war sie durch einen schmalen Riss in der Wellblechwand nach draußen geschlüpft. Er passte unmöglich durch diese Öffnung. Außerdem würde er sie mit dem Splitter im Bein niemals einholen. Er hatte nur eine Chance: die Halle durch den Hauptausgang zu verlassen und außen herumzulaufen. Mit etwas Glück rannte sie ihm an der Rückseite des Gebäudes in die Arme.

Er humpelte ins Freie. Die Wolkendecke riss auf. Sand und Steine reflektierten das Mondlicht. Guyenne stockte. Einige Meter vor ihm parkte eine fremde Maschine. Eine italienische Marke. *Servetto!* Die Spur im Sand war frisch. Er ging zu dem Gerät und legte die Hand auf den Motor. Das Metall war noch warm. Der Italiener musste eben erst angekommen sein. *Scheiße!* Falls er sich jetzt um Servetto kümmerte, verlor er Francine. So lange hatte er darauf gewartet, dass sich ihre Wege kreuzten. Seit er für Faquet arbeitete, war ihm noch nie jemand durch die Lappen gegangen – und nun ausgerechnet sie! War sie es überhaupt gewesen? Seit dem Fallout war verdammt viel Zeit vergangen, in der sich Menschen veränderten, schneller als üblich. Aber sie war es, sie *musste* es einfach sein. Wer sonst sollte ein auf diese Frequenz eingestelltes Implantat zwischen dem zweiten und dritten Lendenwirbel im Rückenmark tragen?

Die Ärzte hatten es Francine eingepflanzt, eine Woche bevor

die große Katastrophe alles vernichtete und die Strahlung die Entstellten aus den Trümmern wie eine neue Spezies Mensch geboren hatte. Die Sonde in Francines Körper sollte regelmäßig ihre Blutwerte an die Datenbank der Klinik übermitteln. Ein moderner Tumormarker, der ständig darüber informierte, wie hoch ihre Überlebenschance war. In den Wirren nach dem Fallout hatten sie sich verloren, und die Ungewissheit über ihr Schicksal fraß ihn, ebenso wie der Krebs, täglich mehr und mehr auf. Schließlich hatte er entlang der Küste über dreißig Abtaster installiert, die auf die Frequenz ihrer Sonde eingestellt waren, in der Hoffnung, dass Francine eines Tages in den Radius eines der Geräte kommen würde.

Guyenne nahm die Hand vom Tank der Maschine. Francine konnte warten. Er musste jetzt einen kühlen Kopf bewahren und sich zuvor um Servetto kümmern. Vermutlich suchte ihn der Italiener in dem Gebäude. Die Detonation der Granaten würde ihn rasch herbeigelockt haben. Guyenne blieb nicht viel Zeit. Er durchsuchte die Seitentaschen von Servettos Gefährt nach Waffen. Nichts.

»Eh, suchst du *das*, Arschloch?«

Ein italienischer Akzent!

Guyenne fuhr herum. Im gleichen Moment schlug ihm Servetto den Kolben einer Waffe ins Gesicht. Er glaubte, seinen Nasenknorpel platzen zu hören. Der Schmerz trieb ihm die Tränen in die Augen. Hart landete er auf dem Rücken. Noch bevor er den Arm mit der Galt hochreißen konnte, wurde er selbst auf den Bauch gewirbelt. Im nächsten Augenblick hockte der Italiener mit gespreizten Beinen auf seinem Rücken und drückte seinen freien Arm in den Staub. Mit der anderen Hand hielt Guyenne den Griff der Galt umklammert, was ihm aber im Moment nicht viel nützte. Die Waffe steckte noch im Holster, und er lag mit dem eigenen Oberschenkel darauf.

»Hast du *danach* gesucht?«

Guyenne spürte den Lauf einer Waffe an der Wange. Das kalte Metall schmiegte sich an seine Haut. Guyenne roch den rauen, gebürsteten Stahl.

»Willst du mich verarschen, Guy?«

»Wenn du darauf stehst«, krächzte Guyenne.

Sogleich traf ihn der Kolben auf dem Hinterkopf. Guyennes Stirn knallte in den Sand. Schmerzvoll verzog er das Gesicht.

»Du Schneckenfresser dachtest wohl, du könntest mich reinlegen. Wolltest mir eine Falle stellen, was?« Servetto drückte Guyennes Wange fester in den Sand. Guyennes Haut begann zu brennen.

»Du dachtest wohl, du könntest mit deinen Spielzeuggranaten da drinnen ein kleines Ablenkungsmanöver inszenieren? Den menschlichen Müll aufschrecken, damit er über mich herfällt, was?«, brüllte Servetto.

»Ich muss noch einmal da rein«, keuchte Guyenne. »Bin auf der Suche nach jemanden.«

»Glaubst du, ich bin so blöd, wie *du* aussiehst? Soll *ich* etwa mit dir das Gebäude betreten, damit mich deine Kadaverfreunde, diese Cretini, kalt machen? Elender Franzose! Wo ist Faquets Geld?«

»Hab es nicht!«

»So, so, er hat es nicht. Verstehe!«

Guyenne hörte, wie Servetto die Waffe durchlud. Im nächsten Augenblick spürte er den kalten Stahl im Genick. Der Schuss würde nicht viel von seinem Hals und seinem Kinn übrig lassen.

»Ich hole mir Faquets Geld, danach töte ich dich. Du bist so stümperhaft wie ein Anfänger. Anschließend nehme ich mir deine Maschine – nicht einmal so übel, die Kiste.«

»Servetto, du hast keine Ahnung, worum es hier geht.« Die Glasfaserinlays der Galt verbanden sich mit Guyennes Handgelenk. »Das ist eine private Sache. Ich muss jemanden in dem Gebäude finden, danach besorge ich dir Faquets Geld.«

Im Bruchteil einer Sekunde verschmolzen die Dioden der Waffe mit Guyennes Nervensystem. Er spürte die Tausenden kleinen Nadelstiche nicht einmal.

»Du willst mich schon wieder in eine Falle locken!«, widersprach Servetto.

»Gib mir eine halbe Stunde.« Guyennes Gedanken liefen in den Nervenbahnen wie durch Datenkanäle in die Galt – er wurde eins mit der Waffe. Kein Entsichern, kein Abdrücken, kein Durchladen waren mehr notwendig. Ein Gedanke konnte die Galt abfeuern.

»Zu spät, Guy.« Servetto drückte die Waffe auf Guyennes Hinterkopf und stemmte sein ganzes Gewicht auf den Griff. »Wo ist das Geld?«

Guyenne verdrehte das Handgelenk. Der Lauf knirschte im Holster. Er grub die Faust tiefer in den Sand.

»Ho, ho, ruhig!«, entfuhr es Servetto. »Mach es dir nicht so schwer, alter Knabe. Wo ist das Geld? Etwa im Tank deiner Schrottmühle?« Servetto lehnte sich zurück und deutete mit dem Kopf zur Hockinson.

In diesem Moment drückte Guyenne ab. Das Projektil fuhr schräg durch sein Bein, trat aus dem Oberschenkel aus und schlug in Servettos Hüfte.

Der Italiener schrie auf. Während Servetto zur Seite fiel, wälzte sich Guyenne herum und feuerte das ganze Magazin in Servettos Brust, bis dieser reglos auf dem Rücken liegen blieb. Sogleich sprang das nächste Magazin in die Kammer.

Guyenne biss die Zähne zusammen. Der Schmerz in seinem Bein machte ihn rasend. Es spürte das Blut in den Adern hämmern, wie Feuer brennen, pochen und pulsieren. Warm floss es an seinem Oberschenkel hinunter. Nun war sein rechtes Bein komplett im Arsch, nicht nur wegen des kaputten Knies und der Schrapnellsplitter, sondern auch wegen dieses glatten Durchschusses und der Austrittswunde. Aber zum Glück hatte das

Projektil keinen Knochen zerschmettert, stellte er fest, als er das Bein vorsichtig bewegte. Falls Guyenne aber eine Arterie getroffen hatte, blieb ihm nicht mehr viel Zeit.

Seine Hand löste sich vom Pistolengriff. Die Glasfaserinlays krochen wie Ameisen aus seiner Haut, die Kapillaren schlossen sich. Er humpelte zur Hockinson und öffnete die Seitentasche. Alles fiel heraus. Servetto hatte die Box erfolglos nach dem Geld durchwühlt. Zuerst band Guyenne sich den Oberschenkel mit einem Gummischlauch und einer Zwinge ab, um die Blutung zu stoppen. Danach riss er den Hosenstoff auseinander, schüttete sich eine Kochsalzlösung in die Wunde und schmierte eine Jodpaste darauf. Vor Schmerz drohte er ohnmächtig zu werden. Schweiß stand ihm auf der Stirn. Dieser verdammte Italiener! Er hätte nur eine halbe Stunde warten müssen. Schweißgebadet lehnte Guyenne an der Hockinson und versuchte tief durchzuatmen.

Verdammt! Er hatte kein Werkzeug dabei, um die Wunde zu vernähen. *Also weiter!*

Mit zitternden Fingern legte er sich mit einer Mullbinde einen Druckverband an. Die Kompresse drückte auf die Wunde, dass ihm schwarz vor Augen wurde. Als der Schwindelanfall vorüber ging, injizierte er sich eine Ampulle Morphium intravenös und nahm zwei Novalgin – schmerzstillende Tabletten, die er von Skopalek erhalten hatte – richtige Hämmer, die ihn die nächsten Stunden zudröhnen würden. Sogleich kam der Brechreiz, wie immer, wenn sein Magen rebellierte, aber das würde vergehen. Trotz aller Vorkehrungen wusste er, sein Bein würde absterben – und kurz darauf würde auch er an Blutverlust, Wundbrand oder einer Blutvergiftung sterben. Aber bis dahin blieben ihm noch ein paar Stunden.

Als er auf Servettos Leiche starrte, die rücklings im Sand lag, und der Mond sich in der Blutlache spiegelte, musste er plötzlich lachen.

»Ich hätte nur dreißig Minuten gebraucht, du verdammtes Arschloch!«

Nach einigen weiteren Atemzügen raffte er sich auf. Was hatte Osmo ihm erzählt? Er habe seine Frau mit dreißig Milligramm Calcileen ruhig gestellt, aber Marie habe immer noch versucht, den Lederriemen im Mund durchzubeißen. Guyenne durchwühlte den Erste-Hilfe-Kasten. Er fand eine fünfzig Milligramm-Ampulle Calcileen. Die Überdosis würde Francine schon nicht töten – andererseits war sie es vermutlich bereits.

Er deaktivierte das Magazin der Galt und schaltete die Waffe auf injektive Projektile um. Danach steckte er die Ampulle auf ein Hohlmantelgeschoss und schob es in den Lauf. Er hatte nur einen Schuss – fünfzig Milligramm – das würde reichen.

Guyenne öffnete den Gummischlauch mit der Zwinge, um für einen Augenblick das Blut im Bein zirkulieren zu lassen. Dann klemmte er die Wunde wieder ab. Trotz der Schmerzen, die wie Klingen durch sein Bein schnitten, humpelte er zur Hinterseite der Militäranlage.

An der Rückseite des Gebäudekomplexes war es dunkler als vorne bei den Klippen. Die Kuppelbauten verdeckten den Mond. Nur Guyennes Lampe an der Schulter bahnte sich einen schmalen Lichtkanal durch die Finsternis. Zum Glück war sie durch den Kampf nicht beschädigt worden. Für einen Moment lehnte sich Guyenne an die Betonwand und schloss die Augen. Alles drehte sich um ihn, als stünde er an der Reling eines Schiffes. Ihn würgte schon wieder. Er musste sich zusammenreißen, schließlich war es nicht die erste Schussverletzung, die er abbekommen hatte. Kurz nach dem Blitz war es am schlimmsten gewesen. Jeder glaubte, sich im Chaos Vorteile verschaffen zu können. Erst als ihnen klar wurde, dass es einen schlimmeren Feind gab, begannen die Menschen, sich gegenseitig zu helfen. Doch die Entstellten – oder *Verwesten*, wie sie mancherorts genannt wurden – waren mittlerweile in der Überzahl und hatten sämtliche Landstriche an sich gerissen. Die Überlebenden waren bis zur Küste zurückgedrängt worden.

Ein Geräusch riss Guyenne aus seinen Gedanken. Er öffnete die Augen. Vor sich sah er eine Bewegung. Ein Schemen löste sich aus einer der Gebäudenischen. Er drehte den Lichtstrahl in die Richtung, wo er die Person vermutete. Es war die Frau, die er vorhin gesehen hatte. Sie schloss die Augen und wandte das Gesicht ab. Graues, verfilztes Haar hing ihr in die Stirn.

»*Francine?*« Nur ein Flüstern. Er wusste, falls die Strahlung sie tatsächlich verwandelt hatte, konnte sie ihn zwar hören, verstand aber die Bedeutung seiner Worte nicht.

»*Francine?*« Er hob die Galt mit der Ampulle und zielte unter ihre linke Brust. Mitten ins Herz. Dort würde die Dosis am schnellsten wirken.

Sie hob den Kopf, öffnete die Augen und starrte direkt ins Licht. Ein Windhauch wehte ihr das dünne Haar aus dem Gesicht. Sie war es! Mein Gott, sie war es tatsächlich!

Guyennes Knie wurden weich. Er machte einen Schritt auf sie zu. Sie lächelte ihn an. Er ließ die Waffe sinken. »Francine, ich habe so lange nach dir gesucht. Ich …«

Im nächsten Moment verwandelte sich ihr Lächeln in ein aufgerissenes Maul. Faule Zähne und ein löcheriger Gaumen kamen zum Vorschein. Kreischend und mit erhobenen krallenhaften Händen stürzte sie auf ihn zu. Er blieb wie erstarrt.

»Ich bin es!«, presste er hervor.

Sie reagierte nicht.

Dann hob er die Waffe und schoss. Die Wucht des Aufpralls warf sie keinen Zentimeter zurück. Sie taumelte weiter, fiel vor ihm auf die Knie und landete mit dem Gesicht im Sand.

Stunden später saß Guyenne an der Felsklippe und starrte hinunter zum Meer. Hinter ihm lag der tote Servetto neben seiner

Maschine im Sand, dahinter befand sich die Militäranlage. In der aufgehenden Sonne wirkte der Komplex bestimmt nicht mehr so Furcht einflößend wie in der Nacht, doch Guyenne drehte sich nicht um. Er blickte über die Serpentinen hinunter zur Bucht. Die Sonne spiegelte sich in den Wellen, ließ die schäumende Brandung funkeln und tauchte die Dächer Nizzas in ein blutiges Morgenrot. Jede Minute, in der sich die Sonne weiter aus dem Meer schob, brannten ihre Strahlen intensiver auf Guyennes Wangen. Zuerst wie die Schnitte rostiger Rasierklingen, dann wie Feuer und schon bald wie ein Gemisch aus Säure und Benzol.

Mit zusammengekniffenen Augen blickte er die Küste entlang. Vor wenigen Minuten hatte er Faquet über das portable Kommunikationsinterface eine Nachricht zukommen lassen. Nichts Aufregendes, bloß eine Nachricht: *Habe mich mit den gesamten alten Francs aus Osmos Kasse abgesetzt. Falls du mir wieder jemanden hinterherschickst, ergeht es ihm wie Servetto.* Der Nachricht war ein Foto beigefügt. Anschließend hatte er das Interface an der Felswand zerschmettert. Wenigstens würde Faquet Osmo in nächster Zeit in Ruhe lassen. Doch er selbst konnte nicht mehr zurück nach Marseille. Er wollte auch gar nicht mehr zurück. Dieses Leben lag hinter ihm. Faquet und die anderen Maîtres konnten ihm gestohlen bleiben.

Guyenne senkte die Hand und strich Francine über die grauen Haare. Ihr Kopf lag in seinem Schoß, ihr Gesicht der Sonne abgewandt. Er hielt sie fest an sich gepresst, solange es noch ging. In der anderen Hand hielt er das zusammengefaltete, vergilbte Papier, das er in ihrer Brusttasche gefunden hatte. Die Dosis Calcileen hatte sie vorerst ruhig gestellt. Vorerst! Es war nur eine Frage der Zeit, bis ihre Ur-Instinkte wieder überhandnehmen und sie ihn mit bloßen Händen und fletschenden Zähnen anfallen würde. Doch so weit würde er es nicht kommen lassen.

Er strich ihr über den Rücken, dachte an die Sonde in ihrer Wirbelsäule. Wäre Francine durch die Strahlung nicht verwandelt worden, hätten die Krebszellen sie getötet. Er konnte es drehen und wenden, wie er wollte. Ihr Tod stand von jenem Zeitpunkt an fest, als die Ärzte bei ihr Krebs diagnostiziert hatten. Jeder Job in den Kraftwerken barg dieses Risiko. Von diesem Moment an hätte man sie sofort vom Dienst freistellen müssen. Doch so hatte sie sich mit ihrer Chipkarte Zutritt zur Zentrale der Strahlenkernkraftwerke verschafft. Guyenne wusste nicht, woher das Programm stammte, das Francine in das Netzwerk geschleust hatte – jedenfalls barg es den globalen Tod in sich. Der Strom fiel aus, und binnen Stunden versagten weltweit alle Kühlsysteme. Die Uran-Brennstäbe in den Hochdruckreaktoren erhitzten sich. Es folgte eine Kernschmelze in den Reaktorblöcken, wie sie noch niemand gesehen hatte. Die Hitze schmolz alles zusammen, die Kühlflüssigkeiten sickerten tief in die Erde, und die Plutoniumwolken zogen über den gesamten Erdball. Der radioaktive Wahnsinn raste in einer Kettenreaktion über die Landstriche und verformte alles, was Leben in sich trug. Luft, Böden, Flüsse, Meer und Nahrungsmittel wurden kontaminiert, und die Tiere verendeten. Tage später vernichtete der radioaktive Niederschlag alles, was bis dahin verschont geblieben war. Der Rest war auf ewige Zeiten verstrahlt. Waren Francine die Konsequenzen bewusst gewesen? Hatte sie gewusst, was sie tat? Natürlich, sie war eine Wissenschaftlerin und keine Idiotin gewesen.

Er hatte sie geliebt – aber noch mehr wollte er sie wiedersehen, um sie nach diesem *Warum* zu fragen. Warum zum Teufel musste sie den Knopf drücken, um das Programm zu starten? Nur weil die Krebszellen ausgerechnet ihren Körper befallen hatten? Diese Frage hatte ihn über all die Jahre in den Wahnsinn getrieben. Aber diese Vermutung war nur die Hälfte der Antwort gewesen. Wieder starrte er auf das Papier, das sie während des Fallouts bei sich gehabt haben musste – bevor sich ihr Gehirn so auflöste, wie das von Millionen anderer Entstellter. Beinahe war es Ironie, sie so vor sich zu sehen. Als Opfer ihrer eigenen Rache. Mittlerweile wusste sie nicht einmal mehr, was sie angerichtet hatte.

Guyenne faltete das Papier auseinander, um die Zeilen ein weiteres Mal zu lesen. Viele Zahlen und eine verwischte Maschinenschrift. Beim Anblick des Fotos wanderte seine Hand unwillkürlich zu Francines Bauch, als wolle er dort noch etwas spüren, das ihm das ärztliche Attest zeigte. Der Befund einer gynäkologischen Klinik prophezeite Francine, dass sie durch ihre unheilbare Krankheit die Zwillinge verlieren würde. Guyenne sah die Ultraschallaufnahme der Embryos – noch zu klein, als dass man hätte sagen können, ob es Mädchen oder Jungen gewesen waren. Wie hätte Francine sie wohl genannt? Tränen liefen über seine Wangen. Er hatte nicht gewusst, dass sie schwanger gewesen war. Warum zum Teufel hatte sie es ihm verheimlicht? Hatte sie befürchtet, er könne sie von ihrem Vorhaben abbringen? Wenn sie und ihre Kinder schon nicht leben sollten, dann durfte es kein anderer auf diesem Planeten! Francine hatte schon als Kind zu extremen Ansichten geneigt. Vielleicht lag es auch daran, dass Guyennes Frau jung gestorben war, und er Francine allein hatte großziehen müssen. Genauso wie Francine ihre Kinder allein hätte großziehen müssen, da ihr Freund bei einem Reaktorunfall ums Leben gekommen war. Auch so ein Punkt, der Francine rasend gemacht hatte.

Ihre Arme begannen zu zucken, ihre Fingernägel gruben sich tief in den Stoff seines Parkas. Die Wirkung ließ nach. Guyenne erinnerte sich an Osmos Worte. Was hatte er noch vor Stunden über den Mechaniker und seine Marie gedacht? Er selbst wäre nie in der Lage, seinem eigenen Fleisch und Blut eine Kugel in den Kopf zu jagen! Osmo hatte drei Projektile benötigt. Guyenne würde nur eines für seine Tochter brauchen. Er wusste, welcher Eintrittswinkel den größten Schaden anrichtete.

Francines Körper zuckte erneut – diesmal heftiger. Ihr Gebiss schnappte auf und zu, Speichel lief ihr aus dem Mundwinkel.

Wenigstens hatte Guyenne auf die Demütigung verzichtet, ihr einen Lederriemen anzulegen. Es war so weit. Er zog die Galt aus dem Holster und presste Francine den Lauf unter den Kehlkopf.

Guyenne biss die Zähne zusammen. Er konnte ihr nicht in die Augen sehen, diese schwarz funkelnden Perlen, deren Blick von Sekunde zu Sekunde animalischer wurde. Er atmete tief durch, sah hinaus aufs weite Meer, sog die salzige Brise ein, schloss die Augen und drückte ab. Das Zucken in seinem Arm erstarb.

Er dachte nur eines.

Erlösung.

Dann nahm er den Lauf in den Mund.

ASTEROID CMG8

Zu einer Zeit, als sich Helmuth Mommers, das Urgestein der deutschsprachigen SF-Szene, noch sehr um die SF-Kurzgeschichte bemühte, entstanden viele gute Anthologien, die er herausgegeben hat.

Aber er setzte sich auch dafür ein, die SF-Kurzgeschichte in Magazinen salonfähig zu machen – und so gab es eine Zeit, in der regelmäßig eine SF-Story im Magazin Space View *erschienen ist. Und zwar auf einer Doppelseite. Daher war die Anzahl der Zeichen streng limitiert.*

Auf Einladung von Helmuth Mommers durfte auch ich eine Story dafür schreiben. Ich hatte diese Idee über den Asteroiden CMG 8, aber die Idee war so komplex, dass ich es nur mit Mühe und Not schaffte, sie auf einer A4-Doppelseite unterzubringen. Aber irgendwie gelang es doch.

Jetzt, nach vielen Jahren, ergreife ich die Chance, die damals zusammengedampfte Story in einer ausführlicheren und erweiterten Fassung zu präsentieren.

Viel Spaß damit.

420 MILLIONEN KILOMETER von der Sonne entfernt manövrierte Commander Ian Goodwin den Einmann-Rettungskreuzer *Theodore Roosevelt* durch den Asteroidengürtel.

Goodwin war achtunddreißig Jahre alt und hatte weder Frau noch Kinder, bloß einen Hund und seine um fünfzehn Jahre ältere Schwester. Und das war auch gut so. Denn eigentlich war er Erfinder und Techniker, aber seit zehn Jahren arbeitete er nur noch als Testpilot, weshalb er oft monatelang von zu Hause weg war. Wie jetzt. Und er war einer der Besten.

Die Gesteinsbrocken des Asteroidengürtels lagen so weit voneinander entfernt, dass die Wahrscheinlichkeit, dass ein Raumkreuzer mit einem Irrgänger kollidierte, gleich Null war. Dennoch häuften sich seit einigen Jahrzehnten die Raumkatastrophen innerhalb der nach ihrem Entdecker benannten *Carl M. Gaynard*-Asteroidenfamilie – genauer gesagt, ab jenem Zeitpunkt, als die ersten unerklärlichen Schwerkraftverhältnisse in dieser Gegend registriert worden waren. Zuletzt war der japanische Kreuzer *Hangetsu* vor einem Jahr spurlos in jener Zone verschwunden, die bereits den Ruf hatte, das Bermuda-Dreieck des Sonnensystems zu sein. Und Goodwin sollte den Grund dafür herausfinden.

In Goodwins engem Cockpit leuchteten nur wenige Lampen. Er hatte das Blinken und Piepsen schon vor Monaten reduziert, da es ihn sonst in den Wahnsinn getrieben hätte. Auf den Armaturen stand noch das Tablett mit seinen ausgequetschten Frühstückstuben. Daneben ein Foto von ihm und seinem Hund Benny, einen goldfarbenen Setter, der, immer wenn er auf Reisen war, bei Goodwins Schwester auf Coney Island lebte.

»Schau gut zu und lerne, alter Junge«, sagte Goodwin und blickte zu dem Foto.

Er korrigierte den Kurs, da der Kreuzer in die Nähe eines Asteroiden driftete. *CMG 8* war zwar nur zwei Kilometer lang, hatte aber eine zerklüftete, mit Kratern vernarbte Oberfläche. Soeben erschienen die Asteroidendaten auf Goodwins Monitor: Die Spektralanalyse ergab, dass *CMG 8* eine Dichte von 0,92 g/cm^3 hatte – also eine Dichte, die lediglich 8% unter der von Wasser lag.

»Was für ein Witz!«

Goodwin schnippte mit dem Finger gegen den Bildschirm. Demnach müsste der Asteroid im Pazifik der Erde schwimmen – was definitiv nicht sein konnte. Als hätte Goodwin mit dem Schlag auf den Monitor eine Dominokette in Gang gesetzt, spielten die Bordsysteme plötzlich verrückt. Völlig absurde Daten huschten über die Anzeigen. In der nächsten Sekunde fiel der Antrieb aus. Die Lageregelung des Kreuzers geriet außer Kontrolle. Das Schiff raste mit dem Cockpit voran auf den Asteroiden zu. Goodwin versuchte, die Schubraketen zu zünden. Keine Reaktion.

»Kollision in fünf Sekunden!«, sagte der Bordcomputer monoton.

»Das sehe ich auch«, rief Goodwin.

Dann krachte es! Die Luke, hinter der sich das Rettungsmodul befand, wurde platt gedrückt. Danach brachen die Düsen ab, das Kaltgas fegte regelrecht aus den Tanks. Die *Theodore Roosevelt* wirbelte um die eigene Achse und schrammte über die Asteroidenoberfläche. Die Treibstofftanks platzten auf, die Alarmlampen blinkten. Als die gefrorenen Kerosinperlen an der Cockpitscheibe vorbeischwirrten, klickte sich Goodwin den Helm an den Kragenrand. Im nächsten Augenblick erloschen die Bildschirme, ebenso das Licht. In der Dunkelheit schlugen Funken aus den Bodenpaneelen. Es qualmte aus den Armaturen, und ein gewaltiger Sog riss alles, was nicht niet- und nagelfest war, aus dem Cockpit – mitsamt des ganzen Sauerstoffs. Goodwin konnte gerade noch sein Life-Set packen, dann wurde er auch schon auf den Asteroiden geschleudert.

Die *Theodore Roosevelt* rasierte über die Gesteinsoberfläche und wurde an der Seite komplett aufgeschlitzt. Nur mit einem batteriebeheizten Raumanzug und einer Sauerstoffflasche, die für zwei Stunden reichte, hockte Goodwin auf einem Felsen und beobachtete, wie der Raumkreuzer vor seinen Augen auseinanderbrach. Da verabschiedeten sich fünfzehn Milliarden Dollar. Mit einem kurzen, grellen Blitz detonierten die Treibstofftanks. Scharfkantige Metallteile schossen ungebremst über Goodwins Kopf hinweg, wo sie für immer in der Schwärze des Alls verschwinden würden.

Was für ein beschissener Tag!

Knapp zwei Stunden später begann Commander Ian Goodwin zu frieren. Ein Störfeld hatte bisher verhindert, dass er einen Funkspruch über die im Helm eingebaute Sprechanlage absetzen konnte. Die Meldung wäre ohnehin nur rein informativ gewesen, denn der nächste Kreuzer hätte frühestens in drei Wochen hier sein können. Der Asteroid war also zu Goodwins neuer und gleichzeitig letzter Heimat geworden.

Um sich warm zu halten, schwebte er mit langsamen Schritten über die zerklüftete Oberfläche des Asteroiden und blickte hinauf in den Sternenhimmel. Plötzlich stolperte er über eine scharfe Kante, die aus dem Gestein ragte. Noch litt er nicht unter Sauerstoffmangel, daher konnte diese Metallschiene keine Vision sein.

Sogleich bremste er seinen Fall, zog sich über das Gestein zurück und ging vor seinem Fund auf die Knie. Neugierig wischte er mit den Handschuhen die feinkörnige Gesteinsschicht beiseite. Im Licht seiner Helmlampe sah er, dass sich darunter eine in den Fels eingelassene Metallluke befand. *Eine Luke!* Mit etwa einem Meter Durchmesser. *Das ist doch verrückt!*

Mithilfe eines im Rahmen verborgenen Sensors, der durch die Staubschicht dunkelblau leuchtete, ließ sich die Luke sogar öffnen und enthüllte einen darunter liegenden, tiefen, dunklen Schlund. Goodwin stieß sich vom Metallrahmen ab und schwebte durch den Schacht in das Innere des Asteroiden. Bald prallte er gegen festen Boden. Was er jetzt sah, war noch verrückter. Vor ihm breitete sich ein dunkler Raum aus. Goodwins spärliches Helmlicht fiel auf eine Reihe von Displays, die mit merkwürdigen Zeichen beschriftet waren. Er konnte lediglich ein Wort entziffern: *humãnus!*

Was hatte er schon zu verlieren? In wenigen Minuten würde er ohnehin ersticken und tot sein. Er drückte den Schalter, worauf sich die Luke im Schacht verriegelte und er in eine Dampfwolke gehüllt wurde. Das zischende Geräusch ausströmender Luft erfüllte den Raum. Die Lampe seiner Außensensoren sprang von Rot auf Grün. Das Display seiner Lebenserhaltungssysteme zeigte 22% Sauerstoff- und 78% Stickstoffgehalt an. Die Luft in dieser Höhle war atembar, dennoch behielt Goodwin seinen Helm auf. Nicht, weil er der Anzeige misstraute, sondern weil die Außentemperatur immer noch bei minus 261 Grad lag und seine Augäpfel im Nu kristallisiert hätte.

Da ging ein Ruck durch den gesamten Asteroiden. Mit einem Mal stand Goodwin fest auf dem Boden, als würden seine Raumstiefel von einem mächtigen Magneten angezogen werden. Ungläubig stampfte er auf. Als nächste Überraschung leuchtete ein grelles Licht auf, sodass er die futuristischen Details um sich herum erkennen konnte. Die Höhle entpuppte sich als Raum mit ovalen Tischen und Stühlen, geschwungenen Beleuchtungskörpern, raumhohen Vitrinen und einem unauffälligen Monitor. Träumte er? Trotz der Kälte war nichts von einer Frostschicht überzogen.

Mittlerweile war die Raumtemperatur auf minus fünf Grad geklettert und stieg weiter an. Goodwins Sauerstoffreserven reichten nur noch für einige Atemzüge. Seine Finger wanderten zum Verschluss des Raumhelms. Wenn alles nur eine Vision, ein hinterlistiger Traum war, würde beim Öffnen der letzte Rest des Sauerstoffs aus seinem Helm zischen, ihn die Kälte erstarren lassen und ihm der Unterdruck die Pupillen wie Kaugummi aus dem Kopf saugen. Mittlerweile wurde die Luft im Helm stickig, die Innenscheibe beschlug und die Lebenserhaltungslampe blinkte nervös. Goodwin inhalierte ein letztes Mal und hielt den Atem an. Nach vierzig Sekunden drohte ihm der Kopf zu zerspringen, dann riss er sich den Helm vom Kopf und schnappte gierig nach Luft. Überraschenderweise war sie schmackhaft, erfrischend kühl und roch nach … Was war das? *Pfefferminze?*

Während Goodwin den Raum inspizierte, stellte er fest, dass es sich bei der Einrichtung um Hologramme handelte, die zerstäubten, sobald er mit der Hand hindurchglitt. Lediglich der Monitor war echt. Das Gerät war über Symbole auf dem Bildschirm zu bedienen. Darüber konnte sich Goodwin Zugang zu einer Datenbank verschaffen, mit deren Hilfe er das Design der virtuellen Möbel veränderte. Wenn er schon hier festsaß, dann wenigstens mit Stil. Nur ein einziges Symbol hatte er bislang nicht aktiviert, das aussah wie zwei übereinandergelegte Würfel. Der eine war durchsichtig, der zweite blickdicht, und darüber leuchtete der Begriff: *stabilis!* Goodwin aktivierte das Symbol. Mit ungläubig aufgerissenen Augen taumelte er zurück und stolperte über einen Stuhl, der kurz zuvor noch ein Hologramm gewesen war. Die anderen Hologramme um ihn herum nahmen ebenfalls feste Gestalt an. In dem Zimmer materialisierten sich Stühle, Tische, Lampen und sogar der Teppich unter seinen Stiefeln. Und nicht nur das – mit den Sensoren des Monitors konnte er alle stabilisierten Hologramme im Raum verändern, an einer anderen Stelle platzieren oder komplett austauschen.

Stunden später hatte er sein neues Zuhause gründlich untersucht und seine Designwünsche endgültig stabilisiert. Ein Wohn- und Schlafzimmer, ein Kleiderschrank, eine Küche mit einer

Kühleinheit voller Lebensmittel, eine Waschmaschine mit Trockner und eine medizinische Station mit Erste-Hilfe-Boxen lagen im Inneren des Asteroiden verborgen. Und eine Etage tiefer – sozusagen im Keller – befanden sich eine Wasseraufbereitungsanlage, ein Technikraum für Heizung und Belüftung, eine Dusche und sogar eine Toilette. Nur der Duftbaum fehlte! Blieb die Frage, wohin die Exkremente der Toilette verschwanden? Rutschten sie etwa durch einen Schacht ins All? Oder wanderten sie in ein gigantisches Plumpsklo im Kern des Asteroiden?

Goodwin fand heraus, dass sämtliche Räume, die sich wie Nischen und Tunnel im Fels verzweigten, von mehreren Atomgeneratoren angetrieben wurden, die tadellos funktionierten. Nur die Funkstation arbeitete nicht so, wie sie sollte. Zumindest konnte Goodwin nur Funksprüche von bestimmten Asteroiden empfangen und Meldungen auch nur an solche senden, die sich innerhalb der Carl M. Gaynard-Familie befanden. Der restliche Bereich des Sonnensystems war gesperrt, als führten keine »Telefonleitungen« dorthin. Diese Notboje mitten im All konnte von Gott weiß wem erschaffen worden sein, aber eines stand fest: Die Erbauer stammten nicht von der Erde, sondern hatten eine extraterrestrische Technologie in dieses Sonnensystem gebracht. Doch wozu? Goodwin war sicher, dass er diesem Geheimnis auf die Spur kommen würde – denn Zeit im Überfluss hatte er ja.

Am nächsten Tag, nachdem er sich geduscht, rasiert und gebratene Eier mit Speck gegessen und dazu frisch gepressten Orangensaft getrunken hatte, schlüpfte er in bequeme Kleidung und suchte die Funkstation auf. Mittlerweile hatte das Gerät alle erhaltenen Nachrichten sortiert: 3.764 Stück! Der älteste Funkspruch stammte von Asteroid *CMG 34* und war an die vierzig Jahre alt. Er musste etwa aus jener Zeit stammen, als die ersten Schwerkraftirritationen aus der Gaynard-Asteroidenfamilie gemeldet worden und die ersten Raumschiffe im sogenannten

Bermuda-Dreieck des Alls verschwunden waren. Der jüngste Funkspruch kam von Asteroid *CMG 13* und war knapp zwei Monate alt. Goodwin sah sich diese Meldung zuerst an.

Der Bildschirm oberhalb des Radars flammte auf, und zunächst erschien nur das unscharfe Bild eines modernen Wohnraums, der seinem nicht unähnlich war, dann rückte ein Mann ins Bild. Er trug einen uralten, zerschlissenen Raumanzug, wie man ihn noch vor einer Generation getragen hatte. Wirres, verfilztes Haar und ein struppiger Bart umrahmten das bleiche Gesicht. Die Augen waren wässrig und lagen furchtbar tief im Schädel.

»Hier bin ich wieder«, krächzte der Alte in einem schlampigen Englisch. »Lieutenant Wilkins von der *Rubicon Sieben*, gestrandet und auferstanden von den Toten irgendwann im November vor langer, langer Zeit …« Er kicherte. »Ich kann den Spruch schon nicht mehr hören, das Übliche eben, bla, bla, bla …« Sein Blick verfinsterte sich. »Seitdem ich herausgefunden habe, dass wir über die stecknadelkopfgroßen Punkte in der Decke beobachtet werden, habe ich von Lieutenant Tanaka und Kosmonaut Gregorin nichts mehr gehört. Vielleicht wurde unsere Verbindung unterbrochen, oder eure Funkstationen sind einfach nur defekt. Jedenfalls geht es mir gut, doch allein drohe ich wahnsinnig zu werden.« Er seufzte. »Ich melde mich in einigen Tagen wieder. Over.«

Der Bildschirm erlosch. Goodwin war sprachlos. Die *Rubicon Sieben*. Er konnte sich noch an ihr Verschwinden erinnern. Mein Gott, wie lange war das schon her?

Er sah sich noch weitere Funkmeldungen an. Kosmonaut Gregorin war ein grauhaariger, stämmiger Russe von der *Turgenew*.

»Meine Berechnungen ergeben, dass ein einzelner Mensch durchschnittlich fünfzig Jahre in diesem Gefängnis überleben kann. Danach geht der Energievorrat zu Ende, das System kippt und der Recyclingkreislauf bricht zusammen. *Fünfzig Jahre!* Ich bezweifle, dass ein Mensch so lange bei Verstand bleiben kann. Over.«

Lieutenant Tanaka war eine Frau mit langen, schwarzen Haaren und funkelnden Mandelaugen, die bestimmt noch nicht lange in ihrem Asteroiden festsaß. Auf ihrem Jackenärmel prangte das Emblem der *Hangetsu* – und ihre erste Videobotschaft war ein Jahr alt.

»Ich bin vor einer Woche hier gestrandet. Die Station war vollständig verwüstet, als hätte ein Berserker darin gewütet. Ich brauchte mehrere Tage, um alles wieder instand zu setzen. Anscheinend hatte ich einen Vormieter. Tatsächlich habe ich im Maschinenraum jemanden gefunden. Ein Testpilot von der skandinavischen *Nivelsteen*. Vermutlich ein Isländer. Die waren immer schon für ihre Depressionen bekannt. Anscheinend hat er Selbstmord begangen. Sich eiskalt die Kehle aufgeschlitzt. Ein Glassplitter vom Badezimmerspiegel befand sich noch in seiner Hand. Nach der mumifizierten Leiche zu schließen ist das schon mindestens drei Jahre her. Ich werde versuchen, die Überreste des Toten irgendwie von Bord zu schaffen.«

In einer weiteren Aufnahme von Lieutenant Tanaka, die sie sieben Monate später gemacht hatte, saß die mumifizierte Leiche des isländischen Testpiloten neben ihr auf einem Stuhl und grinste ins Bild.

»Heute haben wir wieder Schach gespielt. Gustafsson hat schon wieder gewonnen.« Sie verengte die Augen. »Ich glaube, er schummelt.« Die Aufnahme brach ab.

Ältere Videobotschaften stammten von anderen verschollenen Crew-Mitgliedern, die mittlerweile als Helden in die traurigen Annalen der Raumfahrt eingegangen waren.

Goodwin brach die Aufzeichnungen ab, stand auf und starrte lange zur Decke. Im Muster des Plafonds befanden sich tatsächlich winzige, stecknadelkopfgroße Punkte. Sie knisterten, sobald er sie mit dem Fingernagel berührte. Von wegen *Notboje mitten im All!* Vielmehr saß er in einer raffinierten Rattenfalle mit Kameras. Goodwin zerdrückte einen der Knöpfe zwischen den Fingern. Es machte *Poff* und roch nach verschmorten Kabeln.

Eine jahrzehntelange Einsamkeit stand ihm bevor. Falls Gregorin recht hatte, fünfzig Jahre. Danach würde sein Martyrium zu Ende sein. Womit sollte er sich beschäftigen? Er hatte keine Leiche, mit der er Schach spielen konnte, und auch keine Kollegen, mit denen er Botschaften austauschen konnte, weil irgendjemand die Verbindung vor zwei Monaten unterbrochen hatte. Immer wieder dieselben alten Funkmeldungen ansehen, bis er sie auswendig kannte? Und danach? Ebenfalls resignieren? Niemals! Möglicherweise würde es ihm gelingen, von hier abzuhauen. Schließlich war er Erfinder und Techniker. Außerdem wollte er Benny wiedersehen, der ihm nach jeder Reise mit seiner rauen Zunge übers Gesicht leckte. Allein dafür lohnte es sich, den Grips ein wenig anzustrengen.

Goodwin konnte zwar keine Funksprüche zur Erde absetzen, aber immerhin mit dem Monitor die Möbel im Raum destabilisieren, verschwinden und an anderer Stelle materialisieren lassen … und was mit dem Mobiliar funktionierte, klappte möglicherweise auch mit einem Menschen.

Goodwin justierte die Sensoren des Monitors, scannte sich selbst ein und sah kurz darauf eine dreidimensionale Abbildung von sich auf dem Bildschirm. Als er das Ziel für die nächste Stabilisierung eingeben wollte, um sich selbst von einer Ecke des Zimmers in die andere zu transferieren, stieß er auf bereits existierende Koordinaten, die sich *reditio* nannten. *Rückkehr!* Das klang vielversprechend. Er wählte diese Destination aus. Anschließend drückte er auf *stabilis*. Er spürte, wie alle Fasern seines Körpers zu kribbeln begannen. Der Raum um ihn verbog sich und verschwand in gleißendem Licht.

Im nächsten Moment befand sich Goodwin in einer riesigen, ovalen Kommandozentrale mit Hunderten von Monitoren, auf denen stets das Gleiche zu sehen war: Räume aus der Vogelperspektive, in denen sich die unglaublichsten Wesen aus den entlegensten Winkeln der Galaxis aufhielten und zur Decke starrten. Einige davon waren Menschen, andere sahen ziemlich merkwürdig aus. Im flimmernden Licht der Monitore thronte eine dunkle Kreatur. Als sie Goodwin bemerkte, fuhr sie herum und blickte auf einen leeren Monitor.

»Überraschung!«, sagte Goodwin und schüttelte den Arm. Seine Fingerspitzen kribbelten immer noch.

Das Wesen grunzte.

»Warum haltet Ihr uns gefangen?«, fragte Goodwin.

Das Wesen bewegte seine Fühler, worauf Goodwin eine fremde Stimme in seinem Kopf hörte.

Ihr seid nicht clever genug.

»Wie Ihr seht, sind wir das doch«, antwortete Goodwin. »Außerdem ist die Beobachtung nicht länger erforderlich – wir Menschen sind reif genug, um weiter ins All vorzudringen.«

Möglicherweise täuschte sich Goodwin, doch er glaubte, eine Spur von Respekt in den Gesichtszügen der Kreatur – sofern man von einem *Gesicht* reden konnte – zu erkennen.

»Ich bitte darum, meine Kameraden freizulassen und zur Erde zu überstellen.«

Das Geschöpf bewegte sich … es sah aus wie ein zögerliches Nicken.

DIE WELTMASCHINE

Es gibt ein Sub-Genre der Science Fiction, das ich überaus liebe. Ich lese Bücher darüber, Kurzgeschichtensammlungen und habe mittlerweile eine kleine, aber feine DVD-Sammlung davon.

Leider kann ich Ihnen an dieser Stelle nicht mehr darüber erzählen, sonst würde ich Ihnen eine der vielen kleinen Pointen und Wendungen verraten, die in der nächsten Geschichte auf Sie warten.

Jedenfalls hat es mir unglaublich viel Spaß gemacht, diese Story zu schreiben. Sie entstand für eine Konzept-Anthologie des Herausgebers Stefan Cernohuby. 16 Autoren schrieben damals historische SF-Geschichten über eine Steampunk-Welt, die im Jahr 1899 angesiedelt ist. Das war der erste gemeinsame Nenner. Der zweite waren die Locations. Je vier Autoren platzierten ihre Storys in ein und derselben Stadt – nämlich Berlin, Hamburg, München oder Wien.

Als österreichischer Autor bin ich dem Wien-Block zugeteilt worden, und es war mir eine große Freude, eine utopische Geschichte über das Wien der k.u.k. Monarchie schreiben zu dürfen.

Gnädiges Fräulein, gnädiger Herr … bitt'schön … es kann losgehen.

19.55 Uhr

MORITZ CERNITZKY griff nach Aktentasche und Zylinder und stieg aus dem Fiaker. Beinahe wäre er auf den feuchten Pflastersteinen ausgerutscht. Er fing sich am Türgriff der Kutsche ab. Verdammter Nieselregen! Zum Glück war er mit seinen dreißig Jahren noch gut in Form.

Was für ein grässlicher Septemberabend. Das Wohnhaus neben der Börse auf der Ringstraße war im Nebel kaum zu sehen. Die Gaslaternen davor schimmerten wie die glühenden Augen eines Monsters durch die Dunkelheit. Da bog ein nagelneuer, dampfbetriebener Wagen um die Ecke und raste mit röhrender Hupe an Moritz vorbei. Er konnte den Fahrer nicht erkennen. Bestimmt ein vornehmer Herr. Eines Tages würde sich Moritz ebenfalls den Luxus eines derart exklusiven Gefährts gönnen können – sobald er einmal über genug Geld verfügte.

Während Moritz dem Gefährt hinterher starrte, gingen einige Damen mit monströsen Hüten und Einkaufstaschen in der Hand auf ihn zu und nickten kichernd.

Moritz lächelte ihnen zu.

»Macht dreißig Heller, der Herr«, knurrte der Kutscher.

»Ja, ja.« Moritz schlug den Mantelkragen hoch und reichte dem Mann eine halbe Krone. »Stimmt schon.«

Der Fiakerfahrer ließ die Münze in der speckigen Tasche verschwinden. Er wollte bereits nach der Peitsche greifen, um die Gäule anzutreiben, als ein Donnergrollen den Boden der Gasse erzittern ließ.

Augenblicklich erstarrten die Damen und blickten entsetzt zu Boden. Die Pferde scheuten und klapperten mit den Hufen auf den Pflastersteinen. Einer der Gäule blähte die Nüstern und bäumte sich wiehernd auf.

»Ho, ho!«

Der Kutscher riss an den Zügeln.

Das Grollen befand sich nun direkt unter ihnen. Moritz hielt unbewusst den Atem an. Er spürte die Druckwelle, die sich unter der Straße fortpflanzte. Im Umkreis mehrerer Meter schien das Kopfsteinpflaster zu vibrieren. Einige Straßenkinder drängten sich kreischend in eine Toreinfahrt.

»Gott behüte, schon wieder ein Erdbeben!« Nachdem das Grollen verebbt war, ließ der Kutscher die Peitsche knallen und rollte mit dem Fiaker davon.

»Nur ein leichtes Beben«, beruhigte Moritz die Damen. Er überquerte die Straße und ging auf sein Wohnhaus zu.

»Die Erdstöße häufen sich«, hörte er einen Jungen mit einer Baskenmütze in der Toreinfahrt wispern.

Der Knabe hatte recht – das taten sie. Und Moritz kannte den Grund dafür.

Nur … es waren keine Erdbeben.

20.05 Uhr

Während Moritz den Hausschlüssel aus dem Mantel fischte, warf er einen Blick auf die Taschenuhr. Fünf Minuten nach acht. Das nächste »Beben« würde nicht lange auf sich warten lassen. Hoffentlich fiel es diesmal etwas sanfter aus.

Während die Briten immer noch wie dekadente Adelige im viktorianischen Zeitalter verharrten und die von Charles Babbage erfundene Rechenmaschine für das Maß aller Dinge hielten, hatten die Wissenschaftler der österreichisch-ungarischen Monarchie die Idee weiterentwickelt und weitaus mehr erfunden als bloß eine lächerliche Differenzmaschine. Dopplers und Boltzmanns Forschungen bildeten die Basis, aufgrund derer Sensationelles gelungen war. Moritz wusste, es durfte nicht außer Kontrolle geraten. Schließlich war er dafür verantwortlich. Aber wie lange konnte es noch geheim gehalten werden? Immer mehr Passanten schöpften Verdacht und begannen zu reden.

Bald würde jemand in der Kanalisation zu schnüffeln beginnen. Einen toten Arbeiter hatte es bereits gegeben.

Moritz wollte die Haustür aufsperren, als er merkte, dass der Riegel nicht vorgeschoben war. Diese Nannerl! Hatte sie wieder das Haus verlassen und vergessen abzusperren?

Er trat ein. Durch das flackernde Licht im Vorraum kam ihm Nannerl entgegen. In dem schwarzen Kostüm mit der weißen Haube sah sie hinreißend aus. Wenn sie doch bloß kein so entzückendes, junges Ding wäre.

Sie machte vor Moritz einen Knicks. »Guten Abend, der gnädige Herr.«

Wie oft hatte er ihr schon gesagt, sie solle ihn nicht so nennen.

»Guten Abend.«

»Gnädiger Herr sehen heute wieder chic aus, wenn Sie erlauben.«

Die Hitze schoss ihm zu Kopf. »Danke Nannerl … übrigens, die Tür stand offen.«

»Vielleicht war ich draußen.« Sie überlegte. »Post ist für den gnädigen Herrn gekommen – und eine Depesche.«

Ein Stapel Briefe lag auf der Kommode.

»Wünschen der gnädige Herr eine Tasse warme Milch mit Honig?«

»Später, Nannerl.«

»Wie läuft das Hutgeschäft?«, fragte sie.

»Bestens, danke.«

Hüte! Er hatte genauso wenig Ahnung von Hüten wie ein Kohlenschipper auf einem russischen Fischkutter. Moritz konnte gerade mal einen Zylinder von einer Melone unterscheiden.

Er nahm den Briefstapel und blätterte hastig durch die Kuverts, während er zu seinem Büro ging. Rechnungen, Mahnungen, Vertragsvorschläge – alles unwichtig –, und ein Flugblatt, das vom drohenden Weltuntergang kündete. 1899 war eine magische Jahreszahl. Diese Fin de siècle Bewegung, die sich neuerdings breitmachte, strotzte vor dekadenten Spinnern, Künstlern und Literaten, Dandys und Bohemiens, die mit ihren Zukunftsängsten eine Endzeitstimmung heraufbeschwören wollten.

Moritz ignorierte alles und suchte nach der Depesche, die Nannerl erwähnt hatte. Als er das Schreiben mit dem Emblem der Staatskanzlei und dem Wappen der kaiserlich-königlichen Hofkammer sah, hielt er inne. Der Brief war an ihn persönlich adressiert. Sogleich erbrach er das Wachssiegel und faltete das steife Papier auseinander.

Seit Monaten quälte ihn die Sorge, ob die Investoren ihn weiterhin unterstützen würden. Soviel er in Erfahrung bringen konnte, war am Vormittag die Entscheidung in der Hofkammer gefallen, welcher Betrag nächstes Jahr in das Projekt fließen sollte.

Die Mitteilung stammte vom Vorsitzenden der Hofkammer persönlich. Als Moritz die ersten Zeilen las, drohte er in ein tiefes Loch zu stürzen. Ihm wurde schwarz vor Augen. Die Buchstaben verschwammen …

> Sehr geehrter Herr Direktor Cernizky,
> wir sind uns der Verantwortung und der Tragweite des Entschlusses voll bewusst. Damit betreten wir mit ruhigem Gewissen einen Weg, den die Pflicht uns weist. Aufgrund einer Empfehlung der Wissenschaftlichen Konferenz sehen wir uns gezwungen, sämtliche Geldmittel sofort einzufrieren.

Moritz hielt sich am Türrahmen zu seinem Büro fest. *Diese Ignoranten!* Wie konnten sie den Geldhahn zudrehen? Damit waren die monatlichen hunderttausend Kronen aus den Kassen der Monarchie schlagartig versiegt. Er musste sich nach privaten Sponsoren umsehen. Umso wichtiger war es, dass der Versuch heute Nacht erfolgreich verlief. Er konnte niemanden mit einer Maschine beeindrucken, die zu nichts imstande war. Ihm blieb nur noch das Geld für diesen Versuch, dann waren die Mittel erschöpft. Falls es nicht klappte, kippte das Projekt. Hatte er an alles gedacht?

Das magnetische Moment der Maschine verlieh den superluminaren Kleinteilchen entweder einen positiven oder negativen Drehimpuls. Er hatte sich für einen *positiven* Drehimpuls entschieden, weil er eine positive Lebenseinstellung besaß. Was für eine dumme Eselsbrücke! Ebenso gut hätte er eine Münze werfen können. Die Chancen auf Erfolg standen 50:50. Wenn es die falsche Entscheidung war, bedeutete es das Ende seines Lebenstraums. Diese Ignoranten hatten keine Ahnung, wie seine Maschine die Geschichte verändern könnte.

Er zerknüllte den Brief und betrat das Büro. Es war düster und roch nach kaltem Pfeifentabak. Er stutzte. Die Vorhänge waren zugezogen. Normalerweise rührte Nannerl in diesem Raum nichts an.

Verstört ging er zu den Fenstern und zog die schweren karminroten Brokatvorhänge auf. Der Schein der Straßenlaternen fiel durch die Scheiben und tauchte das Zimmer in matt-gelbes Dämmerlicht.

Moritz legte die Briefe auf den Konzertflügel, ein Prunkstück des Klaviermachers Bösendorfer von 1859. Einige Saiten waren verstimmt. Auf dem Klavier lag ein Lederband von Victor Hugo. Im französischen Original – am 22. Mai 1885 in Paris signiert, an Hugos Todestag. Moritz hatte ihn immer noch nicht zu Ende gelesen. Neben dem Flügel hing ein Gemälde von Klimt. Die *Nuda Veritas*, Öl auf Leinwand, zweieinhalb Meter hoch. Von Klimt wusste er, dass die Frau keinen runden Spiegel in der Hand hielt, wie viele Bewunderer dachten, sondern eine Weltkugel. Ein Grund, warum Moritz ausgerechnet dieses Gemälde erstanden hatte.

Selbst wenn er all seine Raritäten und Besitztümer in diesem Zinshaus verkaufen und in eine billige Dachkammerwohnung ziehen würde, brächte er nicht genug Geld für einen weiteren Lauf der Maschine auf.

Die Standuhr schlug Viertel nach acht. Draußen bebte die Straße ein weiteres Mal. Einige Pferde scheuten. Moritz spürte das Dröhnen sogar in seinem Arbeitszimmer. Dabei waren es nur die Vorbereitungen. Um 22 Uhr würde der Spuk erst richtig beginnen.

Als Moritz sich vom Fenster abwandte und die Gaslampe auf dem Schreibtisch entfachte, fuhr er wie vom Blitz getroffen zurück. Aus dem Augenwinkel sah er, dass eine fremde Gestalt in seinem Ohrensessel saß.

20.20 Uhr

»Wie zum Teufel sind Sie hier hereingekommen?«, entfuhr es Moritz.

Der Mann war kräftig gebaut, trug einen eleganten Anzug und bewegte sich nicht. Sein Gesicht lag im Schatten eines Paravents. Moritz fiel nur auf, dass neben seinen eleganten Schuhen ein schmaler Aktenkoffer aus Leder stand.

»Der Herr Wissenschaftler ist heimgekommen«, stellte der Mann lakonisch fest. Seine Stimme klang rau und sonor. Vermutlich war er um die fünfzig.

»Wissenschaftler?«, wiederholte Moritz. »Sie irren, ich führe ein Hutgeschäft.«

Der Mann lachte dumpf. »Und ich bin der Premierminister von England.«

»Und wer sind Sie wirklich?«

»Sie kennen mich nicht, außerdem tut mein Name nichts zur Sache. Wichtig ist, dass ich weiß, wer *Sie* sind. Ein junger Mann von gerade mal dreißig Jahren, einer der brillantesten Köpfe der

Monarchie, der an einem streng geheimen Forschungsprojekt arbeitet.«

Moritz lief ein kalter Schauer über den Rücken. Eines Tages musste es soweit kommen. Er lief zu seinem Schreibtisch, um nach dem Telefonhörer zu greifen.

»Das würde ich an Ihrer Stelle unterlassen!« Der Fremde zog etwas unter dem Jackett hervor, das an eine Waffe mit langem Lauf erinnerte.

Moritz hatte ein derartiges Modell noch nie gesehen. Eine rote Heizspirale wand sich um den Lauf, an der Trommel glommen zwei Lämpchen und unter dem Lauf hing eine Ampulle, in der eine trübe Flüssigkeit brodelte.

Der Fremde richtete den mutmaßlichen Revolver auf ihn. »Setzen Sie sich, Herr von Cernizky.«

Seit Großvaters Tod hatte ihn niemand mehr *von* Cernizky genannt. Moritz setzte sich hinter den Schreibtisch. Vom anderen Ende des Raumes, wo der Fremde saß, trennten ihn etwa fünf Meter. *Nah genug, um nicht daneben zu schießen*, dachte Moritz.

»Wollen Sie Geld?«, fragte er. »Ich bin völlig mittellos.«

»Ach ja?« Der Fremde lachte. »Wegen *Ihrer* Idee werden jährlich tausende Tonnen Braun- und Steinkohle aus dem Erzgebirge und den Karpaten herangekarrt. Das Schienennetz der Eisenbahn, das der Nachschubversorgung dient, ist im Osten der Donaumonarchie in den letzten drei Jahren um mehr als zwanzigtausend Kilometer ausgebaut worden. Sogar von Bosnien und Serbien rollen die Waggons mittlerweile nach Wien. Zwischenzeitlich kommt die Kohle auch schon von den Häfen der österreichischen Handelsmarine in Triest und Fiume.«

Es war unheimlich. Woher hatte der Mann all diese Informationen?

»Langweile ich Sie mit den Fakten?«

»Sie haben meine volle Aufmerksamkeit«, erwiderte Moritz.

Der Fremde gefiel sich offenbar in der Rolle des Allwissenden.

Er lehnte sich bequem im Ohrensessel zurück und schlug ein Bein über das andere. »Ziemlich viel Aufwand – nur um sieben Hochdruckdampfturbinen am Leben zu erhalten.«

Die Hockdruckdampfturbinen! Woher zum Teufel kannte er den Begriff und die genaue Anzahl?

»Ich erkenne an Ihrem Blick, dass ich tatsächlich Ihre Aufmerksamkeit habe. Dann lassen Sie uns über den Kleinteilbeschleuniger sprechen, der in einem neun Kilometer langen Ring direkt unter der Stadt in der Kanalisation verläuft.«

Moritz wurde schwindelig. Der Fremde kannte sogar den Namen der Maschine. *Kleinteilbeschleuniger*. Nicht einmal dem österreichischen Kaiser war dieser Begriff geläufig. Seine Majestät hatte die unterirdische Maschine zwar einmal vor Jahren zu Gesicht bekommen, aber bestimmt konnte er sich nicht mehr an die Details erinnern. Wie üblich nahm der Kaiser zu künstlerischen und wissenschaftlichen Angelegenheiten nur sehr zurückhaltend Stellung. So hatte auch Moritz während der Besichtigung nur die obligatorische Phrase: *Es war sehr schön, es hat mich sehr gefreut!*, zu hören bekommen, die der Kaiser verwendete, seit er vor dreißig Jahren Kritik an dem Architekten der Wiener Hofoper geübt hatte, worauf dieser sich erhängt hatte.

Außer dem Kaiser wusste nur eine Handvoll Männer von den Turbinen. Hatte Loos geredet? Ein Mann, der an der Technischen Hochschule in Dresden studiert hatte? Wohl kaum. Loos war ein Ehrenmann und hatte gemeinsam mit dem Architekten und Städteplaner Otto Wagner die Tunnel der Wiener Kanalisation so umgestaltet, dass die kilometerlangen Röhren der Maschine unter den Straßen der Stadt verlegt werden konnten. Wien war 1739 als erste Stadt Europas vollständig kanalisiert gewesen. Was lag also näher, als die Ringe hier zu bauen, um sie in dem Hunderte Kilometer langen Kanalnetz, den unzähligen Kammern, Gängen und Verzweigungen vor den Augen der Öffentlichkeit zu verbergen?

Loos und Wagner waren die perfekten Männer für dieses Vorhaben gewesen. Sie hatten den Raumplan entwickelt – karges Design, nüchterne und schnörkellose Formen reinster Funktionalität, die stets einem Leitspruch dienten: *Die Form müsse der Funktion folgen*. Mehr war die Maschine nicht. Ein dampfender Koloss, der permanent mit Tonnen von Kohle am Leben erhalten werden musste. Kein einziger Arbeiter hatte jemals erfahren, woran sie all die Jahre gearbeitet hatten. Nur die beiden Raumplaner waren eingeweiht gewesen, die Physiker, Mathematiker und der Vorstand der Wissenschaftlichen Konferenz.

Möglicherweise hatte Otto Wagner geredet? Ein Mann, der an der Königlichen Bauakademie in Berlin studiert hatte? Allerdings hatte er ebenso wie Loos einen Treueeid schwören müssen, der ihn bedingungslos an den Kaiser und die Monarchie band.

Das Lachen des Fremden riss Moritz aus seinen Gedanken.

»Sie sollten sich sehen. Die kleinen Zahnrädchen in Ihrem Gehirn rotieren förmlich.«

Es gab nur eine Erklärung. Moritz zögerte nicht, sie laut auszusprechen. »Sie sind ein preußischer Spion!«

»Interessante Idee.« Der Mann rekelte sich im Stuhl und nahm die Waffe in die andere Hand.

»Das Deutsche Kaiserreich in allen Ehren, aber glauben Sie tatsächlich, die Preußen kämen jemals auf den aberwitzigen Gedanken, dass man hier in Wien Dopplers Studien über das Licht mit Boltzmanns revolutionärer Thermodynamik kombinieren würde?«

Moritz' Magen zog sich auf die Größe einer Walnuss zusammen. War Boltzmann möglicherweise die undichte Stelle? Doch auch er war ein Ehrenmann und über jeden Zweifel erhaben. Er war Mathematiker am Polytechnischen Institut in Prag gewesen, Physiker an der Karls-Universität, Direktor der Physikalischen Fakultät Wien, Ehrenprofessor für Experimentalphysik und seit Beginn des Projekts geheimer Berater der Doppler-Laboratorien.

»Die allgemeingültige Proportionalitätskonstante zu Energie und Temperatur bildete die Basis der Maschine, nicht wahr?«, fuhr der Mann fort.

»Nein«, log Moritz.

»Nein?«

Der Fremde beugte sich nach vorne. Zum ersten Mal sah Moritz sein spitzes Gesicht, die von Narben verunstaltete Haut, die grau melierten Haare und den dichten, kurz gestutzten Schnauzbart. Der Fremde war tatsächlich um die fünfzig. Er hob eine Augenbraue.

»Was ist dann der Sinn dieser Maschine, Herr von Cernizky?«

»Physikalische Grundlagenforschung«, krächzte Moritz.

»Dass ich nicht lache. Einen Kleinteil auf eine aberwitzige Geschwindigkeit zu beschleunigen, um damit Dunkle Materie zu erschaffen, nennen Sie Grundlagenforschung?«

Erst jetzt bemerkte Moritz, dass der Mann alles wusste, was es zu wissen gab. Er spielte nur Katz und Maus mit Moritz und wollte ihn mit seinen Fragen als Lügner entlarven – was ihm mühelos gelungen war. Wäre der Fremde unbewaffnet, hätte Moritz längst seinen Assistenten verständigt, dem auch der Sicherheitsdienst unterstand, um den Mann festnehmen zu lassen. Alfred und seine Leute hätten ihn verhört – und Alfred kannte genug Methoden, sogar einen hart gesottenen Mann zum Sprechen zu bringen, denn es wäre unverzichtbar gewesen, dahinter zu kommen, woher er seine Informationen bezog.

»Doch wozu das Ganze?«, sinnierte der Fremde.

Moritz ahnte, dass es sich nur um eine rhetorische Frage handelte, da der Mann augenblicklich weitersprach.

»Um Dunkle Löcher zu erschaffen?«, vermutete er. »So genannte Ein- und Ausgänge in der Zeitachse?«

Moritz stockte der Atem. Wie konnte das sein? Bisher hatte er noch niemandem von der Zeitachse erzählt. Nicht einmal Alfred wusste davon.

»Das ist noch Zukunftsmusik«, ächzte Moritz. Es hatte keinen Zweck, weiter zu lügen. Der Mann wusste offenbar alles. »Aber der Forschung fehlt das Geld für weitere Testreihen.«

»Zukunftsmusik?«, wiederholte der Mann. »Ein interessantes Wortspiel.«

Lächelnd drehte er die Waffe zwischen den Fingern.

Zum ersten Mal überlegte Moritz, wozu er wohl den Revolver mitgebracht hatte. Um sich zu schützen? Doch vor wem? Oder um jemanden zu töten? Moritz' Kehle wurde eng bei dem Gedanken, dass er einem Attentäter gegenübersitzen könnte.

»Was wollen Sie?«, fragte Moritz.

»Ein Gedankenexperiment mit Ihnen durchführen«, lautete die prompte Antwort.

Moritz entspannte sich ein wenig. *Gedankenexperimente!* Das war seine Welt – die Welt der Wissenschaft. Hier hatte er sozusagen Heimvorteil. »Ich höre.«

»Wir beide wissen, dass der erste Ring des Kleinteilbeschleunigers an der Kaiserbadschleuse beim Wiener Donaukanal beginnt. Von dort werden die Kleinteile mit Riesenmagneten durch die anderen sechs Teilabschnitte geschossen.«

Moritz nickte irritiert. Gleichzeitig versuchte er, die quälende Frage beiseite zu drängen, woher der Fremde all diese Details wusste.

Der Grauhaarige legte die Waffe auf seinen Schoß und faltete die Hände vor dem Kinn. »Lassen Sie uns spekulieren und nehmen wir an, dass es in Zukunft gelingt, Ihre Idee einer Zeitreise zu verwirklichen. Dann könnten beispielsweise k.u.k. Auftragsmörder in die Vergangenheit geschickt werden, um die Geschichte zu verändern.«

»Unmöglich!«, widersprach Moritz. »Es gäbe strenge Kontrollen, um so etwas zu verhindern.«

»Kontrollen sind da, damit sie umgangen werden.«

»Das würde nie passieren!«

»Aber nehmen wir an, es *wäre* bereits passiert.« Der Fremde holte einen kurzen silbernen Zylinder aus der Innentasche des Jacketts, den er mit einem Klicken an den Revolverlauf montierte.

»Ein Geräuschreduzierer«, erklärte er.

Anschließend legte der Fremde einen Hebel um. Eine rote Lampe blinkte. Für einen Moment glaubte Moritz, die Waffe surren zu hören. »Ich nehme an, das Gedankenexperiment ist zu Ende«, murmelte Moritz.

»Korrekt.« Der Grauhaarige richtete die Waffe auf Moritz. »Ich wurde in die Vergangenheit geschickt, um *Sie* zu töten.«

21.00 Uhr

Moritz' Gedanken überschlugen sich. Falls der Mann die Wahrheit sagte, hieße es, dass die Maschine eines Tages tatsächlich funktionieren würde! Dies könnte erklären, woher er all die Informationen hatte.

»Man sieht förmlich den Triumph in Ihren Augen«, stellte der Fremde fest.

»Der Kleinteilbeschleuniger wird also funktionieren?«

»Offensichtlich.« Der Mann zielte auf Moritz. »Aber Sie werden diesen Ruhm nicht mehr erleben.« Er drückte ab.

Der Revolver spuckte leise aus. Der Rückstoß riss seine Hand zurück. Im selben Moment zersplitterte eine Zigarrenkiste im Regal neben Moritz. Er zuckte zusammen.

Der Revolver surrte. Es klang, als würde eine neue Patrone mit einem mechanischen Klicken über die Trommel in die Kammer geladen. Kurz darauf blinkte die Lampe wieder rot.

Der Fremde schmunzelte amüsiert. »Funktioniert prächtig.«

Moritz starrte zu Boden. Auf dem Teppich lagen Holzsplitter und Tabakreste. »Wer hat Ihnen all die Details über die Maschine verraten?«

Der Fremde lächelte. »Sie selbst waren es … Sie selbst!«

»Ich?« Moritz wurde blass. Aber warum sollte ihn der Mann gerade heute töten, wenige Stunden, bevor der letzte Versuch startete? »Das ist absurd«, keuchte er. »Wer sollte die Maschine benutzen, um ausgerechnet ihren Erfinder ermorden zu wollen?«

Erneut lächelte der Mann amüsiert. »*Sie* selbst haben mir den Auftrag dazu gegeben, Herr von Cernizky!«

21.10 Uhr

»Ich?«, wiederholte Moritz. »Warum tun Sie es dann nicht und quälen mich so lange?«

»Was für ein brillanter Verstand.« Der Mann tippte sich mit dem Lauf an die Stirn. »Sie selbst haben mich davor gewarnt, mich in ein Gespräch mit Ihnen verwickeln zu lassen.«

»Warum tun Sie es dann?«, brüllte Moritz. Die Situation wurde langsam verrückt.

»Um meinen Geist mit dem Ihren zu messen. Außerdem haben Sie mich gebeten, Ihnen eine Nachricht zu überbringen, bevor ich Ihnen zwei Kugeln in den Kopf jage.«

Zwei Kugeln? So mitleidlos sollte sein eigenes Ich in der Zukunft mit ihm umgehen?

Der Fremde erhob sich, und erst jetzt bemerkte Moritz, dass er nicht nur kräftig gebaut, sondern auch ziemlich hoch gewachsen war. Der Mann maß bestimmt einen Meter fünfundachtzig. Er griff in die Hosentasche und zog ein zerknülltes Kuvert heraus, das er achtlos durch den Raum warf. Wenige Meter vor Moritz blieb es auf dem Teppich liegen.

»Auf die Knie, Hündchen!«, befahl der Fremde. »Kriechen Sie auf allen vieren und heben Sie das Kuvert auf.«

»Das habe ich Ihnen so aufgetragen?«

»Nein, das ist mein … Interpretationsspielraum.« Er lächelte zynisch.

Der Mann wollte ihn demütigen und würde seinen verdammten Spaß daran haben. Moritz kroch auf Händen und Knien in die Mitte des Raums und nahm den Umschlag an sich. Kein Absender, kein Empfänger. Das Siegel war bereits erbrochen. Moritz zog ein Blatt Papier aus dem Kuvert. Es war tatsächlich seine eigene Handschrift! Ebenso sein zynischer Ton, mit dem er bisweilen seine Briefe zu schreiben pflegte.

Guten Abend, mein lieber Moritz,
es tut mir aufrichtig leid, dass ich diesen gierigen Frauen- und Kindesmörder auf dich ansetzen musste.
Bedauerlicherweise gibt es keine andere Möglichkeit. Ich weiß, dich würden die Hintergründe brennend interessieren, aber leider fehlt mir die Zeit, auf nähere Details einzugehen.
Ich hoffe, du hast Verständnis dafür.
Beste Grüße,
Moritz Cernizky   Wien, im März 1914
PS: Die Vase wird beim Erdbeben zerbrechen.

1914! Es war unglaublich. Fünfzehn Jahre in der Zukunft. Aber welche Vase? Moritz war verwirrt und las den Brief erneut. Was sollte der Schwachsinn mit der Vase?

»Ich nehme an, Sie haben den Brief gelesen?«, fragte Moritz.

»Selbstverständlich. Ich bin von Natur aus neugierig. Ich habe mir mehr davon erhofft, aber offensichtlich sind das die letzten Worte, die Sie lesen sollen.« Er starrte gedankenverloren auf die Waffe. »Die Stelle mit dem *gierigen Frauen- und Kindesmörder* finde ich ein wenig übertrieben und äußerst geschmacklos.«

»Entspricht sie der Wahrheit?«

»Ich will nur meinen Lohn für die Arbeit. Sie werden bestimmt verstehen, dass ich nicht näher darauf eingehen kann.«

Nervös blickte Moritz zur Uhr. Der Zeiger der Standuhr wanderte immer weiter. In einer halben Stunde würde die Maschine starten. Während Moritz mit dem Brief in der Hand noch immer auf dem Boden kniete, trat der Mann vor ihn hin und legte die Waffe auf ihn an. Sein Finger krümmte sich um den Abzug.

»Leben Sie wohl.«

»Halt! Warten Sie einen Moment!«, kreischte Moritz. »Ich schlage Ihnen ebenfalls ein Gedankenexperiment vor.«

21.30 Uhr

Der Mann hielt die Waffe nach wie vor im Anschlag. »Ich gebe Ihnen eine halbe Minute – sprechen Sie!«

Moritz' Gedanken überschlugen sich. »Hier stimmt etwas nicht ...« Er räusperte sich. Formeln und Gleichungen rasten durch sein Hirn.

Der Auftragsmörder sah sich demonstrativ im Raum um. »Was sollte hier nicht stimmen?«

»An der gesamten Situation.« Moritz blickte zur Depesche auf seinem Schreibtisch. »Falls Sie mich *jetzt* töten, kann die letzte Testreihe nicht beendet werden. Die finanziellen Mittel sind soeben gestrichen worden, die Maschine wird nie fertiggestellt werden, und Sie könnten nicht in Ihre Zukunft zurückkehren.«

»Ein interessanter Gedanke«, gab der Mann zu, nahm aber die Waffe keinen Millimeter von Moritz' Brust. »Doch vollkommen falsch.« Gönnerhaft betrachtete er Moritz. »Sehen Sie, es hat bisher sowieso noch nie funktioniert, dass jemand heil aus der Vergangenheit zurückgekehrt ist. Die Zeitreise funktioniert nur in eine Richtung, und auch nur dann, wenn man den superluminaren Kleinteilchen einen negativen Drehimpuls gibt.«

Einen negativen!, schoss es Moritz durch den Kopf. *Auch das noch!* Der letzte Versuch würde scheitern.

»Aber dadurch ergibt sich ein Problem«, fuhr der Mann fort. »Beim Rückholen verschieben sich die Zellen im menschlichen Körper. Ein völliger Schlamassel entsteht.«

»Das habe ich Ihnen erzählt?«

»Das ist allgemein bekannt.«

»Verstehe ich das richtig?«, fragte Moritz. »Ihnen ist *klar*, dass Sie niemals zurückkehren können?«

»Ich muss nicht zurückkehren.«

Moritz war sprachlos. Darauf wäre er nie gekommen. Der Mörder würde nach Beendigung seines Auftrags im Hier und Jetzt bleiben.

»Sie haben für diesen Auftrag keinen anderen gefunden, der bereit wäre, das lebensgefährliche Risiko der Reise einzugehen und anschließend hierzubleiben«, erklärte der Grauhaarige.

»Sie geben Ihr gewohntes Leben auf?«

»Sehen Sie«, sagte der Fremde. »In meiner Gegenwart wäre mir nur der Prozess gemacht worden. Mit der Waffe vor Ihnen zu stehen, ist meine Alternative zum Galgen.«

Ein gieriger Frauen- und Kindesmörder, erinnerte sich Moritz. Er hatte in der Zukunft also einen zum Tode Verurteilten mit dieser Angelegenheit beauftragt. Wie feinfühlig!

»Außerdem haben Sie mir eine ganze Menge dafür bezahlt.«

Moritz saß immer noch auf dem Boden. Langsam begannen seine Knie zu schmerzen. »Bezahlt? Wie viel?«, krächzte er hastig. Er besaß jetzt kein Geld. War er in der Zukunft etwa vermögend?

Der Fremde lachte kehlig. »Siebenhundert Millionen Kronen und keinen Heller weniger.«

»Sie Lügner, so viel Geld werde ich nie und nimmer besitzen.«

Der Fremde lächelte. »Das stimmt, aber machen Sie sich um mich keine Sorgen.« Er trat einen Schritt zurück und deutete auf seinen Aktenkoffer. »In dieser Tasche liegen jetzt zwar nur dreißigtausend Kronen in bar, aber außerdem Aufzeichnungen über zukünftige Devisen- und Aktienkurse. Innerhalb der nächsten Tage werde ich einige todsichere Investitionen tätigen, die mir ein sorgenfreies Dasein bis an mein Lebensende garantieren. Ich *weiß*, wann ich welche Anleihen, Beteiligungen und Wertpapiere kaufen und verkaufen muss.«

Moritz starrte auf den Aktenkoffer. Diese Informationen waren Gold wert. Mehr als das! Mit diesem Geld hätte er seine Versuche zu Ende führen können. Kein Wunder, dass sich damit ein gieriger Auftragsmörder kaufen ließ.

»… noch einmal so viel!«

Moritz wurde aus den Gedanken gerissen. »Wie bitte?«

Der Fremde ließ die Waffe in der Hand wippen. »Ich sagte, außerdem bekomme ich von Ihnen noch einmal so viel Geld!«

»Von mir? Dreißigtausend Kronen?« Moritz glaubte, sich verhört zu haben. »Ich bin völlig mittellos.«

»Das sagten Sie bereits«, unterbrach ihn der Mann. Lächelnd zog er einen kleinen Schlüsselbund aus der Innentasche seines Jacketts. »Davon werde ich mich nach Ihrem Tod selbst überzeugen und Ihr Haus durchsuchen.«

»Woher haben Sie diese Schlüssel?«

»Von Ihnen selbstverständlich.«

»Und was erwarten Sie zu finden? Ich habe kein Bargeld im Haus.«

Der Mann klimperte mit den Schlüsseln.

»Und im Tresor?«

Moritz runzelte die Stirn. Im Haus befand sich kein Tresor.

»Haben Sie diese Informationen etwa auch von mir?«

»Lassen wir die Spielchen«, sagte der Mann. »Ich weiß, dass in Ihrem Safe dreißigtausend Kronen liegen.«

Moritz bekam große Augen.

»Was?«

Bis auf die Förderbeträge der Monarchie hatte er noch nie so viel Geld auf einmal gesehen. Plötzlich raste Moritz ein anderer Gedanke durch den Kopf. Der Versuch! *Der negative Drehimpuls!* Pünktlich um 22 Uhr starteten die Hockdruckdampfturbinen, um das Magnetfeld aufzubauen. Danach blieben nur noch wenige Minuten, bis die ersten superluminaren Kleinteilchen beschleunigt wurden. Er musste Alfred dringend im Büro anrufen, damit er den Impuls im Maschinenraum umkehrte.

»Gestatten Sie mir einen Wunsch?« Moritz deutete zum Apparat auf seinem Schreibtisch. »Darf ich telefonieren?«

Der Fremde hob erstaunt die Augenbrauen, als habe er sich soeben verhört. »Natürlich nicht!« Er ging zur Wand und riss den Schlauch aus der Magnetdose. Dampfend und pfeifend tanzte die Gummiröhre wie eine Viper im Todeskampf über den Teppich, bis sie reglos auf dem Boden liegen blieb. Es stank nach ranzigem Kondenswasser. Moritz blickte zur Standuhr. Nur noch fünfzehn Minuten. Die Lampe am Telefon erlosch, und damit starb Moritz' Hoffnung, dem Projekt kurz vor seinem Tod doch noch eine erfolgreiche Wendung geben zu können.

»Ich denke, Sie haben mir mit Ihrem Gedankenexperiment genug Zeit geraubt.« Der Fremde trat rasch vor Moritz hin, streckte den Arm aus und drückte ihm den Revolverlauf auf die Stirn. »Leben Sie wohl!«

Moritz presste die Augen zusammen.

Der Killer wollte bereits abdrücken.

Da klopfte es an der Tür.

21.45 Uhr

Moritz blinzelte den Fremden mit einem Auge an. Dieser nickte ihm kurz zu.

»Ja, bitte?«, rief Moritz.

Er hörte Nannerls Stimme durch die Tür. »Die Milch mit Honig für den gnädigen Herrn.«

»Schicken Sie sie weg!«, raunte der Fremde.

»Sie würde misstrauisch werden«, flüsterte Moritz.

»Na gut – bitten Sie sie herein, aber machen Sie nichts Unüberlegtes.«

»Darf ich mich wenigstens setzen?«, wisperte Moritz, der immer noch auf dem Boden kniete.

»Von mir aus.« Der Mann deutete gönnerhaft mit der Waffe auf den Stuhl hinter dem Schreibtisch. Während sich Moritz setzte, nahm der Fremde auf der anderen Seite des Raumes im Ohrensessel neben dem Paravent Platz.

Moritz' Herz hämmerte wie verrückt. »Kommen Sie herein, Nannerl.«

Die Tür öffnete sich und das Dienstmädchen betrat den Raum. Während sie mit einem Silbertablett in der Hand auf den Schreibtisch zuging, ließ der Fremde die Waffe unter dem Jackett verschwinden. Allerdings war der Lauf unter der Ausbeulung deutlich zu erkennen. Die Hand des Fremden blieb ebenso unter der Kleidung verborgen.

Wie jeden Abend brachte Nannerl eine Tasse heiße Milch mit einer Honigschale. Diesmal stand jedoch noch eine Bleikristallvase mit einer Rose auf dem Tablett.

»Eine kleine Aufmerksamkeit von der Hausverwalterin für den Mietvorschuss«, sagte Nannerl.

Die Vase!

Perplex starrte Moritz auf das schmale Gefäß. Eine merkwürdige Assoziation ging ihm durch den Kopf, sodass er Nannerls Worte zunächst gar nicht hörte.

»… und dieses Telegramm stammt von Herrn Alfred, Ihrem Kompagnon.« Sie reichte ihm ein Kuvert.

Selbstverständlich wusste sie nicht, dass Alfred sein Assistent war, sondern dachte, er wäre sein Teilhaber im Hutladen. Moritz riss das Kuvert auf. Es enthielt nur ein paar Zeilen.

Toter Arbeiter – Valentin Linzbacher – 34 Jahre alt, eine Frau, zwei Kinder, Begräbnis in drei Tagen – Kranz bestellt, Witwenpension und Geld an die Familie angewiesen.

Moritz faltete das Papier zusammen. Vor Kurzem hatte der Sicherheitsdienst bei einem Kontrollgang die schrecklich entstellte Leiche eines Arbeiters in der Kanalisation entdeckt. Offensichtlich war der Mann zu nahe an eine Hochdruckturbine geraten, während sich der magnetische Ring auflud. Das hätte nicht passieren dürfen. Gerade wegen solcher Risiken hatten sie die hohen Sicherheitsbestimmungen. Und trotzdem hatte Moritz für jeden der Arbeiter eine vertragliche Vorsorge abgeschlossen; und wie er jetzt sah, war sie notwendig gewesen.

»Wünschen der gnädige Herr sonst noch etwas?«

»Nein, danke, Nannerl. Sie können gehen«, murmelte er gedankenverloren.

Sie wandte sich um.

Da riss ihr Schrei ihn aus der Apathie.

Wie erstarrt stand sie mitten im Raum und blickte auf den Ohrensessel. »Oh, ich wusste nicht, dass Sie Besuch haben«, stotterte sie.

Schlagartig war Moritz wieder in der Realität. »Ich vergaß zu erwähnen, dass dieser Herr und ich wichtige Dinge zu besprechen haben.«

»Entschuldigen Sie bitte. Ich störe nicht länger.« Sie wandte den Kopf zu Boden und lief zur Tür.

»Ach, Nannerl!«, rief Moritz.

Sie blieb stehen und wandte sich um. »Ja?«

»Würden Sie Alfred über den Anschluss im Nebenraum eine dringende telefonische Nachricht zukommen lassen?« Er wartete keine Antwort ab. »Richten Sie ihm aus, er möge einen *negativen* Drehimpuls …«

»Oh, oh, oh!«, unterbrach ihn der Auftragsmörder. Seine Hand bewegte sich kaum merklich unter dem Jackett. Dennoch erkannte Moritz, dass der Revolverlauf auf Nannerl gerichtet war.

»Schon gut Nannerl, ich brauche Sie heute nicht mehr«, seufzte Moritz. »Sie können sich für den Rest des Abends freinehmen.«

»Sehr wohl.« Mit einem Knicks verschwand sie und schloss die Tür.

»Netter Versuch.« Der Fremde erhob sich. »Zeit zu sterben, Herr von Cernizky.«

21.55 Uhr

Moritz blieb wie erstarrt im Stuhl sitzen, als der Mann mit erhobener Waffe auf ihn zutrat.

Aus dem Augenwinkel betrachtete Moritz die Zeiger der Standuhr, die unaufhörlich weiterwanderten. In wenigen Minuten würden die Hockdruckdampfturbinen das Magnetfeld in den Teilringen aufbauen und die superluminaren Kleinteilchen auf die Reise schicken … allerdings mit dem falschen Drehimpuls. *Der letzte Versuch!* Danach war es aus und vorbei. Jahre der Forschung in den Sand gesetzt.

Plötzlich musste Moritz grinsen. Erleichtert ließ er die angespannten Schultern sinken.

»Ihr eigener Tod scheint Sie sehr zu amüsieren«, stellte der Mann fest.

»Sie können mich gar nicht töten.« Moritz lachte. »Wissen Sie weshalb?«

»Verschonen Sie mich mit einem weiteren Gedankenexperiment.«

Moritz war ziemlich sicher, dass er nicht irren konnte. »Falls Ihr Attentat glückt, wird der Versuch misslingen, und die Maschine würde nie funktionieren.«

»Na und? Das hatten wir doch schon. Ich muss nicht in die Zukunft zurückkehren.«

»Darum geht es nicht«, korrigierte Moritz ihn. »Mit meinem Tod stirbt das Projekt. Es gäbe keine Zeitreise. Ohne Maschine könnten Sie gar nicht in die Vergangenheit reisen, um dieses Haus zu betreten. Außerdem würde ich in Ihrer Zukunft gar nicht mehr existieren und könnte Ihnen den Auftrag nicht mehr erteilen.« Moritz lächelte. »Da Sie mir aber in dieser Sekunde gegenüber stehen, ist das der beste Beweis dafür, dass Ihr Attentat scheitert.«

Der Mörder stutzte für einen Moment, als dachte er nach.

Moritz hatte den Mann an der Angel.

Der kleine Zeiger der Standuhr schob sich auf die volle Stunde zu. Der Federmechanismus zog sich auf. Der Hammer begann zehn Uhr zu schlagen.

Moritz hörte das dumpfe Krachen der Eingangstür. Nannerl hatte das Haus verlassen. Er spürte die Unruhe in seinem Magen. Aus weit entfernten Straßen rüttelte ein leichtes Erdbeben heran. Auf Alfred war Verlass. Das Projekt startete auf die Sekunde genau. In diesem Moment fuhren tief unter der Erde die Magnetspulen hoch. In wenigen Minuten würden die Magnetfelder in den Zylindern hundert Prozent Leistungsfähigkeit erreicht haben. Moritz konnte es förmlich fühlen, wie die Maschinenteile der Hochdruckdampfturbinen passgenau ineinandergriffen. Der Öler schmierte die Kolben, das Schwungrad trieb die Kurbelwellen an. Ein Überdruck von einigen Tausend Bar entstand in der Kraftkammer. Temperaturen bis zu 350 Grad Celsius würden durch die Rohre jagen. Die Fliehkraftregler würden in den roten Bereich ausschlagen. So viele Pferdestärken hatte die Welt noch nicht gesehen.

Das Beben ergriff mittlerweile auch die Ringstraße. Die Mauern des Wohnhauses vibrierten. Das Tablett schepperte auf dem Tisch. Die Milch schwappte über den Rand der Tasse. Die Bücher holperten auf den Regalen, und die Bilderrahmen schlugen gegen die Wand. »Meine Güte, was für ein Erdbeben«, murmelte der Auftragsmörder.

»Von wegen. Der Kleinteilbeschleuniger nimmt die Arbeit auf«, rief Moritz. Die Vase mit der Rose begann über das Silbertablett zu tanzen. Moritz' Blick fiel auf die letzte Zeile des Briefs, den er in der Zukunft verfasst hatte.

PS: Die Vase wird bei dem Erdbeben zerbrechen.

22.01 Uhr

Die Vase hüpfte immer näher an den Rand des Tabletts. Bevor sie fiel, sprang Moritz auf und griff unwillkürlich danach. Ohne es zu wollen hatte er sie im Reflex gefangen. Sie war nicht zerbrochen. Moritz stand neben dem Schreibtisch und hielt sie in der Hand.

Scheinbar gingen dem Mörder im Moment ganz andere Gedanken durch den Kopf.

»Das Attentat geht schief?«, wiederholte er. »Wie meinen Sie das?«

»Es muss so sein«, murmelte Moritz. »Andernfalls hätten Sie aus Ihrer Zeit gar nicht hierher, ins Heute, zurückreisen können.«

Das Erdbeben erreichte seinen Höhepunkt. Auf der Straße flackerten die Gaslaternen, die Fiakergäule wieherten, Frauen und Kinder kreischten.

Der Mann sah irritiert aus dem Fenster. In diesem Moment schleuderte Moritz ihm die Vase an die Schläfe.

Das massive Bleikristall splitterte. Wasser ergoss sich über den Teppich, die Rose fiel zu Boden.

Während der Fremde zurücktaumelte, sprang Moritz ihn an. Er packte den Mann an der Gurgel und griff mit der anderen Hand nach dem Revolver. Im Kampf wand er die Waffenhand des Mannes herum.

Da löste sich ein Schuss.

22.04 Uhr

Nur ein leises *Plopp*! Augenblicklich wurde die Waffe heiß. Moritz hörte das surrende Geräusch, als eine neue Patrone in die Kammer fuhr.

Der Mann glitt aus Moritz' Händen und sank mit leblosem Blick zu Boden. *Wie schrecklich! Du musst die Polizei verständigen,* lautete sein erster Gedanke. Eigentlich war es einfach zu erklären. Er musste bloß behaupten, er habe einen Einbrecher in seinem Haus überrascht und in Notwehr getötet. Doch dann fiel sein Blick auf den Fremden, den niemand kennen würde, das Einschlussloch im Bauch und die merkwürdige Waffe, die er immer noch in der Hand hielt. Nein, die Polizei zu holen war keine gute Idee. Die Beamten würden zu viele Fragen stellen. Besser, sein treuer Assistent Alfred würde den Fremden für immer in einem der Hochöfen in der Kanalisation verschwinden lassen.

Während Moritz sich im Zimmer umsah, bemerkte er den Lederkoffer des Fremden. Durch das Beben war er umgefallen und aufgesprungen. Im Koffer lagen bündelweise Bargeld und jede Menge Aufzeichnungen. Die handschriftlichen Diagramme wirkten tatsächlich wie Devisen- und Aktienkursentwicklungen an der Börse. Die Daten waren nur einen, höchstens zwei Tage aktuell, danach könnte jeder unvorhergesehene Eingriff den Lauf der Geschichte verändern. Moritz musste die Papiere rasch studieren und morgen früh sofort investieren. Der Zufall hatte gewollt, dass er plötzlich an das Geld für weitere Forschungsjahre herangekommen war.

Außerdem hatte er jetzt die Gewissheit, dass die Maschine funktionieren würde. *Der Drehimpuls!*, schoss es ihm durch den Kopf. Er musste den Telefonapparat in Betrieb nehmen. Noch war es nicht zu spät. Alfred musste den Drehimpuls der Kleinteile umdrehen, bevor sie starteten. Was für ein unglaublicher Zufall!

Moritz warf einen Blick auf die Nachricht, die er sich selbst hatte zukommen lassen.

Die Vase wird zerbrechen!

War tatsächlich alles nur Zufall gewesen? Der Besucher? Der Brief? Das Erdbeben? Die Vase?

Zufall?

Da fiel es ihm wie Schuppen von den Augen. Was für ein irrwitziger, riskanter Plan. Sobald die Maschine weiter entwickelt war und tadellos funktionieren würde, musste er einen gierigen Mörder suchen, der verrückt genug war, für viel Geld das Risiko einzugehen, in die Vergangenheit zu reisen, um für immer dortzubleiben. Er würde ihn mit einem Raub- und Mordauftrag zu seiner eigenen Adresse schicken. Es war gewagt, aber nur so konnte er sicher sein, die Information über den richtigen Drehimpuls, sowie einen Koffer mit Bargeld und den Finanzdaten der nächsten Wochen auch wirklich zu erhalten.

Wie hieß es so schön bei Victor Hugo? Die Zukunft hatte viele Namen – für die Schwachen war sie das Unerreichbare, für die Furchtsamen das Unbekannte, aber für die Mutigen eine Chance.

Moritz lächelte. Er ging zur Wand und steckte den Telefonschlauch an die Magnetdose.

QUELLENVERZEICHNIS

Mein Zugang zur Science-Fiction
- Erstveröffentlichung

Sieben Ampullen
- in: Nova Nr. 2, 2003

Ramada Inn
- in: phantastisch! Nr. 13, 2004

Biohybriden
- in: Pandaimonion III, Story Olympiade, 2003

Einundvierzig Grad nördliche Breite
- in: Alien Contact Nr. 31, 1998

Weiter oder Raus
- in: Die Legenden von Eden, Shayol, 2005

Wenn der Himmel gefriert
- in: Geschöpfe der Dunkelheit, Story Olympiade, 2002

Parkers letzter Auftrag
- in: Der Atem Gottes, Shayol, 2004

Der Maya-Transmitter
- in: Andromeda Nr. 141, 1999
- in: Steampunk – Erinnerungen an Morgen, Fabylon, 2012

Sabrina
- in: Fantastisches Österreich, WebSite, 2005

Raum Nr. 7
- in: Im Jahr 2050, Literaturhaus Zürich, 2011

Apocalypse Marseille
- in: Hunger, Blitz, 2012

Asteroid CMG 8
- in: Space View Nr. 4, 2005

Die Weltmaschine
- in: Von Feuer und Dampf, Arcanum, 2010

Alle Texte wurden für diese Ausgabe überarbeitet.

LUZIFER
VERLAG